FISCHER

OLIVIA POULET
LAURENCE DOBIESZ

Sag noch mal: Ich liebe dich

ROMAN

Aus dem Englischen
von Annette Hahn

FISCHER

Aus Verantwortung für die Umwelt hat sich der S. Fischer Verlag zu einer nachhaltigen Buchproduktion verpflichtet. Der bewusste Umgang mit unseren Ressourcen, der Schutz unseres Klimas und der Natur gehören zu unseren obersten Unternehmenszielen.

Gemeinsam mit unseren Partnern und Lieferanten setzen wir uns für eine klimaneutrale Buchproduktion ein, die den Erwerb von Klimazertifikaten zur Kompensation des CO_2-Ausstoßes einschließt.

Weitere Informationen finden Sie unter: www.klimaneutralerverlag.de

MIX
Papier | Fördert gute Waldnutzung
FSC® C083411

Deutsche Erstausgabe
Erschienen bei FISCHER Taschenbuch
Frankfurt am Main, August 2023

Die englische Originalausgabe erschien 2022
unter dem Titel »12 Hours to Say I Love You« bei Headline Review,
einem Imprint der Headline Publishing Group.

Satz: Pinkuin Satz und Datentechnik, Berlin
Druck und Bindung: CPI books GmbH, Leck
Printed in Germany
ISBN 978-3-596-70773-7

Für unsere Väter Peter und Roger,
weil sie an uns glauben.
Und unsere Mütter Katie und Rebecca,
weil sie uns helfen, an uns selbst zu glauben.

PROLOG *9. Mai 1997*
PIPPA

Wetten, Claire Danes musste sich mit so was nicht herumschlagen? Wetten, Leo war der perfekte Profi? Reibungsloses Zusammenspiel im Casting, Ehrfurcht und Respekt von Seiten des Filmstudios und locker-flockige Kommunikation mit Luhrmann. Bestimmt sind die beiden ab Tag eins mit vollem Einsatz und überzeugender Chemie dabei gewesen.

Ganz im Gegensatz zu Jonty Ronson, der sich kurz vor der Kostümprobe noch einen fetten Purjoint reinzog, danach erst mal abstürzte und bis gestern nicht mal seinen Text richtig gelernt hatte. Jonty Ronson, durch dessen hemmungslose Flirterei ich anfangs dachte, er habe nichts als seine Julia im Sinn, der aber bald in beiden verfeindeten Adelshäusern sein Unwesen trieb, indem er erst mit der Amme der Capulets herumknutschte, dann aber dem ausladenden Hinterteil der Dame des Hauses nicht widerstehen konnte, und der sich jetzt an Lady Montague heranmacht, während sie sich im Rahmen ihrer Aufwärmübungen aufreizend streckt und dehnt. Wie soll ich das Publikum zu Tränen rühren, wenn mein Romeo neben der Bühne lieber seine Mutter begafft, als seinen Text mit mir zu sprechen?

Tief einatmen, Pippa. Und ausatmen. Ich werde mich nicht von der Unprofessionalität anderer aus der Bahn werfen lassen. Ich werde alles geben. Über mir in den Weg geworfene Hindernisse werde ich einfach hinweggleiten. Ich werde wie ein Phönix aus der Asche steigen. Dies ist meine große Chance. Dies ist der Abend, an dem ich mich über jeden Zweifel erheben und meinen Eltern beweisen werde, dass ich, Pippa Lyons, ihre Erst- und Einziggeborene, zur großen Schauspielerin bestimmt bin. Schließlich passiert es nicht jeden Tag, dass eine Fünfzehnjährige die Hauptrolle im Theaterstück zum Schuljubiläum bekommt, oder? Dessen Aufführung in der örtlichen Jungenschule stattfindet, in der ihr Vater zufällig Direktor ist. Ich kann mir keine bessere Gelegenheit vorstellen, eine brillante Darbietung abzuliefern. Noch dazu, wo die Jungsrollen von echten Jungs gespielt werden! Ein wahrhaft revolutionäres Konzept! Bisher habe nämlich *ich* dieses Profil bedient: von Mr Bumble *(Oliver Twist)* über John Proctor *(Hexenjagd)* bis hin zu Worzel Gummidge (diese Vogelscheuche aus den Kinderbüchern – okay, nicht unbedingt meine Glanzrolle), meist mit kratzigem falschem Bart und gewagt wirkenden Küssen auf den eigenen Daumen, wenn ein anderes Mädchen meine Liebste spielte. Doch diesmal ist es anders. Diesmal sind beide Geschlechter massenhaft vertreten. Diesmal trage ich ein Kostüm, das mir tatsächlich passt! Diesmal küsse ich statt meinen Daumen echte menschliche Lippen. Diesmal spiele ich die *Hauptrolle*! Und nicht irgendeine Hauptrolle, sondern die *Julia*!

Auf der anderen Seite der Bühne sehe ich Tania. Sie ist so aufgeregt wie ich, hüpft von einem Fuß auf den anderen, zupft an ihrem Halstuch und boxt hin und wieder energisch in die Luft. Tania Marley. Meine Komplizin für alles. Meine sture, sterbenstreue beste Freundin seit dem ersten Schultag, als wir unseren Bund mit dem Tausch von Freundschaftsarmbändchen und der geteilten Leidenschaft für Disney-Sammelkarten besiegelten. Sie ist das einzige Mädchen der *All Hallows Girls School*, das darauf bestand, eine Männerrolle zu übernehmen, obwohl es genug Frauenrollen gab.

»Scheiß drauf«, hatte sie unserem Regisseur (Lehrer) am ersten Probentag gesagt. »Wir wissen doch alle, dass Mercutio die coolste Rolle im ganzen Stück ist, also werde ich den Mercutio spielen.«

Und was Tania will, kriegt Tania für gewöhnlich auch.

Jetzt sieht sie mich ebenfalls und zwinkert mir grinsend zu. Sie ist kaum wiederzuerkennen. Ihr wildes Haar ist in einen glatten Knoten gebändigt, und mit den angemalten Augenbrauen sieht ihr Gesicht noch kantiger aus als sonst. Sie trägt einen Overall aus schwarzem Satin, dazu goldene Cowboystiefel, und ich weiß jetzt schon, dass ihr schlagkräftiger, radikal-naturalistischer Mercutio das Publikum zum Toben bringen wird. Perfekt synchron heben wir den linken Arm zum BFFFE-Gruß (beste Freundinnen für fucking ewig), der irgendwo zwischen Pfadfinderinnen-, Star-Trek- und blöderweise auch ein bisschen Hitler-Gruß liegt. Danach zieht sich jede wieder in ihren persönlichen Panikraum zurück.

Ich lasse die Arme kreisen, dann das Becken, und summe so oft Tonleitern rauf und runter, bis mir die Wangen kribbeln. Anschließend kaue ich auf einem imaginären Kaugummi herum, das größer und größer wird, bis ich mir wie eine Irre den Mund verrenke und das Gesicht verziehe. Wie Dame Penny, die Autorin von *Hinter den Kulissen*, sagt: »Für Shakespeare ist ein intensives Aufwärmen unerlässlich.«

»Noch zehn Minuten, die Herrschaften!«

Ich gucke böse zu Mr Carter, der das aber gar nicht merkt.

»ZEHN MINUTEN!«

Er hat keine Ahnung, wie durchdringend seine Stimme klingt. Bestimmt haben das jetzt alle im Zuschauerraum gehört und müssen lachen – so dass wir sie verloren haben, noch ehe es richtig losgeht. Ich spähe durch eine Lücke im improvisiert aufgehängten Vorhang ins Parkett (die Turnhalle), wobei mir eine Welle Lavendel-Mottenspray in die Nase schlägt.

Heilige Scheiße! Das sieht ja wie im Wembley Stadion aus! Mindestens zweihundert munter plappernde Eltern sitzen da, nippen Wein aus beigen Plastikbechern und blättern mit spitzen Fingern durch das Programmheft (gefaltete DIN-A4-Blätter). Und als wäre ein volles Haus nicht schon schlimm genug, sehe ich plötzlich *sie*.

Mum und Dad, nebeneinander … in der ERSTEN REIHE!

Mum trägt übermäßig viel Make-up, eine fuchsiarote Seidenbluse mit riesigen Rüschen am Ausschnitt, und ihre Frisur … Ich kann kaum hingucken. Sie hat einen frischen, waschechten Rachel Cut – genau wie halb Woking, wie die meisten Mädchen meiner Jahrgangsstufe und wie ich selbst. Ich habe sie gebeten, es nicht zu tun. Ich habe sie regelrecht angefleht. Auf Knien. »Du kannst dir jede Frisur machen lassen, Mum, jeden Haarschnitt, jede Farbe, aber bitte, *bitte* nicht dasselbe wie ich!« Darauf hat sie nur gegrinst und gesagt: »Pippa Lyons, nun bin ich aber überrascht. Die eigene Tochter zu imitieren, ist doch das größte Kompliment, das eine Mutter ihr machen kann, wie jemand Berühmtes und Interessantes einmal sagte. Aber wie auch immer: Deinem Vater gefällt es. Also!« Ständig dreht sie den Kopf hin und her, so dass ihr das Haar über die Schultern schwingt wie bei diesem Model in der Shampoo-Werbung (wenn auch in einer *deutlich* älteren Version), und ich sehe, wie das arme Paar dahinter ständig ihre Strähnen ins Gesicht gepeitscht bekommt, aber zu britisch höflich ist, um sich zu beschweren. Mum braucht einfach ihre Bühne. Sogar bei *meiner* Aufführung. Na, toll.

Sie kichert mit Tanias Mum Sylvie herum und macht beim Erzählen wie üblich diese blöde wedelnde Handbewegung. Sylvie hängt an ihren Lippen. Es ist oberpeinlich. Man könnte meinen, Mum wäre vierzehn und nicht sechsundvierzig. Auf einmal schnaubt sie vor Lachen los, wobei ihr ein Spritzer Weißwein fontänenartig aus dem linken Nasenloch schießt. Sylvie kriegt vor lauter Begeisterung einen Schluckauf, während Mum ihr rotes Taschentuch aus der Manteltasche zieht und sich schnäuzt. Die beiden amüsieren sich offenbar köstlich.

Während ich vor Scham am liebsten im Erdboden versinken würde. Was sollen nur die Leute denken? Warum kann meine Mutter sich nicht normal benehmen? Ehrlich, jetzt! Als wäre sie noch nie in einem *richtigen* Theater gewesen.

Dad sitzt zusammengekrümmt daneben und liest den *Evening Standard* – oder tut zumindest so, denn bestimmt kann er sich kein bisschen konzentrieren, wenn Mum neben ihm die exzentrische Diva gibt. Ich kann es ihm nicht verübeln. Ich würde mich auch verstecken wollen. Warum muss sie sich bloß so peinlich aufführen? Ich werde nie verstehen, wie mein Vater – der klügste, vernünftigste und ruhigste Mensch des Universums – an *diese* Frau geraten ist. Bitte nicht falsch verstehen, ich habe sie lieb und alles, aber sie hat etwas Vulkanisches. Alles, was sie anfasst, scheint zu explodieren. Nichts kann einfach oder ruhig ablaufen. Alles wird zum Drama.

Wieso kann sie nicht so still und unauffällig dasitzen wie Alicia Kohas Mum, die aufmerksam das Programmheft studiert (gefaltetes DIN-A4-Blatt)? Sie trägt gedeckte Farben, hat brav die Beine übergeschlagen und kein bisschen Chardonnay in der Nase.

Ich ziehe mich zurück, und der Lavendelmottenduftvorhang schließt sich wieder. Schönen Dank auch, Mum. Wie soll ich mich denn jetzt, bitte, konzentrieren? Wie soll ich mich »von den Fesseln des Alltäglichen befreien und in das

Universum eines anderen eintauchen«? Helfen Sie mir, Dame Penny. Sie haben doch bestimmt ein Kapitel zu »Wie man todpeinliche Mütter im Publikum ausblendet« in Ihrem Buch.

Ach, apropos Buch … Ich werde noch mal meinen Text durchgehen, das bringt mich in die richtige Stimmung. Ich schließe die Augen, atme tief ein und lege los.

Was ist? Wer ruft mich?

Dann sagt meine Bühnenmutter, Lady Capulet, etwas. Noch so eine tyrannische Matriarchin, übrigens. Arme Julia, sie muss mein Elend gekannt haben. Ich frage mich, ob ihre Mutter sich auch so eine unmögliche Frisur hat machen lassen, als … Schluss, Pippa! Konzentrier dich.

Hier bin ich, gnädge Mutter. Was beliebt?

Dann sagt sie … O Gott! Was sagt sie bloß?

Denk nach! Denk nach!

Nichts.

Mein Kopf fühlt sich wie aufgequollen an. Eine Regenwolke ist in mein Gehirn gezogen und lässt keinen Raum für anderes. Weg da! Hau ab!

Hier bin ich, gnädge Mutter. Ich bin … Doch es ist alles weg. Komplett verschwunden! Jedes einzelne wunderbare Wort des genialen Barden. Nein, das kann nicht sein …

Ich höre, wie ein Stuhl gerückt und an ein Glas geschlagen wird. Das allgemeine Geraune lässt nach und weicht erwartungsvoller Stille. Dann höre ich vor dem Vorhang die Stimme meines Vaters. Ich luge wieder durch den Spalt.

»Guten Abend, meine Damen und Herren, liebe Schülerinnen und Schüler, liebes Lehrpersonal. Wie schön, Sie so zahlreich zum Theaterabend unserer Hundertjahrfeier versammelt zu sehen. Es ist mir eine große Ehre, dazu auch die Lehrerinnen und Lehrer sowie die Eltern und Schülerinnen der *All Hallows Girls School* bei uns am *St Vincent* begrüßen zu dürfen. Wahrhaftig eine Premiere!«

Vereinzeltes Klatschen, ein paar Schüler pfeifen.

»Nun denn. Ich will über dieses gewiss wenig bekannte Stück, das Sie und ihr gleich erleben werdet, nicht allzu viel verraten.«

Einige Eltern lachen.

»Belassen wir es also bei der Überraschung. Was ich allerdings doch sagen möchte, ist, dass alle Mühe und alle Hingabe, die in diese Aufführung geflossen sind – sowohl von Schülerinnen und Schülern als auch von Lehrerinnen und Lehrern – eine großartige Bestätigung der Zusammenarbeit unserer Schulen ist sowie auch dafür, dass es lohnt, sich mit aller Leidenschaft den schönen Künsten zu widmen. Danke für die großartige Unterstützung! Und nun viel Spaß beim Zuschauen.«

Lauter Applaus. Ich sehe, dass Dad sich wieder hinsetzen will, doch dann …

»Oh, eine letzte Sache noch für diejenigen, die ins Programmheft geschaut und beim Nachnamen der Hauptdarstellerin möglicherweise gestutzt haben: Ich möchte klarstellen, dass ich in keiner Weise etwas mit der Rollenverteilung in dieser Produktion zu tun hatte.«

Anerkennendes Gemurmel. Ich spüre Stolz in mir aufsteigen.

»Und wenn irgendwer noch etwas trinken oder zur Toilette gehen möchte, dann wäre jetzt der richtige Moment. Der Vorhang öffnet sich in fünf Minuten.«

Ich trete zurück. Wie kann er nur so ruhig sein? Mist, Mist, Mist. Gleich geht es los, und ich habe das Gefühl, als würde mir jeden Moment das Herz durch die Brust nach außen platzen, wie bei diesem Typen in *Alien*. Ist das ein Herzinfarkt? Fühlt sich so Sterben an? Ich weiß meinen Text nicht mehr, und jetzt verpasse ich die Chance, allen zu zeigen, was ich kann. Ich kneife die Augen zu und bete um ein Wunder.

»Hey, Pippa.«

Ich mache die Augen wieder auf. Das Herz klopft mir immer noch bis zum Hals. Eine schmale, schattenhafte Gestalt tritt vor mich hin. Ist das der Tod? *Komm, süßer Tod, nimm mich hinfort – du bist willkommen.*

»Ich wollte dir nur viel Glück wünschen.«

Die Stimme kommt mir vage bekannt vor, aber ich kann den Jungen nicht einordnen. Vielleicht ein Bühnenhelfer? Ein Bühnenhelfer, der einen Umhang trägt? Tja, bei Bühnenleuten gibt's die seltsamsten Dinge.

»Danke. Dir auch, äh …«

»Steve. Gallagher. Ich spiele den Zweiten Wächter.«

Den zweiten was?

»Wir haben eine gemeinsame Szene, na ja, ein kleines Stück zusammen. Du weißt schon … am Ende?«

Keine Ahnung.

»Ich sage: ›Hier ist der Diener Romeos‹ und rücke die Bank der Amme nach hinten, dann gehe ich ab.«

Ich habe keinen blassen Schimmer, mit wem ich hier rede.

»Ach ja! Natürlich! Da am Ende …«

Bislang habe ich mich in den Proben nur auf Jonty konzentriert – verstohlene Blicke und bedeutsam zufälliges Berühren am Arm. Alle anderen Szenen und Mitspieler verschwimmen im Nebel.

»Tja, also, schön, dich kennenzu… dich zu sehen. Hals- und Beinbruch.«

Ich wende mich ab. Er rührt sich nicht.

»Ich wollte dir nur sagen, dass du phantastisch spielst.«

Ich merke, wie er rot wird, auch wenn ich sein Gesicht im schummrigen Licht kaum erkennen kann.

»Wenn du stirbst, muss ich jedes Mal weinen.«

Hu. Ein bisschen gruselig, der Typ.

»Noch fünf Minuten für das Ensemble! FÜNF MINUTEN!«

Steve zuckt zusammen. »Uh, der schreit immer so. Ich kann nur hoffen, dass das Publikum ihn nicht hört.« Er fängt an, mit dem Band seines Umhangs herumzuspielen und wickelt es sich wie eine Bandage um den Daumen. Die nächsten Sätze spricht er sehr schnell, als wollten die Worte einander beim Rauskommen überholen.

»Du machst da so was Besonderes … so eine bestimmte kleine Bewegung mit dem Mund. Und das bringt mich zum Weinen. Ich weiß auch nicht, warum.«

Wir sehen uns einen Moment lang in die Augen. Irgendetwas ist anders – nicht wie mit Jonty oder den anderen Jungs. Bei denen spüre ich immer den Druck, sie entweder mit einem deftigen Witz beeindrucken oder mit einem anzüglich-flirtenden Spruch abweisen zu müssen, und am Ende schäme ich mich in Grund und Boden.

»Wie auch immer, tut mir leid. Du musst dich fertig machen. Ich lasse dich in Ruhe.«

Er dreht sich um und will weggehen.

»Nein! Bleib hier.«

Mein Ausruf überrascht uns beide. Und das ist noch nicht alles.

»Ich weiß meinen Text nicht mehr. Keine einzige Zeile. Ist alles weg. Ich werde allen das Stück verderben.«

Ich kann kaum atmen. Als würde ich irgendwo festklemmen. Wie bei dem Seitenstechen, das ich beim Korbball manchmal kriege, nur schlimmer. Stärker. Herrjemine! Vielleicht ist es eine Panikattacke.

Als Steve sich wieder zu mir umdreht, trifft ein Lichtstrahl seine Augen. Sein Blick ist so freundlich und besänftigend, dass sich mein Herzklopfen beruhigt. Als hätte er in mir ein Ventil geöffnet, und das überschüssige Adrenalin entweicht wie Wasser. Ich sehe ihn an und will, dass er mich rettet. Auf einmal greift er unter seinen Umhang und sucht nach etwas.

»Notfalltropfen. Vier davon hinten auf die Zunge.«

Er hält mir ein kleines Fläschchen entgegen, das ich skeptisch beäuge.

»Das hat mir meine Mum besorgt. Gegen die Nervosität. Ich bin nicht besonders schauspielerisch veranlagt. Nicht so wie du.«

»Wie soll ich ...?«

»Hier, ich zeig's dir. Streck die Zunge raus.«

Ich tue es.

»Den Kopf ein bisschen zurück.«

Ich lege den Kopf in den Nacken. Er schraubt den Deckel ab und träufelt vorsichtig mit der Pipette vier Tropfen auf meine ausgestreckte Zunge. Das sollte irgendwie peinlich sein, ist es aber nicht. Es hat etwas seltsam Intimes.

»'eck' 'ach Al'hol.«

Steve lacht. Ein schöner, voller Klang.

»Ja, stimmt. Ich glaube, im Grunde ist das auch nichts anderes als Alkohol.«

Wie um alles in der Welt hat er mich verstanden?

Wir stehen eine Weile schweigend da, die Notfalltropfen wärmen mir den Brustraum. Ich weiß nicht, ob es am Alkohol liegt oder an seiner spontanen Liebenswürdigkeit, aber meine Nervosität lässt wirklich nach.

»Wir können den Text noch mal durchgehen, wenn dir das hilft?«

»Aber du kennst meine Passagen doch gar nicht, oder?«

Er senkt kurz den Blick auf seine Schuhe – Schulslipper, die als elisabethanische Treter herhalten müssen.

»Ich war bei ein paar Proben dabei. Vielleicht deine erste Szene mit Romeo? Erster Akt, fünfte Szene?«

Wer spricht von uns als Erstes? Ich oder Romeo? Mein Kopf, wenn auch mittlerweile wieder ruhig, ist noch immer leer. Steve räuspert sich.

»Entweihet meine Hand verwegen dich, o Heil'genbild, so will ich's lieblich büßen …«

Er kennt den Text tatsächlich.

»Zwei Pilger, neigen meine Lippen sich«, fährt er fort, »den herben Druck im Kusse zu versüßen.«

Und noch bevor ich überlegen kann, sprudelt die Antwort aus mir heraus wie eine ganz natürliche Erwiderung.

»Nein, Pilger, lege nichts der Hand zu Schulden für ihren sittsam-andachtvollen Gruß. Der Heil'gen Rechte darf Berührung dulden …«

Ich merke, dass ich wie auf der Bühne meine Hand hebe. Steve tut dasselbe.

»Und Hand in Hand ist frommer Pilger Kuss.«

Jetzt drücken unsere Handflächen gegeneinander. Sie sind warm …

»Es geht los, liebe Schauspielerinnen und Schauspieler. ES GEHT LOS!«

Mit einem Schlag sind wir wieder in der Realität. Das Licht im Saal wird gedimmt, das Publikum verstummt, und wir stehen abrupt im Dunkeln. Mein Romeo-Double löst seine Hand von meiner.

Und wie durch ein Wunder kommen sie hervor. Schlüpfen sie aus ihren Kokons und testen ihre Flügel. Schmetterlinge – die guten. Flattern in meinem Bauch herum und schaffen kribbelige Energie. Ich weiß, ich habe sie gefunden, ich habe Julia gefunden! Da ist sie. Meine Chance. Ich habe den Text parat und werde sie alle umhauen. Die Knoten der Panik sind gelöst, das Adrenalin kreist frei durch meinen Körper. Ich sehe mich kurz um, doch der Zweite Wächter ist verschwunden. Für das Notfallzeug werde ich mich dann später bei ihm bedanken. Wie hieß er noch mal? Egal. Ich bin dran.

Ich sehe Dad, wie er mit stolzem Lächeln in der ersten Reihe sitzt. Ich trete auf die Bühne, ins Licht, ins Ungewisse.

2. März 2019
00:39 Uhr

Er kann sich nicht erinnern, wann er sie das letzte Mal so still erlebt hat. Sie haben immer darüber gewitzelt, dass sie keine Sekunde ruhig sein kann. Sein kleiner Springteufel. Wie oft hat er eine Hand auf ihr Bein gelegt, damit sie aufhört, mit dem Knie zu wippen, oder auf ihre Hand, damit sie nicht mehr auf den Tisch trommelt? Selbst ihre Augenbrauen scheinen ein Eigenleben zu führen, indem sie wie tanzende Raupen auf die Mysterien dieser Welt reagieren.

Was würde er dafür geben, sie unter diesem dünnen Krankenhaushemd, in dem sie fast ertrinkt, herumzappeln zu sehen! Ein Schulterzucken, ein Nasekräuseln, ein wackelnder Zeh. Irgendetwas. Doch sie liegt stocksteif da. Ihre Füße wirken wie aus Alabaster, ganz weiß und irgendwie kleiner als sonst. Unter dem grünen Gewand sind der Umriss ihrer Brüste, die leichte Wölbung ihres Bauches und die Kuhle zwischen ihren Hüften deutlich zu erkennen. Während er beobachtet, wie sich ihr Brustkorb hebt und senkt, hat er das überwältigende Bedürfnis, ihr seine Jacke überzulegen und sie zu wärmen – ein Automatismus nach tausendundeiner Nacht auf dem Sofa, wenn ihr Wiggeln plötzlich nachlässt und der Kopf kraftlos gegen seine Schulter fällt. Ein Zeichen, dass sie eingeschlafen ist, und *sein* Zeichen, ihr die schottische Wolldecke überzulegen und zu den Fußballnachrichten umzuschalten.

Eine Krankenschwester kommt. Konzentriert-beflissen. Er rückt zur Seite, um ihr Platz zu machen, und haucht ein kaum hörbares »Tut mir leid« in ihre Richtung. Sie wirft einen freundlichen Blick über die Schulter – einen Blick, der besagt: »Was sollte Ihnen leidtun? *Mir* tut es leid für Sie.«

Eine weitere, jüngere Pflegerin kommt dazu, eine Auszubildende, die einen kurzen Moment zögert, als sie den Zustand der vor ihr liegenden Patientin registriert. Dann sieht sie den Mann, der bewusst jeden Augenkontakt meidet – aus Angst, sein schmerzerfüllter Blick könnte sie verbrennen.

Er beobachtet, wie die beiden den halbleeren Infusionsbeutel begutachten und wieder befestigen. Sie bewegen sich in perfekter Synchronität und zum Rhythmus der Maschinen. *Sirr, piep, klick. Sirr, piep, klick.* Als sie fertig sind, huschen sie Seite an Seite davon und geben den Platz am Bett wieder frei. Aber er kann nicht hingehen. Noch nicht. Als würde er in einem Tanz feststecken, dessen Schritte er nicht kennt.

Dann, irgendwann, nähert er sich doch. Er konzentriert sich auf ihren Mund – auf den Teil von ihr, der trotz des kalten Plastikdings, das ihre Zähne auseinanderzwingt, fast unverändert aussieht. Den kleinen Leberfleck auf ihrer Oberlippe, den sie beharrlich als Schönheitsfleck tituliert; die schmale Narbe an ihrem Kinn, die sie sich in der Rollschuhdisco im Alexandra Palace geholt hat. Würde er seine Augen nur fest genug schließen, könnte er sich diesen Mund an tausend glücklichen, hoffnungsvollen Orten vorstellen. Er versucht, den blau-gelben Kragen aus Hartplastik um ihren Hals zu ignorieren (jemand hat erklärt, das sei zum Fixieren der Wirbelsäule, fällt ihm ein, aber es ist alles verschwommen). Stattdessen wandert sein Blick zu ihren Augen, worauf ihm ein schmerzvolles Stöhnen entfährt.

Die Lider grün und lila, geronnenes Blut um ihre Nasenlöcher. Auch ihre Stirn ist dunkelblau vor Blutergüssen, das Haar mit weiterem Blut verklebt. Ihm stockt der Atem, irgendwo zwischen Brust und Kehle, und er muss sich am Bettgitter festhalten, um aufrecht stehen zu bleiben.

»Mr Gallagher?«

Er dreht sich um. Hinter den schwarzen Flecken am Rand seines Sichtfelds tritt eine Gestalt hervor. Polierte Schuhe, weißer Kittel, Klemmbrett. Er versucht, etwas zu erwidern, kann sich im Moment aber nicht erinnern, wie man Wörter formt.

»Steven?«

Er blinzelt, überlegt und nickt.

»Ich bin Mr Bramin, Beratungsarzt der Unfallchirurgie. Sie sind der nächste Angehörige, richtig? Der Ehemann?«

Steve wirkt, als habe er die Frage verstanden, doch in Wahrheit ist sie an ihm vorbeigehuscht. Er starrt dem Mann nur ins Gesicht. Auf sein linkes Ohrläppchen, um genau zu sein.

Ist das ein Ohrring?

»Ihre Frau leidet an einem Schädel-Hirn-Trauma, wie wir es nennen, das heißt, das Gehirn wurde heftig erschüttert. Ihr Zustand ist sehr ernst. Neben dem Hirn-Trauma hat sie Verletzungen am Becken, am Brustkorb und an den Armen. Das CT zeigt ein epidurales Hämatom.«

Sollte ein Arzt – ein qualifizierter Arzt, der Leben rettet – einen Ohrring tragen? Ohrring heißt Lässigkeit. Ohrring heißt Jugend. Ohrring heißt …

»Wir haben ein Blutgerinnsel aus ihrem Gehirn entfernt und sie sediert – sie befindet sich im sogenannten künstlichen Koma. Wir hoffen, dass das den Druck im Hirn mindert. Wir behalten sie auf der Intensivstation, und das Pflegepersonal wird sie konstant überwachen. Sie ist in guten Händen. Ihr Puls, ihr Blutdruck, die Atemfrequenz und die Sauerstoffwerte werden regelmäßig überprüft und auch, wie viel Flüssigkeit sie aufnimmt und wie viel Urin sie abgibt. So können wir ihre Medikation genau abstimmen. Die nächsten zwölf Stunden sind kritisch. Hier kommen Sie ins Spiel.«

Durch den Nebel ein klares Fenster. Das gedämpfte Aufblitzen eines Leuchtfeuers im Sturm. Eine Aufgabe. Mit Aufgaben kann Steve umgehen. Es gibt etwas zu tun, etwas Praktisches. Er zwingt sich, den Blick von Mr Bramins Ohr zu lösen.

»Ich kann nichts versprechen, aber wir haben schon erstaunliche Fortschritte erlebt, wenn liebende Angehörige mit den Patienten reden. Vielleicht wird das auch Ihrer Frau helfen.«

»Pippa. Sie heißt Pippa.« Steve erkennt seine eigene Stimme nicht wieder. Es sind seine ersten klaren Worte, seit er das Gebäude betreten hat.

»Also gut. Pippa.«

Mr Bramin löst ein weiteres Klemmbrett vom Fußende des Bettes und blättert durch die Unterlagen. Er schreibt etwas, und das Kratzen des Kugelschreibers ergänzt das Orchester im Raum um eine weitere Stimme. Steve hält sich immer noch am Bettrahmen fest, als stünde er an Deck eines sinkenden Schiffes und würde nur von der schmalen Reling gehindert, über Bord in die tosenden Wellen zu stürzen.

Mr Bramin steckt das Klemmbrett zurück und schiebt den Stift mit flüssiger Bewegung in die Brusttasche. Steve merkt, dass er spontan unruhig wird. Hat Bramin die Mine wieder eingefahren? Steve hat kein Klicken gehört. Wenn nicht, wird er bald einen wuchernden Fleck auf dem weißen Kittel haben. Kugelschreibertinte ist nur schwer wieder auszuwaschen. Das weiß Steve, weil Pippa ihm einmal auf ihre lebhafte Art eine Geschichte erzählt und dabei wild mit einem Kugelschreiber herumgestikuliert hat. Sollte er Bramin warnen?

»Können Sie das so weit nachvollziehen, Mr Gallagher? Haben Sie noch Fragen?«

Sirr, piep, klick, pfft. Sirr, piep, klick, pfft.

»Ich weiß nicht, was ich ihr erzählen soll.« Steves Stimme klingt gedämpft, als befände er sich tief unter der Erde.

»Ihnen wird schon etwas einfallen. Möchten Sie vielleicht jemanden anrufen? Jemanden aus der Familie? Einen Freund?«

»Meinen Telefonjoker? Ich weiß nicht. Joker klingt lustig. Etwas Lustiges könnte ich jetzt mit Sicherheit gebrauchen.«

Der Teil von Steve, der unpassende Witze macht, ist nun auch zugegen. Mr Bramin sieht ihn nur an.

»Reden Sie einfach mit ihr, Mr Gallagher. Geben Sie Pippas Hirn etwas zu tun. Ich bin überzeugt, sie kann Sie hören.«

Sein Pager vibriert. Der Arzt wirft einen kurzen Blick darauf, nickt den Schwestern flüchtig zu und verschwindet auf den Gang.

Es wird still im Raum, nur die Maschinen spielen ihren Refrain zu Pippas flachen, aufgezwungenen Atemzügen. Vorsichtig nimmt Steve ihre Hand. Sie ist wärmer als erwartet.

Vielleicht ist sie tatsächlich noch da drin.

Er fährt mit dem Finger über ihren Verlobungsring, den Ring seiner Großmutter. Die Geste ist ihm so vertraut wie das Atmen, und automatisch richtet er die kleinen Diamanten nach oben aus, damit sie das Licht einfangen. Dennoch fühlt es sich diesmal anders an – fast wie vor sieben Jahren, als er ihr den Ring das erste Mal an den Finger steckte.

»Was ist passiert, Pip?«

Sirr, piep, klick, pfft.

»Wo zum Teufel wolltest du hin?

Sirr, piep, klick, pfft.

Steve merkt, wie sich der Nebel um ihn herum erneut verdichtet und die Strahlen des Leuchtfeuers in den Dunst abtauchen. Der Raum beginnt sich zu drehen. Seine Beine geben nach, und er sinkt auf das Kunstlederpolster des Besucherstuhls am Bett. Er hebt Pippas verfärbte Hand an sein Herz. Doch es ist nicht ihre Hand – sie ist schlaff und mit einer Schmetterlingskanüle punktiert und kann nicht zurückdrücken.

»Verlass mich nicht, Pippa.« Seine Stimme wird brüchig. »Wage es ja nicht, mich zu verlassen!«

Ihm wird heiß ums Herz und hinter den Augen. In seiner Kehle bildet sich ein schmerzender Klumpen. Eine Träne sickert durch seine Wimpern und landet mit feinem Pling auf dem Bettgitter. Kurz vor dem kompletten Zusammenbruch geschieht etwas. Er spürt eine leichte Berührung an der Schulter. Menschlichen Kontakt.

»Ganz ruhig. Atmen Sie tief durch.«

Die Stimme der jungen Pflegerin ist freundlich und beruhigend. Steve tut, wie ihm geheißen, und atmet so tief und langsam ein und aus, wie er kann.

»Sie müssen jetzt stark sein. Für Ihre Frau.«

Er wischt eine weitere Träne mit dem Ärmel fort. Nickt.

»Reden Sie einfach mit ihr.«

»Aber was?« Seine Augen weiten sich vor Angst. »Worüber? Wo soll ich anfangen?«

»Fangen Sie am Anfang an. Sagen Sie ihr, dass Sie sie lieben. Erzählen Sie ihr, *warum* Sie sie lieben.«

Sie verlässt den Raum, und die Tür schwingt hinter ihr zu.

»*Warum* ich dich liebe? Verdammt, da könnten wir die ganze Nacht hier sein. Aber wie es aussieht …«

Zärtlich schiebt er ihr eine Haarsträhne aus der Stirn, beugt sich vor und flüstert ihr ins Ohr: »Also gut, Mrs Gallagher. Machen Sie es sich bequem …«

Sirr, piep, klick, pfft.

»Legen wir los.«

23. November 2007

STEVE

Ich hievte mir den schweren Seesack über die Schulter, ging rechts aus der U-Bahn-Station *Embankment* und erklomm die Treppe der Fußgängerbrücke. Ein vertrauter Gang und meine übliche Art, die Themse zu überqueren, auch wenn routinierte Pendler sicher schlauere Wege kannten. Es war die Route, die ich als Sechzehnjähriger bei meinem ersten Solo-Ausflug nach London genommen hatte, einem am Ende nutzlosen und bedauerlich teuren Weihnachtseinkaufstrip in die Oxford Street. (»Warum bist du nicht einfach zu *Bentalls* in unserem Einkaufszentrum gegangen?« Mum hatte wie immer recht.)

Heute machte es mir nichts aus, mich durch die Massen der Anzugträger durchzuschlängeln, die aus ihren Büros nach Hause strömten. Es machte mir nicht mal etwas aus, wenn mir bei leichten Zusammenstößen die scharfe Ecke meiner Nikon D200 in die Hüfte gedrückt wurde. Arme Schweine, dachte ich. Aber es kann ja nicht jeder so ein Glück haben wie ich.

Heute blieb ich nicht mitten auf der Brücke stehen, um in den Fensterscheiben der roten Doppeldeckerbusse auf der Nachbarbrücke die Spiegelung der untergehenden Novembersonne zu bewundern, noch dazu vor der Kulisse von St Paul's. (Wobei ich mir trotzdem vorstellte, was für ein tolles Foto das geben würde, vor allem, wenn ich es schaffte, die im Vordergrund vorübereilenden Bürohengste als verschwommenen Streifen einzufangen.) Aber heute war mir das egal – weil ich einen Job hatte! Einen richtigen, bezahlten Job mit einer Tätigkeit, die ich liebte. Na gut, es ging nur um die Präsentation einer neuen Sorte Streichbutter, aber das Gefühl war trotzdem erhebend. Ich schwebte gleichermaßen über den Fluss, sprang die Stufen zur *Royal Festival Hall* hinunter und spazierte an den Bücherständen und Skateboardern vorbei.

Meine einzige Sorge war Oscar, den ich für diesen Auftrag als Assistenten »gebucht« hatte. Er war weder besonders zuverlässig noch besonders pünktlich und fototechnisch auch nicht wirklich fähig, aber er war mein bester Freund, und ich dachte, mit ihm zusammen käme ich mir weniger wie ein Scharlatan vor (selbst wenn das bedeutete, dass ich mein Honorar mit ihm teilen müsste). Ich rief ihn an.

»Stevie G!«, begrüßte er mich, wie er es immer tat. »Was steht an?«

»Der Auftrag, Oscar. Der ist heute. Also praktisch jetzt gleich.«

»Ich weiß.«

»Wirklich?«

»Klar, Mann.«

In den acht Jahren, die wir befreundet waren, hatte Oscar noch nie gehetzt oder gestresst geklungen. Falls er gelogen und es doch vergessen hatte, würde ich es nicht merken.

»Und du weißt auch, dass es in der Tate Modern ist, oder?«, hakte ich nach. »Nicht in der Tate Britain.«

Er schwieg einen Moment.

Dann: »Modern, genau. Die mit den Warhols, richtig? Geiles Zeug.«

»Richtig.« Ich bog vom Themse-Fußweg in Richtung des hohen Ziegel-Monolithen ab. »Also, ich bin jetzt da.«

»Bis gleich«, sagte Oscar und legte auf.

Ich hastete über den baumgesäumten Platz, auf dem die übliche Büromeute bereits mit Bier aus Plastikbechern auf den Feierabend anstieß. Dann würde ich wohl ohne Oscar aufbauen müssen. Wirklich eine Schande, aber was hatte ich erwartet? Mittlerweile schwebte ich nicht mehr euphorisch, sondern ging fast im Stechschritt, weil die Sohlen meiner neuen schwarzen Budapester ungemütlich hart waren. Auch spürte ich das zusätzliche Gewicht meines Seesacks, in dem sich fast meine gesamte Ausrüstung befand, auch wenn ich heute etwa nur ein Viertel davon brauchen würde. Ich hatte lieber alles eingepackt, weil ich so wirken wollte, als wüsste ich, was ich tue.

»'allo, 'allo«, hörte ich eine vertraute Stimme. Oscar lehnte an einem der dünnen Birkenstämme.

»Du bist schon hier?«, fragte ich, leicht keuchend.

»Ja, ich war früher da. Hab im Skate Park schon ein paar Tricks geübt.«

Erst jetzt sah ich, dass er Baggy Jeans trug und das Skateboard zu seinen Füßen auf dem Boden lag – Füßen, die in zerschlissenen Vans steckten.

»Zieh dir lieber noch andere Schuhe an.«

»Ich hab keine anderen dabei.«

»Spinnst du? So können wir da nicht rein.«

»Klar können wir. Das sind alles Kunstfuzzis, die lieben so was.«

»Es sieht dann aber aus, als wäre ich der Vater, der seinen Sohn zur Arbeit mitnimmt.«

»Und was wäre daran so falsch? Mein Alter zeigt mir eben, wo's langgeht.« Oscar grinste, doch als er merkte, dass ich das nicht lustig fand, wurde er wieder ernst. »Vorschlag: Ich zieh die Socken drüber, wie wir das früher gemacht haben, wenn wir ins *Slug and Lettuce* reinwollten.«

»Deine Socken sind weiß.«

»Oh, stimmt. Shit.«

Oscar sah zu einer Gruppe edel gekleideter Frauen, die in

Richtung Museum schlenderten. Die Gäste für die Produkt-Präsentationsparty trudelten ein, und ich hätte vor zwanzig Minuten schon drin sein sollen.

»Hm, Stevie, also … Da komme ich mir jetzt echt ein bisschen blöd vor«, meinte er. »Weißt du was? Ich verzichte und überlasse dir meinen Teil der Gage.«

»Wirklich großzügig von dir, Kumpel.«

»Hey.« Er kickte sein Skateboard hoch. »Du schaffst das.« Er rollte es zum Weg, sprang auf und fuhr davon. Es war schwer, länger auf Oscar sauer zu sein.

Ich folgte den aufgetakelten Frauen zum Seiteneingang, wo der Türsteher einen roten Samtvorhang beiseiteschob. Als er mich sah, richtete er sich zu voller – und beeindruckender – Größe auf.

»Ja, bitte?«

Er beherrschte diesen starren Türsteherblick, bei dem sie praktisch durch einen hindurchsehen, in Perfektion. Und auf Pawlow'sche Weise gewissermaßen konditioniert durch unsere *Slug and Lettuce*-Zeit, in der Oscar und ich unzählige Freitagabende von ähnlich schrankartigen Männern abgewiesen worden waren, begann ich prompt zu schwitzen.

»Ich bin für die Präsentation hier. Val hat mich gebucht.«

»Name?«

»Steve … Steven. Gallagher. Der Fotograf?«

Der Typ runzelte die Stirn und legte einen Finger auf den Empfangsstöpsel, der leicht schief in seinem Blumenkohlohr steckte.

Ruhig durchatmen, Steve. Bleib cool. Das wird gut. Denk dran: Du lebst deinen Traum. Du bist jetzt hier und …

»Bisschen spät, oder?«, schnauzte Val, die Event-Managerin, mich an. »Kein guter Start.«

»Ja, tut mir leid ... der Typ an der Tür ...«, stammelte ich in dem Versuch, den Türsteher verantwortlich zu machen, sobald er außer Hörweite war. Val ignorierte es.

»Ich dachte, wir hätten noch einen Assistenten?«

»Hatten wir auch. Hatte ich. Ja ...« Ich räusperte mich. »Aber der ist krank geworden. Tut mir leid.«

»Ist mir egal«, gab sie zurück. »Hauptsache, wir kriegen alle Fotos, die wir brauchen.«

Als sie mich per Telefon gebucht hatte, war sie ganz nett gewesen, aber jetzt führte sie mich mit eisernem Griff wie einen Kaufhausdieb durch den Funktionstrakt des Gebäudes. Durch ein Paar Schwingtüren zog sie mich in eine Küche, in der emsige Köche Mini-Yorkshire-Puddings mit Roastbeefscheibchen und Tupfern von Meerrettich füllten, danach durch eine weitere Tür in einen schummrigen, überfüllten Raum.

Die Hitze von zweihundert Körpern schlug mir entgegen. Als meine Augen sich an den lila-rosa Dunst gewöhnt hatten, sah ich die Umrisse von Gästen, die sich gegenseitig ins Ohr brüllten, um bei dem Lärm gehört zu werden. Ich konnte nicht unterscheiden, ob die Musik oder mein Herz in meinem Brustkorb wummerten, aber auf jeden Fall war mir mulmig. Wo war das Licht? Wie sollte ich hier drinnen ein auch nur einigermaßen vernünftiges Foto schießen? Das Ambiente glich eher einem Nachtclub als einem Kunstmuseum. Ich sah mich nach einem Ort um, wo ich meine Tasche deponieren könnte.

»Gibt es hier ein Büro oder vielleicht eine Garderobe?«

Vals Antwort hörte ich nur bruchstückhaft, doch ich verstand den allgemeinen Tenor: »... *dermaßen* beschäftigt ... wenig Platz ... *enorm* wichtige Gäste ...«

Unvermittelt blieb sie stehen und hakte sich bei einer Frau

unter, die ich vage aus irgendwelchen Glanzzeitschriften kannte. Sicher gehörte sie zu besagten enorm wichtigen Gästen.

»Können wir … von der bezaubernden Kerry?« Mit nun strahlendem Lächeln schob Val die beschwipste Blondine vor mir in Position. Kerry hatte glasige Augen. Sie sollte besser von irgendeinem Rettungsdienst eingesammelt werden, starken Tee trinken und ein paar trockene Kekse essen.

»Ähm …« Ich hatte noch nicht mal meinen Fotoapparat eingeschaltet, geschweige denn eine Probeaufnahme gemacht, aber Val war die Ungeduld in Person, also hob ich schnell die Kamera und machte drei Schnappschüsse (um mindestens einen ohne Blinzeln zu bekommen), bevor Kerry an die Bar zurücktorkelte.

»Haben wir eine gute Aufnahme?«

Ich wusste, wir hatten keine. Pflichtschuldig begutachtete ich das Display meiner Nikon und versuchte, nicht zusammenzuzucken, als ich das Ausmaß der Katastrophe erkannte: verschwommene Konturen, Kerrys hell ausgeleuchtetes und gerötetes Gesicht in der Mitte. Ein bisschen wie Munchs *Der Schrei*, wobei sich das hier niemand an die Wand hängen würde. Ich würde es noch nicht mal an die *Daily Mail* verkaufen können.

»Sieht super aus«, log ich.

»Da drüben, Keith und … nimm die beiden neben dem Werbeplakat auf. Hopp, hopp.« Sie klatschte zweimal und schob mich in Richtung eines Paares an einem Stehtisch.

»Kann ich eben noch den Blitz aufsetzen? Das Licht hier ist ziemlich …«

Doch Val hatte die beiden schon erreicht und begrüßte sie mit weit ausgebreiteten Armen und Luftküsschen, bevor sie mich dazuwinkte. Ich lächelte und ging so langsam wie möglich, um dabei blind nach dem Blitzgerät zu tasten, das ich anschließend oben im Kameraschuh einrasten ließ. Ein plumper, leicht zerzauster Keith rückte eng an eine trendy aufgetakelte Frau mit glänzend schwarzer Ponyfrisur heran. Auf dem Plakat hinter ihnen stand *Schmackig und streichig* neben einem Paar roter Lippen, das sich sinnlich einer dick bebutterten Scheibe Brot entgegenstülpte. Schnell stellte ich die Kamera auf Automatik, schickte ein Stoßgebet zum Himmel und drückte *klick, klick, klick* den Auslöser, wonach die beiden weiterzogen und eine Reihe leerer Champagnerflöten auf dem weißen Tischtuch zurückließen.

»… lass ich dich jetzt mal allein? Mach auf jeden Fall … Reden in einer Stunde.« Dann war auch Val verschwunden.

Na, wie schlimm ist es geworden?

Ich wagte einen Blick auf das Display, zoomte Keiths Gesicht größer und war angenehm überrascht, wie passabel das Foto aussah – mindestens durchschnittlich gut. Ich scrollte zur Seite, um die Produktwerbung zu inspizieren. Sie war etwas überbelichtet, aber das konnte ich später mit ein bisschen …

Auf einmal blieb mir fast das Herz stehen. Alles um mich herum verstummte. Wie gebannt starrte ich auf einen Haufen Pixel, der aus dem kleinen Monitor zu mir zurückstarrte. Farbfleckchen, die wie rote, zum Pferdeschwanz gebundene Haare aussahen, eine vertraute Kinnpartie, vor Konzentration geöffnete Lippen, dazu die leicht nach vorn gezogenen Schultern …

Ich senkte die Kamera, die Party um mich herum nahm ihr Getöse wieder auf, die Realität trat an Stelle des Fotos. Nur *sie* war verschwunden. Wie ein Vogelbeobachter, der eine seltene Sichtung hatte entwischen lassen, folgte ich ihr in die Richtung, in die sie entfleucht war. *Da!* Ein tanzender Pferdeschwanz, Vorbeischlängeln an Smokings und Cocktailkleidern, weg, weg von mir. Ich hastete ihr hinterher, wurde aber durch einen Engpass am Canapé-Stand aufgehalten, wo Bar und Kücheneingang aufeinandertrafen. Der Pferdeschwanz wippte Richtung Ausgang. *Denk nach, Steve! Beeil dich.*

»Entschuldigung!«, rief ich laut. Ich wusste nicht, was ich als Nächstes sagen wollte (ich fürchte, es wäre ein einfallsloses »Bitte Platz machen!« gewesen), aber zu meiner großen Erleichterung brauchte ich nichts mehr zu sagen. Als die Gäste sich umdrehten und meinen Fotoapparat entdeckten, warfen sie sich automatisch in Pose und warteten schmollmündig auf den Blitz. Ich erfüllte ihre Erwartung – *klick, klick* – und ging weiter. Das Meer der Gäste teilte sich für mich, alle legten den Arm um jeweilige Partner oder Nachbarinnen. Manche schoben dabei lasziv die knochigen Hüften nach vorn. Dankbar schoss ich ein Foto – diesmal nur eins und auch nur grob auf die Menge gerichtet – und erreichte ungehindert den Ausgang.

Mit Kribbeln im Bauch spähte ich in einen schmalen, schwach beleuchteten Vorraum. Ein gelangweilt wirkender Designerjackenhüter blickte kurz auf, entschied dann wohl, dass ich niemand Wichtiges sei, und widmete sich wieder seinem Handy. Und dahinter, nur weniger Meter entfernt, stand Pippa. Obwohl sie mir den Rücken zuwandte, erkannte ich sie nach all den Jahren sofort. Unverkennbar die Art, wie sie vornübergebeugt stand: leicht ungelenk und gleichzeitig elegant, wie eine Balletttänzerin, die sich an der Stange aufwärmte. Mit einer Hand massierte sie eine ihrer feinbestrumpfte Fersen, mit der anderen hielt sie sich am schwarzen Vorhang fest, der die improvisierte Garderobe abteilte.

Ich sah wieder zum Mantelbewacher, doch der war immer noch in sein Handy vertieft.

Auf geht's. Ich räusperte mich.

»Brauchst du ein Pflaster?«

Der Held. Allzeit bereit. Ich war heilfroh, mich für alle Eventualitäten gerüstet zu haben.

Sie fuhr herum und verlor die Balance. Während sie auf mich zutaumelte, erkannte ich blitzschnell, dass ich sie auffangen musste. Mit fließender Bewegung ließ ich den Seesack von der Schulter rutschen – *bye-bye, tausend Pfund teure, unversicherte Ausrüstung* –, sprang vor und empfing Pippa galant in meinen Armen. Als wir so verkrümmt verschlungen dastanden, fiel mir auf, dass ihr Haar unter diesem Licht noch roter glänzte.

»Uh! Verdammt, tut mir leid«, sagte sie.

»Nein, meine Schuld. Ich habe dich erschreckt.«

Wir sahen uns in die Augen – was sich bei nur zehn Zentimeter Abstand schwer vermeiden ließ –, und sofort bekam ich Angst, dass ich sie schon jetzt einen Tick zu lange festhielt, und versuchte, uns beide wieder aufzurichten. Dazu musste ich dieselbe Bewegung wie eben, aber im Rückwärtsgang, ausführen, was mit meinem eigenen Gewicht schon eine Herausforderung war, und mit Pippa im Arm … Obwohl ich mich anstrengte, damit es rasch vonstattenging und mühelos wirkte, entfuhr mir dabei ein ziemlich ungalantes Stöhnen. Pippa lachte. Um meine Ehre wiederherzustellen, klappte ich eine Seitentasche meines Seesacks auf und zog das grüne *Compeed*-Schächtelchen heraus. Sie lachte wieder.

»Du hast ja tatsächlich welche«, sagte sie beeindruckt (wie ich fand).

»Nimm dir eins, egal, welches«, bot ich an.

Während sie das Pflaster aus der Verpackung pellte, bemühte ich mich, nicht auf ihre Uniform zu starren – auf dem engen schwarzen Top stand quer über der Brust der peinliche Werbespruch unseres Auftraggebers. Wie oft hatte ich mir vorgestellt, sie wiederzutreffen, und in Gedanken die dann folgenden Gespräche geprobt; doch jetzt, wo sie vor mir stand, brachte ich kein Wort heraus und wurde immer panischer, je länger das Schweigen andauerte.

Sag doch etwas. Irgendwas.

»Tja, witzig, dass wir uns hier treffen.«

Irgendwas anderes als ausgerechnet diese abgedroschene Phrase, du Idiot.

Ich konnte ihren Gesichtsausdruck nicht deuten. Ihr Mund lächelte, doch ihr Blick wirkte skeptisch.

»Also, dass wir beide ... hier sind.«

»Tut mir leid, aber kennen wir uns?«

»Ich bin's. Steve.«

Immer noch kein Signal, dass sie mich wiedererkannte.

Dies war definitiv keines der Szenarien, die ich für unser Wiedersehen entworfen hatte. Mir blieb also nichts anderes übrig, als meine beste Kenneth-Branagh-Imitation zu geben.

»Hier ist der Diener Romeos.«

Und das war's. Ich konnte fast sehen, wie ein Tsunami an Erinnerungen über sie hereinbrach – Bilder wie der Schnelldurchlauf der Vorgeschichte zu Beginn einer zweiten Serienstaffel. Ihre Nervosität bei der ersten Probe. Die Busfahrten nach Hause, bei denen sie auf der hintersten Sitzbank Hof hielt. Die billige heiße Schokolade, mit der ich sie beim Feuerwerk überrascht hatte, als sie in ihrer viel zu dünnen Jacke dastand und fror.

»Steven Gallagher. Mein Gott! Das ist ja ...«

»Zehn Jahre her. Ich weiß. Die Zeit verfliegt.«

»Was machst du hier? Auch bedienen?« Sie entdeckte

meine Kamera. »Ach, du bist der Fotograf. Wie cool ist das denn!«

Ich hoffte inständig, dass man im lila Licht nicht sah, wie ich rot wurde.

»Klar«, sagte ich. »Deswegen hast du dich ja gleich an mich erinnert. Der coolste Junge von *St Vincent.*«

»Natürlich erinnere ich mich an dich.« Sie lächelte. »Du siehst nur so … erwachsen aus.«

»Danke?«

»Tut mir leid, das war als Kompliment gemeint.«

»Dann nehme ich es als solches an.«

Jetzt war sie an der Reihe, rot zu werden.

»Du hast nicht zufällig eine Fluppe in deiner Mary-Poppins-Tasche?«, wollte sie wissen. »Ich hab gleich Pause.«

»Sicher doch«, antwortete ich, obwohl ich noch nie in meinem Leben geraucht hatte. »Ich könnte jetzt auch eine … äh, eine Fluppe gebrauchen.«

»Super. Kann ich …«

»Äh, ich glaube, ich habe sie drinnen gela… Ich geh mal eben los und hole sie.«

Ich stürzte mich wieder ins Getümmel, ohne auch nur eine Sekunde darüber nachzudenken, wozu ich eigentlich hier war. Das Stimmengewirr in den abgedunkelten Museumsräumen dröhnte mir in den Ohren. Alle redeten, keiner hörte zu. Ein Pärchen mit silberweißem Haar, stylisch gekleidet und leicht beschwipst, drehte sich zu mir um. Beide grinsten. Erst dachte ich, sie freuten sich einfach, mich zu sehen. Dann sah ich, dass sie sich in Pose warfen – sie neigten ihre Champagnergläser um zehn Grad und warteten darauf, dass ich sie fotografierte. Pflichtschuldig, wie auf Autopilot, machte ich drei Schnappschüsse. Eine Kellnerin zwängte sich zwischen ihnen hindurch und hob ein Tablett mit Canapés über den Kopf, während sie mit der anderen Hand leicht verschämt den Spruch auf ihrer Brust verdeckte.

Schmackig und streichig. Klar, dafür bin ich hier.

Suchend sah ich mich um, ob ich irgendwo ein unbeaufsichtigtes Zigarettenpäckchen entdeckte. Nichts. *Verdammtes Rauchverbot! Keiner raucht mehr!*

»Wie kommen wir voran?« Unvermittelt stand Val neben mir und wippte auf den Ballen, als müsste sie dringend zur Toilette.

Wäre es unprofessionell, zu fragen, ob sie raucht? Ihr Blick sagte ja, aber ich schnupperte vorsichtshalber schon mal genauer hin, als sie sprach.

»Ich brauche ein Foto von Dale. Der ist gerade gekommen.«

»Klar doch«, sagte ich. »Welcher ist es?«

»Das war ein Witz, oder?«

»Na logisch. Ha!«

Sie konnte nicht darüber lachen, weil sie wohl ahnte, dass es keiner war.

Ich zog los, um diesen Dale zu finden, obwohl ich doch eigentlich eine Schachtel Marlboro Lights finden wollte. Bis jetzt war diese Präsentationsparty eine Ostereiersuche nach der anderen gewesen, aber das war mir egal – der Preis am Ende war es wert. *(Sie ist kein Preis, Steve. Und sie wird nicht mehr auf dich warten, wenn du nicht bald mit einer Zigarette um die Ecke kommst.)*

»Dale?«, fragte ich probehalber jeden Mann, an dem ich vorbeikam und der ansatzweise aussah, als könnte er so heißen. »Dale? Dale?« Niemand reagierte.

Eine Berühmtheit würde ich tatsächlich nur erkennen, wenn sich irgendwo eine Menschentraube bilden, alle an jemandes

»Steve!«, rief Pippa. »Hier oben!«

Sie saß zusammengekauert am Ende der metallenen Wendeltreppe. Ich kletterte nach oben, meinen blöden Seesack immer noch über der Schulter. Der Handlauf war kalt wie Eis, und mir taten die Finger weh.

»Ta-da! Zwei Zigaretten und – Bonus – zwei Hoisin Wraps.«

Während sie sich bedankte, klapperten Pippa die Zähne.

»Moment«, sagte ich, holte einen *Evening Standard* aus meiner Tasche und schob ihn wie eine Picknickdecke unter ihren Po. Dann gab ich ihr einen der Salatwickel mit Entenfleisch, und wir stießen feierlich damit an. Pippa zog ein leuchtgrünes Feuerzeug aus dem Rockbund, zündete sich eine Zigarette an und sog den ersten Zug ebenso gierig ein wie vorhin der Koch am Fenster. Es sah verlockend aus … beinah. Sie hielt mir das entflammte Feuerzeug entgegen.

»Oh, äh … nein. Ich hatte gerade … also, ich hatte schon viel zu viele.«

»Das kenne ich«, sagte Pippa. »Es ist das Einzige, das mich durch diese nervtötenden Catering-Jobs rettet.«

»Das und die Begegnung mit netten Leuten?«

»Genau. Die Belegschaft ist mies drauf, und die Gäste nerven einen mit ›Oho, bist du denn auch schmackig und streichig, Schätzchen?‹« Ich erwähnte nicht, dass ich mit *netten Leuten* eigentlich mich gemeint hatte. »Der Ausblick von hier oben entschädigt einen allerdings für alles«, fügte sie hinzu.

Ich hatte mich bisher noch nicht umgesehen, doch sie hatte recht. Die Spiegelung der Lichter in der Themse sah von hier phantastisch aus. Als hätte jemand die Stadt auf HD geschaltet. Der Himmel war kristallklar, und über uns funkelten immer mehr Sterne.

»Und?«, sagte ich. »Was machst du so?«

Was für eine furchtbare Frage! Ich klang wie Prinz Charles vor dem Begrüßungskomitee einer Grundschule.

Pippa zuckte sichtbar zusammen. »Ich *versuche*, als Schauspielerin Fuß zu fassen«, sagte sie, als bedürfe das einer Entschuldigung.

»Aber das ist doch toll! Ich hatte gehofft, du würdest Schauspielerin werden.«

»Wirklich?«

»Du warst so gut … bist immer noch gut, da bin ich sicher.«

»Du musst das nicht sagen.«

»Ich meine es ernst. Ich habe dich immer aus den Kulissen heraus beobachtet. Wir anderen spielten Schülertheater, aber du warst …« Ich merkte, dass mir der Mund trocken wurde. »Wie du deinen Text gesprochen hast … das klang immer so … so echt!«

Pippa lächelte hinter der Rauchwolke, die ihr aus den Nasenlöchern strömte.

»Hör einfach nicht auf mich«, sagte ich. »Ich rede Blödsinn.«

»Nein. *Dein* Text gefällt mir auch.«

Wir saßen eine Weile nur da, lauschten den fernen Polizeisirenen und dem Knistern ihrer Zigarette, die für meinen Geschmack viel zu schnell abbrannte.

»Ich habe mich nie bedankt, oder?«, sagte sie. »Dafür, dass du an dem Abend so nett zu mir warst. Und so ruhig. Und für deinen Notfalltrank.«

»Du kannst dich jetzt bedanken.«

Pippa nahm einen letzten Zug, drückte die Zigarette aus und flippte sie über die Kante. Schade. Das bedeutete wohl, dass unser Picknick vorbei war.

»Danke, Steve.«

Wir sahen uns an und waren plötzlich wieder hinter den Kulissen in *St Vincent*. Es mochte an der Kälte liegen, aber meine Handflächen begannen, heiß zu kribbeln. Die Sieben-Minuten-Zigarettenpause dehnte sich vor und hinter uns aus, als hätten wir alle Zeit der Welt. Empfand sie das ebenso?

»Jetzt bist du dran«, sagte sie. »Fotografie! Wie aufregend.«

»Ja, das ist es. Glaube ich zumindest. Das ist erst mein … zehnter oder elfter Auftrag, um ehrlich zu sein.«

»Wow. Da bist du ja fleißig.«

Ich zuckte nonchalant die Achseln.

»Eine Schande, dass du keine Imagefotos machst.«

O ja, das ist tatsächlich eine Schande, hörte ich eine Stimme in meinem Kopf. *Ich könnte Imagefotos machen. Warum mache ich keine Imagefotos.*

»Die mache ich auch, wenn es sich ergibt«, sagte ich. Noch eine kleine Lüge.

»Echt jetzt?«

»Na ja, ich versuche, in dem Bereich meine Fühler auszustrecken. Ich brauche nur ein Versuchskaninchen.«

»Ich könnte dein Versuchskaninchen sein! Du könntest mir eine Sed-Karte schenken. Und damit dein Portfolio aufpeppen.«

»Abgemacht.«

»Nächsten Freitag?«, schlug sie vor.

Ich tat, als müsste ich gedanklich meinen extrem vollen Terminkalender durchgehen.

»Jep. Freitag könnte klappen.«

»Cool. Tja, also … bis dann.«

Wir sahen uns wieder an. Unsere Gesichter waren nur wenige Zentimeter voneinander entfernt. Unsere Atemwolken mischten sich zu einer einzigen. Keiner von uns schien sich bewegen zu wollen.

Als ich wieder reinging, erreichte die Party gerade ihren ausschweifenden Höhepunkt. Diesmal rissen die Musik und der Tumult mich mit. Ich hob meine Kamera, fing die gelösten Gesichter der vor Freude trunkenen Gäste ein und wusste wieder, warum ich das hier liebte – warum ich es riskierte, arm zu bleiben und die beißende Verachtung meiner Mutter zu ertragen. Ich war ein knipswütiger Paparazzo in Bestform. Ich tanzte sogar kurz einmal mit – etwas, das ich seit der Hochzeit meiner Schwester June nicht mehr gemacht hatte. Vielleicht war es unangebracht, Dale ein High-Five zu geben, aber das war jetzt meine Party. Alles Lachen, alle Ausgelassenheit waren für mich.

Ich hatte gelogen und mich zu einem versierteren Fotografen gemacht, als ich war, nur um sie zu beeindrucken. Aber das war in Ordnung, oder? Wenigstens hatte ich ihr nicht auf die Brüste gestarrt – wofür ich mich tatsächlich sehr hatte zusammenreißen müssen. Und das mit den Imagefotos? Nur eine zweite kleine Notlüge. *Ich sollte so was besser schnell mal üben. Und die Wohnung aufräumen. Freitag, Freitag, Freitag.*

Pippa trug eine Champagnerflasche mit weißer Serviettenbanderole von der Theke zu einem Tisch. Wäre Champagner bei einem ersten Foto-Date unpassend? *Ho, immer mit der Ruhe, Cowboy.* Sie sah zu mir rüber und hob die Flasche Richtung Mund, um so zu tun, als würde sie trinken. Weil die Flasche voll war, spritzte dabei ein Schuss Champagner aus der Öffnung. In ihrem Gesicht war kurz Panik zu erkennen. Zwar blitzte ihr der Übermut aus den Augen, gleichzeitig verzog sie aber schuldbewusst den Mund. Ich hob geistesgegenwärtig die Kamera und fing den Moment ein, woraufhin sie mir einen strafenden Blick zuwarf, ehe sie weiterging und die Flasche zum Tisch brachte.

Das wird lustig, dachte ich. Und damit meinte ich nicht den Fototermin am Freitag; ich meinte den Rest unseres gemeinsamen Lebens. Tief im Inneren wusste ich, dass das wahnsinnig optimistisch war – dass sie sich nicht für mich interessierte, jedenfalls nicht so –, aber ich gestattete mir einfach diese überschäumende Phantasie. Mit Pippa wäre alles möglich, dachte ich, und meine Zweifel und Ängste verflogen. Ich betrachtete das Foto. Es war der beste Schnappschuss, den ich je erwischt hatte: unverstellt, ausgelassen und schön. Die Essenz ihrer Persönlichkeit.

Ja, sie ist nicht meine Liga. Ja, ich bin ein Amateur, sowohl mit der Kamera als auch mit Frauen. Aber das ist mir egal, denn ich habe ein Date!

2. März 2019
01:39 Uhr

Es wäre eine Beleidigung der Kaffeebohne, diese fade Flüssigkeit als aus ihr gebraut zu bezeichnen. »Gossenwasser nach Aprilschauer« wäre erheblich passender. Doch wie auch immer man es nennen mag: Steves Hände zittern so stark, dass das meiste ohnehin auf seiner Hose landet. Trotzdem mag er den Plastikbecher nicht loslassen; er ist wie eine Rettungsboje, die ihn nicht untergehen lässt.

Die sich wiederholenden Bewegungen beim Trinken haben etwas Beruhigendes. Anheben, kippen, nippen, absetzen. Anheben, kippen, nippen, absetzen. Ursache und Wirkung. Irgendetwas, das in diesem Wirbel an Gefühlen und Ereignissen ein Minimum an Halt gibt. Steve zieht ein Taschentuch aus der Jackentasche, um die Hose zu trocknen, und versteinert, als er in der Ecke des Baumwollquadrats die sieben eingestickten Wörter liest:

One year on, my only one.

Die Erinnerung zieht an seinem geistigen Auge vorbei wie ein Film. Ein Spaziergang in der Dämmerung. Ein »Pippa-Picka-Nicka« mit Käse-Marmite-Sandwiches in einer leeren Eiskremschale, einem leicht verbrannten Biskuitkuchen und warm gewordenem Prosecco aus der Flasche. Das Kanariengelb ihrer neuen Sandaletten. Ein kleines, leichtes Geschenk, das sie ihm mit liebevollem Lächeln in die Hand legt. »Alles Gute zum Hochzeitstag, mein Liebster.« Das Verschmelzen ihrer beider Lächeln, als sie ihre eingecremten Lippen auf seine drückt.

Steve starrt auf die geschwungenen Buchstaben.

My only one.

My only one.

Er steht auf, fängt sich wieder, beugt sich über seine Frau und versucht erneut, sich nur auf ihre unversehrt gebliebenen Lippen zu konzentrieren.

»Komm, mein Liebling, wir machen dich mal ein bisschen sauber.«

Er befeuchtet das Taschentuch mit etwas Speichel und tupft ihr zärtlich zögernd, als wäre sie zerbrechlich, über die blutverkrustete Stirn. Das Blut ist so angetrocknet, fast wie aufgebügelt, dass sich kaum etwas löst.

»So. Besser. Gut.«

Er schiebt das kostbare Taschentuch in die kaffeebefleckte Jeans zurück und sieht sich um.

Was jetzt?

Ihm fällt gerade nichts mehr ein, was er zu ihrer Rettung sagen oder tun könnte, jedenfalls nicht spontan. Die kahlen Wände der Intensivstation scheinen sich langsam, aber beständig auf ihn zuzubewegen. Ihre Leere ist ein Sinnbild für seinen Geist, was die Sinnlosigkeit seines Hierseins entlarvt. Irgendwo tickt eine Uhr. Er hat es vorher nicht gehört, doch nun wird das Geräusch lauter und lauter. Der große Zeiger tickt simultan zum Pulsieren seiner Schläfenvene, zum Brummen des Beatmungsgeräts, wenn sich ihr Brustkorb hebt, und dem Seufzen der Luft, wenn er sich wieder senkt.

Er könnte sie einen Moment allein lassen. Draußen auf den Gang gehen, um die Geräusche loszuwerden, die sich in seine Gedanken drängen. Bewegung. Szenenwechsel. Das wäre sicher gut.

Nein. Dann wäre er zu weit weg.

Wenn er sie jetzt allein ließe, und sei es nur für eine Minute, könnte die ominöse Macht, die ihr das hier angetan hat, unbemerkt unter der Tür hindurchschlüpfen und sie ihm endgültig wegnehmen.

Nein. Nicht solange ich auf dich aufpasse.

»Ich bin hier, Pip. Ich gehe nirgends hin. Ich lasse nicht zu, dass dich noch irgendwas verletzt.«

Er sagt es laut, um die Geräusche zu übertönen, doch als er sie hört, fehlt es ihnen an Gewicht. Worte, die einst eine Bedeutung hatten, die mit Sicherheit etwas bei ihr bewirkt hätten, sind jetzt so unscheinbar und schwach wie Flügel einer Motte.

Zu wenig, zu spät. Wie kann das sein? Er hat geschworen, sie zu beschützen. Sein Leben für sie zu geben. Sie vor allem Schaden zu bewahren.

Und nun liegt sie da.

Leblos, wäre da nicht das blasebalgähnliche Beatmungsgerät. Nur eine Hülse. Ein Schatten. Blutverkrustet, ramponiert, beschädigt. Seine sonst so sprühende, energetische, aufbrausende Seelenverwandte. Seine Geliebte, Freundin und Vertraute, deren Leben gerade am seidenen Faden hängt, zwischen Licht und ewigem Dunkel.

Er ballt die Fäuste, kneift die Augen zusammen und schüttelt vehement den Kopf, als wollte er dieses Bild von ihr abschütteln und ein anderes heraufbeschwören, ein Bild aus der Vergangenheit. Ihr Lächeln, als sie ihn zum Abschied küsste. Ihr Kichern, als sie seine Zeichnung fand, die er zusammengefaltet in den Zahnputzbecher gesteckt hatte. Ihr Kreischen, als sie sich den Zeh am Staubsauger stieß und schimpfend durch den Flur hüpfte.

Alles, nur nicht das hier.

Er versucht wieder, Worte zu finden, für irgendein normales Gespräch diesmal. Er kann es ja mal mit etwas Leichterem versuchen.

»Der Fototermin lief ziemlich gut, glaube ich. So kurz danach weiß man das ja nie so genau, aber ich kann es kaum erwarten, dir die Bilder zu zeigen. Auf einige bin ich richtig stolz, und der Kunde schien sehr zufrieden, also toi, toi, toi …«

So sinnlos, so banal. Er redet trotzdem weiter.

»Das Beste ist: Die Frau hatte einen neun Wochen alten Welpen dabei, den sie in einer Chanel-Handtasche herumtrug. Das hätte dir gefallen.«

Sirr, piep, klick, pfft.

»Rate mal, was für eine Rasse.«

Sirr, piep, klick, pfft.

»Ein Schiet-Pu! Kein Witz!«

Er versucht zu lächeln. Die Bewegung scheint seinen Lippen fremd geworden zu sein.

»Sie wollte mir weismachen, es hieße Schai-Pu, aber damit kommt sie bei mir nicht durch. Ein Shih Tzu und ein Pudel ergeben keinen Schai-Pu, oder?«

Sirr, piep, klick, pfft.

»Das ist definitiv ein Schiet-Pu, hab ich recht?«

»Mein Freund hat eine Mischung aus Border Collie und Pudel,« kommt eine helle, fast singende Stimme vom Bettende.

Steve fährt herum und sieht, wie ein Pfleger Pippas Krankenblatt vom Bett nimmt. Ein schlanker Mann mit Bartstoppeln und blauer OP-Haube.

»Ich meine, alle wollen doch gerade so einen haben, oder? Ein Hund ist kein Hund, wenn nicht ein bisschen Pudel in ihm steckt.« Er lacht leise und geht ums Bett, um Pippas Monitore zu überprüfen. »Ich wollte ihn Pu-Coll nennen, aber anscheinend heißen die Bordoodles. Passt nicht so gut, wenn

Sie mich fragen, aber mich fragt ja keiner. Ich bin übrigens Craig. Sie werden mich hier öfter sehen. Ich überprüfe gerade die Vitalfunktionen Ihrer Frau.«

Als der Mann sich über Pippa beugt, scheint es, als sähe er sie zum ersten Mal richtig, und seine Jovialität verfliegt. Er wirkt konzentriert, und seine Stimme wird tiefer, ernster.

»Hallo, Pippa. Ich überprüfe mal eben Ihre Sauerstoffwerte und schaue, wo wir stehen.«

Er dreht den Bildschirm zu sich und trägt irgendwelche Werte auf dem Klemmbrett ein. Steve sucht in seinem Gesicht nach Hinweisen, doch Craig verzieht keine Miene.

»Wie geht es ihr? Gibt es eine Veränderung?«

Craig schreibt schnell und meidet Steves Blick.

»Ich werde eben kurz mit dem Arzt sprechen.«

»Aber können Sie ...«

»Ich bin gleich wieder da.«

Er verlässt den Raum, und Steve ist mit Pippa wieder allein. Obwohl es jetzt ruhiger sein sollte, hört er plötzlich überlaut ein weißes Rauschen. Es ist, als würde sich sein Herz von innen gegen seinen Brustkorb stemmen wie ein gefangener Tiger. Die Wände kommen wieder auf ihn zu und pressen ihm die Luft aus der Lunge.

Er kneift die Lider zusammen und ringt den Fluchtimpuls mit aller Kraft nieder. Schließlich zieht er unter dem Stuhl seine Kameratasche hervor.

»Ich habe dir etwas mitgebracht.«

Er nimmt ein kleines, unförmiges Etwas heraus, das in ein Küchentuch gewickelt ist.

»Zugegeben, die sehen jetzt nicht besonders lecker aus, aber ich schwöre, das sind die besten Brownies. Ich habe einer Kellnerin die letzten zwei Stücke abgerungen und sie gebeten, die für dich einzupacken. Die Gäste waren wie die Geier. Ein Typ hat sich sogar was in seine Aktentasche gefüllt. Die haben schön viel Karamell und Kruste obendrauf. Genau, wie du sie magst.«

Sirr, piep, klick, pfft.

»Ich lege sie einfach mal hier hin. Dann kannst du einen essen, wenn du aufwachst.«

Er legt die Brownies auf das Abstelltischchen, auf dem ein Stück Plastikfolie irgendeiner sterilen Verpackung liegt.

»Na, wenn *das* kein Grund ist, wieder aufzuwachen, dann weiß ich auch nicht.«

Sirr, piep, klick, pfft.

Er greift ein weiteres Mal in die Tasche, zieht das aktuelle Exemplar des Londoner Stadtmagazins *Time Out* und seine Brieftasche heraus und legt beides zu den Brownies. Er hat keineswegs vor zu lesen, er möchte nur eine etwas heimeligere Atmosphäre schaffen. Aus der Brieftasche fischt er hinter einer selten verwendeten Bonuskarte ein kleines, am Rand schon ziemlich ausgefranstes Schwarzweißfoto in Passbildgröße hervor, ausgeschnitten aus einem Kontaktbogen mit Imagefotos, die er vor über zehn Jahren aufgenommen hat. Sein Lieblingsfoto von Pippa: zurückgeworfener Kopf, vom breiten Lächeln hochgeschobene Wangen und zu Schlitzen verengte Augen, eine gelockte Strähne ihres roten Haares im Gesicht. Eine Momentaufnahme purer und unbezwingbarer jugendlicher Freude, die er als Fossil mit sich herumträgt.

Er streichelt Pippas Gesicht mit einem Finger.

»Ich weiß, dass du noch da drin bist. Komm zurück, mein Liebling. Komm zurück zu mir.«

30. November 2007

STEVE

Noch im Halbschlaf tastete ich nach dem Glas Wasser neben meinem Bett, hob es vorsichtig an die Lippen, um nichts von der kostbaren Flüssigkeit zu verschütten, und stürzte es in einem Zug hinunter. Es reichte trotzdem nicht, um die Wüstentrockenheit aus meinem Mund zu vertreiben. Die fies rot glühende Anzeige meines Digitalweckers zeigte 6:20 Uhr. Schlafen konnte ich jetzt nicht mehr. Da konnte ich genauso gut aufstehen.

Mit einem frisch gefüllten Glas Wasser neben mir blieb ich lange genug auf dem Klo, um das ein Jahr alte *Empire*-Magazin von vorn bis hinten durchzublättern (ein Bauch voller Schmetterlinge, Bier und Nordwestlondons billigster Pizza hatten für das unsanfte Erwachen gesorgt).

Auf dem Weg zur Küche begegnete ich meinem spanischen Wohngenossen Hugo. Wir ignorierten einander mit Respekt. Ich bekam Hugo so selten zu Gesicht, dass ich manchmal dachte, ich bildete ihn mir nur ein. Manchmal hörte ich ihn spät in der Nacht nach Hause kommen und vor meinem Aufstehen schon wieder aufbrechen. Ich hatte keine Ahnung, welche seiner an beiden Enden brennenden Kerze heller war, die Party- oder die Arbeitsseite, aber er wirkte wie der wandelnde Tod.

Bibbernd schlurfte ich über den abgetretenen Teppich und wünschte, die Sonne würde endlich aufgehen und die Wohnung wenigstens ein bisschen wärmen. Die Heizung war nie eingeschaltet worden – ich war nicht mal sicher, ob sie überhaupt funktionierte, doch dies war nicht die Zeit, es darauf ankommen zu lassen. Meine Wohnung lag über einem Teppichladen (ich hatte den Vermieter schon mehrmals gefragt, ob er unseren Teppich nicht gegen einen weniger verfilzten auswechseln könne, und sogar angeboten zu versuchen, im Geschäft einen Rabatt auszuhandeln, aber er war nie darauf eingegangen), und falls der Heizkessel explodierte, würde sich das Feuer rasend schnell ausbreiten, *Carpet Planet* würde zum flammenden Inferno und die Kilburn High Road als neue Pudding Lane in die Geschichte eingehen. (Für Nicht-Londoner: In der Pudding Lane begann der Große Brand im Jahr 1666, der 13200 Häuser und 87 Kirchen zerstörte.) Im Moment behalfen wir uns mit Extrapullis und freuten uns über die niedrigen Gasrechnungen.

Oscar schlief auf dem kleinen Küchensofa. Sein Körper sah irgendwie verrenkt aus, Arme und Beine ragten abgewinkelt über die Lehnen. So leise wie möglich setzte ich Teewasser auf, obwohl eigentlich keine Gefahr bestand, dass mein schlafender Freund mich über sein rasselndes Schnarchen hinweg hörte. Oscar konnte überall schlafen, er war ein ganz und gar sorgloser Mensch und nahm Spannungen und Belastungen aus der wirklichen Welt einfach nicht wahr. Ich beneidete ihn. Er wirkte so ... schlafend.

Es war ein dunkler, unfreundlicher Morgen – laut Wetterbericht der Beginn eines Kälteeinbruchs –, so dass die Wohnung noch ungemütlicher aussah als sonst. Mein Kopf begann zu hämmern. *Wieso habe ich einen solchen Kater?* Das Dutzend zerknüllter Bierdosen im Mülleimer frischte mein Gedächtnis wieder auf. »Ich trinke nichts«, hatte ich Oscar gesagt, als er kam. »Ich muss morgen früh fit sein.« Aber ein Bier zum Essen führte unweigerlich zu zwei, und zwei mal drei sind sechs für jeden.

Ich stopfte die belastenden Dosen in den Recycling-Eimer (wobei ich natürlich die Plastikschlaufen der Trägerfolie zerriss, damit keine Möwe stranguliert würde) und durchsuchte den Gefrierschrank nach Toastbrot. Wenn ich nicht schnell etwas aß, würde ich wahrscheinlich ohnmächtig werden. Im obersten Fach stand eine Gefrierbox mit Mums Lamm-Kartoffel-Auflauf neben einem halbleeren Schokoeisbecher; im zweiten Fach lagen Fischstäbchen und ein paar Stücke Pita-Brot; im dritten Fach: nichts. Ich inspizierte das Schokoladeneis: Es sah gut aus, keine grünen Stellen, also aß ich es und war froh über den Zuckerschub.

Danach verbrannte ich etliche Kilokalorien für das optimale Arrangement der extra für diesen Anlass gekauften Dekorationsstücke auf dem Küchentisch. Eine Aromakerze (Zimt-Vanille, was ich festlich-stilvoll fand), ein paar Mini-Schoko-Brownies (auf unserem einzigen Teller mit rundum unversehrtem Rand) und ein backsteingroßes Buch über Straßenfotografie in New York. Mit der Kerze in der Mitte sah es meiner Meinung nach zu sehr nach einem Date zum Abendessen aus. Wenn ich den Kuchenteller in die Mitte schob, kam man nur schwer an die Brownies ran, aber am Rand wirkten sie, als ständen sie dort schon tagelang vergessen herum. Am besten in die Mitte passte das Buch, aber wenn Pippa es tatsächlich hochnehmen und darin blättern würde, wäre die hässliche Stelle im Tisch zu sehen, an der über die Jahre der Lack abgeblättert war (wozu ich nicht unmaßgeblich beigetragen hatte, wenn ich bei besonders spannenden Episoden meiner Lieblings-Hörfunk-Seifenoper daran herumgekratzt hatte; was ich übrigens nie jemandem verraten würde, nie im Leben). Am Ende einigte ich mich auf ein Arrangement »im Cluster« und platzierte alle drei Sachen locker um die Mitte.

Ich zündete die Kerze an, um Stimmung zu erzeugen, trat zurück und bewunderte mein Werk.

Nicht schlecht.

Auf der linken Armlehne des ramponierten Sofas erschien ein kleiner Lichtfleck. Endlich kam die Sonne hinter der Billardhalle gegenüber hervor und warf ihr goldenes Licht in unsere Wohnung. Was allerdings nur bedingt half – unsere Bude war immer noch ein Drecksloch.

»Ich muss dringend aufräumen«, sagte ich laut in der Hoffnung, die Botschaft würde direkt in Oscars Träume dringen und ihn aus seinem Dornröschenschlaf erwecken.

Bald würde Pippa unten an der Eingangstür klingeln, die Treppe hochkommen und das Apartment-Schrägstrich-Studio eines professionellen Imagefotografen erwarten – und keine verlotterte Messi-WG. Was, wenn sie früher kam? Was, wenn ihre U-Bahn ein paar Haltestellen ausließ und einfach durchfuhr?

»Bereit für dein Date, Mann?« Oscar gähnte und sah mich mit nur einem geöffneten Auge an.

»Das ist kein Date«, sagte ich. »Wenn es ein Date wäre, hätte ich dich nicht dazugebeten.«

Er baute sich zusammen wie eine dieser Unfallpuppen, rückte Wirbelsäule und Hals mit so lautem Knacken zurecht, dass ich eine Gänsehaut bekam.

»Warum bin ich noch mal hier? Ach ja, als dein Diener.«

»Das nennt sich Job, mein Freund.«

»Oh, eine Job, sagste du?« Er imitierte irgendeinen erfundenen Akzent. »Ick abe nie gehorrt diese Worrt, *Job.*«

Ich rechnete ihm hoch an, dass er sofort die Chance ergriffen hatte, das Debakel mit der *Tate Modern* wiedergutzumachen. (Ich hatte ihm verschwiegen, dass ich am Ende sogar froh gewesen war, dass er vor der Security kapituliert hatte. Wäre er an dem Abend dabei gewesen, wäre ich Pippa dann auch nachgelaufen? Hätten wir dann auch unseren schönen Moment auf der Feuertreppe gehabt? Hätte ich dann einen Grund gehabt, Oscar heute als Assistenten zu verpflichten, damit Pippa sich wohlfühlte und ich mein Ansehen als kompetenter Imagefotograf festigen konnte? Gestern Abend vor dem zweiten Bier hatte ich noch versucht, ihm einen kurzen Überblick über seinen Einsatz zu geben – dass er Kaffee besorgen, Reflektoren halten und Batterien wechseln solle –, aber das war alles zum einen Ohr rein- und zum anderen wieder rausgegangen, und mir war klar, dass ich ohnehin alles selbst machen müsste. Tatsächlich war Oscar der letzte Mensch, den man bei so etwas um Hilfe bitten wollte. Aber wen hätte ich sonst anheuern sollen? Meine treuen, zuverlässigen Freunde waren an einem Finger abzuzählen.

Meine Schwester June wäre eine mögliche Kandidatin gewesen; sie war momentan arbeitslos. Aber ich ahnte, was sie mir geantwortet hätte: *Was ist dein Plan, Steve? Du lügst dieses arme Mädchen doch nur an, um ihr an die Wäsche zu gehen. Ich hätte Besseres von dir erwartet.* Und kurz darauf würde Mum mich anrufen: *Was hat mir June gerade erzählt? Du hattest ein Mädchen zu Besuch? Warum kenne ich sie noch nicht?*

Dann war da noch Lola. Sie wäre mit Sicherheit gekommen und hätte auch eine wunderbare Assistentin abgegeben – aber es hätte ihr das Herz gebrochen.

Oscar stand auf und schnüffelte mit geblähten Nüstern um den Tisch, wie ein Schwein um den Fuß einer Trüffeleiche.

»Uäh!«, würgte er, als er bei der Kerze ankam. »Die ist ja eklig.«

»Ist sie nicht.«

»Wo hast du die denn her, aus dem Ein-Pfund-Shop etwa?«

»Nein.« Ich griff über den Tisch und nahm die Kerze schützend in beide Hände. »Das ist eine Deluxe-Kerze.«

»Davon kriege ich Kopfschmerzen.«

»Dann puste ich sie eben aus.«

Als ich das tat, wurde der Geruch stärker. Es roch wirklich widerlich – als hätte man billigen Lufterfrischer in ein heißes Auto gesprüht, um Zigarettengestank zu übertünchen. Oscar zog sich den Pulloverausschnitt über die Nase.

»Du hättest was Leichtes, Zitroniges nehmen sollen. Irgendwas mit Feige. Oder Zitronengras.«

»Woher kennst du dich so gut mit Düften aus?«

»Stell dir vor: Ich genehmige mir hin und wieder ein Duftbad bei Kerzenschein. Insbesondere, wenn ich Cricket höre. Tatsächlich habe ich schon ein ganzes *Test Match* lang in der Wanne gelegen.«

Test Matches, also Cricket-Spiele zwischen Nationalmannschaften mit Teststatus, konnten bis zu einer Woche dauern, und ich zweifelte keine Sekunde, dass Oscar so lange baden konnte. Er war der entspannteste Mensch der Welt. Jeder Tag war für ihn Sonntag. Nur bitte heute nicht!

»Sie wird bald hier sein, also hör zu.« Ich stellte mich in den Türrahmen, um den Fluchtweg zu blockieren. »Wir werden jetzt ein paar Regeln absprechen – und unsere Rollen.«

»Für so was kriege ich nicht genug bezahlt«, seufzte Oscar. »Eigentlich ja gar nichts.«

»Rein technisch habe ich dich schon mit der gestrigen Fleischorgie bezahlt.«

»Okay.«

»Also, erster wichtiger Punkt: Dies ist kein Date, sondern eine Porträt-Fotosession.«

Oscar hob die Hand wie in der Schule. »Ich dachte, du hättest was von Image-Fotos gesagt?«

»Das ist quasi dasselbe«, erklärte ich. »Weiter: Das hier ist nicht die Küche, sondern der Empfangsbereich.« Ich konnte sehen, dass er sich kaputtlachen wollte, also redete ich schnell weiter. »Das Badezimmer ist zum Frisieren und Schminken, und mein Schlafzimmer ist der Ort, wo ... äh ...«

»Ja?«

Ich räusperte mich. »Also, der ...«

»Der magische Ort? An dem der Zauberstab zum Einsatz kommt?« Er grinste und nickte wie ein Wackeldackel.

»Nein! Das ist mein Fotostudio, okay? Also sag auf keinen Fall Schlafzimmer dazu oder Boudoir oder so etwas. Und jetzt sei still und komm mit nach oben. Wir müssen mein Bett hochkant stellen.«

»Hä?«

Ich hatte die Jungs von *Carpet Planet* überredet, mir ein paar Reststücke Linoleum auszuleihen, die ich mit Gaffer Tape zusammengeklebt und per Bulldog Clips als Hintergrund an meinem Bücherregal befestigt hatte. Allerdings nahm mein einszwanzig breites Single-Bett fast den ganzen Raum ein, und so gern ich die Foto-Session dort hätte ausrichten wollen, war es vermutlich klüger, Platz zu schaffen.

»An deiner Stelle würde ich es ja stehen lassen«, meinte Oscar. Er warf sich aufs Bett, posierte räkelnd wie Austin Powers und tat, als würde er Fotos von sich schießen. »Yeah, Baby. Zeig mir, was du hast.«

»Raus aus meinem Bett, oder ich muss dich feuern.«

Ich zog das Laken ab und stopfte es zusammen mit der Decke in meinen Kleiderschrank, während Oscar pausenlos kicherte. Mir war die Lächerlichkeit der Aktion durchaus bewusst, aber so langsam ging mir mein Freund auf die Nerven. Auf drei kippten wir das windige Gestell auf die Kopfseite und legten so ein mit Staub, einzelnen Socken und etwa £ 1,50 in Münzgeld bedecktes Stück Teppich frei.

»Ach, du Schande!« Ich bekam Panik. »Was mache ich bloß? Das wird nie funktionieren.«

»Entspann dich, Kumpel.«

»Ich muss sie anrufen und die Sache verschieben, bis ich mir ein richtiges Studio leisten kann.«

Oscar stellte sein Grinsen ab und wurde schlagartig vernünftig. »Es wird schon alles gutgehen. Lass mich eben staubsaugen.«

Ich war unendlich dankbar, dass Oscar jetzt, wo es darauf ankam, in seinen selteneren, aber bewährten Modus des guten verlässlichen Freundes schaltete.

»Danke. Dann gehe ich jetzt duschen. Hast du schon mal einen Staubsauger benutzt?«

»Ha, ha«, erwiderte er trocken. »Klar doch, Baby.«

Gewaschen und geföhnt saßen wir im Empfangsbereich und warteten auf meine Kundin. So viel zu verfrühter Ankunft.

»Wenn sie bis elf nicht hier ist«, sagte Oscar und umrundete den Küchentisch, »dann knabbere ich schon mal einen Brownie.«

»Einverstanden.« Seufzend sah ich wieder auf die Uhr. »Das fühlt sich an, als würde ich eine Party schmeißen, zu der niemand kommt.«

»Tolle Party.« Er klopfte mit dem Zeigefinger auf den Teller und sah aus, als wollte er sich seinen Brownie schon mal reservieren. »Bist du sicher, dass du sie nicht erfunden hast?«

Ich war inzwischen dermaßen überzeugt, dass Pippa nicht

mehr kommen würde, dass ich die Türglocke nicht als meine eigene identifizierte.

»Ich geh schon!« Blitzschnell rannte Oscar zur Treppe – wie ein zu lange eingesperrtes Hündchen, das den Postboten begrüßen will.

Jetzt geht es also los. Nicht zu fassen, dass sie tatsächlich gekommen war. Pippa Lyons in meiner Wohnung! Ich hörte Begrüßungsgemurmel, dann schnappte die Haustür ins Schloss. *Nun gab es kein Zurück mehr.*

»Ich wusste gar nicht, dass er einen Assistenten hat«, wehte ihre Stimme über die Treppe nach oben.

»Du hast wirklich Glück, dass du noch einen Termin gekriegt hast«, sagte Oscar. »Er ist über Monate ausgebucht.«

Ich wackelte vor Aufregung mit den Zehen. Zehen? Ich sah nach unten. Verdammt, ich hatte noch meine Hauslatschen an. *Ich liebe euch, ihr Schlappen, aber jetzt ist nicht eure Zeit.* Ich kickte sie in die Ecke. Als Pippa auf dem Treppenabsatz erschien, hätte ich vor Glück schweben mögen. Sie trug die roten Locken lang und offen, ihre Wangen waren von der Kälte leicht gerötet, und hinter ihr kamen … eins, zwei – nein! – *drei* weitere Gestalten.

»Jetzt sind alle da«, verkündete Oscar.

Alle?

»Tut mir leid, ich habe dich gar nicht mehr vorgewarnt.« Pippa lächelte schuldbewusst und stellte ihr Gefolge vor: Gus, ein schmaler, blonder, manierierter Typ, der sich kritisch in der Wohnung umsah; Jen, klein und schüchtern, versteckte sich hinter dicken Brillengläsern und unter einer tief ins Gesicht gezogenen Mütze; und als Letztes ein Gesicht, das ich immer und überall wiedererkannt hätte: Tania Marley, das exotische, fast furchteinflößende Mädchen von der *All*

Hallows Girls School, mit dem viele Jungen meiner Schule damals gern ihr Hauptfach belegt hätten. Sie war jetzt noch größer als damals, ein dunkelhäutiger Modeltyp in beigem Trenchcoat.

»Du erinnerst dich an Steve?«, fragte Pippa.

»Nö, sollte ich?«

Pippa starrte sie an. Man konnte fast hören, wie sie sie gedanklich anstupste und ihr zuzwinkerte.

»Ach so, ja.« Tania zog eine ihrer perfekt gezupften Augenbrauen hoch. »Steve aus der Schule. Schul-Steve.«

Pippa lachte nervös, und ich tat es ihr gleich, gab den Beavis zu ihrem Butt-Head.

»Das ist jetzt vielleicht ein bisschen frech«, fuhr sie fort, »aber meine Kollegen brauchen auch dringend neue Image-Fotos, und ich fand, das klingt nach einem Job für Steve.«

Steve fand, das klang nach einem Albtraum. Das klang wie der erste und letzte Auftrag des einst als Steven Gallagher bekannten Fotografen, bevor man ihn als heulendes Elend vor einer Filiale von Quick-Foto auflesen würde.

Aber Pippa war hier, und das war alles, was mich interessierte.

»Es wäre doch gute Reklame für dich, oder?«, fügte sie hinzu und drückte mir kurz den Ellbogen, was kribbelige Glücksschauer quer durch den Arm bis in mein Herz auslöste. Als wäre ich ein pubertierender Schüler.

Alles, was ich herausbrachte, war: »Das ist gut. Das ist toll. Wirklich wunderbar.« Und so meinte ich es auch.

Wir blieben im lockeren Kreis auf dem Treppenabsatz stehen. Ich guckte ein bisschen blöde zu Pippa, und alle anderen guckten zu, wie ich blöde guckte. Das war der Moment, in dem ich mir wünschte, mein Assistent würde einspringen und mich dezent daran erinnern, dass ich einen Job zu erledigen hätte, aber mein Assistent genoss es viel zu sehr, mitanzusehen, wie ich mich zum Idioten machte. Tania war es, die die Sache in Schwung brachte.

»Na, dann mal los, würde ich sagen. Du als Erster, Gus, okay?«, schlug sie vor, ohne eine Antwort zu erwarten. »Wir Mädels müssen mal zum Pudern.«

Oscar sah mich fragend an. Ich konnte sehen, wie sich ein Haufen anzüglicher Erwiderungen hinter seiner Stirn formierte und nur darauf wartete, ins Freie gelassen zu werden. Also betete ich inständig, dass er sie bei sich behielt, bevor das Ganze zu einer Parodie à la *Der total verrückte Fotograf* verkam.

Tania zog ein glänzendes goldenes Kosmetiktäschchen aus ihrer Handtasche, das genauso groß war wie ihre Handtasche. Jen machte den Rucksack auf und holte ein federmäppchengroßes Schminketui heraus. Pippa … tat nichts.

»Ich glaube, ich will mich nicht mehr schminken«, sagte sie.

Tania sah sie an, als sei sie verrückt geworden. »Bist du sicher? Diese Fotos sollen auf dich aufmerksam machen, Pips.«

Pippa ließ sich nicht beirren. Ich spürte, dass die zwei sich schon häufiger darüber unterhalten hatten. »Ich bevorzuge den natürlichen Look.«

»Es gibt natürlich, und es gibt unsichtbar«, konterte Tania und ließ divamäßig einen Finger kreisen. Dann drehte sie sich zu mir. »Wie siehst du das, Steve?«

»Ich finde sie perfekt«, sagte ich, ohne nachzudenken.

Nicht zu fassen, dass ich das gerade gesagt habe! Jetzt wissen alle Bescheid.

»Im Bad ist ein Spiegel zum Frisieren und Schminken«, erklärte ich in dem Versuch, wieder geschäftsmäßig zu klingen.

»Am anderen Ende des Flurs. Oscar, zeigst du Gus schon mal das Studio oben?«

Tania zuckte mit den Achseln. »Du bist der Profi«, sagte sie und marschierte Richtung Badezimmer.

Gus sah von mir zu Pippa, dann wieder zu mir. Ein beschützender Blick – oder ein eifersüchtiger?

»Er ist der Beste in dem Business«, sagte Oscar mit strahlendem Lächeln, ehe er Gus bedeutete, ihm zu folgen.

Nachdem die anderen verschwunden waren, standen Pippa und ich allein auf dem Treppenabsatz. Das *Ich finde sie perfekt* hing zwischen uns in der Luft. Ich wollte um Entschuldigung bitten, damit sie sicher sein konnte, dass dieser Fototermin kein Trick gewesen war, um an sie ranzukommen. Aber eigentlich war er das ja, oder? Wem wollte ich etwas vormachen?

Wir gingen in die Küche, und Pippa sah sich um, sah das Sofa, die Kerze, die Brownies.

Was denkt sie gerade? Fühlt sie sich unwohl? Hat sie Angst?

»Brownies?«, fragte sie.

Sie hatte mir den Rücken zugewandt, und an ihrer Stimme konnte ich nicht erkennen, ob sie das gut oder schlecht fand.

»Ach, eigentlich habe ich immer welche da.«

Sie drehte sich um. Lächelnd. *Gott sei Dank.*

»Meine Lieblingskuchen. Hast du das etwa gewusst?«

»Nimm dir einen. Die sind für dich … euch«, korrigierte ich schnell. »Für euch alle.«

Sie streckte die Hand aus, ballte sie dann aber zur Faust und zog sie wieder zurück.

»Ich warte lieber bis danach. Das ist nicht unbedingt der beste Look auf einem Porträtfoto, wenn man Schokolade zwischen den Zähnen hat.«

»Es sei denn, du willst dich als viktorianische Bäuerin besetzen lassen.«

Sie lachte, und ich war im siebten Himmel.

Wie schön wäre es, wenn das so bleiben könnte. Wenn sie weiter lachen würde und ich sie für mich allein hätte! Fieberhaft suchte ich nach einem nächsten Gag, doch mir fiel absolut nichts ein.

»'tschuldige, Stevie, äh, Boss, äh, Chef.« Es war fast eine Erleichterung, als Oscar dazukam. »Gus ist bereit für sein Shooting.«

Die Session mit Gus war zum Glück recht kurz. Die ersten vierzig oder so Fotos konnte man vergessen – ich bekam den Blitz nicht zum Auslösen. Gus und Oscar standen rechts und links von mir und warteten, wobei Oscar wie unbeteiligt aus dem Fenster guckte und die Melodie von *Cagney & Lacey* pfiff (wahrscheinlich tagträumte er sich auf sein Sofa vor den Fernseher). Irgendwann merkte Gus sarkastisch an, ich solle den Blitz doch mal richtig einstecken, und ich lachte albern, bis ich merkte, dass er recht hatte. Danach herrschte wieder Stille, die nur durch das Klicken des Kameraverschlusses und das unmelodische Pfeifen meines Assistenten gestört wurde.

Gus starrte hart und kalt und ohne Blinzeln in die Linse – vielleicht wollte er Casting-Agenturen durch puren Hass dazu zwingen, ihn zu engagieren.

»Sollen wir mal was anderes probieren?«, schlug ich vor. »Vielleicht ein bisschen … fröhlicher?«

Er verzog das Gesicht, als wäre ihm Fröhlichkeit ein Gräuel.

»Na, dann«, meinte ich nach etwa eineinhalb Minuten. »Ich denke, wir sind fertig.«

Ich war sicher, er würde anfangen zu protestieren und eine

angemessene Gegenleistung für sein (nicht bezahltes) Geld verlangen, aber er schien mit seiner eintönigen Bildausbeute ganz zufrieden.

Als Nächste kam Jen, die so verändert aussah, dass ich sie ohne die Traumfänger-Ohrringe fast nicht erkannt hätte. Ihre Augen waren rauchschwarz umrandet wie die eines Pandas, und durch enorm viel Rouge hatte sie quasi vier Wangenknochen. Tania begleitete sie, und ihr gekonnt geschminktes Gesicht deutete darauf hin, dass sie ihren eigenen Look vorher an Jen geübt hatte, so wie meine Schwestern das früher bei ihren Puppen gemacht hatten (»Samstags-Salon« hatten sie es genannt). Ich hätte Jen gern einen Teil abwischen lassen, aber wie sollte ich das formulieren, ohne unhöflich zu klingen? Also bat ich Oscar, das Licht ein bisschen runterzudrehen, um die krassen Kontraste des Make-ups abzumildern. Doch anstatt einfach den Helligkeitsregler meiner billigen Studiolampe runterzudrehen, drehte er die ganze Lampe nach unten, so dass sie nur noch Jens rote *Converse* ausleuchtete. In genau diesem Moment betrat Pippa den Raum. Sie sah auf Jens Schuhe, die jetzt wie Dorothys rote *Zauberer-von-Oz*-Pumps strahlten, und musste denken, dass ich verrückt war.

»So?«, fragte Oscar und sah mich hilflos an.

Tanias Session war die längste und anstrengendste, und das nicht nur für mich. Nicht mal zu fünft konnten wir die anspruchsvollen Rahmenbedingungen bieten, die sie an ihren Foto-Shoot stellte. Oscar hielt ihre Evian-Flasche, Jen puderte ihr die Stirn, Gus und Pippa bekräftigten immer wieder, sie sehe fabelhaft aus, während ich versuchte, eine Aufnahmeposition zu finden, in der nicht noch irgendein Ellbogen ins Bild geriet. Einmal fächelten wir ihr abwechselnd mit Büchern Luft zu, um eine Windmaschine zu imitieren. Während ihr

Haar im Bücherwind wehte, konnte man sehen, wie sie haarspraywerbungsmäßig dachte: *Weil ich es mir wert bin.*

Pippa war die Letzte, was hätte bedeuten können, dass ich nun warmgelaufen war und bereit, die besten Fotos von allen zu schießen. Aber im Grunde hatte sie das kürzeste Streichholz gezogen, denn mittlerweile herrschte eine Art Schuljahresendstimmung: Von Tanias kräftezehrender Session ausgelaugt, kauerten alle auf dem Boden und kümmerten sich kaum oder gar nicht um Pippa, die vor der Kamera schüchterner war als gedacht.

»Ich habe keine Ahnung, was für ein Gesicht ich machen soll«, meinte sie entschuldigend. »Du musst mir sagen, wie ich gucken soll.«

»Sei einfach ganz natürlich«, schlug ich wenig hilfreich vor. *Genau, was man hören will, wenn man sich nicht wohlfühlt. Idiot!*

Tania und Gus steuerten weitere unpassende Ratschläge bei – »Denk sexy«, »Denk an England!« –, bevor sie sich mit hysterischem Lachen auf dem Boden wälzten. Ich versuchte, sie zu ignorieren und mich auf Pippa zu konzentrieren, aber ich war müde und merkte, dass ich immer gereizter wurde. Wie gern hätte ich alle anderen nach unten geschickt, aber ich wollte nicht zu hören bekommen, ich klinge wir ein Oberlehrer.

»Ruhe am Set!«, versuchte ich es eher scherzhaft, hörte aber selbst, wie angespannt ich klang.

Oscar kannte mich, wenn ich mit meiner Geduld am Ende war. Nicht dass es zu abartigen Gewaltausbrüchen wie bei Robert de Niro in *GoodFellas* geführt hätte – es war eher ein Resignieren, ein »Dichtmachen«. Etwa, mich aus Protest unter den Tisch zu setzen, wenn ich im Monopoly verlor. Vielleicht merkte er es also und nahm es als Anstoß, um uns allen Kaffee zu holen. Leider vergaß er, den Rest der überspannten Schulklasse mitzunehmen.

Pippa schienen solche Störungen nichts auszumachen. Sie hatte gewusst, wie sie mit Tanias Diva-Gehabe umgehen musste, und jetzt konnte sie gutmütig mitlachen. Nun, es waren ja auch ihre Freunde. Was mir allerdings nicht gefiel, war die Vorstellung, die anderen könnten sie nur ausnutzen. Durch mein Objektiv fand ich sie natürlich gleichermaßen umwerfend wie mit bloßem Auge, aber mir war klar, dass die Fotos am Ende nur enttäuschen konnten. Dabei wollte ich, dass sie *alles* bedeuteten. *Ich selbst* wollte alles für Pippa sein. Aber das war wohl zu viel verlangt. Ich hatte mich für diesen Tag ins Zeug gelegt und musste mich nun damit abfinden, dass er ein Reinfall würde.

Drei Stunden, zwei Multipacks Duracell und tausend Klicks später saßen wir wieder in der Küche, und ich fühlte mich wie nach zehn Runden im Boxring. Dies war das erste und letzte Mal, dass ich Schauspieler fotografiert hatte, schwor ich mir selbst.

Oscar hatte seine Assistentenrolle aufgegeben und feuerte zur Unterhaltung der Gäste sein Repertoire an Anekdoten ab. Die mit dem ausgebüxten Esel. Die, wo er es in die Lokalzeitung schafft. Die, wo er das Auto seines Vaters zu Schrott fährt. Es war wie ein Wochenende mit den kompletten Staffeln *Friends*. Meistens hatte er Tania im Visier, die sich jedoch völlig unbeeindruckt gab, während Jen fröhlich kicherte. Gus stand abseits, ließ sich die Kurt-Cobain-Frisur über die Augen fallen, und sprach hinter vorgehaltener Hand in sein Handy. Bestellte er gerade Drogen? War das das Leben eines Schauspielers?

Pippa sah mich an und formte lautlos »Alles okay?« mit den Lippen, worauf ich ihr das Daumen-Hoch-Zeichen gab. Ich war nicht mehr in Plauderlaune (falls ich das je gewesen war), also nahm ich meinen Fotoapparat und sah mir die Bilder auf dem Display an in der Hoffnung, ein paar Körner Weizen in der Spreu zu finden.

Oscar begann mit seiner Geschichte über Jude Laws Kreditkarte, die zugegebenermaßen wirklich witzig war, vor allem in dieser Runde. Pippa lauschte so gebannt wie die anderen. Während alle zu Oscar sahen, hob ich unbemerkt die Kamera und hielt den Moment mit ein paar heimlichen Aufnahmen fest. Beim Höhepunkt der Anekdote – wo Oscar die Kreditkarte umdreht, um den Namen des Eigentümers zu lesen –, wurde er von Gus unterbrochen, der laut verkündete: »Ich habe einen Casting-Termin.«

Tania fuhr herum. Jen quiekte auf. Pippa hieb eine Faust in die Luft und rief: »Wow, das sind ja phantastische Neuigkeiten! Wofür denn?«

»Tatsächlich ist es sogar ein Recall. Für einen Werbeclip von Ryanair.«

»Ein *Recall*?« Jen wiederholte das magische Wort voller Ehrfurcht.

»Ich wusste gar nicht, dass du überhaupt ein Vorsprechen hattest«, sagte Tania.

»Ich dachte, das interessiert euch sowieso nicht«, antwortete Gus etwas bockig.

»Ach, Gus, grandioser Gus! Natürlich interessiert es uns.« Pippa nahm seine beiden Hände. »Du wirst sie alle umhauen.«

Seine Nachricht schien die Truppe daran zu erinnern, dass die Welt da draußen auf sie wartete. Alle suchten ihre Jacken und Taschen zusammen. Ruhm, Glück und Billigflieger-Vorsprechen standen auf dem Programm. Gus war gut gelaunt, und ohne ein einziges Wort des Danks dafür, dass ich ihnen meine Zeit geschenkt hatte, spazierte er mit selbstzufriedenem Lächeln davon. *Ja, ja, aber beim Shoot kein einziges Mal die Mundwinkel nach oben ziehen können!* Oscar hielt Tania und Jen je einen Arm hin und führte sie zur Treppe, so dass Pippa und ich für ein paar kostbare Sekunden allein waren.

»Danke, dass du uns alle ertragen hast«, sagte sie, während sie sich die Wollhandschuhe überzog. »Du musst jetzt ganz schön fertig sein.«

»Überhaupt nicht! Das hat Spaß gemacht.«

»Wann können wir die Fotos sehen?«

»Na ja, in ein paar Tagen kann ich dir die Probeabzüge liefern. Entweder persönlich oder per Post.«

»Persönlich wäre schön.«

»Ja, finde ich auch.«

»Prima.« Sie nahm den letzten Brownie vom Teller. »Für den Nachhauseweg. Darf ich?«

»Klar. Willst du eine Tüte oder Folie oder …?«

Aber sie hatte ihn schon in ihre Jackentasche geschoben und klopfte die Krümel von den gestreiften Fäustlingen.

»Wir geben nächste Woche eine Party zu Tanias Geburtstag. Mottoparty. Neunzigerjahre-Kostüm, viel Alkohol, und was zu essen gibt's wohl auch.«

»Oh. Schön«, sagte ich, ohne es als Einladung zu verstehen.

»Willst du kommen?«

Mottoparty und *Kostüm*. Zwei Begriffe, die ich seit meinem dreizehnten Geburtstag verdrängt und sogar das ganze Studium über hatte vermeiden können.

»Nichts könnte mich davon abhalten.«

Wir standen im Rahmen der Küchentür, als ein unsichtbarer Mistelzweig über uns Pippa plötzlich dazu veranlasste, mir einen Kuss auf die linke Wange zu drücken. Bildete ich mir das ein, oder hatte es dabei geknistert?

»Für die Schokolade«, sagte sie, wie um den Kuss zu rechtfertigen.

»Jederzeit wieder«, stammelte ich. »Ich habe noch mehr Schokolade im … äh, Schrank.«

»Also kommst du?«

»Yeah, Baby, yeah.«

Idiot.

Pippa kriegte nicht mehr mit, wie ich mich vor Scham krümmte; sie rannte schon die Treppe runter, um die anderen einzuholen. Vom Flurfenster aus beobachtete ich, wie sie Oscar zuwinkte, der an der Straße stand. Dann sah sie zu mir hoch, hielt sich die Handschuhe trichterförmig an den Mund und rief: »Bring was zu trinken mit!«

8. Dezember 2007

PIPPA

Wenig bekannter Fakt über mich: Ich *hasse* Verkleiden. Allein der Gedanke verursacht mir Gänsehaut. Das mag seltsam klingen, wenn man bedenkt, dass ich mein Geld damit verdienen will, in fremde Kostüme zu schlüpfen und aufmerksamkeitsheischend über die Bühne zu schreiten. Aber so ist es nun mal. Ich glaube, es hat was mit dem Wettbewerbsaspekt zu tun, diesem pseudo-lässigen *Was, das alte Ding? Das hab ich ganz zufällig mal in einem Secondhandladen entdeckt.* Ach, komm schon! Wir wissen doch alle, dass du auf der Suche nach dem besten Nonnenkostüm wochenlang durch die Hauptgeschäftsstraßen getigert bist, damit du mehr wie Kate Moss aussiehst als wie Mutter Teresa.

Aber Tania bestand auf Mottoparty, und das Universum beugte sich ihrem Wunsch. Was sonst? Ich finde, es könnte der Titel ihrer Biographie werden – *Und das Universum beugte sich.* Außerdem ist es ihr fünfundzwanzigster, und zu meinem hatte sie mich zu Adele eingeladen, also hat sie mich quasi in der Hand.

Ich weiß nicht mehr, wer als Erste die Idee hatte, wir könnten als Spice Girls gehen, aber sobald sie aufkam, stand der Entschluss fest. Tanias Entschluss.

»Fünf Band-Mitglieder. Fünf Outfits. Fünf Leute in der WG Egerton Road 309. Ich meine, da müssen wir doch gar nicht weiter nachdenken.«

Gut, einer in unserer WG war männlich, aber von solchen Kleinigkeiten lässt Tania sich nicht weiter irritieren. Gus Atkins hat sowieso die schönsten Beine von uns allen und war zu entspannt (faul), sich eine Alternative auszudenken. Natürlich übernahm Tania den Part der Choreographin, Regisseurin und Imageberaterin in einem und riss sich die begehrte Rolle der Posh Spice unter den Nagel, noch ehe wir andern »Piep« sagen konnten.

»Wir sind uns doch sicher einig, dass ich an dem Abend besonders heiß aussehen muss, oder? Ihr wisst schon – nicht *lustig* heiß, sondern *heiß* heiß. Das ist schließlich meine Party, und praktisch alle werden auf mich achten.« Wie Tania es regelmäßig schafft, solche Sachen vom Stapel zu lassen, ohne dass es ihr jemand übelnimmt, ist mir ein echtes Rätsel.

Die niedliche, etwas pummelige Jen wurde als Sporty Spice auserkoren, was vielleicht ein bisschen unfair war, aber irgendjemand musste ja die Arschkarte ziehen. Jen gehörte zu jenen unglückseligen Mädchen, deren Zug die Haltestelle »Jugendlich« ausgelassen hatte und direkt zu »Ältlich« durchgefahren war. Sie trug formlose Kittelkleider und Gesundheitslatschen, und so sehr wir sie auch bearbeiteten, wollte sie partout nichts von Unterarmrasur wissen. Natürlich war keine von uns scharf auf Sportys Reebok-Trainingsanzug-Schrägstrich-»Natural Look« (nicht, wenn jede Menge sexy aufgetakelte Tussen zur Party kommen würden), aber die arme Jen war von uns allen am wenigsten für diese Rolle geeignet. Anstatt nach Sporty Spice sah sie eher nach einer gutmütigen Seniorengymnastiktrainerin kurz vor dem Ruhestand aus. Die im Schritt leicht einschneidende Sporthose und ihre dicke Hornbrille trugen nicht gerade zur Authentizität bei, aber wie gute Freundinnen das nun mal tun, lobten wir ihr Outfit in den höchsten Tönen, und sie nahm es mit bewundernswerter Heiterkeit.

»Im Ernst, Jen: Würde Mel C jetzt hier stehen, würde ich echt nicht wissen, wer wer ist«, rief Tania begeistert. »Du siehst aus wie ihre Fata Morgana.«

»Findest du wirklich?«

»Absolut! Als wärst du ihre Zwillingsschwester.«

»Das hast du lieb gesagt. Ich frage mich nur, ob ich dieses eine Mal ausnahmsweise ein bisschen Make-up auflegen sollte?«, meinte Jen zaghaft.

»Auf gar keinen Fall. Tut mir leid. Mel trägt *niemals* Make-up. Das ist einfach nicht *sporty*«, erklärte Tania geduldig. »Und wenn wir alle total echt aussehen, kannst du nicht aus der Reihe tanzen, leider.«

Jen guckte enttäuscht, und Tania legte nach.

»Hör zu, Jen. Wenn Posh nie Make-up getragen hätte, dann würde ich das auch nicht tun. Aber zufällig war sie ziemlich krass geschminkt, also mache ich, was sie macht. Wir alle müssen der Kunst unsere Opfer bringen.«

Das ergab zwar keinen Sinn, aber wieder einmal kam Tania mit ihrer unlogischen Schlussfolgerung davon.

Jen ließ es darauf beruhen. Insgeheim war ich von ihrer Zurückhaltung schwer beeindruckt.

»Oh, seht euch Nish an! Na, wenn das nicht Scary Spice ist – sogar noch besser als das Original!«

Nisha Rain, Jurastudentin, Schulfreundin und einziges nicht-schauspielerndes WG-Mitglied, stand in der Tür und stemmte die Hände in die Hüften. Sie trug einen bis zum Bauchnabel aufgerissenen Leoparden-Catsuit über einem glänzenden PVC-BH.

»Wow«, sagte Tania. »Aber da fällt mir ein … Vielleicht könntest du dein Haar noch zurückkämmen? Ich habe extrastarkes Haarspray. Wenn das okay für dich ist?«

Ohne eine Antwort abzuwarten, gab sie ihr die Spraydose.

»Und seht euch Pips an! Die roten Haare sind einfach geil.«

Tania hatte gebeten (befohlen), dass ich mein Haar mit kupferfarbener Tönung behandle – »Dein natürliches Rot ist einfach nicht krass genug, Baby.« Zwei Stunden und drei Päckchen später hatte mein Haar die Farbe von Fantadosen, und meine Ohren sahen aus, als hätte man ein Kind mit orangen Filzstiften darauf losgelassen. Ich trug einen zum hautengen Halterneck-Minikleid umgearbeiteten Union Jack aus Polyester aus dem Ein-Pfund-Shop und Tanias rote High Heels mit roten Wollstulpen als Stiefelersatz.

Tan begutachtete mich wie eine Bildhauerin ihr Werk.

»Gar nicht schlecht. Geri hat zwar definitiv größere Titten, aber wir können dich ja ein bisschen ausstopfen.«

Tja … beste Freundinnen sind super, oder?

Last but not least kam Baby Spice. Beziehungsweise der einzige Mann in unserer WG – Gus. Die lange blonde Perücke passte ihm wie angegossen, und als wir ihm die Markenzeichen-Zöpfe banden, konnte man meinen, er hätte nie eine andere Frisur gehabt. Der Mann war geradezu unverschämt attraktiv! Dazu pinke Turnschuhe mit Keilabsatz, hellrosa Minirock, kurzes Spitzenoberteil mit weitem Ausschnitt, ein bisschen braune Wimperntusche und ein Hauch rosa Lipgloss – perfekt! So würde er sogar Wembley rocken. Von uns fünfen sah er unbestritten am heißesten aus.

Nur Tania zeigte sich unbeeindruckt.

Wummernde Bässe aus voll aufgedrehten Lautsprechern pulsieren im zerschlissenen Teppich und lassen meine Waden vibrieren. Unser Wohnzimmer ist ein Meer aus angetrunkenen Schauspielschülern und ihrem Sammelsurium an Freunden, die Joints drehen, Dosen mit unartikulierbarem polnischen Bier kippen und Musical-Songs trällern (ein Klischee, aber leider wahr).

Ich sehe auf die Uhr am DVD-Player. Herrje, es ist erst zehn vor neun, auch wenn es sich schon wie Mitternacht anfühlt. Ich hänge in der Kaktusecke fest (phantasievoll nach Jens bunter Topfpflanzensammlung benannt), neben mir lehnt Stu »Nenn mich Bronson, das machen alle« an der Wand. Er trägt ein Rambo-Outfit, nippt gelegentlich an einer Flachmann-förmigen Flasche *Buckfast* Likörwein und redet seit einer guten Viertelstunde auf mich ein. Stu – sorry, Bronson – ist kein Freund der Distanzzone. Sein Hugo-Boss-Parfüm schlägt mir aufdringlich stechend entgegen, und seine Zunge scheint ein bisschen zu groß für seinen Mund, denn er verschlurrt die Konsonanten und sprüht mir regelmäßig Spucketröpfchen in die Augen.

Seinen nackten Oberkörper zieren drei große Knutschflecke, und er versucht nicht im Mindesten, sie zu verbergen. Sie wirken fast wie eine Trittsteinspur, vom Bauchnabel bis hin zum Kinn. Vielleicht sieht er sie als eine Art Medaillen? Nun, ich werde ganz bestimmt nicht seine nächste Eroberung sein. Sein Blick ruht schamlos auf meinen konisch aufgeplusterten Brüsten. Zugegeben, sie sind ein wenig irritierend, weil Tania viel zu viel Watte in die BH-Schalen gestopft hat, aber es wäre nett, wenn er sich bemühen würde, mir wenigstens ab und zu in die Augen zu sehen. Eine Zeitlang habe ich versucht, ihm von den Lippen abzulesen, was er bei seiner schlurigen Aussprache wohl meinen könnte, aber irgendwann habe ich es aufgegeben. Er ist von seinen Erzählungen offenbar selbst so angetan, so hingerissen von der Heldenhaftigkeit seiner überlegenen Existenz, dass der wahre Austausch mit anderen in seiner Prioritätenliste weit unten rangiert. Eine Haltung, die ich – das muss ich beschämt gestehen – gerade unterstütze, indem ich in passenden Abständen lache und zustimmend nicke. Manchmal bin ich so verdammt englisch, dass ich mich selbst hasse. Er ist bestimmt überzeugt, ich würde ihm wie gebannt zuhören. Ich bin tatsächlich wie gebannt, nur leider, ohne es zu wollen. *Gib mir Kraft*, murmele ich, vielleicht sogar ein bisschen zu laut, doch er merkt es nicht einmal und labert immer weiter.

Mist. Meine Zehen in Tanias roten High Heels sind schon völlig taub. Ich komme mir wie eine dieser Chinesinnen in dem Buch vor, das ich gerade lese. *Wilde Schwäne*. Da werden den Frauen schon im Kindesalter fest die Füße umwickelt und die Knochen gebrochen, damit sie nicht zu natürlicher Größe auswachsen können. Winzige Füße waren anscheinend ein Statussymbol. Die begehrenswertesten Bräute hatten nur zehn Zentimeter lange Füße, die man »Goldene Lotus« nannte. Ich weiß nicht, warum mich das so beschäftigt, aber es geht mir dauernd durch den Kopf. Ich beschließe, nicht mit Bronson darüber zu reden. Dass ihn chinesische Kultur interessiert, kann ich mir nicht vorstellen. Außerdem wäre in den kurzen Pausen, in denen er schnappartig Luft holt, sowieso nicht ausreichend Zeit für so viele Wörter.

Wow. Der kann echt ununterbrochen reden.

Hin und wieder berührt er unter irgendeinem dummen Vorwand mein Gesicht.

Ich glaube, du hast da einen Krümel.

Er fährt mir mit seiner rauen Hand über die Wange. Dann reibt er mit dem Daumen über meine Oberlippe.

Ist da dein Lippenstift verschmiert?

Jetzt ist er es mit Sicherheit. Seine Finger stinken nach Zigaretten und nach Steak. Ich kippe den letzten Schluck meines vierten – oder fünften? – Bacardi Breezer Wassermelone hinunter und machte einen Schritt Richtung Freiheit.

»Sorry. Ich muss mich mal um unser Birthday Girl kümmern.«

Im Gehen höre ich noch bruchstückhaft seine Erwiderung.

»Nein. Geh nicht … lernen uns doch gerade … irgendwo in Ruhe …«

Doch zum Glück bin ich nun endlich entkommen. Ich drücke mich an einem Paar vorbei, das über die Bowle-Schüssel hinweg knutscht, und dringe in das Gewühl aus schwitzenden Leibern vor. Ich sehe Nisha, die zwischen ein paar ultra-cool wirkenden Musikern steht und an einem Campari Soda nippt. Die scheinen von ihr ganz hingerissen zu sein. Sie redet ja nicht viel, aber wenn, dann zieht sie damit alle Aufmerksamkeit auf sich wie ein Magnet.

Eine Bong aus einer leeren Seven-Up-Flasche macht die Runde. Der schlaksige Typ, der Amy Winehouse kennt, hält mir das dampfende Plastikding entgegen. Fast als Herausforderung.

Nein, Gras ist nichts für mich. Ich werde paranoid, depressiv, besessen, unsicher, und mir wird schlecht. Aber … hey, das ist eine Party, richtig?

»Inhalieren, Luft anhalten und bis zehn zählen.«

Ich befolge die Anweisung, nehme die feuchte Flaschenöffnung zwischen die Lippen und atme tief ein.

Eins, zwei … Der süßliche Rauch prickelt mir auf der Zunge wie Knisterbrause. *Drei, vier* … zischt durch meinen Rachen und brennt sich in meine Lungenbläschen. *Fünf, sechs* … Meine Augen tränen. Kommt jetzt etwa Rauch aus meinen Ohren? Ich sehe Gus auf dem Sofa, dem eine glatzköpfige Britney Spears an den Zöpfen spielt. *Sieben* … Die Welt verlangsamt und bleibt mit malmendem Geräusch stehen; das breiige Partygeplapper dehnt sich wie Kaugummi. *Acht, neun* … Die Gesichter der Musiker verschwimmen zu einem einzigen, einem hässlich-hübschen Wasserspeier. Blubberndes Lachen prickelt mir aufwärts durch die Beine, und ich habe die vage Vision, dass mir mein klopfendes Herz durch den Brustkorb platzt und mich mit Blut tränkt. Schlagartig erfüllt mich das Gefühl erhabener Ruhe. Ich nehme den Raum in mich auf, und alle sehen glücklich aus. Oder nicht? Vielleicht bin ich alle? Und das Glück ist in mir? Oder alle sind … Moment mal. Stopp. Mein Kopf tut weh. Zu viele Wörter. *Und zehn.*

Ich atme aus. Es ist eher ein Keuchen. Die Musiker klatschen und lachen. Ich lupfe meinen unsichtbaren Hut, versuche mich zu verbeugen und taumele. Nein, ich kann das. Kein Problem. »Alles in Ordnung, Pippa?«, meine ich Nishas Stimme zu hören. »Du siehst ein bisschen …« Ich hebe eine Hand, um sie zum Schweigen zu bringen. Nein, nein. Alles ist perfekt. Ich fühle mich großartig. Ich fühle … Oh, Scheiße. Ich wate durch Sirup. Meine Hände gehören nicht zu mir. Mich überkommt eine Welle der Übelkeit. Ich lehne mich gegen eine strategisch gut platzierte Wand. Danke vielmals, liebe Wand. Okay, reiß dich zusammen, Lyons. Du schaffst das. Du kommst wieder auf die Reihe. Aber mir ist schlecht. Salzige Flüssigkeit füllt meinen Mund, als wäre da eine Sprinkleranlage losgegangen. Nein, ich will mich nicht übergeben, nein. Ich unterdrücke das Gefühl mit aller Macht. Dabei tauche ich schlagartig aus dem warmen Bad der Zeitlupe wieder auf, und das Partygetöse bricht über mich herein. Mit vollem Tempo. Intensiver und ohrenbetäubender als zuvor.

Ich traue mich, vorsichtig den Kopf zu heben. In der Küche steht Tania über die Theke gebeugt und zieht für ein Foto einen Schmollmund. Da ich nicht weiß, ob sie mich sieht, kneife ich ein Auge zu und winke unbeholfen. Sie lächelt und wirft mir ein Küsschen zu. Ich werde mich *nicht* übergeben. Mein Puls pocht mir immer lauter in den Ohren, als würde im Auto die Lautstärke aufgedreht. Mist. Ich stehe auf einem Karussell, das sich immer schneller dreht. Aber ich werde mich definitiv und hundertprozentig *nicht* übergeben.

Ich hänge würgend über der Kloschüssel, mein Körper wird immer wieder von Krämpfen geschüttelt. Hört das denn nie mehr auf? Schweißtropfen prickeln auf meiner klammen Stirn, und ich lege sie auf dem Schüsselrand ab. *Ah, du wunderbares kühles Porzellan. Wieso habe ich dich noch nie in deiner Vollkommenheit bewundert?* Ich umarme die Schüssel wie einen lang ersehnten Geliebten und versuche, meine Beine zu ermuntern, mich aufzurichten. Uh, aufrecht zu stehen ist viel schwieriger, als ich mich erinnern kann. Ich erhasche einen Blick meines Spiegelbildes. Und reiße vor Schreck die Augen auf.

Du meine Güte, Pippa!

Ganz langsam hebe ich die linke Hand in der Hoffnung, die aschfahle Frau im Spiegel behält ihre unten. Aber nein, die Fremde bewegt sich absolut synchron. Reiß dich zusammen, Mädchen! Ich greife nach der offenen Zahnpastatube, drücke etwas Zahncreme auf meine Zunge und verteilte sie in meinem Mund. Dann beobachte ich mein blasses Spiegelbild dabei, wie es die Masse ausspuckt. Ein schaumweißes Rinnsal schlängelt sich wie eine Schneckenspur Richtung Abfluss. Erschöpft starre ich es an.

Okay. Ein bisschen roten Lippenstift auf Mund und Wangen, das leuchtorange Haar ausgeschüttelt – und ich bin so gut wie neu. Na ja, fast so gut wie neu … und ohne Batterien. Ding-ding, zweite Runde. Oder ding-dong – war das die Türglocke? Ich bleibe am oberen Treppenabsatz stehen und rechne damit, dass irgendein herumlaufender Gast die Tür schon öffnen wird, aber niemanden scheint das wiederholte Klingeln zu kümmern.

Langsam bewege ich mich abwärts.

Zuerst erkenne ich ihn gar nicht – was seltsam ist, denn noch weniger Zugeständnis an eine Verkleidung ist kaum mehr möglich. Er trägt ein übergroßes Fußballtrikot der Nationalmannschaft und hält eine Familienpackung Zwiebel-Käse-Chips im Arm.

»Gary Lineker?«, frage ich.

»Bingo. Tut mir leid, dass ich zu spät bin. Aber ich habe *ewig* lang für dieses Kostüm gebraucht.«

Ich lächle. Was sich auf meinem Mund ganz fremd anfühlt. Steve runzelt die Stirn.

»Alles okay, Pippa? Du siehst …«

»Prima. Mir geht's prima.«

Er ist nicht überzeugt.

»Warte mal.«

Er nimmt den Rucksack ab, kramt darin herum und hält mir einen Daim-Riegel und eine Flasche Sekt entgegen.

»Laut Oscar reduziert Schokolade vor dem Alkoholgenuss den Kater um die Hälfte.«

Er sieht mich genauer an.

»Könnte allerdings zu spät sein.«

»Könnte man sagen, ja.«

»Ich hatte zwei Riegel, aber einen habe ich schon gegessen, um mir die Wartezeit zu verkürzen.«

»Du musstest nicht lange warten, oder doch?«

»Nein, ist schon in Ordnung. So lange nun auch wieder nicht. Ich meine: fünfundzwanzig Minuten – ist das lang?«

Er taucht wieder in seinen Rucksack und gibt mir eine Schachtel.

»Und wenn sich das mit der Schokolade als Blödsinn erweist, wirken die hier ganz gut.«

Ich gucke auf die Schachtel. Eine Großpackung Alka Seltzer. Ich muss lachen. Worüber er lacht. Ich mag zwar betrunken sein, aber ich bin ganz verblüfft, wie schön es ist, sein treuseliges, hoffnungsvolles Gesicht zu sehen.

»Dann komm mal rein, Gary. Der Irrsinn erwartet dich.«

»Oh, danke. Hübsche Flagge, übrigens. Geri war immer meine Lieblings-Spice.«

Ich mustere ihn skeptisch. *Wir wissen alle, dass Geri niemandes Lieblings-Spice-Girl war.*

Ich schließe die Tür, und jetzt stehen wir im Flur und sehen uns an.

»Hallo, übrigens.«

»Ach ja. Hi.«

Ich lehne mich vor und gebe ihm einen Kuss auf die Wange. Er hat das Gleiche vor, dreht sein Gesicht aber zur selben Seite, und wir stoßen halb mit den Lippen, halb mit den Wangen zusammen. Wir tun so, als wäre nichts passiert.

»Genau. Ich habe seit …«, ich sehe auf die Uhr, »oh … vierzehn Minuten nichts mehr getrunken. Bevor mein Körper also unter Schock gerät, sollten wir uns etwas holen.«

Ich nehme seine Hand und ziehe ihn hinter mir her ins Getümmel. Und dann passiert etwas Seltsames. Während wir durch den Raum gehen, sehe ich plötzlich alles durch seine Augen. Anders kann ich es gerade nicht erklären. Die Wirkung der Bong hat nachgelassen, also kann es daran nicht liegen. Es ist, als wären wir vorübergehend verbunden, als würde mir seine Hand den direkten Zugriff auf sein Empfinden ermöglichen. Ich nehme alles ganz neu wahr; als würde ich einen Touristen durch meine Heimatstadt führen: die nackte Truppe in der Ecke, die Rilke-Gedichte liest; das verlorene Gesicht des magersüchtigen Mädchens, dem Fell im Gesicht wächst, damit ihm wärmer ist; eine Make-up-lose Jen, die sich klammheimlich mit einem Becher Malzmilch und einer zerfledderten Ausgabe von *Middlemarch* auf ihr Zimmer verkriecht; der Transvestiten-Limbo unter dem im Küchentürrahmen befestigten Maßband; das Flaschendrehen im Garten, bei dem gerade ein Versuch des Sechserknutschens gestartet wird; Tanias verängstigte Tigerkatze Gordon Brown (weil sie genauso traurige Augen hat wie unser Premierminister), die sich hinter der Lavalampe versteckt.

Schauspielschüler, Schauspieler und Anhang, schuldbeladen, einzelgängerisch, verkommen. Mein Gott, was muss er von uns denken? Wir sind dubiose Gestalten, der Abschaum der Gesellschaft, die Druckstellen am Apfel, die man vor dem Essen wegschneidet. Auf der verzweifelten Suche nach Liebe. Aufmerksamkeit. Anerkennung. Eine wilde Horde, die nicht auf blauäugige Fotografen losgelassen werden sollte, die bestimmt noch an den Weihnachtsmann glauben. Ich lehne mich gegen ihn, damit er mich über den Lärm hinweg hören kann. Dabei nehme ich den Seifenduft seiner Haut wahr, und mich erfasst das fremde Gefühl tiefer Ruhe.

»Du musst auch nicht hierbleiben. Das ist … es ist …«

»Ein normaler Samstagabend für euch?«

Er lächelt. So dass ich unweigerlich grinsen muss. Er wirkt frisch und lebendig und viel selbstbewusster, als ich ihn in Erinnerung habe. Er sieht sich um, nimmt die bunte Vielfalt in sich auf. Vermutlich öffnet sich ihm eine neue Welt, und ich kann sehen, dass er in Gedanken Fotos schießt. Schnappschüsse der exzentrischen Außenseiter aus der Büchse der Pandora.

Plötzlich packt mich jemand am Handgelenk.

»Na, sexy Hexy, Hast du mich vermisst?«

Rambo ist zurück. Er klapst mir auf den Po und zieht mich in die wilde Conga, die durchs Zimmer tobt. Meine Finger rutschen aus Steves Hand. Ich versuche, mich in sein Fußballtrikot zu verkrallen, doch vergebens. Die Menge schließt sich hinter mir, und er verschwindet im Nichts. Mich erfasst ein seltsames Frösteln, bis in die Knochen, als hätte mir jemand das Federbett weggerissen. Ich will mich befreien, aber Rambo hält mich mit Oktopusarmen fest umschlungen. Immer mehr Leute reihen sich in die Conga, und ich hänge zwischen ihm und Kleopatra in diesem beschleunigenden Zug fest, ohne eine Chance, zu entkommen. Aus den Lautsprechern plärrt »Mamma Mia«, und in der Wohnung bricht ein Vulkan los. Drinks landen auf dem Teppich, Stimmen steigern sich zu Gekreische, Körper werden auf Schultern gehoben, die Party kocht über.

Mit seinen Hüften, die die ganze Zeit gefährlich nah an meinem Hintern kreisen, schubst Rambo mich aus der Menschenkette. Halb tanzend, halb schiebend, bugsiert er mich in den Flur. Bevor ich mich wehren kann, drängt er mich in unser kleines Gästeklo unter der Treppe und lehnt sich von innen gegen die Tür. Sein schmieriges Grinsen kommt immer näher, und plötzlich saugt er sich mit seinen wulstigen Lippen an meinem Mund fest. Ich winde mich aus seiner Umklammerung.

»Was ist los?«

»Nein. Weg da. Ich will das nicht.«

»Komm schon, sexy Hexy. Sei kein Spielverderber. Ist doch nur Spaß.«

Er streckt seine Hand vor und streicht über die (mit Watte ausgestopfte) Wölbung meiner Brüste. Ich will ihm vors Schienbein treten, doch meine Beine gehorchen mir nicht. Verdammt. Wie blöd. Ich kriege Angst.

»Mein Gott, du hast ja Wahnsinns…«

Es klopft. Irritiert fährt er zurück. Legt eine Hand an den Knauf.

»Wir sind beschäftigt.«

Es klopft erneut. Rambo wendet sich ab und öffnet die Tür einen Spalt.

»Was willst du?«

»Ist Pippa hier?« Steves Stimme.

Rambo richtet sich zu voller Größe auf.

»Und du bist …?«

Ich sehe, wie seine Schultermuskeln arbeiten und er die Hände zu Fäusten ballt.

»Na, das siehst du doch. Mein Kostüm ist so gut wie deins.«

Rambo verzieht keine Miene. Ich kriege Angst um Steve. Er ist kein Kämpfer. Er ist Gary Linecker – der Nationalspieler, der in seiner gesamten Karriere keine einzige rote Karte bekommen hat. Er späht durch den Spalt zu mir.

»Da bist du ja. Alles in Ordnung, Liebes?

Liebes? Was soll das?

»Hör zu, mein Schatz. Ich wollte nur Bescheid geben, dass wir besser jetzt gleich zu den Hunden zurückfahren. Länger als vier Stunden sollten wir sie nicht allein lassen, oder? Und morgen kommt ganz früh der Ofenmann, falls du es vergessen hast. Ich habe uns ein Taxi gerufen. Wir treffen uns draußen, okay?«

Rambo lässt die Arme sinken. Sieht mich verwirrt an.

»Du hast mir nicht gesagt, dass du 'nen Kerl hast.«

»Und du hast mir nicht gesagt, dass du ein Arschloch bist.«

Er lächelt. Er findet mich süß. Kommt mit seinen feuchten Lippen wieder näher.

Ich werde wütend und schubse ihn weg. Mit Nachdruck. Plump landet er auf der Toilette.

»Hoo, immer mit der Ruhe, Baby …«

»Du bist echt ein Arschloch. Hat dir das schon mal jemand gesagt? Und deine Zunge ist zu groß für deinen Mund.« Prompt bin ich draußen und schlage die Tür zu.

Im Flur steige ich über betrunkene Gäste, die den Weg blockieren. Das Haus sieht wie ein Testzentrum für Unfallpuppen aus – überall liegt irgendwer herum. Ich sehe kurz in mein kleines Zimmer, das gerade als Liebesnest genutzt wird, ignoriere die Rufe einiger Kollegen, die mich zu einem »letzten Schluck« einladen, schnappe mir meine Handtasche und stürze aus der Tür. Erst als ich die kalte Luft auf meinen Wangen spüre, wage ich, wieder zu atmen. Ich lehne mich gegen den Verandapfosten, schließe die Augen und warte, dass sich mein wilder Puls beruhigt.

»Hey, du. Alles in Ordnung?«

Ich öffne die Augen. Steve steht da und neigt sich zu mir vor – so besorgt, so fürsorglich. Ich nicke.

»Du zitterst ja.«

Er hat recht. Meine Zähne klappern wie die Bohnen in einer Rumba-Rassel.

»Hier, nimm.«

Er zieht seine Jacke aus und legt sie mir um die Schultern. Allmählich beginnt sich der Knoten in meinem Magen zu lösen.

»Danke.« Ich sehe zu ihm hoch. »Wir haben Hunde?«

»Ja, äh … tut mir leid. Ich wusste nicht, wohin du verschwunden warst. Jemand meinte, du wärst auf dem Klo. Mit einem Typen. Was ich irgendwie komisch fand, aber ich will mir da kein Urteil erlauben, also bin ich …« Er bricht ab.

»Und der Ofenmann? Auch ein netter Einfall.«

Er lacht. »Der Teufel liegt im Detail.«

Ohne weiter nachzudenken, stelle ich mich auf meine schmerzvoll mumifizierten Zehen und gebe ihm Küsschen auf die Wange. Wir bleiben einen Moment so stehen, als wollten wir für einen nicht existenten Fotografen posieren. Dann ziehe ich mich zurück.

»Danke. Im Ernst. Ich weiß nicht, was ich gemacht hätte, wenn du nicht …«

Der Satz bleibt unvollständig in der Luft hängen. Steve drückt sanft meine Hand. Dabei fließt etwas Warmes durch meinen Brustkorb, wie flüssiges Wachs, und ich spüre plötzlich den überwältigenden Impuls, ihn am T-Shirt zu packen und auf den Mund zu küssen – doch dann fällt mir ein, dass ich gerade einen megamäßigen Kotzanfall hatte, also lasse ich es bleiben. Der Mond steckt hinter einer Wolke, deshalb kann ich seinen Gesichtsausdruck nicht sehen, aber ich höre, wie wir uns gegenseitig anlächeln.

Vielleicht sind Kostümpartys doch nicht so übel.

2. März 2019
02:39 Uhr

»Sie sollten sich setzen, Mr Gallagher. Es gibt einiges zu besprechen.«

Steve schüttelt den Kopf. Er will lieber stehen. Er weiß, er muss es aufrecht hören. Wenn er sich Schwachheit erlaubt und seinen Knien gestattet, sich zu beugen, wird er vielleicht nie wieder stehen können.

»Also gut«, fährt Bramin fort. »Der Zustand Ihrer Frau ist immer noch kritisch. Ihr Hirndruck ist stabil, was gut ist, aber sie hat schwere Verletzungen erlitten. Unsere Röntgenaufnahme zeigt gebrochene Rippen, deshalb müssen wir prüfen, ob ein Hämatothorax vorliegt, also Blutansammlungen im Brustraum, wobei wir sie momentan lieber nicht noch einmal operieren würden. Wahrscheinlich wird sie eine Weile am Beatmungsgerät bleiben müssen.«

Sirr, piep, klick, pfft.

Steve muss heftig blinzeln.

Fokussieren. Aufrecht bleiben.

Doch der Boden, der ihn trägt, kommt ihm bald zu dünn vor, das Fundament scheint ausgehöhlt, nachgiebig, als balancierte er auf Klarsichtfolie, die über einen Teller mit Essensresten gespannt wurde. Jeden Augenblick könnte irgendein Witzbold sie unter seinen Füßen zerreißen, und er würde in einen verlassenen Brunnenschacht stürzen, aus dem er sich nie mehr würde befreien können. Steve erinnert sich an eine wilde Gartenparty seiner Familie, bei der sein damals trickbesessener neunjähriger Bruder immer wieder versuchte, eine Serviette unter einem Glas Limonade vom Tisch zu ziehen, ohne einen Tropfen zu verschütten.

»Mr Gallagher?«

Er will die Stimme ignorieren, die ihn in die Realität zurückruft. Mit aller Macht hält er an der Erinnerung fest, denn er möchte in dem geschützten Raum der Liebe und Geborgenheit seiner Familie bleiben. Doch das Bild zerfließt wie Treibsand, die Vergangenheit vertrieben von der Gegenwart, dann von der Zukunft.

»Steven? Alles in Ordnung?«

Blinzelnd versucht Steve, sich auf Mr Bramins Gesicht zu konzentrieren. Er nickt. Der Arzt fährt fort.

»Wie ich bereits sagte, können wir das volle Ausmaß der Hirnschädigung Ihrer Frau noch nicht bestimmen. Sie hat beim Aufprall ein schweres Schädeltrauma erlitten.«

Bramins Lippen bewegen sich, aber für Steve ergeben seine Sätze keinen Sinn, die Wörter glitschen an seinen Ohren vorbei wie Steine, die über eine Wasseroberfläche geflitscht werden.

»Der Schädeldruck konnte bei der Operation erheblich reduziert werden, aber wir können noch keine Prognosen zu ihrer Genesung geben. Wir führen nachher ein MRT durch, was vielleicht eine vorsichtige Diagnose erlaubt, denn ihr EEG zeigt eine gewisse Hirnaktivität, aber die Datenlage ist zu ungenau – hier ist die Wissenschaft noch nicht fortgeschritten genug.«

Es ist wie ein fremdsprachiger Film ohne Untertitel. Steve lauscht angestrengt, damit irgendein Satz zu ihm durchdringt.

»Mir ist bewusst, dass es schwer für Sie sein muss, das alles im vollen Umfang zu verarbeiten. Ich wünschte, ich könnte Ihnen optimistischere Nachrichten überbringen. Aber ich kann Ihnen versichern, dass Menschen oft stärker sind, als uns bewusst ist.«

Steve starrt auf die Sommersprossen auf Pippas Nasenrücken. Ihr »Sonnensystem« hat er sie immer genannt. Er hört noch heute ihren Lachanfall, als sie im Spiegel entdeckte, dass er ihr, während sie schlief und er leicht angetrunken war, die Punkte mit einem Kugelschreiber zu Sternbildern verbunden hatte.

Der Arzt nimmt Steves Lächeln als positives Signal, auch wenn es nicht ihm galt.

»Ich halte es immer für das Beste, wenn die engere Familie alle Fakten kennt. Ich möchte die Dinge nicht beschönigen und will Sie auch nicht mit falscher Hoffnung trösten. Die nächsten Stunden sind nun einmal kritisch. Aber ich bin seit fast zwanzig Jahren Arzt, und wir haben schon oft erlebt, dass der Überlebenswille eines Menschen viel bewirken kann.«

Er hält inne.

»Haben Sie bis hierhin irgendwelche Fragen?«

Steve reißt sich vom Anblick seiner Frau los und sieht auf.

»Wann überbringen Sie mir die schlechten Nachrichten?«

Mr Bramin reagiert nicht. Er drückt zweimal auf den Hygienespender am Fußende des Bettes und verreibt die Flüssigkeit in seinen Händen.

»Ich komme bald wieder.«

An der Tür dreht er sich noch einmal um.

»Reden Sie mit ihr, Mr Gallagher. Erinnern Sie sie daran, wofür es sich lohnt, zurückzukommen.«

Steve sieht ihm hinterher, greift dann instinktiv nach seinem Handy und hofft – nein, fürchtet –, eine Nachricht von Diana erhalten zu haben. Doch das Display zeigt keine neuen Anrufe oder Textnachrichten, nur ihn und Pippa als Silhouetten vor einem Sonnenuntergang in San Francisco.

Warum sollte sie angerufen haben? Sie wird immer noch nichtsahnend im Bett liegen.

Ihn selbst erreichte die schreckliche Nachricht kurz nach Mitternacht. Eine unbekannte Nummer, dann die Stimme eines Fremden, ernst und eindringlich. Einigermaßen ruhig bestellte er ein Taxi und rief von dort aus Diana an. Aber ihr Telefon klingelte nur, ohne dass sie dranging. Was hatte er erwartet? Um zehn Uhr schlief sie häufig schon. Zum Teil war er sogar dankbar, dass sie nicht abgehoben hatte, und ohne eine Nachricht zu hinterlassen, legte er wieder auf.

Jetzt entsperrt er sein Handy und verharrt mit dem Daumen über ihrem Namen. Ist es überhaupt nötig, sie noch einmal anzurufen? Was, wenn das Schlimmste passiert und Diana es nicht mehr schafft, sich zu verabschieden? Allein der Gedanke lässt Steve erschauern, doch er weiß, er muss weiter versuchen, sie zu erreichen. Er lässt den Daumen auf das Display sinken und wendet sich vom Bett ab, als wollte er Pippa vor dem vergeblichen Klingeln des Telefons ihrer schlafenden Mutter bewahren. Schließlich hört er Dianas Stimme. »Hallo, hier ist Diana. Wenn Sie eine Nachricht hinterlassen, dann rufe ich zurück, wenn ich mit dem fertig bin, was ich gerade tue. Ciao! … Chris … welchen Knopf muss ich jetzt drücken?«

Diesmal weiß er, was zu tun ist.

»Diana, hier ist Steven … Steve.«

Seine Stimme hört sich rau an, und an seiner Ohrmuschel spürt er, dass die Hand, mit der er das Telefon hält, zittert.

»Ähm, kannst du mich bitte zurückrufen? Sofort? Ich bin im Krankenhaus und … Pippa. Sie hatte einen Unfall. Es tut mir so leid. Bitte ruf an. Und mach dir keine Sorgen. Aber ruf mich an. Bitte.«

Er legt auf und schiebt das Handy auf dem Bettschränkchen ans hinterste Ende, so weit entfernt, wie es nur geht. Er hat nicht erwartet, dass ihn der Anruf so sehr mitnimmt, und verspürt nun das dringende Bedürfnis, Pippa festzuhalten. Hatte Mr Bramin gesagt, ob er sie berühren darf? Er kann sich nicht erinnern. Vielleicht sollte er jemanden fragen.

Irgendwo im Gang hört er eine Frau lachen. Eine andere schreit auf, sie scheint sich zu freuen. Beide Laute kommen ihm so fremd vor, dass sie ihn einen Moment lang von Pippa ablenken. Steve konzentriert sich auf die Stimmen und versucht, das Gespräch hinten an der Empfangstheke zu belauschen.

»Hast du gewonnen?«

»Fünfzig Mäuse.«

Noch ein Freudenschrei.

»Raus mit dir!«

»Das Doppelte von dem, was ich heute hier verdient habe.«

»Ha! Stimmt.«

Das Abklatschen zweier Hände zum High-Five.

»Nimmst du den Bus nach Hause?«

»Nee, Taxi. Heute kann ich mir was gönnen.«

»Tu das. Warum nicht!? Bist ja jetzt ’ne reiche Lady.«

»Gute Nacht.«

»Nacht, meine Liebe.«

Mehr Gelächter, dann das leise *Schscht* sich schließender Schwingtüren im gesamten Krankenhaus, mit dem alle Unglückseligen in die Nachtschicht verdammt werden.

Steve erlaubt seinem Mittelfinger, Pippas Stirn zu berühren. Er zieht die Konstellation der Sommersprossen nach, von denen die Hälfte unter getrocknetem Blut versteckt ist, so dass sich die Wege dazwischen rauer anfühlen. Doch nach jahrelangem Studium kennt er sie dennoch genau.

»Nicht zu fassen, Pip. Ein perfekter Oriongürtel.«

10. Juni 2008

STEVE

Mein Bruder Mickey war es, der den Stein ins Rollen brachte. Abgesehen von Oscar, der all meine Geheimnisse kannte, hatte ich in den letzten sechs Monaten niemandem von meinen Gefühlen erzählt. Bei einem meiner viel zu unregelmäßigen Besuche bei Mickey und Pat in Brighton trank ich aber eine ganze Flasche Rotwein und posaunte meine bislang unerwiderte, da heimliche Liebe zu einer Freundin namens Pippa aus.

»Koch für sie«, schlug Mickey vor. »Bei Männern sagt man: ›Liebe geht durch den Magen‹, aber ganz bestimmt ist es auch andersherum so.«

»Wie jetzt?«, meinte Pat. »Der Weg zum Magen geht durchs Herz?«

»Sei nicht albern.« Mickey verpasste ihm einen neckischen Schlag auf den Hinterkopf. »Bei Frauen ist das auch so, meine ich. Und sie sind schwer beeindruckt, wenn ein Typ sich in der Küche auskennt.«

»Woher willst du das wissen?«

»Ich habe vor dir für Männer *und* Frauen gekocht, falls du dich erinnerst.«

»Ja, okay«, sagte Pat und öffnete die nächste Flasche. »Wir wissen alle von deiner Lusthöhle in Camberwell.«

»Aber ich kann nicht kochen«, sagte ich.

»Das könnten wir dir beibringen«, sagte Pat. Mickey warf ihm einen entsetzten Blick zu. »Na gut, *er* könnte das.«

»Das einzige Gericht, das Pat serviert, sind Truthahn-Burger vom George-Foreman-Grill.«

Jetzt war Pat an der Reihe, Mickey einen Schlag auf den

Hinterkopf zu verpassen, was in eine Mini-Sparring-Session ausartete.

Es folgte eine Menge trunkenes Gerede über Geschmackskombinationen und Kochtechniken und feine Küche, und ich bin nicht sicher, ob wir an dem Abend überhaupt noch etwas aßen.

Zuerst wollte ich ein einfaches, klassisch französisches Menü kochen. Da ich zu den Menschen gehöre, die immer einen festen Plan brauchen, ging ich ins Internetcafé, um ein paar Rezepte auszudrucken. Als ich sie dann genauer studierte, merkte ich, dass »klassisch« nicht automatisch »einfach« bedeutete. Wo auf der Kilburn High Road sollte ich Morcheln finden? Wieso brauchte ein Bratensaft so viele Zutaten? Und warum so viele Pfannen? Ich würde einen Haushaltswarenladen ausrauben müssen, um überhaupt anfangen zu können.

Als ich Oscar meine Sorgen unterbreitete, bot er an, mir seinen »legendären Wok« zu leihen. Die Vorstellung, dass Oscar regelmäßig kochte – eine Aktivität, die Zeit und Mühe kostete –, versetzte mich in Erstaunen. Ich konnte kaum fassen, dass er einen Wok besaß, und noch weniger, dass der bereits »legendär« sein sollte. Aber angeblich hatte er die Geheimnisse des Orients entschlüsselt, und die Leute fraßen ihm »regelmäßig aus der Hand«.

»Vielleicht solltest du lieber ein paar Schüsseln kaufen?«, schlug ich vor.

»Im Ernst, Stevie, dieser Wok hat mein Leben verändert.«

»Das klingt, als hättest du ein Samurai-Schwert mit extra magischer Kraft geerbt.«

»Willst du das Ding nun ausleihen oder nicht?«

»Ja, okay.«

Wok-Küche klang weniger einschüchternd als französische – ich hatte mit Sicherheit schon häufiger »Ente gebraten« als *»à l'orange«* gegessen. Außerdem bedeutete dieser Richtungswechsel, dass ich meine Einkäufe auf ein Geschäft beschränken konnte: den asiatischen Supermarkt in meiner Straße.

In Erwartung üppiger Mengen hatte ich meinen Camping-Rucksack geleert und trug ihn bei der ersten Erkundung des bislang unbekannten Terrains jenseits der Berge silber glänzender Fische auf schmelzendem Eis auf dem Rücken. Wieso hatte ich mich vorher nie hierhergewagt? Da hatte ich wirklich etwas verpasst. Welch ein Füllhorn an Schätzen! Ich nahm einen Beutel Riesengarnelen aus der Gefriertruhe, die das richtungsweisende Entrée werden sollten. Neben den Garnelen lag ein Hühnchen, das wie ein richtiges Hühnchen aussah, weil es noch Kopf und Füße hatte. Ich hielt es hoch und bekam plötzlich Zweifel, dass ich etwas mit Fleisch kochen wollte.

»Was haben Sie, das wie Fleisch ist, aber kein Fleisch ist?«, fragte ich die junge Frau an der Kasse, die mich amüsiert beobachtet hatte.

»Tofu«, antwortete sie und deutete auf ein Regal mit zwanzigerlei Tofuarten.

Als ich fragte, wie man das zubereitete, zuckte sie mit den Achseln. Dann musste ich mich wohl von meinem Instinkt leiten lassen – und Oscars magischem Wok.

Zurück an der Kasse hatte ich zwei volle Einkaufskörbe für einen Bruchteil des Betrags, den ich woanders bezahlt hätte. Zwei extrem *schwere* Körbe, hauptsächlich mit Dosen, hauptsächlich aber *authentisch*. Und zwar dermaßen authentisch, dass sie nicht einmal ins Englische übersetzt waren. Ich war natürlich nicht so blöd gewesen, einfach *alles* mitzunehmen;

ich war auf Nummer sicher gegangen und hatte eine breite Auswahl der exotischen Produkte eingepackt. Irgendwas Eingelegtes, irgendwas Getrocknetes, etwas, das wie Reis aussah, etwas mit einem gezeichneten Hummer auf der Verpackung, eine Magnumflasche süße Chilisoße sowie Chips aus Seetang, die sehr niedlich mit »sea wee wee« übersetzt worden waren, was so viel wie »Meerespipi« hieß. Ich kaufte sie nur, um Pippa zum Lachen zu bringen.

Als ich schwer beladen in der Wohnung ankam, sah ich aus, als käme ich gerade von dem einen Jahr Auszeit zurück, das ich mir nie genommen hatte.

»Arthur?«, rief ich. Dass keine Antwort kam, bedeutete nicht, dass er nicht da war. Wie mein voriger Mitmieter Hugo war auch Arthur eher eine Kreatur der Nacht. Vielleicht ein Vampir? Auf jeden Fall aber der perfekte Wohngenosse. Als er einzog, hatten wir uns gut verstanden und waren sogar mal zusammen zum Fußball-Gucken ins Pub gegangen – »Er könnte dein zweiter Freund werden«, hatte Oscar gewitzelt –, doch danach hatte ich ihn nicht mehr gesehen. Allerdings war heute nicht der geeignete Moment, um unser damaliges Kumpel-Bonding wiederaufzunehmen. Ich hatte vor, mit der romantischsten aller Mahlzeiten um Pippa zu werben und ihr dabei meine Gefühle zu gestehen. Wenn ich es richtig anstellte, würden wir uns schon bald am Tisch meines kleines Küchen-Ess-Wohnzimmers gegenseitig füttern. Ein vampiriger Untermieter würde die Stimmung da wohl eher zunichtemachen. Seine Handynummer kannte ich nicht, deshalb hatte ich ihm vormittags eine handgeschriebene Notiz unter der Tür hindurchgeschoben und erklärt, ich werde am Abend für eine Freundin kochen, eine JUNGE DAME, in der Hoffnung, er würde kapieren, was das bedeutete.

Für die Vorbereitungen hatte ich mir den ganzen Tag reserviert. Was gut war, denn allein das Freiräumen der Arbeitsflächen nahm fast eine ganze Stunde in Anspruch. »Arbeitsflächen« bedeuteten die Waschmaschine, der Miniatur-Gartentisch, den Mum und Dad mal aussortiert hatten, und eine dreißig mal dreißig Zentimeter große Platte, die mit schwarzer Schmiere bedeckt war. Bei genauerem Hinsehen entdeckte ich ein paar verrostete Radmuttern. Arthur musste hier ein Fahrrad repariert haben. *Ziemlich daneben.*

»Ich lege dir deine Sachen vor die Tür, Arthur«, rief ich im Flur. Die Muttern sollten ein hinreichend passiv-aggressiver Hinweis sein, die Küche nicht als Werkstatt zu missbrauchen. Schimmerte da grünliches Licht unter seiner Tür? Ich überlegte, ob ich kurz reinschauen sollte, entschied dann aber, seine Höhle lieber ungestört zu lassen.

Wieder in der Küche, leerte ich den Inhalt meines Rucksacks auf den Tisch und starrte erst einmal hilflos auf den Berg aus Gläsern und Folienverpackungen mit grünen Ranken dazwischen. Es sah wie eine essbare Müllkippe aus, auf der jede Sorte Lebensmittel vertreten war. Was wollte ich noch mal kochen? Ich versuchte, die Zutaten in Vor-, Haupt- und Nachspeise zu gruppieren, aber das Menü, das ich auf dem Rückweg gedanklich zusammengestellt hatte, war mir wieder entfallen. Kurz erwog ich, Mickey um Rat zu fragen, entschied mich dann aber dagegen – seine Vorschläge wären für meine bescheidenen Fähigkeiten vermutlich viel zu fortgeschritten. Diese Schlacht musste ich allein schlagen. Und Pippa würde ja erst in ein paar Stunden kommen.

Ich legte ein Küchenbrett aus Plastik auf die Waschmaschine und darauf den Bund Koriander. Dann nahm ich unser großes Messer, hielt es am Griff und an der Klingenspitze fest, so wie ich es im Fernsehen gesehen hatte, und wiegte es über die Korianderblätter, um ein Häufchen feiner Schnipsel zu erhalten. Allerdings landete das meiste Grünzeug hinter der Waschmaschine und auf dem Boden.

»Ah, verdammt …«, fluchte ich und hieb mit dem Messer in die Luft.

Während ich fast mit dem gesamten Oberkörper im Schrank unter der Spüle steckte, um Kehrblech und Bürste zu holen, klingelte es. Eine Postlieferung? Ich hatte nichts bestellt, also beschloss ich, es zu ignorieren – im Moment war ich zu beschäftigt. Und Lieferungen würden dann einfach im *Planet Carpet* abgegeben, was einer der Vorteile war, wenn man über einem Geschäft wohnte.

Da klingelte es wieder. Na gut, vielleicht sollte ich doch nachsehen.

»Tut mir leid, dass ich zu früh komme.«

Es war Pippa. Sie trug Leggins und einen Kapuzenpulli und hatte eine kleine Sporttasche dabei.

»Super, dass du früher da bist«, log ich.

Ich nahm ihr die Tasche ab, und im Gegenzug gab sie mir einen Kuss auf die Wange.

»Warst du beim Sport?«, erkundigte ich mich, obwohl sie weder rote Wangen hatte, noch kleine Schweißtropfen am Haaransatz zu sehen waren, wie sonst nach einer ihrer Trainingseinheiten.

»Ich muss an einer Szene fürs Vorsprechen arbeiten – macht es dir was aus?«

»Wow, das sind ja tolle Neuigkeiten! Wofür denn?«

»Ein Theaterstück.« Sie seufzte. »Na ja, eher eine Art Workshop. Ohne Honorar.«

Pippa seufzte immer, wenn sie von Vorsprechen erzählte,

genau wie alle ihre Freunde. Als wäre es unangemessen mühsam, sich für eine Arbeit bewerben zu müssen, und so etwas wie eine Falle, nur um sie runterzumachen. Wenn sie allerdings keine Vorsprechen bekamen, waren sie empört und fühlten sich von der grausamen und gnadenlosen Welt des Showbusiness verraten. Jedenfalls hatte ich gelernt, dass das Vorsprechen für Schauspieler einen Affront darstellte.

»Die Company ist sehr bewegungsorientiert«, erklärte sie. »Also muss ich sehr körperbetont spielen.«

Ich war nicht sicher, was das bedeuten sollte, aber die Vorstellung, dass Pippa Lyons in meiner Wohnung irgendetwas Körperbetontes machte, erregte mich. Ich betete erneut, dass Arthur meine Botschaft verstanden hatte, und horchte im Vorbeigehen an seiner Tür, doch da war nichts. Keine Nachrichten sind gute Nachrichten? Ich drückte die Daumen.

»Ich habe noch richtige Kleidung in der Tasche«, sagte sie, »um miesch fürs Aböndessön chic zu machön.«

Ich wollte vor ihr in der Küche sein, um das Durcheinander zu verdecken, doch ich war zu langsam.

»Du fängst ja früh an«, meinte sie mit Blick auf das Chaos, das ich bereits veranstaltet hatte.

»Ja, schon bei Sonnenaufgang«, witzelte ich, obwohl das nicht weit von der Realität entfernt war.

»Und du kochst … nur für mich?« Sie sah sich prüfend um, ob sich wohl weitere Gäste hinter dem Sofa versteckten.

»Für uns beide«, korrigierte ich. »Drei Gänge.«

»Drei?«

»Vielleicht auch vier.«

»Oh, ich Glückliche!« Sie klatschte und drehte ein paar Pirouetten durch die Küche.

»Weißt du was?«, raunte sie verschwörerisch. »Die anderen meinten …« Sie brach ab und ließ die Worte in der Luft hängen.

»Was?«

»Ach, egal.« Sie schüttelte den Kopf und nahm mir die Sporttasche wieder ab. »Leg du dich mal weiter ins Zeug.« Damit stieß sie mich kumpelhaft in die Rippen und tänzelte hinaus.

Ich sammelte allen Koriander, der nicht auf dem Boden gelandet war, in eine große Schüssel, und hörte, wie Pippa oben mit sehr lautstarkem (oder sehr körperbetontem?) Aufwärmen begann. Es klang, als würde sie von meinem Bett springen und in den Kleiderschrank krachen.

»Alles okay?«, rief ich nach oben.

»Blass!«

Wieder ein Krachen.

»Hast du dir weh getan?«

»Blaahs!«

»Wie bitte?«

»Blas ab! Blast ab die Suche!«, kam zur Antwort, und dann weitere Schnipsel aus ihrem Vorsprech-Skript, gefolgt von weiterem Krachen. Wenn Arthur bei diesem Geräuschpegel nicht wach wurde, bestand keine Gefahr, dass wir ihn überhaupt noch weckten.

Ich schüttelte die gefrorenen Riesengarnelen aus der Tüte in einen Durchschlag und ließ kaltes Wasser darüber laufen. Ich hatte das ein paarmal bei meiner Mom gesehen, aber keine Ahnung, was es wissenschaftlich damit auf sich hatte. Vor allem schien es mir eine große Wasserverschwendung – konnte man zum Antauen nicht einfach die Mikrowelle nehmen? Während ich auf die Eiskügelchen starrte, die sich beim Auftauen entrollten und von grau zu blau wurden, überlegte ich, wie ich Pippa meine Gefühle offenbaren sollte. *Ich liebe dich* war zu stark. *Ich mache mir viel aus dir?* Klang irgendwie unheilvoll.

»Pippa«, probte ich mit zärtlicher Stimme und Blick auf eine rohe Garnele, »ich möchte dir etwas sagen. Ich will dir das schon sagen, seit du durch die Tür in unsere Aula kamst und damit direkt in …«

»Was geht, Chefkoch?«

Pippa stand in der Tür. Ich hatte sie nicht kommen hören. Wie lange stand sie schon da?

»Oh, ähm, hallo.« Ich wischte meine Hände an einem Trockentuch ab. »Hast du fertig geprobt?«

»Gott, nein!«, erwiderte sie. »Ich bin noch nicht mal mit dem Aufwärmen fertig.«

»Das klang sehr intensiv.«

»Uh, blödes Vorsprechen!«, rief sie und schwang ihren rechten nackten Fuß zur Dehnung so schwungvoll auf die Waschmaschine, dass eine Limette runterpurzelte. »Ich hatte in letzter Zeit so *viele*!«

»Das ist doch aber gut, oder nicht?«

»Ich habe ja nichts *gekriegt*!« Sie wechselte den Fuß und schubste die nächste Limette zu Boden. »Ups. Tut mir leid.«

»Schon gut. Ich habe ungefähr fünfzig gekauft.«

»Genug von mir. Was essen wir denn?« Sie sah sich um.

»Ich bin noch dabei, das Menü zu entwickeln.«

»*Oh là, là,* Steve!«

»Aber zum Knabbern vorweg hätte ich schon mal nette Chips.«

Ich riss eine Tüte der exklusiven Chips auf, die ich auf meiner Reise durch den Asiamarkt ergattert hatte, und füllte sie aus spektakulärer Höhe in eine Schüssel (das Meerespipi wollte ich für später aufheben).

»Mmh, *Sweet Chili!* Meine Lieblingssorte.« Pippa strahlte und tänzelte mit der Schüssel in den Flur.

Musik in meinen Ohren.

Genau das sollte nämlich der rote Faden durch mein Menü werden. Als Vorspeise wollte ich die Riesengarnelen auf einem Salat aus Chinakohl, Gurke, Limette, Koriander und einem Dressing aus Mayonnaise und süßer Chilisoße servieren. Für den Hauptgang würde ich Oscars legendären Wok bemühen, um gebratenen Reis, verschiedene Gemüse und Tofu in … süßer Chilisoße zuzubereiten. Wenn ich als Student bei meinen Vorstößen in die Welt des Kochens eines gelernt hatte, dann das: Schütte dieses klebrig-süß-scharfe Zeug darüber, und dein Essen ist gerettet. Pizza mit Sweet Chilisoße? Lecker! Thunfisch-Wraps à la Sweet Chili – alle sind zufrieden. Bohneneintopf mit Sweet Chili – definitiv eine Aufwertung. Ich wollte dem Menü den Titel *Ode an Sweet Chili* geben, um meine klare Absicht kundzutun und nicht etwa meine Not als Ahnungsloser zu enthüllen.

»B-b-b-blass! Blahs! Blast ab die Suche!« Pippa setzte im Flur ihr Aufwärmprogramm fort und machte hin und wieder laut knuspernd eine Knabberpause.

»Ich hoffe, du bist nicht gegen irgendwas allergisch?«, rief ich, obwohl ich ziemlich sicher war, dass wir das Thema Allergien in einem unserer ausschweifenden nächtlichen Telefongespräche abgehakt hatten – Gespräche, nach denen ich mit dem Nachhall ihrer Stimme im Kopf einschlief.

»Ich werde alles essen, was du für mich kochst.« Sie posierte in der Küchentür wie in einem Bühnenrahmen und senkte ihre Stimme in laszive Tiefen.

»Krustentiere?«, flirtete ich zurück, bereute jedoch augenblicklich meine Wortwahl.

»Alles«, wiederholte sie. »Außer Koriander.«

Ich dachte, sie hätte einen Witz gemacht, weil sie den Koriander entdeckt hatte, der abgesehen von der Zimmerdecke überall verteilt lag, doch als sie wieder in den Flur hüpfte und ihre Vorsprech-Rufe einstudierte, dämmerte mir, dass sie es ernst meinte. Somit war die Vorspeise gestrichen, denn der Salat war schon durch und durch mit dem zerhackten Koriander vermengt.

Ich kann doch nicht nur einen Teller Riesengarnelen servieren, dachte ich panisch. Es sollte doch das richtungweisende Entree werden.

Ich öffnete den Kühlschrank in der Hoffnung, dort noch einen halben Salatkopf zu finden. Doch was ich als Erstes sah – und was wie eine geschmolzene Dali-Uhr über den Rand des mittleren Regals hing –, war Arthurs Antwort auf der Rückseite meiner Nachricht. Wie konnte ich ihn wieder verpasst haben? Er musste ein Gestaltwandler sein.

Dann werde ich mich heute Abend absentieren. Viel Glück, Dinner-Man. Hoffe, sie wird am Ende deine Braut. Nicht in den blauen Beutel gucken.

Im obersten Fach lag eine blaue Plastiktüte. Ohne nachzudenken, machte ich sie auf und spähte hinein. Irgendetwas – *Fleisch?* – war fest in Papier und jede Menge Plastikfolie eingewickelt. Wider besseres Wissen schnupperte ich daran und wickelte es schnell wieder ein.

Hinter mir begann ein Kochtopf zu rappeln, weil das kochende Wasser überlief und auf die Herdplatte zischte. Als ich den Deckel hob, wehte mir eine Dampfwolke ins Gesicht, gefolgt von einem teichähnlich modrigen Geruch, der eine Erinnerung weckte, die ich nicht gleich einordnen konnte. Ich fischte mit dem Löffel ein paar der kleinen Körner heraus, die ich für Reis gehalten hatte, und die Erinnerung erwachte zum Leben: Spontan sah ich die Fischköder vor mir, die mein Bruder und ich an langen, langweiligen Sonntagen auf Geheiß unseres Vaters auf den Haken seiner Angelschnur hatten spießen müssen.

Ich strich also auch mein Hauptgericht, Würztofu mit gebratenem Reis, von meinem mentalen Speiseplan.

Nun würde ich mit dem improvisieren müssen, was noch übrig war. *Wie schwer kann das schon sein? Ich habe* Meisterkoch *gesehen. Gib mir eine Zwiebel, und ich koche dir etwas … Zwiebeliges.*

»Wie lange brauchst du noch?«, fragte ich den Tofuquader, den ich in Chilisoße eingelegt hatte. Ich stupste ihn an, und mein Finger glitt geradewegs hindurch, was ich weder erwartet hatte, noch besonders gut fand. »Du bist kein bisschen wie Hühnchen.«

Den kann ich doch nicht roh servieren, oder? Ich werde ihn einfach mit ein paar Karotten, Bohnensprossen und Frühlingszwiebeln in den Wok geben und schauen, was passiert.

Was passierte, war, dass der Tofu zu Matsch wurde. Je mehr ich rührte, desto matschiger wurde er.

»Blast ab die Suche! Die Kinder der Sonne sind gefunden!«

Ich ging die Regale im Speiseschrank durch. Das oberste wirkte wie ein Vorrat aus dem Jahr 1944: Senfpulver, eine Dose Suppe und ein Glas Fleischextraktpaste. Ramennudeln wären eine gute Idee, aber das war so ungefähr das Einzige aus dem Asia-Laden, das ich nicht gekauft hatte. Wären Spaghetti ein passender Ersatz? Im Grunde war es doch dasselbe, oder? Ich griff hinten ins zweite Fach. Keine Spaghetti, aber immerhin ein Beutel Penne. Das musste gehen. Wir machten am Buffet der Welt einfach eine scharfe Linkskurve zu Asia-Italienischer *Fusion*-Küche. Mit ein bisschen Kampfgeist konnte ich mein Menü noch retten.

»*Legt eure Schwertscheide nieder und ruht. Ruhet, Sir!*«

Ich setzte Nudelwasser auf und probierte von dem Matsch. Er schmeckte gar nicht mal *so* schlecht – ein bisschen süß, ein bisschen nach Chili. Allerdings war keim Wumms dabei. Und etwas Wumms brauchte ich dringend, wenn ich das Ganze über stinknormale Nudeln kippen wollte.

»*La-la-la-legt eure Schwertscheide nieder. Schw-schw-schw-schwert.*«

Ich riss die mysteriösen Folienverpackungen auf. Wasserkastanien? Rein mit euch. Tamarindenmark? Nur einen Klacks. Misopaste? Das sollte dem Ganzen etwas Wumms verleihen. Aber wie viel Wumms? Zum Glück stand eine Dosierungsanleitung auf der Packung.

Pippa musste inmitten all des Ritsch-Ratsch, Plitsch-Platsch mein Pausieren mitbekommen haben und wurde selbst ganz still. »Sag Bescheid, wenn du Hilfe brauchst«, rief sie mit seltsam gepresster Stimme. »Aber keine … tatkräftige Hilfe, nur verbal. Ich bin gerade im herabschauenden Hund.«

»Tatsächlich habe ich da ein Problem«, antwortete ich.

»Mit dem herabschauenden Hund?«

»Ja, das auch. Aber vor allem mit einer Mengenangabe.«

»Erzähl.«

»Wenn da ›ein Esslöffel‹ steht, nehme ich dann …«

»Einen gehäuften Löffel«, unterbrach Pippa.

»Keinen gestrichenen?«

»Nein. Ein Esslöffel ist kein Esslöffel«, sagte sie entschieden. »Es ist mehr, als du denkst.«

Ich betrachtete das Besteckstück in meiner Hand.

»Dann ist dieser Esslöffel ...«

»Ein Dessertlöffel, möchte ich wetten.«

»Ah.« Ich fühlte mich kein bisschen schlauer.

»Freut mich, dass ich behilflich sein konnte. *Blast ab die Suche! Die Kinder der Sonne sind gefunden. Sie lagen auf verbrannter Erde in ihren Betten.*«

Ich zählte vier gehäufte Dessertlöffel Misopaste in den Mischmasch, bevor ich großzügig Sojasoße dazu schüttete.

»*Legt eure Schwertscheide nieder und ruht.*«

»Ich kann gleich servieren.«

»Okay, dann ziehe ich mich um.«

Ich besaß zwei zusammenpassende Teller, die einigermaßen vorzeigbar waren. Mickey hatte sie irgendwann einmal dagelassen, als er und Pat zum Essen hier gewesen waren, weil meine nicht einmal für angeliefertes Curry taugten. Einen hatte ich abgewaschen, der andere war nirgends zu entdecken.

»Essen wir in der Küche?«, erkundigte sich Pippa auf halber Treppe.

»Ich fürchte, ja.«

»*Fürchte dich nicht, denn ich liebe dich.*«

»Ich liebe dich auch«, entfuhr es mir unwillkürlich. Mein Kopf steckte im Schrank, und so schallten mir die Worte in Stereo direkt wieder in meine Ohren. Ich hielt inne und lauschte, ob Pippa mich gehört hatte. Bitte, bitte nicht ... Auf diese Weise hatte ich ihr meine Gefühle nicht enthüllen wollen.

»Hast du was gesagt?«, hörte ich sie, nur wenige Schritte entfernt.

In diesem Moment roch ich, dass im Wok etwas anbrannte, und ich ahnte, dass wir das Essen komplett streichen konnten. Wie ein gefüllter Gefahrgutbehälter war es dazu bestimmt, vernichtet zu werden. Dennoch sagte mir irgendetwas, dass genau jetzt der richtige Zeitpunkt wäre, Pippa meine Gefühle zu offenbaren – jetzt, wo ich fix und fertig war vom Kochen und nichts mehr zu verlieren hatte. Ich zog den Kopf aus dem Schrank und richtete mich auf.

»Wir müssen reden«, begann ich mit der Zuversicht, dass mein Mund die richtigen Worte schon finden würde.

»Oh?« Pippa suchte in dem Desaster um mich herum nach einem Hinweis, worum es gehen könnte.

»Ja, da ist etwas, das ich …«

Im Flur klingelte ein Handy. Sie wandte den Kopf.

»Die Sache ist die«, fuhr ich fort, während ihr Telefon weiter klingelte.

»Das hört gleich auf«, sagte sie. Und das tat es auch, aber als ich Luft holte, um weiterzusprechen, fing es wieder an. »Merk dir, was du sagen willst.«

Ich blies die Backen auf und schüttelte meine Hände aus wie ein Olympionike, der gleich Gold gewinnen wollte.

»Ich geh mal lieber dran«, rief Pippa aus dem Flur. »Unbekannte Nummer, aber drei Anrufe hintereinander.«

»Klar, mach.«

Ich hörte, wie sie tief einatmete, um sich zu wappnen, so wie ich es gerade getan hatte. Während sie telefonierte, wühlte ich in einer Schublade voll Batteriefossilien und abgelaufenen Garantiezertifikaten nach einer Speisekarte für den chinesischen Lieferdienst.

»O mein Gott!«, rief Pippa.

»Was ist?«

Sie kam wieder rein und machte ein Gesicht, als hätte sie einen Geist gesehen.

»Gute Nachrichten?«

»O mein Gott!«, sagte sie wieder. Dann begann sie zu weinen.

»Schlechte Nachrichten?«

»Ich ha...habe eins«, stammelte sie. »Ich habe ein Engagement.«

»Das ist ja phantastisch, Pip! Dann köpfen wir gleich den Sekt, um das zu feiern, auch wenn der vielleicht noch ein bisschen warm ist. Hatte ich gesagt, dass ich Sekt besorgt habe? Sollte eigentlich eine Überraschung sein.«

Aber Pippa hörte gar nicht zu. Sie schrieb jemandem – oder allen? – mit doppelter Lichtgeschwindigkeit eine Nachricht.

»Was für ein Engagement denn?«, fragte ich nach, während ich die Flasche entkorkte. Ich schenkte zwei nicht zusammenpassende Gläser voll Asti.

Pippa nahm eines entgegen und sah mich mit großen glänzenden Augen an.

»Ich gehe an den Broadway, Baby.«

9. Februar 2009

PIPPA

Der Mann im Leinenanzug auf der anderen Gangseite starrt sie mit offenem Mund an, während sie meinen Platz ansteuert. Als könnte er seinen Augen nicht trauen.

Dolores schenkt mir ein strahlend weißes, Migräne verheißendes Lächeln. Ein Lächeln, das von den blendenden Lichtern und schwindelerregenden Höhen Amerikas erzählt.

»Was darf es für Sie sein, Ma'am?«

Ich inspiziere die Auswahl.

»Ähm, bitte ein KitKat. Und einen kleinen Weißwein.«

»Gerne doch.«

Als sie sich über ihren Rollwagen lehnt, weht mir eine unangenehme Mischung aus Haarspray und widerlich süßem Parfüm entgegen. Sie bückt sich und durchwühlt das mittlere Fach. Ihr enger Bleistiftrock überlässt nichts der Phantasie – er umhüllt ihre Spinning-gestählten Pobacken und betont gleichzeitig den waschbrettflachen Bauch. Der Leinen-Mann sabbert fast und kriegt glasige Augen. Ich stelle mir die Reihen der Vielflieger vor, die Dolores über die Jahre um Dates gebeten haben müssen. Sie ist definitiv oberste Liga. Die zerzauste Zwillingsmutter am Fenster beäugt ihren eigenen runden Blubberbauch und zieht resigniert die beigefarbene Strickjacke nach unten. Schließlich richtet sich Dolores wieder auf und platziert die Sachen auf meinem Tischchen. Sie spricht mit deutlichem Südstaaten-Akzent.

»Das macht neun Pfund fünfundachtzig, bitte. Oder möchten Sie in Dollar zahlen?«

Woran liegt es, dass man es im Flieger und auf Flughäfen für absolut vertretbar hält, fast zehn Pfund für eine Waffel mit Schokoladenüberzug und eine Mini-Flasche fermentierten Traubensaft zu bezahlen?

»Pfund, bitte.«

Mit, wie ich hoffe, nonchalanter Geste reiche ich ihr meine heftig überstrapazierte Bankkarte und beobachte, wie ihre französisch manikürten Fingernägel *klick-klick-klick* auf den Kartenleser hämmern wie Hagel auf eine Fensterscheibe. *Bitte funktioniere, liebe Karte, bitte, bitte funktioniere noch.* Sekunden vergehen. Das Gerät scheint über meinen Daten zu grübeln und eine Entscheidung zu erwägen. Bilde ich mir das nur ein, oder gucken alle zu mir her und richten innerlich über mich? Dolores' makellose Grundierung, die akkurat geklebten falschen Wimpern, die wie Skisprungrampen geschwungen sind, die dick nachgezogenen Brauen, die zuckerwattenrosa Lippen – all das die perfekte Maske der Geduld. Ich würde ihr gern sagen, dass sie bei Madame Tussauds gut aufgehoben wäre, aber da ihr das vermutlich überhaupt nichts sagt, halte ich lieber den Mund.

Der übergewichtige Banker neben mir namens Tony (»Ich buche immer einen zweiten Platz – wegen des Extragepäcks an Körper«), der beim Abheben vier Gin Tonic und drei Schmerztabletten eingeworfen hatte, war kurz darauf an meiner Schulter eingeschlafen. Dort war sein Kopf dann wie eine Bowlingkugel hin und her gerollt, während sich aus seinem Mundwinkel eine Schneckenspur Schlafspeichel den Weg zu meinem Pulli bahnte. Jetzt wacht er ruckartig auf. Er muss einen Radar für Essbares haben, denn er setzt sich gerade und bekommt große Augen wie eine aufgescheuchte Meerkatze.

Endlich, nach gefühlten Stunden, erbarmt sich das Gerät und piepst seine Zustimmung. Transaktion beendet. Auch Dolores erwacht wieder zum Leben und retourniert meine ramponierte Karte mit perlweißem Lächeln und einem munteren »Noch einen wunderschönen Tag«.

Während nun Tony seine Bestellung aufgibt, widme ich mich meinem KitKat. Hallo, alter Freund. Ich reiße die aus Kindheits-Lunchpaket-Tagen beruhigend vertraute rote Verpackung auf und durchsteche mit dem Fingernagel die Silberfolie entlang der Furche zwischen den zwei Riegeln. Dann breche ich einen Riegel ab und knabbere die Schokolade von der Waffel, eine Angewohnheit, die meine Mutter immer in den Wahnsinn getrieben hat. Bei dem wohlig heimatlichen Geschmack überkommt mich eine seltsame Ruhe, und ich scrolle durch das Filmangebot. Thriller? Zu belastend. Fremdsprachig? Zu anstrengend. Komödie? Alle gesehen. Action? Zu viele Flugzeugabstürze. Tragische Liebesgeschichte? Geht mir zu nahe. Klassiker? Hmm … vielleicht. Ich starre auf die Abbildungen der kultigen Filmplakate, die New York in all seiner Pracht zeigen – *Taxi Driver, Manhattan, Frühstück bei Tiffany* –, und plötzlich bin ich wieder dort und sehe kaleidoskopartig Fragmente der letzten neun Monate an meinem inneren Auge vorbeiziehen.

Ich radle durch das East Village. Ich schlendere über die Flohmärkte von Williamsburg. Ich rieche die frisch gebackenen Brezeln an der Ecke zum Times Square. Ich absolviere meinen sechsten Solobesuch im MoMA. Ich verschlinge einen Stapel fluffiger Blaubeerpfannkuchen, als hätte ich eine Woche lang nichts gegessen. Ich sehe Dampf durch die Gullydeckel aufsteigen. Ich verfolge mit angehaltenem Atem auf dem verschlissenen Fernsehgerät in einem chromblitzenden Diner, wie der gutaussehende neue Präsident seine Antrittsrede hält. Wäre ich ein Schwamm, wäre New York meine überlaufende Badewanne gewesen.

Ich war vorher nie allein verreist – es sei denn, die gelegentlichen Wochenendtrips zu Oma Delma in Dorset zählen (aber ich weiß, das tun sie nicht). Mein ganzes Leben lang war New York der Ort, den andere Leute besuchten. Die Stadt, in der andere Leute lebten. Coole Leute, trendige Leute, erfolgreiche Leute, ausschweifende, maßlose, besondere Leute, Weltbürger. Und jetzt ich. Unfassbar!

Es war ein lauer Dienstagabend gewesen, als der Anruf kam. Steve hatte darauf bestanden, mich zu bekochen, was total süß von ihm war – und, ehrlich gesagt, gar nicht so ungelegen kam, weil ich schon eine Weile von Fertignudeln und Weetabix gelebt hatte, da mein Konto kränkelte. Das Angebot eines selbst gekochten Abendessens war also zu gut, um es abzulehnen. Gus' und Tanias ach-so-reife Witzeleien – »Er *lüübt* dich! Er wüll dich *hoiraten*! Du würst Stüvie-*Babys* haben!« – hatte ich ignoriert. Bei denen drehte sich alles immer nur um Sex. Warum konnten sie nicht einsehen, dass wir einfach nur gute Freunde waren? Wirklich richtig tolle Freunde. Ja, wir hingen oft zusammen ab, und ja, da mochte dieser winzige Moment auf Tanias Party gewesen sein, als etwas hätte passieren *können*, aber ich war betrunken gewesen, es war *nichts* passiert, und jetzt war alles rein platonisch. Und das war vollkommen okay für uns.

Ich hatte den Anruf einige Male ignoriert, bevor ich dann doch dranging. Ich nahm ungern Anrufe mit unbekannter Nummer entgegen, aber diesmal war da jemand ausgesprochen hartnäckig.

»Hallo, hier ist Pippa Lyons.« (Gus zog mich immer auf,

dass ich mich mit meinem Namen meldete. »Die haben dich doch angerufen, Pip. Die wissen, wer du bist.«)

Eine Männerstimme. Freundlich, ruhig, selbstbewusst.

»Hallo, Pippa, hier ist Simon.«

Simon. Simon. Wer zum Teufel ist Simon?

Knisternde Stille, während ich im Geiste mein Adressbuch durchging. Ich kannte keine Simons.

»Ihr Agent?«

Verdammt. Der *Simon*!

»Simon! Wie schön! Hey. Wie geht's denn so? Toll, von Ihnen zu hören!«

Simon war der Oberhäuptling meiner Agentur. Deshalb hatte ich noch nie mit ihm persönlich gesprochen, sondern immer nur mit dem Assistenten der Assistentin des Assistenten. Wenn es hochkam. Simon war für die großen Tiere zuständig. Für die Geldverdiener. Für die Geschenkekrieger. Warum rief er mich an? Panik stieg in mir auf. Ich schluckte.

»Simon. Hi! Gut, dass Sie mich erwischen. Ich war gerade beim Zahnarzt.«

Nein, Pippa. Deine Mundhygiene interessiert ihn nicht.

»An der Hauptstraße. Bei mir um die Ecke.«

Du meine Güte, Pippa. Hör auf!

»Ich habe mir eine extra Zahnreinigung gegönnt. Die bekomme ich gleich. Anscheinend habe ich sehr viel Zahnbelag.«

Stille.

Dann: »Super. Ich will es kurz machen, Pippa.«

DANKE, dass Sie es kurz machen, Simon.

»Ich wollte Ihnen nur sagen, dass ein Angebot reingekommen ist. Ziemlich kurzfristig. Am Broadway. Eine Adaption von Oscar Wildes *Ernst sein ist alles*. Die brauchen sofort eine Zweitbesetzung. Es ist eine amerikanische Produktion, und offensichtlich haben sie Probleme mit dem britischen Akzent. Sie sind also eine Art ›Zwei für einen Preis‹.« Er lachte kurz auf. Anscheinend war er stolz auf seinen Vergleich. »Bezahl eine Zweitbesetzung und bekomm einen Sprachcoach gratis dazu. Hurra. Dienstagnacht geht es los. Das Honorar ist nicht besonders. Economy-Flug und mittelprächtige Unterkunft inklusive. Geben Sie mir bis Büroschluss Bescheid? Glückwunsch.« Dann legte er auf.

Ich nahm das Handy vom Ohr und sank atemlos zu Boden.

Hatte er gerade gesagt, was ich dachte, dass er gesagt hatte? Ich. Pippa Lyons. Hatte einen Job. In einem *Stück*. Einem *richtigen* Stück. Einem *bezahlten* Stück. Mit richtigen echten Schauspielern! Ich würde meinem achtjährigen Ich sagen können, dass jedes Gebet, jede weggepustete Wimper, jeder über die Schulter geworfene Penny, jede Geburtstagstorte, die ich mit geschlossenen Augen geschnitten hatte, damit mein Wunsch in Erfüllung ginge, am Ende doch genützt und zu diesem Tag geführt hatten.

Nun gut, es bestand die Chance, dass ich einfach in meiner Garderobe sitzen und Kreuzworträtsel ausfüllen würde, ohne sie je komplett zu lösen. Ich würde Text lernen, den ich nie sprechen würde, und von der ganzen Truppe »Schätzchen« genannt werden, weil niemand sich den Namen der Zweitbesetzung merkte, aber all das schreckte mich kein bisschen ab. Ich würde nach New York gehen und konnte es kaum erwarten, Steve davon zu erzählen.

Drei Tage und jede Menge Packerei und Orga später stand ich am Flughafen JFK in der Ankunftsschlange und sah zu, wie ein Stempel auf das Visum in meinem Reisepass gedrückt wurde. Das war's. Ich war kurz davor, meinen Traum zu leben.

Der erste Probenmorgen verlief unter dem Eindruck jeder Menge Jogginghosen und Smoothiegläser sowie übertriebener Einführungen, Vertrauensspiele und Luftküsse. Ich war ein Eindringling – der Gast, der uneingeladen und noch dazu verspätet auf eine Party kommt, auf der jeder andere schon Ecstasy genommen hat und im exakt selben Moment high wird. Also, ich bin bei Körperkontakt durchaus nicht abgeneigt, aber dieses nicht aufhören wollende Küssen, Klapsen und Streicheln, Schulterklopfen und Auf-dem-Schoß-Sitzen machte selbst mich nervös.

Als ich im grell beleuchteten Studio nach einem freien Stuhl suchte, hörte ich neben mir »Huhu, hallo!«, worauf eine phantastisch aussehende Frau mit scharfem braunem Bob und schwarzseidenem Halterneck-Kleid auf mich zuschwebte. »Ich bin Sandy, und ich spiele die Gwendolyn.« Sie hielt mir ihre Hand hin, die ich dankbar drückte. Mist. Meine war vollkommen verschwitzt. Wir taten beide, als merkten wir es nicht.

»Ja, hi, hallo! *(»Hi, hallo?«)* Ich bin Pippa aus London, die Zweitbesetzung für Cecily.« Ich merkte, wie ihre schmale Hand schlaff wurde, als sie sie langsam zurückzog und verstohlen an ihrem Kleid abwischte.

»Das ist ja so süß.« Sie fing an, sich hektisch umzublicken, wie ein in die Ecke gedrängtes Tier. Sie hätte auch ein Schild hochhalten können, auf dem *Achtung! Achtung! Zweitbesetzungs-Alarm! Die tödliche Mutante der Schauspielergrippe, die* niemand *sich einfangen will!* stand. Über meine Schulter hinweg entdeckte sie plötzlich einen »alten Freund« und war nach einem »Schön, dich kennenzulernen« verschwunden.

Ich huschte in meine Ecke und tat, als müsste ich etwas sehr Wichtiges in meinem Rucksack suchen. Rucksack? Du meine Güte, nein! Niemand sonst hier hatte einen so großen

Rucksack. *Das ist nicht 1985, Pippa!* Meine Kleidung war falsch. Kein anderer trug Jeans. Selbst meine Frisur war peinlich – ich hätte mir nie diesen Pony schneiden sollen. Und was die alberne Textbuchmappe mit meinen Initialen anging, die Dad mir gekauft hatte ... Konnte man sich noch deutlicher als Möchtegern outen? Ich meine, das war wirklich süß von ihm gewesen, aber kein Mensch unter sechzig benutzte Textbuchmappen.

Ich blätterte durch mein Notizbuch und tat, als würde ich meine Geistesblitze zu irgendwelchen Charakterstudien in den (offenkundig) leeren Seiten lesen. *Tu dich auf, o Erde, und verschlinge mich!* Verstohlen schlug ich dreimal die Hacken zusammen – man weiß ja nie –, doch nichts passierte. Ich saß noch immer in dem fensterlosen Hinterhoftheater abseits der Lafayette Street, das wie für ein Terroristenverhör beleuchtet war, umgeben von Schauspielern, die einander ausnahmslos schon kannten und sich meiner fragwürdigen Qualifikationen nur allzu bewusst waren. Ich würde niemals dazugehören. Ich musste wieder nach Hause – zu englischem Tee, meinen Eltern, reifem Cheddar und englischer Marmite. Dort gehörte ich hin. Wem wollte ich etwas vormachen? Dies alles war ein einziger riesengroßer, seelenzerstörender Irrtum ...

Dreiundneunzig Stunden Schnellvorlauf, und ich sitze in einer geheimen, exklusiven Keller-Cocktailbar an der Lower East Side, umgeben von einigen meiner *liebsten und besten Freunde der Welt*. Dies ist der *beste* Job, den ich jemals hatte. Dies ist der beste Job, den ich jemals haben *werde*. Dies ist der beste Job, *Punkt*! Und diese Menschen sind die aufrichtigsten, lustigsten, liebevollsten Leute, denen ich *je* begegnet bin.

Wie hatte ich bisher überleben können, ohne diese Truppe

zu kennen? Ich musste ein Schatten jener Frau gewesen sein, zu der ich nun geworden war. Jeder einzelne dieser Menschen erfüllte mich mit Kraft, Mut und Selbstvertrauen. Durch sie war ich schön. Zauberhafte Anita, geselliger Jack, bewegungsbegabte Scarlett. Ja, ich saß vor meiner vierten Margarita, aber damit hatte das nichts zu tun. Diese Schauspieler vervollständigten mich. Unter tosendem Beifall stand ich auf dem Tisch und spielte eine Sterbeszene aus einer englischen Serie nach, von der sie noch nie etwas gehört hatten. Bye-bye, schüchterne Pippa von Tag eins. Wer war diese mausgraue, furchtsame Außenseiterin gewesen? Hallo, urkomische Pipsy, beherzte Britin mit der »so tollen Stimme! Komm, sag noch mal Knuspernuss-Cornflakes!« Während die vierte Margarita zu wirken begann und ich dachte, die euphorisierende Welt um mich herum könne kaum noch berauschender werden, setzte sich Kurt Sparks Jr neben mich und schlang seinen starken Arm um meine Taille.

Was zum …

Kurtis Sparks! Siebenundzwanzig. Zähne wie akkurat gesetzte weiße Grabsteine. Atem süßer als Heckenkirsche. Witzig, charmant und kopfverdrehend gutaussehend. Der Maibaum, um den wir alle tanzten. Er war fast eine Berühmtheit, nachdem er gerade eine längere Teenager-Vampirserie beendet hatte, in der er unwilligen (willigen), fahlen (dünnen und hübschen) jungen Mädchen in den Hals biss. Und wundersamerweise konnten weder die Designer-Baseballkappe, die er tief über die Augen gezogen hatte, noch die *immens* teure Sonnenbrille, die er Tag und Nacht trug, seine vielgerühmte Identität verbergen.

Er wurde *überall* erkannt. In Cafés, in Parks, auf Bürgersteigen. Von kichernden, zappelnden, hüftwackelnden Mädchen sowie vollreifen, vollbusigen, wechseljährigen Frauen. Sobald er seine sandblonden Haare schwingen ließ, schmolzen die Damen (und auch neunzig Prozent der Herren) dahin. Er schritt wie Moses durch unsere Mitte und teilte die Menge. Kurz gesagt, war er ein Gott unter Menschen. Und jetzt, in diesem Moment, in exakt dieser Nanosekunde, lag seine überaus gepflegte Hand auf meinem unteren Rücken. Heilige Scheiße. Zieh den Bauch ein, Pippa. Sitz gerade. Gib dich beschäftigt. Männer mögen das doch, oder nicht? Stoß deine Pheromone aus. Gibt es die überhaupt? Zapple nicht. Pups nicht. Rülps nicht. Tu nichts, was ihn vertreiben könnte.

Ich wurde zu David Attenborough, der auf seiner Safari-Filmdokumentation einen seltenen Leoparden entdeckte: *Als die Dämmerung hereinbricht, wird das Rudel unruhig, doch sein Anführer Kurt ist hoch konzentriert. Er hat etwas gewittert. Eine potenzielle Gefährtin? Oder arglose Beute, um seinen unersättlichen Hunger zu stillen? Sehen Sie, wie sich das edle Tier in der Dunkelheit bereithält. Ein König im Dickicht, in seiner Tarnung unerkannt und dennoch anerkannt. Wir haben bereits gesehen, wie launenhaft er ist. Manche Male liegt er furchtlos und selbstzufrieden in der Sonne. Andere Male versteckt er sich im Schatten und bereitet den nächsten Angriff vor. Eine falsche Bewegung, und alles könnte …*

Mal ehrlich jetzt! Diese Hand bedeutete doch ganz klar Besitzanspruch, oder nicht? Diese Hand vermeldete laut und deutlich: »Sie gehört mir.« Und so war es. Vier Tage später fiel ich dem HDS, dem Hauptdarstellersyndrom, zum Opfer. (Was hatte ich mir nur dabei gedacht? Ach so, ja: Gar nichts.) Kurt Sparks Jr und Pippa Lyons wurden ein Paar. Das süßeste Paar der Schauspieltruppe. Die vorwitzige kleine Britin und der bildschöne Frauenschwarm. Es wurde gestaunt, gepfiffen und getrommelt. Weg mit euch, Brangelina! Ein neues machtvolles Schauspielerpaar stößt euch vom Thron! Verneigt euch vor Pipurt! (Na gut, der Name machte nicht viel her.) Als Besetzung war ich zwar nur zweite, doch was den Tratsch betraf, die erste, über die man hinter vorgehaltener Hand tuschelte.

»Habt ihr schon Pipsy und Kurt gesehen? O mein Gott! Die sind ja sooo süß.«

Die Wochen vergingen. Die Premiere kam, und mit ihr kamen gemischte Kritiken. Okay, eher schockierende, aber wen interessierte das? Das Stück war mir mittlerweile unwichtig geworden. Hier ging es nicht mehr um das Stück. Es ging um Kurt. Mich und Kurt. Kurt und mich. Was werden meine Eltern sagen? Was werden meine Freunde sagen? Ich meine: Es ist ja fast schon kriminell, wie gut er aussieht. Überwältigend. Und er will *mich*? Ich bin sein Hündchen, so wie Helena im Mittsommernachtstraum Demetrius' Hündchen ist. Ich darf das nicht versauen. Aber natürlich möchte ich deine signierten Fotos zur Post bringen, Kurt. Und es macht mir auch nichts aus, dass du meinen Rücken als Signiertisch benutzt. Ja, bitte, bitte lass mich deinen Text abhören. Es ist egal, dass mein eigener nicht ganz sicher sitzt. Du hast deine Wasserflasche verloren? Nimm meine. Du bist die Hauptrolle. Du brauchst es dringender. Sprach-Coach? Aber sicher. Wann immer du willst. Bei Tag und Nacht und Mondenschein. Meine Zeit ist deine Zeit. Ich massierte seine Schultern und sein Ego.

Mit der Zeit merkte ich jedoch, dass es mir erging wie dem Spielzeug eines verwöhnten Kindes, dessen Reiz allmählich nachlässt. Kurt zeigte mich nicht mehr stolz auf Partys vor, er redete auf Partys nicht mal mehr mit mir. Unsere erst heißen abendlichen Knutschereien hinter den Kulissen wurden zu harmlosen gelegentlichen Küsschen und hörten dann ganz auf. Er fing sogar an, bei meinem Akzent zusammenzuzucken, als würde er ihm Zahnschmerzen bereiten. Er wünschte mir nicht mehr Gesundheit, wenn ich nieste, und nahm nicht mehr meine Hand, wenn wir die Straße überquerten. Und je stärker ich es einklagte, umso stärker leistete er Widerstand, bis er sich eines Abends beim gemeinsamen Aufwärmen der gesamten Truppe auf der Bühne zu mir umdrehte und verkündete: »Ich muss Kurt wiederfinden.« Anscheinend war Kurt »verloren gegangen«, und seine Rolle als Algernon hatte gelitten, weil er sich »nun mal immer so verausgabe«. Es sei Zeit für ihn, sich wieder mit sich selbst zu treffen und »gebündelte Ich-Zeit« zu nehmen. Er küsste die Luft neben meiner Wange, zog die Kappe tief ins Gesicht und schlenderte von der Bühne.

Ich war wie vor den Kopf geschlagen. Erschüttert sah ich in die Runde. War das gerade wirklich passiert? War ich gerade aus höchster Höhe fallen gelassen worden, ohne einen einzigen Blick zurück? Die ratlosen Blicke meiner Kollegen legten nahe, dass genau das passiert war. Da war es also. Das Ende von Zweitbesetzung Pippa und Filmstar Kurt. Alle Phantasien, Mrs Kurt Sparks Jr zu werden und kleine, Baseballkappen tragende Narzissten zu gebären, lösten sich auf wie Aspirin in Wasser. Doch damit nicht genug. Das öffentliche Fallenlassen war den höheren Mächten offenbar noch nicht brutal genug. Am nächsten Morgen wurde das Stück abgesetzt. Einfach so. Ohne Erklärung. Ohne erkenntlichen Publikumsschwund. Ohne Übergangsphase. Heute hier, morgen fort. Unser Inspizient Morag verkündete über Lautsprecher, dies seien unsere letzten drei Vorstellungen. (Eigentlich hätten wir drei weitere *Monate* spielen sollen.) Keiner hatte mich gewarnt, dass am Broadway eine einzige schlechte Kritik reichte, um ein Stück zu kippen. Das war nun mal der »American Way«.

Ich muss eingeschlafen sein, denn plötzlich werde ich durch die Ansage des Piloten geweckt, wir hätten eine Menge Turbulenzen vor uns und das aufleuchtende Zeichen zum Gurt-Anlegen werde für unbestimmte Zeit eingeschaltet bleiben. Ich fummele an meinem Gurt herum, der zwischen der dünnen Schlafdecke und der Gürtelschlaufe meiner Jeans eingeklemmt ist. Turbulenzen beunruhigen mich nicht. Wenn überhaupt, dann finde ich sie sogar aufregend – vielleicht, weil sie mich an meine Sucht aus Kindertagen nach Karussellfahren erinnern, diesen süßen Adrenalinrausch, wenn die Achterbahn ins Nichts hinunterfällt. Ich greife unter den Sitz, hole meine Augenmaske aus dem Rucksack, ziehe das Gummiband um den Kopf und rücke mein Kissen zurecht. Gerade als die Dunkelheit mich wieder in den Schlaf lullt …

Krawumm! Ein Geräusch, wie ich es noch nie gehört habe. Wie von einem bösen Geist besessen, hebt der Snackwagen ab und kracht gegen die Kabinendecke. Mein Gurt schneidet mir ins Becken, und es reißt mich kurz ein Stück aus meinem Sitz. Als würde ich aus meiner eigenen Haut gesaugt. Die Lichter verlöschen. Schreie des Entsetzens gellen durch die Kabine, als die Passagiere erkennen, dass offenbar etwas furchtbar Schreckliches passiert. Die Flugbegleiterinnen, die eben noch beruhigend herumgingen und Gurte kontrollierten, sind grau im Gesicht und krallen sich an unseren Armlehnen fest, um nicht umzufallen. Alles passiert sehr schnell und gleichzeitig erschreckend langsam. Es kommt mir vor, als würde ich es durch die Augen eines anderen sehen.

Wir fallen vom Himmel.

Auf einmal höre ich eine Stimme. Eine ruhige Stimme, die durch die Kakophonie der Geräusche dringt. Eine Stimme, die mir direkt in die Seele spricht. Sie kommt nicht von Gott. Sie kommt nicht vom Piloten. Sie kommt von Tony, dem Banker, und als er mich ansieht, sind seine Gin Tonics, seine Speichelspur und seine Maßlosigkeit vergessen. Sein zerfurchtes Gesicht, das vorhin vor allem dick und lustig ausgesehen hatte, wirkt jetzt würdevoll und mutig. Er blickt mir fest in die Augen.

»Sehen Sie mich an. Ich halte Sie. Sehen Sie nur auf mich.«

Und das tue ich. Neben seinem linken Auge ist ein kleiner Leberfleck, der aussieht wie der Umriss von Italien. Seine Krähenfüße reichen bis auf die Wangen. Aber dann höre ich *sie*. Die junge Mutter in der gegenüberliegenden Sitzreihe schreit, während sie ihre Zwillinge an ihre Brust drückt. Ein Urschrei. Herzzerreißend. Das todesmutige Aufbegehren einer Mutter.

Als ich mich umsehe, schweben Tabletts, Bestecke, Brötchen, Plastikbecher in der Luft. Weiter vorn klirren Glas und Porzellan. Erste Klasse zu reisen bietet keinen Schutz vor Katastrophen. Egal, auf welcher Seite des roten Vorhangs man auf dieser Reise sitzt, egal, welcher sozialen Schicht man angehört, wie viel Geld man hat, welchen Glauben und welche Hautfarbe – wir blicken allesamt dem Tod ins Auge. Eltern halten ihre Kinder fest. Eheleute umarmen einander zum letzten Mal. Zwei ältere Herren lehnen ihre Köpfe an der Stirn zusammen, um ihre lebenslange Liebe zu bekräftigen. Eine junge Frau bekreuzigt sich beim Beten. Tony verschränkt seine fleischigen Finger mit meinen und drückt meine Hand.

»Denken Sie an jemanden, den Sie lieben. Jetzt. Alles andere ist egal. Denken Sie an diese Person und halten Sie sie in Ihrem Herzen fest.«

Ich tue, was er sagt. Ich schließe die Augen.

Und wie aus dem Nichts bist du da. Steve. Während meine Existenz kurz vor der Auslöschung steht, sehe ich dich und mich. Seite an Seite am Flussufer. Hände und Füße verbunden wie bei einer Papiergirlande mit Menschenfiguren. Über uns ein Baldachin aus Sternen und Träumen. Unter uns fruchtbarer Boden aus Fleisch und Knochen einstiger junger Liebender. Und mir ist klar wie der helle Tag, dass, sollte ich einen weiteren Sonnenaufgang erleben, ich ihn gemeinsam mit dir erleben will. Wenn ich je wieder jemandes Lippen küssen oder in jemandes Armen erwachen werde, dann sollen es deine sein. Solange du bei mir bist, solange wir uns an den Händen halten, ist alles andere egal.

Ich weiß nicht, wie tief wir stürzen oder warum das Flugzeug letztlich wieder in die richtige Bahn gerät. Vielleicht dauert es Minuten, vielleicht auch nur ein paar Sekunden. Vom Gefühl her sind es Jahre. Was ich weiß, ist, dass exakt siebenunddreißig Minuten später ein Flugzeug in Heathrow landet, dessen Passagiere und Besatzung so ausgelassen jubeln, wie ich es zuvor nie erlebt habe und wohl auch nie wieder erleben werde.

Was sagt man jemandem, der im schrecklichsten Moment deines Lebens deine Hand gehalten hat? Tony und ich verabschieden uns schweigend und werden wieder zu Fremden, als das Meer aus Passagieren ihn verschluckt. Aber ich werde ihn nie vergessen. Ich hieve meine zwei riesigen Koffer vom Gepäckband, schnappe einem unaufmerksamen Touristen einen, wie sich leider herausstellt, eigenwillig herumeiernden Kofferkuli weg und schiebe meine kostbare Fracht nach draußen und ans vordere Ende der Taxischlange. Entschuldigung, liebe Leute in Heathrow, ich habe keine Zeit zu verlieren – gerade fängt der Rest meines Lebens an. Schlangestehen müssen nur diejenigen, die nicht so schnell wie möglich ihrer Zukunft in die Arme fallen müssen.

Steves Adresse habe ich parat, als wäre ich erst gestern dort gewesen. Ich sehe das Haus glasklar vor mir. Die blau lackierte Tür, die dringend wieder mal gestrichen werden müsste. Die rissige Eingangsstufe mit Moos an allen Ecken. Die städtischen Mülltonnen, die vor schmierigen Junkfood-Verpackungen überquellen. Ach, wie wunderschön das klingt. Wie Musik. Vielleicht ist dieser perfekte Ort mein neues Zuhause, mein Hafen, meine Zuflucht. Noch nie habe ich mich so ruhig, so entschlossen, so sicher in meiner Entscheidung gefühlt. Selbst der Wind scheint mich in die richtige Richtung zu drängen. Ein Taxi fährt vor, und irgendwie bekommen wir tatsächlich all mein Gepäck im Kofferraum und auf dem Rücksitz verstaut.

»Apartment 1, Kilburn High Road 116. So schnell Sie können.« Ich komme mir vor wie in meiner eigenen romantischen Komödie. Fast lag mir schon »Kilburn! Und schonen Sie die Pferde nicht!« auf der Zunge. Dies ist der Moment, von dem ich unseren Kindern noch erzählen werde.

Der Moment, in dem Mummy wusste, dass Daddy ihr Traumprinz ist.

Wir bahnen uns den Weg durch die Stadt, und ich nehme sehr bewusst wahr, wie ich alles zum ersten Mal wiedersehe. Seitengassen, Ladenfenster, Bauwerke, rote Busse – wie ein Aufklappbuch öffnet sich London vor meinen Augen. Ich drücke die Nase gegen die kalte Fensterscheibe.

Warte auf mich. Ich komme, Steven Gallagher. Ich komme.

Endlich erreichen wir einen türkischen Minimarkt. Und da ist es, gleich nebenan. Das Haus, in dem er wohnt. So fühlt es sich also an, nach Hause zu kommen. Ich gebe dem Fahrer, der mir beim Ausladen hilft, ein gutes Trinkgeld. Das Herz schlägt mir bis zum Hals. Gleich wird er mich sehen und sofort wissen, weshalb ich hier bin. Er wird mich in die Arme nehmen, in die ich mich stundenlang hineinschmiegen werde. Keiner von uns wird etwas sagen müssen. Wir werden es einfach wissen. Ich gehe zur Tür und lege den Finger auf die Klingel. Nummer Eins. Wie passend. Während ich drücke, fühlt es sich an, als suchte ich Zutritt zum Rest meines Lebens.

Kurz darauf höre ich Schritte. Ich bin so aufgeregt, dass ich vergesse zu atmen. Die Tür geht auf, und …

… vor mir steht eine hochgewachsene, schlanke, brünette, makellos geschminkte junge Frau in stylischer Trainingskleidung.

Ich stehe wie erstarrt. Alles Blut scheint durch die Füße aus meinem Körper zu fließen. War das doch die falsche Adresse? Wo ist er? Und wer ist …

Verdammte Scheiße! Nein, nein, nein!

Danach geschieht alles in doppelter Geschwindigkeit. Ich spähe der Frau auf die Finger: kein Verlobungsring. Gott sei Dank. Aber hinter ihr an der Wand sehe ich mehrere Fotos, auf denen Steve diese Frau umarmt. Das Blut schießt zurück in meinen Kopf.

Trainingslady lächelt. Mist. Nicht nur hübsch, sondern auch nett.

In Filmen sieht der schicksalhafte Weg in eine glorreiche Zukunft anders aus.

»Hi.«

»Äh, ist Steve Gallagher da?«

Warum, um alles in der Welt, benutze ich seinen vollen Namen?

»Tut mir leid, der ist noch beim Arbeiten. Von wem soll ich grüßen?«

»Ach, äh …«

Denk nach, Pippa, denk nach.

»Maklerin. Immobilienbewertung.«

»Oh. Wir sind hier aber nur Mieter.«

Wir. Sie ist sein *wir*.

Ich komme zu spät. Der Boden beginnt zu schwanken. Nur mit Mühe halte ich mich aufrecht. Sie streckt die Hand vor und fasst meinen Arm.

»Ist alles in Ordnung mit Ihnen? Sie sehen ein bisschen blass aus.«

Ihre Hand. Mein Arm. Steves Haus. Ich schlucke schwer.

»Nein, ist schon gut. Mir geht's gut. Kein Problem, ich rufe dann später bei ihm durch. Aber danke. Nicht so wichtig.«

Es war nicht wichtig.

Es ist nicht wichtig.

Ich bin nicht wichtig.

Mit glühenden Wangen gehe ich wieder zur Straße. Ich komme mir vor, als hätte man mich aus einem brennenden Gebäude gezogen, als hätten mein Herz und meine Seele Brandblasen.

Ich denke an die hübsche junge Frau an der Tür. Ich denke an ihre makellose Haut, ihre schlanke Taille. Ich denke an ihr Zuhause, an ihrer beider Zuhause, und erkenne, dass mir die Rolle der Heldin nie bestimmt war. Sie ist diejenige, die die Hauptrolle eingesackt hat. Diejenige, die in den Überschriften stehen, gute Kritiken einheimsen und den Hauptdarsteller küssen wird. Ich bin wieder nur die Zweitbesetzung. Diejenige, die still und stumm in den Kulissen steht und zuguckt. Bereit, im Notfall einzuspringen. Doch auf die Bühne wird sie es nie schaffen.

2. März 2019
03:39 Uhr

»Diana, ich bin's noch mal. Ich rufe nur an, um dich auf dem Laufenden zu halten. Nicht, dass es viel zu ... äh ...«

Steve räuspert sich und trinkt einen Schluck Wasser. Es ist lauwarm und schmeckt metallisch. Steve hat die spontane und nicht gerade willkommene Assoziation rostiger Rohre, durch die das Wasser ins Krankenhaus befördert wird, und setzt den Becher ab.

»Es geht ihr den Umständen entsprechend. Im Moment scheinen sie mir nicht mehr sagen zu können, aber man kümmert sich ganz hervorragend um sie. Ich sitze gerade neben ihr. Und ich gehe davon aus, dass sie mich hören kann.«

Er stockt. Es laut auszusprechen macht ihm die Realität schmerzhaft bewusst. Glaubt er das wirklich? Er atmet tief durch, um das Beben seiner Stimme in den Griff zu bekommen.

»Also ... Du hast ja meine Nummer, oder? Das hier ist mein Handy. Die Nummer sollte bei dir angezeigt werden. Ich kann nicht fassen, dass ich nach all den Jahren nicht deine Festnetznummer kenne. Das ist wirklich unglaublich. Wie auch immer. Es tut mir furchtbar leid. Du wirst jetzt schlafen, und wenn du aufwachst, hörst du all diese Nachrichten ab, und ... Es tut mir leid. Ruf mich an, okay? Also ...«

Also was?

Also ... ich mache mir schreckliche Sorgen?

Also ... hilf mir?

Also ... lass mich hier nicht allein?

Also ... wenn deiner Tochter irgendwas passiert, dann ist auch mein Leben, auch *dein* Leben am Ende?

Alles davon wäre zutreffend.

Er lässt das Wort in der Luft hängen, kneift die Augen zusammen, drückt sein Handy ans Ohr. Er will nicht auflegen, weil er Angst davor hat, diese wenn auch schwache Verbindung zu einem so vertrauten Menschen zu lösen, einem Menschen, dem Pippa so ähnlich ist. Auch wenn ihre Mutter ihn wie keine andere in den Wahnsinn treiben kann, ist sie sein einziges Band zu der lebenden, atmenden Pippa, die zurzeit nicht zu erreichen ist. Er will Diana sehen, ihre Stimme hören, beobachten, wie sie durchs Zimmer wuselt, als wäre sie zu spät für eine lebenswichtige Verabredung. Er muss den Genen seiner Frau nahe sein, jener Lebenskraft, die Pippa ihren ersten Atem geschenkt hat. Vielleicht schafft sie es, Pippa wieder zurückzubringen.

»Also … pass auf dich auf, Diana. Bis bald.«

Und dann …

»Hab dich lieb.«

Er lässt das Mobiltelefon sinken. Dann den Kopf, den er in die Hände stützt, nachdem er das Handy in den Schoß gelegt hat. So verharrt er, bis seine Handflächen nass und rutschig werden von seinen Tränen.

Arme Diana. Was wird das alles mit ihr machen?

Schnappschüsse seiner Schwiegermutter. Der Moment, in dem sie die verpassten Anrufe entdeckt, der Moment, in dem sie mit dem Anblick ihres lädierten einzigen Kindes konfrontiert wird. Schuld und Scham rauben ihm den Atem.

Er hat sie enttäuscht.

Ihn erfasst eine Welle der Erschöpfung, als wäre er gerade einen Berg hinaufgerannt. Seine Gliedmaßen sind schwer wie Blei, das Gewicht dreier Steves drückt ihm in die Brust wie ein Totempfahl. Die Uhr tickt unermüdlich weiter, ohne sich ihrer grausam quälenden Beharrlichkeit bewusst zu sein.

Er bringt es immer noch nicht über sich, seine eigenen Eltern anzurufen. Die Stimme seiner Mutter zu hören wäre zu viel für ihn, das weiß er. Nur ein Wort des Trostes oder der Sorge, und er würde zusammenbrechen; seine hauchdünne Schutzmauer würde einstürzen und wie ein Schwall Herbstlaub auf ihn herabfallen.

Nein. Alles Gutgemeinte würde ihm nicht guttun.

Also nicht seine Eltern ... aber irgendjemanden sollte er anrufen. Jemanden, der ihm zuhört. Der zu dieser unchristlichen Zeit ans Telefon geht. Nun, dann wird er eben den einzigen Menschen anrufen, den er kennt, der jetzt noch wach sein könnte, während Freitagnacht zu Samstagmorgen wird.

»Chute Morche«, sagt Oscar über das tiefe Dröhnen elektronischer Musik hinweg.

Steve erschrickt beim Klang seiner Stimme. Sein Freund zockt wahrscheinlich gerade Computerspiele oder Karten, und bei der Vorstellung dieser fast kindlichen Normalität wird ihm warm ums Herz, auch wenn ihm gerade keine passende Erwiderung einfällt.

»Was bist du so spät noch wach, Mann?« Oscar wartet, aber Steve schweigt noch immer. Die PlayStation pausiert, der Fernseher ist stumm geschaltet. Abgesehen von Steves hörbaren Atemzügen herrscht Stille.

»Hast du dich aus Versehen aufs Handy gesetzt und meine Nummer gewählt, Stevie? Ich hoffe, ich muss gleich nicht mitanhören, wie du mit Pippa rummachst ...«

»Ich bin dran«, sagt Steve, obwohl es ihn viel Kraft kostet.

Er hört, wie in Oscars abgetakeltem Sofa eine weitere Feder springt, während sein Freund sich abrupt aufsetzt.

»Alles in Ordnung?«

»Nein. Nein, leider nicht.« Steve kann nur langsam sprechen, jedes Wort ist ein Schmiermittel für das nächste. »Pippa hatte einen Autounfall. Ich habe gearbeitet. Sie haben angerufen und ... und jetzt bin ich hier. Ich bin bei ihr.«

»Ich komme sofort vorbei«, sagt Oscar.

»Nein! Das geht nicht.« Die Vorstellung, dass ein weiterer Mensch, den er liebt, sich heute an das Steuer eines Autos setzt, ist ihm unerträglich.

»Aber natürlich geht das.«

»Du hast doch bestimmt was getrunken?«

»Nö. Trockener Januar.«

»Aber es ist ...«

»März, ich weiß. Um einen heftigen Januar wiedergutzumachen. Und Februar.«

Steve schüttelt den Kopf, und der Anflug eines Lächelns erhellt kurz sein Gesicht. Ein entnervt-hilflos-resigniertes Lächeln, das üblicherweise für seinen besten Freund reserviert ist. Fast fühlt sich alles ganz normal an, außer dass Pippa, als er sie ansieht, nicht wie sonst die Augen verdreht in dem Bemühen, nicht über ihren entnervenden Schlagabtausch zu lachen.

»Ich will nur nicht, dass du Auto fährst. Okay?«

»Das verstehe ich, Mann. Wie schlimm ist es?«

»Ziemlich schlimm.«

»Und wie geht es dir?«

»Ich weiß nicht«, sagte Steve. »Schrecklich. Durcheinander. Ich habe eine Scheiß-Angst.«

Er spürt, wie sich unter der Oberfläche ein neues Gefühl sammelt, Erregung oder Ärger. Es zwingt ihn aus dem Sessel. Er weiß nicht, warum, aber es fühlt sich gut an, es an seinem Freund zu entladen.

»Was spielt es schon für eine Rolle, wie ich mich fühle?«

Zum ersten Mal seit seiner Ankunft auf der Intensivstation wird er laut. »*Ich* spiele keine Rolle.«

Er fängt an, auf und ab zu tigern. Sein Atem geht schneller.

»Du wirst für sie stark bleiben«, erwidert Oscar mit fester Stimme. »Ich weiß, das wirst du.« Er lauscht angestrengt, wie ein Safeknacker, der auf das Einrasten eines Stifts im Tresorschloss wartet. Nach einer Weile wird sein Atem wieder ruhiger. »Ich liebe dich, Mann. Ich liebe euch beide.«

»Wir lieben dich auch«, sagt Steve und sieht wieder zu Pippa. Ihr regloser Körper verschwimmt wie im Weichzeichner, während seine Augen sich mit Tränen füllen.

»Bist du sicher, dass ich nicht kommen soll?«, fragt Oscar nach. »Ich kann auch skaten.«

»Nein, das ist zu weit.«

»Die schnellste Fortbewegungsart. Im Ernst – das ist sie. Welches Krankenhaus?«

»Wir sind hier in der Walachei. Buckinghamshire.«

»Ach so. Das ist wirklich weit. Was habt ihr da draußen gemacht?«

»Gearbeitet.«

»Ach ja, hattest du gesagt. Moment mal, war Pippa etwa dabei?«

»Nein.«

»Warum ist sie …«

»Ich weiß es nicht, Oscar.« Steve kehrt ans Bett zurück. »Ich habe auch jede Menge Fragen.«

»Natürlich. Natürlich. Also, ich bin für dich da. Das Handy ist auf Vibration gestellt. Was auch immer ich für dich tun kann …«

»Tatsächlich könntest du Tania Bescheid sagen.«

»Klar.«

»Und vielleicht Gus …« Steve verstummt. Er merkt, dass er denselben Denkprozess durchläuft wie damals, als er entscheiden musste, wer von Pippas engsten Freunden zu ihrem dreißigsten Geburtstag in die Hütte in den Cotswolds eingeladen werden sollte. Ihm wird übel bei der Vorstellung, sie alle über den Unfall informieren zu müssen, und das elende Gefühl wird ein wenig leichter bei der Erinnerung an ihr strahlendes Gesicht, als sie von den wartenden Freunden überrascht wurde.

»Bleib dran, Stevie G«, sagt Oscar. Steve meint ein miniwinziges Schniefen zu hören. »Und sag deiner besseren Hälfte, sie soll nirgendwo hingehen. Wir haben noch viel Leben zu erledigen.«

Sie legen auf, und Steve nimmt wieder auf dem noch warmen Stuhl Platz. Er gestattet sich kurz, sich vom Optimismus seines Freundes trösten zu lassen. Er nimmt Pippas kalte, schlaffe Hand, schließt die Augen und schickt mit aller Macht positive Energie durch seine Finger in ihre.

Fast könnte er in den Schlaf driften, doch plötzlich hört er einen Rumms, dann ein Vibrieren, dann ein Quietschen, als die Fahrstuhltüren aufgleiten und eine fahrbare Trage auf den leeren Korridor gerollt wird. Gleich darauf ertönt der markerschütternde schmerzerfüllte Schrei einer Frau.

Durch das schmale Glasfenster in der Tür sieht Steve einen Mann, nicht viel älter als er selbst, der mit weit aufgerissenen Augen neben der Trage herläuft, als sei er gerade in ein Kriegsgebiet versetzt worden. Er hält die Hand der liegenden älteren Frau umklammert, und Tränen strömen ihm über das bleiche Gesicht.

»Bleib bei mir, Mum. Bleib bei mir.« Die Worte kann Steve zwar nicht hören, doch er liest sie dem Mann von den Lippen ab.

Der Griff der Frauenhand lockert sich, ihre Finger entgleiten dem Mann. Die Urschreie sind zu einem Wimmern verebbt, ihr Aufbegehren lässt nach. Es ist eine Schlacht um Leben und Tod, ein Tauziehen zwischen Körper- und Geistwelt. Und der Tod gewinnt. Steve hat kurz ein Gemälde vor Augen, das er irgendwann einmal gesehen hat: Ein Mann umklammert die Füße eines Engels, der davonzufliegen droht.

So schnell, wie die kleine Gruppe gekommen war, ist sie auch schon wieder weg. Um die Ecke in ein paralleles Universum verschwunden. Steve verweilt gedanklich noch einen Moment bei dem Mann mit den schreckgeweiteten Augen, dann wendet er sich wieder seiner Frau zu.

Er muss sich an seinen eigenen Engel klammern.

»Du gehst nirgendwo hin, Pippa. Dafür ist noch keine Zeit. Das kann nicht das Ende unserer Geschichte sein. Ich habe noch so viele Kapitel geplant.«

Er schluckt Luft, um die aufsteigende Gefühlsblase unten zu halten. Dann beißt er sich fest auf die Lippe, um durch den Schmerz seine Tränen in Schach zu halten.

»Und unser Anfang war doch erst gestern, oder nicht?«

8. Oktober 2009

STEVE

Es war mir zur täglichen Routine geworden. Ich setzte mich in den Coffeeshop an der Hauptstraße, der den billigsten Kaffee und das beste WLAN anbot, und versuchte, beschäftigt auszusehen. Der Sitz hinten in der Ecke, den ich über einige Monate warmgehalten hatte, trug sicher schon den Abdruck meines Hinterns. Das Café wurde von einem türkischen Paar geführt, deren zwei kleine Kinder jeden Morgen um Viertel vor neun hereingeplatzt kamen, zwischen den Tischen herumliefen und hinter der Theke Verstecken spielten, bevor sie zur Schule gebracht wurden. Vor mir blieben sie jedes Mal ein Weilchen stehen und starrten mich an, als wollten sie ergründen, weshalb ich hier war und ob ich wohl für immer bleiben würde.

»Was machst du da, Mister?«, fragten sie oft, und dann sagte ihre Mutter: »Lasst den Mann in Ruhe, er arbeitet.«

Ich fühlte mich durch ihre Einschätzung bestätigt – als würde ein Vormittag in diesem Café als Arbeit gelten.

Ich beantwortete ein oder zwei E-Mails und kaute auf dem kalten Rest einer Zigarette, bis der Akku in meinem Laptop leer war und ich der Tatsache ins Gesicht sehen musste, dass ich heute kein Geld verdienen würde. Dann kehrte ich auf ein Sandwich in die Wohnung zurück, in der Lola schon ein paar Löcher in den Vorhängen gestopft, mit unseren beiden Müttern gesprochen und einen kleinen Vertrieb für alte Brotdosen eröffnet haben würde.

Sie wohnte nicht bei mir, jedenfalls nicht offiziell. Als ihr Vermieter beschloss, das Haus zu verkaufen und sie und ihre Wohnkolleginnen an die Luft zu setzen, hatten wir entschieden, dass es sinnvoll wäre, wenn sie für eine Weile bei mir unterkäme. Ich konnte sie ja schlecht auf der Straße schlafen lassen. Doch schon bald fanden ihre Klamotten den Weg vom offenen Koffer auf dem Boden zu einem Stuhl, dann in eine Kommode. Ihre Post wurde zu mir nachgesendet, sie zahlte ihren Anteil an der Miete und hörte auf, nach einer neuen Wohngemeinschaft zu suchen.

»Wie schön, dass du jetzt in festen Händen bist«, sagte Mum.

Es *war* schön. Für sie. Mum hatte nie ein Hehl daraus gemacht, dass sie die Tochter ihrer guten Freundin Maggie für die Richtige für mich hielt. Die stille, aber im Stillen brillante Lola. Lola mit irischer Abstammung. Lola, die »mit der Geduld einer Statue« ausgeharrt und auf mich gewartet hätte.

»Du wirst bald nach einem Ring schauen wollen«, war ihr nächster Gedanke.

»Immer mit der Ruhe, Mum, dafür ist es noch ein bisschen früh.«

»Ach was. In deinem Alter waren June und Siobhan schon verlobt. Und Mickey hat sich seinen Partner auch in seinen Zwanzigern gesucht.«

»Was ist mit Charlotte? Die ist neununddreißig.«

»Ja, aber die ist Ärztin.«

Ich hatte nichts dagegen, in festen Händen zu sein, ich hatte mir das bisher nur nicht mit Lola vorgestellt. Aber als Pippa wegging, hatte ich irgendwie weiterleben müssen, und Lola war einfach da gewesen, hatte quasi mit Pfeife und Pantoffeln in der Hand bei mir auf der Schwelle gestanden. (Die Pfeife ist metaphorisch gemeint – sie würde Tabak niemals anrühren. Oder Drogen. Oder Alkohol. Oder Weizen. Oder Koffein. Ich war nicht unbedingt ein lasterhafter Mensch, aber gegen ihr unverdorbenes Dasein konnte ich nur verkommen wirken.)

Sie war dermaßen proaktiv und kompetent, dass ich mich neben ihr unzureichend fühlte. Meine Bogensehne hatte nur einen Strang, der außerdem recht dünn war. Aufträge für Fotos waren selten, was ich eher der zunehmenden Verbreitung von Digitalkameras zuschrieb als meiner Unfähigkeit, mir einen Job zu suchen.

»Jeder ist heutzutage sein eigener Fotograf«, klagte ich gern. »Die Leute nehmen einfach ihre Handys.«

»Du musst da draußen sichtbarer werden«, riet Lola. »Wenn schon nicht persönlich, dann wenigstens virtuell.«

Doch ich verweigerte mich den Sozialen Medien und war insbesondere Facebook gegenüber misstrauisch – die Vorstellung, mich als Person oder Profi selbst bewerben zu müssen, verursachte mir Unbehagen. Ich hatte drei Profile auf LinkedIn, hatte aber bei allen das Passwort vergessen.

»Du wirst deine Konten da überall auch in ein paar Jahren löschen«, protestierte ich, um meinen Standpunkt zu verteidigen. »Weil dir all die Fotos und die Rumschnüffeleien peinlich sein werden.«

»Wie wäre es dann mit einer anderen Art von Arbeit?«, schlug Lola vor. Für sie ergab es keinen Sinn, dass ich an einem Beruf festhielt, mit dem ich mich nur mit Müh und Not über Wasser halten konnte. »Ich helfe dir, einen super Lebenslauf zu schreiben, und dann klapperst du ein paar Druckereien ab und fragst, ob sie Mitarbeiter in Teilzeit brauchen.«

»Hm, könnte ich machen.«

»Oder du schulst um. Buchhaltung? Das ist zumindest etwas Sicheres.«

»Und was ist dann mit Fotografieren?«

»Du kannst doch weiterhin Fotos machen. Ist doch schön, wenn man ein Hobby hat.«

Lolas Rat klang praktisch und durchführbar – und wahrscheinlich hätte ich ihn befolgen sollen –, aber es war nicht das, was ich hören wollte. Ich fühlte mich in meiner Trägheit ganz wohl.

»Ich höre, du willst dich zum Buchhalter umschulen lassen?«, sagte Mum, als wir das nächste Mal sprachen. »Was für eine vernünftige Idee!«

Einen Tag später lagen Broschüren der Fernuniversität auf meinem Nachttisch ausgebreitet.

Vielleicht sollte ich ihr wirklich einen Antrag machen. Die Kamera verkaufen, einen Ring besorgen, und dann sind alle glücklich.

Ich zahlte meinen Kaffee, schlurfte die hundert Meter nach Hause und blieb am Eingang zum *Carpet Planet* stehen. Ich sah auf die Klingel neben der Tür zu meiner Wohnung und stellte mir vor, wie ich sorgfältig und liebevoll Lolas und meine Initialen auf die abblätternde Farbe malte. Doch die Buchstaben passten für mich nicht zusammen. Vor meinem geistigen Auge erschienen immer nur *Steve und Pippa, Pippa und Steve, S&P.*

Als ich Pippa das letzte Mal gesehen hatte, vor über einem Jahr, hatte ich ihr beim Ausräumen ihres Zimmers geholfen. Tatsächlich hatte ich ihr meine Hilfe freiwillig angeboten. Mir war jede Ausrede recht gewesen, um vor ihrer Abreise noch Zeit mit ihr zu verbringen.

»Danke, dass du mir hilfst.« Sie stand neben ihrem Bett und sortierte Kleidung in zwei Stapel, einen für »Ja« und einen für »Nein«.

»Gern geschehen«, antwortete ich und versuchte, ihre Socken zu passenden Paaren zusammenzurollen, was sich gleichermaßen albern, süß und herzzerreißend anfühlte. »Irgendwie ist es sogar therapeutisch.«

»Ach, du bist so ein guter Kumpel.« Das Wort war wie ein Messerstich ist Herz. »Wie soll ich nur ohne meinen *Bestie* klarkommen?« Und nun drehte sie das Messer auch noch in der Wunde herum.

»Du wirst sicher sehr bald neue Freunde finden.« Ich entknüllte einen rosa-gelb gestreiften Strumpf und vereinte ihn wieder mit seinem Zwilling.

»Aber wer wird sich jetzt meine Vorsprech-Albträume anhören? Oder meinen Text abhören?«

»Wahrscheinlich irgendein Amerikaner«, meinte ich eifersüchtiger, als ich wollte, aber Pippa nahm es nicht wahr.

»Ach ja. Mein *American Boy.*«

Aus ihren Augen glänzten schon die Lichter des Broadways, und ich stellte mir vor, wie sie sich Arm in Arm mit ihrem neuen Lover an gelben Taxis vorbeischlängelte.

»Warum sind Frauenstrümpfe so viel kleiner als Männerstrümpfe?«, fragte ich, um sie wieder in ihr Zimmer zurückzuholen. »Unsere Füße sind doch gar nicht so verschieden.«

»Du hast behaarte Knöchel«, sagte sie, immer noch tagträumend.

»Vielleicht komme ich mit zum Flughafen, um dich zu verabschieden?«

Das brachte sie endgültig zurück.

»Ja, mach das«, sagte sie, wenn auch mit wenig Überzeugung. »Mum und Dad werden da sein, klar. Die haben natürlich das Monopol auf Umarmungen. Und Tania kommt mit, glaube ich. Und Jen. Gus übrigens auch. Aber ja, komm zum Flughafen.«

Ich entschied mich dagegen und überließ es Mr und Mrs Lyons und Pippas diversen *Besties*, ihr am Flughafen eine Abschiedsparty auszurichten.

Zwei Tage später kam eine E-Mail. Im Betreff stand *Sehnsucht*! Ich las das Wort mehrere Male, bevor ich mich bereit fühlte, die Nachricht zu öffnen.

Sie vermisst mich, dachte ich. Sie hat zwei volle Tage an mich gedacht.

In Gedanken räumte ich schon die nächsten Wochen in meinem Terminkalender frei und stellte mir vor, wie der Juli mit Pippa in New York aussehen würde. Wie wir Arm in Arm über den Broadway liefen, bevor ich sie am Bühneneingang ihres Theaters mit einem Strauß Rosen und einem langen Kuss verabschiedete.

Dann klickte ich auf die E-Mail und las die erste Zeile:

Hallo Leutchen, tut mir leid, dass ich jetzt erst schreibe. Das waren echt intensive, aber auch kreative erste Tage hier.

Dann konnte ich nicht mehr weiterlesen.

Von da an kamen zweimal pro Woche solche Gruppen-E-Mails, und ich war kein einziges Mal in der Lage, auf eine zu antworten. Ich hatte nichts zu bieten, was es mit ihren überaus detaillierten Geschichten über lange Probentage in »diesem Ofen von einem Studio« und noch längere Nächte in Greenwich und der Lower East Side und Williamsburg mit ihrem neuen Satz hingebungsvoller Freunde aufnehmen konnte. Doch je näher die Premiere rückte, desto sporadischer wurden ihre E-Mails, bis sie schließlich ganz ausblieben. In ihrer letzten Nachricht, in der sie eine turbulente »Showmanze« mit einem Co-Star andeutete, schrieb sie am Ende: *Befreundet mich auf Facebook für weitere Updates.*

Zögernd richtete ich ein Konto unter dem Pseudonym »Geve Stallagher« ein und tippte ihren Namen in das Suchfeld. Abgesehen von ihrem Auftritt in einem Werbeclip für unzulässig verkaufte Restschuldversicherungen, der wiederholt im Fernsehen lief (in dem Pippa im Wollstrickpullover auf einen Kontoauszug sah, bevor sie langsam den Blick hob und direkt in die Kamera starrte, um »Ich krieg noch was raus!« zu hauchen), sah ich ihr Gesicht während ihrer Abwesenheit nur dieses einzige Mal: in dem kleinen Profilbild ihres Facebook-Accounts.

Ich zoomte hoch, um es mir genauer anzusehen: Sie stand am Times Square und wirkte so glücklich und zu Hause, als würde sie gleich losweinen. Das Bild war ein Ausschnitt, und man konnte erkennen, dass ein anderes Gesicht zu ihrem geneigt war. Mit kantigem, sauber rasiertem Kinn und perfekt geraden weißen Zähnen. Und Baseballkappe. Außerdem war um Pippas Hals ein gebräunter Bizeps geschlungen wie eines dieser Reise-Schlafkissen.

Geve Stallaghers Konto wurde umgehend gelöscht. Darinnen liegt nur Leid, dachte ich. Geh nicht dorthinnen. Ich wusste, es war Zeit, mir diese Gefühle aus dem Herz zu reißen – anstatt mich an der vergeblichen Hoffnung festzuklammern, dass jemand, den ich womöglich nie wiedersehen würde, meine stille Zuneigung erwiderte.

Ich hätte schwören können, dass ich sie vor ein paar Monaten gesehen hatte, wie sie in großer Eile die Koffer, die ich geholfen hatte zu packen, von meiner Wohnung wegrollte. Das war völlig widersinnig, es sei denn, sie hatte ihre Rückkehr vorverlegt – aber warum hätte sie mich besuchen sollen? Ich überprüfte, ob mir Nachrichten in meiner Voicemail entgangen waren oder ob ich ungelesene E-Mails in meinem Spam-Ordner hatte, fand aber nichts und tat es als Fata Morgana ab. Seither sah ich sie allerdings überall: auf dem Cover von Zeitschriften, als Straßenmusikerin, als Kassiererin, die meine Einkäufe einscannte ... Überall war Pippa.

Ich stand immer noch mit dem Schlüssel in der Hand vor der Tür zur Wohnung, *meiner* Wohnung, als die Tür daneben geöffnet wurde.

»Hallo, Steve«, sagte mein Nachbar, dessen Namen ich schon vor so langer Zeit vergessen hatte, dass es jetzt unhöflich gewesen wäre, danach zu fragen. Ich überlegte kurz, ob er Tucker hieß, aber vielleicht kam das nur, weil ich ihm im letzten Sommer einen Tacker ausgeliehen hatte.

»Oh, hallo ... du«, sagte ich.

Er blieb stehen und sah mich eine Weile an. »Wie geht's dir? Viel zu tun?«

»Äh, nein ... Ich habe nur gerade an etwas gedacht.«

»Ja?«

»Ja.«

Er wartete noch einen Moment, ob ich noch etwas Sinnvolleres sagen würde, aber als ich das nicht tat, schlug er die Tür zu und ging um mich herum.

»Bis dann.«

»Bis dann.«

Vielleicht hätte ich den ganzen Tag noch so dagestanden – als postmoderne Skulptur *Verlorener Mann auf Schlüssel starrend* –, hätten meine Beine nicht von selbst entschieden, einfach weiterzugehen. Sie führten mich von der Tür fort, vorbei an Brondesbury und Maida Vale, bis die Straßenschilder irgendwann London-Mitte auswiesen. Als ich die Edgware Road erreichte, wurde mir klar, dass ich zwei Meilen gegangen war und ständig Abgase eingeatmet hatte, also ging ich in den nächsten U-Bahnhof, um meine Lungen lieber mit stickiger unterirdischer Luft zu füllen als mit dem stinkigen Smog einer der am meisten verpesteten Straßen von ganz Europa.

Ich beschloss, mich für eine Weile mit einem Kinofilm abzulenken. Im Multiplex am Piccadilly lief alles Mögliche, da könnte ich *Der fantastische Mr. Fox* in einer Vorstellung ohne Kinder sehen. Mitten am Tag allein ins Kino zu gehen, ganz egal, in welchen Film, erfüllte mich jedes Mal mit Frieden. Es ist ein so einfaches, aber grandioses Vergnügen. Das Kino zieht mich an, so wie andere Leute vom Meer angezogen werden – oder, im Fall meiner Eltern, von jeder Kirche, an der sie vorbeigehen. Es bietet die Möglichkeit, still dazusitzen und sich auf etwas einzulassen, das größer ist als man selbst.

Bis Piccadilly Circus waren es fünf Stationen, und bei jedem Halt stieg sie ein. Es bedurfte wohl kaum eines Abschlusses in Psychologie, um zu erkennen, warum ich diese Visionen hatte, und heute konnte ich sie einfach nicht abschütteln. Ich sah sie auf einem Plakat für Pauschalreisen nach Zypern; sie stand da hinten auf dem Bahnsteig und studierte den Fahrplan; als Ansagerin erinnerte sie die Fahrgäste, auf den Abstand zwischen Zug und Bahnsteig zu achten. Als ich zur aufwärtsfahrenden Rolltreppe ging, kam sie mir von oben entgegen. Die Frisur dieser Pippa sah anders aus – kürzer, glatter und eher blond als erdbeerfarben. Ich sollte nicht starren, schalt ich mich selbst, aber ich konnte den Blick nicht von ihr lösen. Sie trug eine Hose mit hohem Bund und hatte ein Jackett über dem Arm hängen. Ich erklärte es mir so, dass sie zur Mittagspause in die Innenstadt gefahren und nun auf dem Rückweg ins Büroviertel war.

Während wir unaufhaltsam aufeinander zu glitten, schien die Frau instinktiv zu merken, dass ich sie beobachtete. Sie wandte den Kopf und fokussierte mich, der ich sie mit aufgerissenen Augen anstarrte. Dann kam die Erkenntnis … Es war tatsächlich Pippa.

Gleich darauf waren wir einander so nahe, dass wir nur

die Hand hätten ausstrecken müssen, um uns zu berühren, uns über das polierte Aluminium der Balustrade hinweg in die Arme zu nehmen und nie wieder loszulassen, so dass eine Kaskade aus Körpern und Einkaufstaschen und Essensverpackungen die geriffelten Metallstufen hinuntergepurzelt wäre.

»Ich kann nicht fassen, dass du hier bist. Bist du es wirklich?«, wollte ich rufen.

Stattdessen schaffte ich es nur, zu winken. Ein kleines schwaches Winken, das sie mit dicht an den Körper gezogenem Ellbogen erwiderte, so dass ihr Arm verkürzt wirkte. Und schon fuhren uns die Rolltreppen in entgegengesetzte Richtungen, unser Winken mutierte zu komischen Handsignalen, während wir schnellstens versuchten, uns ohne Worte zu verständigen.

»Hast du Zeit?«, schien Pippa zu fragen.

»Ja, sollen wir uns oben treffen?«, formte ich lautlos mit den Lippen.

»Ich fahre runter. Soll ich unten warten?«, könnte sie darauf erwidert haben. Unsere Gesten wurden immer wilder, als wären wir Fluglotsen, die mit ihren Flaggen Mücken verscheuchten.

Dann war sie verschwunden. Ich wartete eine Weile am oberen Ende, bis ich entschied, dass Pippa unten wohl gerade dasselbe machte, aber als ich wieder zur Rolltreppe ging, kam sie mir schon entgegen. Erst *sah* ich sie lachen, dann erst hörte ich sie. Der Lärm des U-Bahnhofs trat in den Hintergrund, für mich war nur noch ihre Stimme zu hören. Eine riesige Gefühlswelle stieg in mir auf, als mir bewusst wurde, wie sehr ich sie vermisst hatte, wie lang diese Monate ohne sie gewesen waren, wie farblos und eintönig. Es gab nichts und niemanden wie sie, und nichts und niemand weckte in mir diese Gefühle.

Der Fahrkartenbereich war zu voll, als dass wir uns dort nach so langer Zeit in Ruhe hätten austauschen können, also folgte ich ihr durch die Absperrung nach draußen.

»Wie geht's dir, Mister?«, fragte sie. Und bevor ich mir eine Antwort überlegen konnte: »Darf ich dich in den Arm nehmen?«

»Ähm, ja«, sagte ich. »Das könnte ich wohl akzeptieren.«

Sie kicherte, während wir uns umarmten, doch Kichern und Umarmung währten nur kurz.

»Tja.«

»Tja.«

»Wie war New York?«

»Oh, New York war absolut phantastisch«, schwärmte Pippa, klang dabei aber nicht wie sie selbst. Hatte sie sich einen amerikanischen Akzent zugelegt, oder log sie?

»Und das Stück?«

»Das Stück war phantastisch«, sagte sie. »Meiner Meinung nach zumindest. Nach der der Kritiker leider nicht, so dass wir früher Schluss machen mussten.«

»Oh, das tut mir schrecklich leid, Pip.«

»Ich bin darüber hinweg. Erwähne es einfach nie wieder.«

»Ja, lass uns über etwas anderes reden. Dein Haar!«

Sie hob ihre halb geöffneten Hände an die Wangen, als würde sie erst in diesem Moment merken, dass ihre Locken auf halber Höhe abrasiert waren. Sie gehörte auf ein französisches Plattencover der Sechzigerjahre.

»Hübsch?«, fragte sie.

»Sehr anders.«

»Aber findest du es hübsch?«

»Ja! Es ist sehr hübsches Haar. Ich hätte dich beinahe nicht erkannt.«

»Tja, also …« Sie senkte die Stimme und sah sich verstohlen um. »Ich bin ja auch verkleidet.«

»Ach, wirklich?« Ich war in ihrer Gegenwart so aufgedreht, dass ich ihr Theater mitspielte wie ein Kind, das gebannt einem Partyclown lauscht. »Als was denn?«

Sie atmete tief ein, wie ein Seufzen.

»Als … *Frau, Ende zwanzig, Anfang dreißig, arbeitet für ein Finanzunternehmen, aber nicht allzu hoch oben, lässt ihr Outfit und ihr Haar für sich sprechen.*« Sie stemmte die Füße breitbeinig in den Boden. »Überzeugend?«

»Hundertprozentig. Tatsächlich …«, jetzt senkte ich meine Stimmte, »habe ich dein Haar gerade etwas sagen hören. Ich dachte, ich werde verrückt.«

Sie lachte kurz auf, dann sah sie mit böser Miene die Shaftesbury Avenue hinunter. »Neuer Tag, neues bescheuertes Werbe-Casting.«

»Ich schätze, man darf gratulieren?«

»Wieso?«

»Du bist im Castingprofil bei ›Ende zwanzig‹ gelandet.«

Pippa stieß in gespielter Entrüstung ihre Hüfte gegen meine.

»Hör bloß auf. Ist es zu fassen, dass wir schon siebenundzwanzig sind?«

»Ich bin achtundzwanzig.«

»Du meine Güte! Jetzt sind wir offiziell alt.«

Wir hatten uns wieder in Bewegung gesetzt und fanden Schritt für Schritt in den lockeren Trott unserer Freundschaft zurück. Pippa warf noch einen bösen Blick Richtung Soho und damit den Tatort ihres letzten Vorsprechens, dann bogen wir rechts nach Chinatown ab.

»Siebenundzwanzig, und ich wohne wieder bei meinen Eltern«, sagte sie. »Beziehungsweise bei Dad.«

»Und deine Mum?«

»Wohnt ein Stück die Straße runter in einer eigenen Wohnung. Sie sieht Dad noch fast jeden Tag, aber wie sich herausstellte, hatte sie während meiner Zeit in New York eine Reihe Liebhaber. In ihrem Liebesnest.«

»Wow, das ist ... cool?«

»Es ist widerlich«, entfuhr es Pippa.

Wir blieben vor einer Gruppe Touristen stehen, die darauf warteten, sich nacheinander mit einer billig kostümierten Mickey Mouse und einem noch billigeren Schaumstoff-SpongeBob fotografieren zu lassen.

»Siebenundzwanzig«, wiederholte sie, »und ich wohne bei meinem Dad und bin *Single*. Was ist mit dir?«

Ich spürte, dass sie mich ansah, brachte es aber nicht über mich, ihren Blick zu erwidern.

»Achtundzwanzig, nicht vermittelbar«, antwortete ich und beobachtete die kostümierten Figuren, die um die Aufmerksamkeit der Touristen buhlten. »Und wohne immer noch in der komischen Wohnung ...«

»Mit wem?«, fragte Pippa sofort.

»Mit ...«

Weil ihre Kostüme grinsten, war nicht sofort offensichtlich, dass die Comicfiguren miteinander kämpften – bis SpongeBob zu einem rechten Haken ausholte. Als Goofy und Hello Kitty auch noch mitmischten, eskalierten die Handgreiflichkeiten zu einer echten Schlägerei, und ich war dankbar für den Vorwand, jetzt erst einmal der Gefahr aus dem Weg gehen zu müssen – und damit auch dem heiklen Gesprächsthema.

»Wenn Werbeclips dich nicht glücklich machen«, sagte ich, während wir uns durch die Menschenmenge am Leicester

Square zwängten, »könntest du immer noch als Cartoonfigur gehen.«

»Meinst du?«

»Du wärst bestimmt super.«

»Oh, danke, Steve! Ich wollte schon immer mal Mickey Mouse sein.« Als wir am nächsten Zebrastreifen standen, schwieg sie nachdenklich. »Tatsächlich wollte ich schon immer mal Hello Kitty eine verpassen.«

»Das wäre ein tolles Foto gewesen, diese Schlägerei«, sagte ich, während wir uns Covent Garden näherten. »Schade, dass ich meine Kamera nicht dabeihatte.«

»Du solltest sie immer dabeihaben. Ich würde das, wenn ich so talentiert wäre wie du.«

»Ja, na klar«, meinte ich in der Annahme, dass sie mich aus Rache hochnehmen wollte.

»Nein, wirklich, Steve. Das ist deine Waffe. Du weißt nie, wann du etwas sehen wirst, das dich berührt.«

Ich merkte, dass sie es ernst meinte. Auf einmal kam mir meine Karriereempfehlung von eben dumm und grausam vor.

»Du meinst, wie sich prügelnde Cartoonfiguren?«, fragte ich, doch sie schwieg.

Als wir an einem Theater vorbeikamen, verlangsamte Pippa ihre Schritte.

»Ich schätze, ich habe mich in der letzten Zeit nicht sonderlich inspiriert gefühlt«, sagte ich. »Es ist ein bisschen mühselig geworden.«

»Das ist sehr schade.« Sie blieb stehen, um die Kritiken zu lesen, die im Schaukasten neben dem Eingang ausgehängt waren.

»Das stimmt. Aber es ist auch okay, weißt du. Ich bin im Grunde nicht sehr kreativ. Nicht wie du oder …«

»Jetzt hör aber auf!«, rief sie entrüstet. »Hör auf, dich selbst runterzumachen. Natürlich bist du kreativ. Du bist kreativ und cool und sexy …«

»Sexy?«, wiederholte ich mit einem Kieksen in der Stimme, wie ein Teenager.

»Nein, nicht …« Sie schüttelte den Kopf, und ich konnte fast sehen, wie die geglätteten Strähnen ihrer neuen Frisur sich allmählich wieder zu Locken zusammenzogen. »Ich meinte nicht dich als Person; ich meine, es ist ein sexy Beruf.«

Wir schwiegen wieder, und ich betrachtete die Fotoplakate für das Theaterstück, die am Gebäude hingen.

»Das Foto ist grässlich«, sagte ich schließlich.

»Die Besetzung ist grässlich«, sagte Pippa und deutete auf die Schauspielerin in der Bühnenmitte. »Sieh nur, was für ein Gesicht sie zieht.«

»Da ist überhaupt keine Tiefenschärfe in dem Bild.«

»Sie ist ein Reality-TV-Star – was macht sie in einem Stück von Tschechow?«

»Sie sieht sehr amateurhaft aus.«

Wir standen weniger steif da, und ich spürte Pippas Arm warm gegen meinen.

»Stell dir vor, du würdest die Fotos machen.«

»Und du würdest die Hauptrolle spielen!«

»Es könnte passieren.«

»Es *sollte* passieren.«

Verträumt starrten wir auf den Schaukasten, in dessen Glasscheibe sich unsere Gesichter spiegelten – das Fenster in ein anderes Leben. Dann sagte Pippa leise (wobei ich mir das vielleicht nur einbildete): »Unsere Zeit wird kommen.«

Wir gingen weiter bis Aldwych, wo Pippa vor einem weiteren Theater stehen blieb, in dem *Dirty Dancing* gespielt wurde.

»Armer Patrick«, sagte sie. »Ich kann nicht glauben, dass er tot ist.«

»Kanntest du ihn?«

»Leider nicht. Es kam mir aber so vor.«

Ein paar Passanten blieben stehen, um die Karten, die Blumen und die Kerzen zu betrachten, die sich mit Regenwasser gefüllt hatten – ein verblasster Schrein für Patrick Swayze.

»Ist er hier gestorben?«, wollte ich wissen.

»Nein. Er hat in dem Film gespielt. Das ist hier einfach, um ihm Ehre zu erweisen.«

»Ich weiß, dass er in dem Film gespielt hat. Meine Schwestern waren große Fans.«

»Ich wette, du auch.«

»Ich habe ihn nie gesehen.«

»Was?« Sie war entsetzt.

»Immer, wenn sie das Video einlegten, war es Zeit für mich, die Rennbahn aufzubauen.«

»Ich kann nicht fassen, dass du den Film nicht kennst. Das ist ein Klassiker.«

»Aha, ein *Klassiker* …«

»Ja, Steven. Es muss nicht *Citizen Kane* sein, um ein Klassiker zu sein.«

»Den habe ich auch nicht gesehen.«

»Na, das solltest du aber.« Damit klickte sie ihre Hacken zusammen und marschierte Richtung The Strand.

Ich bin schlecht im Erkennen von Signalen, aber ich hatte Pippa früher gut beobachtet und merkte nun, dass sich zwischen uns etwas verändert hatte. Es fühlte sich nicht wirklich schlimm an, eher so, als hätten wir uns über irgendwas geärgert, das wir nicht ansprechen konnten.

Durch meinen Ausstieg aus ihrem Newsfeed zu New York

hatte ich mich natürlich auch von allen triumphalen Erlebnissen ihres Broadway-Debüts ausgeschlossen. Ich hatte keine Fotos ihres gelebten Traums aufgerufen und dadurch versäumt, sie auf der Bühne zu sehen oder wie sie den Applaus genoss oder Autogramme gab. Damit hatte ich gleichermaßen verhindert, von ihr zu hören, als das Pendel zurückschwang und sie wieder nach London katapultierte. Ich hätte den Kopf nicht in den Sand stecken sollen. Ich hätte für sie da sein sollen.

»Es tut mir leid, dass ich dir zur Premiere keinen Strauß Blumen geschickt habe oder so etwas.«

»Das muss dir nicht leidtun, Steve. Ich hatte das nicht erwartet.«

»Ich hielt es ... für nicht angebracht, weißt du?«

»Das ist vollkommen in Ordnung. Und Postsendungen in die USA sind sowieso unverschämt teuer.«

Wir gingen jetzt schneller, Richtung Charing Cross.

»Ich hätte trotzdem wenigstens eine Karte schicken können.«

»Oder eine E-Mail«, sagte Pippa, nicht unfreundlich, aber ich empfand es trotzdem als Rüge. Ich hatte sie enttäuscht – selbst wenn meine Funkstille meinem eigenen Wohlergehen gedient hatte.

»Ich bin ein schlechter Mensch«, sagte ich.

»Nein, das bist du nicht, Steve!«, ereiferte sie sich. Aber wie schon zuvor, wusste ich wiederum nicht, ob ich gescholten oder mir geschmeichelt wurde. »Du bist besser als die meisten. Du bist ein feiner Kerl. Ein guter Kumpel.«

Schon wieder dieses Wort. Etwas besser als *Bestie*, aber trotzdem eine unerwünschte Klassifizierung. Diesmal schien es aber nicht nur in *meinen* Ohren falsch zu klingen; Pippa kräuselte die Lippen, als hätte sie einen unangenehmen Nachgeschmack im Mund.

Auf Höhe der National Portrait Gallery lief uns eine junge Frau über den Weg, stieß fast mit uns zusammen und stolperte.

»Tut mir leid!«, rief sie ganz außer Atem und hob eine Stofftasche auf, die mit Dali-Schnurrbärten in Regenbogenfarben bedruckt war. Auf ihren Händen waren Reste von Malerfarbe, ihr schwarzes Haar war mit einem Bleistift zusammengesteckt, und sie sah der Freundin, die ich zu Hause hatte, nicht unähnlich. Sie lächelte uns an und überquerte dann die Straße.

»Wie geht's deinem Freund?«, fragte Pippa.

»Oscar? Ganz gut, wieso?«

»Und deiner Freundin?«

»Wen meinst du?«

»Die mit dem Bob.«

Wusste sie von Lola? Ich hatte sie ihr gegenüber mit Sicherheit nie erwähnt. Ich schwieg und hoffte, die Frage könnte einfach so davonschweben, über die Nelsonsäule hinweg, doch das tat sie nicht.

»Du meinst Lola?«, fragte ich schließlich.

»Genau.«

»Der geht's gut. Wieso fragst du?«

»Na ja, du und sie, ihr seid doch … oder nicht?«

Ich konnte ihren Gesichtsausdruck nicht deuten. Hätte ich raten müssen, dann hätte ich auf etwas zwischen verlegen und amüsiert getippt.

»Also, ich … wir … na ja. Irgendwie schon«, stammelte ich. »Aber es ist nichts richtig Ernstes. Woher weißt du davon?«

»Ach, von … irgendwo. Facebook, glaube ich.«

Unsere Beziehung war so einfach und unbeschwert gewesen, früher, als wir noch frei und ungebunden gewesen waren. Doch während wir nun die Stufen zum Trafalgar Square hinunterstiegen und vor dem kleinen U-Bahn-Eingang stehen blieben, spürte ich, wie sie uns entglitt. Wenn dieses Auffrischungstreffen eine Testversion für unsere Freundschaft sein sollte, würden wir nicht in die Vollversion einsteigen.

»Ich dachte, ich hätte dich gesehen«, sagte ich. »Mehrmals schon, aber *einmal* ganz deutlich … vor der Wohnung.«

»Ach, wirklich?« Pippa starrte auf den Brunnen. »Das ist ja seltsam.«

Sie wirkte auf eine Art und Weise traurig, wie ich es noch nie bei ihr erlebt hatte. Am liebsten hätte ich ihr einen Arm um die Schultern gelegt, um sie zu trösten. Aber ich hatte Angst. Und es wäre falsch, oder nicht? Sie war nicht meine Freundin, und dies war genau die Art von Gefühlsverwirrung, die ich versucht hatte zu vermeiden.

»Sollen wir uns was wünschen?«, fragte sie plötzlich.

Es wurde Zeit, sich für immer zu verabschieden, die letzten Flammen zu löschen, indem ich sie tief in das grüne Wasser tauchte. Mit Pippas Weggang hatte sich auch unsere Chance auf mehr als Freundschaft verabschiedet. Ich war achtundzwanzig; meine Zukunft war entschieden.

Warum nur spürte ich dann diese Schmetterlinge in meinem Bauch?

Wir standen nebeneinander, wenige Zentimeter vom Brunnenrand entfernt. Ich kramte Kleingeld aus dem Portemonnaie, zwei Zehn-Pence-Stücke, und gab ihr eines ab. Sie umschloss es mit beiden Händen und machte die Augen zu. Ich tat es ihr gleich.

»Nicht verraten, oder es geht nicht in Erfüllung«, hörte ich sie sagen.

Ein winziger Wassertropfen wurde auf meine Wange gesprüht, dann spürte ich einen kleinen elektrischen Schlag, als ihr Handrücken meinen streifte. Ein Versehen, nahm ich an, und rückte aus Höflichkeit leicht von ihr ab. Doch dann spürte ich, wie ihre Fingern nach meinen tasteten – mit unverkennbarer Absicht und Entschlossenheit –, und plötzlich hielten wir uns an den Händen. Fest. Als wollten wir gleich gemeinsam springen.

17. November 2009

PIPPA

Steves tiefe Stimme tönt durch die dünne Wand zum angrenzenden Badezimmer. Ich spüre die Resonanz in meiner Wirbelsäule und sofort wieder ein Kribbeln im Bauch. Man kann seinen Gesang nicht unbedingt als melodiös bezeichnen, es ist eher ein Sprechgesang, aber es ist *seine* Melodie, und das reicht mir.

»*I'm your biggest fan, und irgendwas la-laa-la bam-bam, Papa-Paparazzi. Baby, na-na-naa-na Superstar la-laa-la, I'm your Papa-Paparazzi …*«

Er kennt zu keinem Song den ganzen Text. Vor allem nicht, wenn er nervös ist. Oder aufgeregt. Das ist eben seine Macke. Sechzig Prozent Annäherung bei hundert Prozent Hingabe. Und ich liebe es. Es ist total süß. *Er* ist total süß.

»*Da-bi-da-bi famous, laa-la la-la-laa-la, Papa-Papa-Paparazzi …*«

Der letzte Monat ist wie ein Tornado vorbeigerauscht, hat uns umgerissen, in seine wirbelnde Windhose gesaugt und in unbekannte, aber berauschende Gefilde wieder ausgespuckt. Mit den Füßen voran ins kalte Wasser sozusagen, und das Einzige, woran wir uns halten konnten, war unser Instinkt, unser Bauchgefühl. Seit unserem zufälligen Zusammentreffen auf dieser alten klapprigen U-Bahn-Rolltreppe ging es unaufhaltsam weiter.

Mit »es« meine ich *uns*.

Unser *Wir*.

Wow, was für ein wunderschönes Wort. Ich hätte nie gedacht, dass drei Buchstaben einen so wunderbaren Duft verströmen können. Wie knuspriger Toast und frisch gemähtes Gras und Schnee am Weihnachtsmorgen – alles auf einmal.

Die verstörend ruhige Gewissheit, die mich überkam, als das Flugzeug vom Himmel stürzte, die plötzliche Überzeugung, dass unser Zusammensein vorherbestimmt ist, wächst mit jeder gemeinsamen Sekunde. Wie habe ich vorher so blind sein können? Dieses einzigartige Geschenk lag die ganze Zeit vor meiner Nase, und ich hätte es nur zu öffnen brauchen; stattdessen habe ich es wie ein falsch abgegebenes Paket ignoriert.

Ich habe das Gefühl, dass jede Entscheidung, die wir je getroffen, jede Reise, die wir unternommen, jede Hand, die wir gehalten, jede Tür, die wir zugeschlagen haben, jeder noch so kleine Teil unseres Lebens uns zu genau diesem Punkt geführt haben. Diesem ganz speziellen, kostbaren Moment. Als wir an jenem schicksalsträchtigen Tag auf dem Trafalgar Square am Brunnen standen, die Finger fest ineinander verschränkt, waren keine Worte nötig gewesen. Wir verfolgten die Flugbahn der hoffnungsvoll ins Wasser geworfenen Münzen eines kleinen Jungen. Wir sahen, wie sie ins trübe Wasser fielen und auf die Kacheln sanken, während die Wellen sich ringförmig ausbreiteten, wie sichtbar gemachte Schallimpulse eines Sonargeräts und der Junge für seinen Wunsch fest die Augen zukniff. Dabei wurde uns auf einmal alles klar. Schultage. Zufällige Begegnungen. Türen, die sich öffneten und schlossen. Die Herzen anderer. Unaufhaltsame Gezeiten. Zwei Menschen, die durch unsichtbare magnetische Kraft voneinander angezogen wurden.

Das Gefühl war stärker als wir.

Und wir spürten beide, dass wir es nicht ignorieren konnten.

Nun bin ich hier. Wir sind hier. Wirklich und wahrhaftig hier.

Und endlich bereit.

»Baby, there's no other la-di-da-lala-li, I'll be your Papa-Paparazzi!«

Es mag wenig spontan oder sogar unromantisch klingen, aber die heutige Nacht ist sorgfältig geplant. Wir hatten genug von Chaos und Spontaneität und davon, alles dem Zufall zu überlassen. Wir wollten, dass unser erstes Mal perfekt wird. Letzte Woche wäre es fast schon passiert. Musik, eine Flasche Wein, eine verspannte Schulter, eine Massage, leidenschaftliches Geknutsche, abgestreifte Kleidungsstücke ... doch dann platzte ein zugedröhnter Oscar mit kichernder Freundin, zwei Dosen dicker Bohnen und typischer Heißhungerattacke ins Haus und verdarb uns die Stimmung. Es half auch nichts, dass er auf dem mitgebrachten Banjo noch ein Ständchen gab.

»I'll follow you wohin auch immer, Papa-Paparazzi.«

Mit voll aufgedrehtem Wasserhahn füllt er das Waschbecken. Wenn ich die Augen schließe, sehe ich ihn vor mir: das schon ziemlich zerschlissene Fan-Handtuch von Celtic Glasgow um die Hüften geschlungen wie ein Sarong, das dunkle Haar nach hinten gekämmt wie bei einem Filmstar der Fünfziger, die breite Brust noch feucht vom Duschen. Ungefähr jetzt wird er den Rasierschaum auf seinem hübschen Kinn verteilen, dann den Rasierer mit dem hölzernen Griff nehmen, den seine Mutter ihm letztes Jahr zu Weihnachten geschenkt hat, und sich mit sorgfältigen Strichen über das Gesicht fahren. Sein unperfektes perfektes Gesicht. Von oben nach unten. Oben nach unten. Klinge auswaschen, wiederholen.

Es ist, als würde ich ihn in einem Spiegel beobachten. Über die Grenzen meines Seins hinaus kann ich überall sein, wo er ist.

Ich meine das jetzt auf keinen Fall gruselig. Eher magisch. Eben perfekt.

Wie das in der *Liebe* so ist.

Verdammt. Da ist dieses unsägliche Wort schon wieder.

Wie tief mein Gefühl für ihn ist, habe ich ihm noch nicht offenbart, aber mein Geständnis lauert fortwährend im Hintergrund. Wie ein Kind, das beim Gespräch der Erwachsenen um Aufmerksamkeit buhlt, hüpft es in meinem Schädel auf und ab und hämmert mit seinen kleinen Fäusten von innen dagegen. *Hallo, guck mal! Ich bin hier! Hallo! Ignorier mich nicht! Schau her zu mir! Wenn du nicht herguckst, schreie ich nur umso lauter! Hey!* Schon gut, schon gut. Hör auf zu schreien, ich kann mich nicht konzentrieren. Da, bitte, ich sehe dich ja. Du hast meine ungeteilte Aufmerksamkeit. Gib mir einfach noch ein bisschen Zeit. Ich will nicht, dass du ihn verschreckst. Ich habe ihm noch nicht von dir erzählt.

Liebe.

Du meine Güte! Ich werde ja schon nervös, wenn die Leute das im Film sagen. Am liebsten würde ich dann rufen: »Nein, Cameron, nimm das zurück! Wie *konntest* du nur, Goldie? Du musst dich schützen, Meryl! Lauf weg, bevor es zu spät ist, Meg!«

Und diesmal geht es mir selbst so. Mir. Auf diesem Bett. In der Hauptrolle meines eigenen Films. Und ich habe keine Angst. Tatsächlich grinse ich wie blöd. Ja, das hier ist es, und anstatt auszubüchsen, bleibe ich da und präsentiere – als leichte Beute, als williges Opfer – mein entblößtes Herz.

Keiner sagt einem, dass man im Zustand der Liebe zum

wandelnden Marshmallow wird. Schlimmer noch: zum gerösteten Marshmallow. Außen verbrannt, innen geschmolzen. Dass Körper, Geist und Seele – vormals von Kraft und weiblicher Vernunft durchdrungen – sich auflösen wie eine Aspirintablette. Man kann keine klaren Gedanken mehr fassen; sie kreisen herum und schmelzen wie Butter in der Sonne. Der einzige Lebenssinn scheint nur noch darin zu bestehen, sich in die Jackentasche des geliebten Menschen zu verkriechen. Zu seinem Schal zu werden, wenn er friert. Ihm Blumen zu bringen, wenn er verletzt ist. Ihn in den Himmel zu heben, wenn er Erfolg hat …

Nun denn. Meine Verführungspose ist erste Sahne: Nur halb bekleidet und nonchalant, liege ich gegen die Kissen gelehnt. *Oh, hallo! Was? Mein Dekolleté? Die perfekt enthaarten Beine? Der kaum verhüllte Intimbereich? Ach, so bin ich nun mal, das ist alles ganz natürlich.* Ich habe mir extra neue Dessous gekauft. Und nicht mal billig. Tatsächlich waren sie exorbitant teuer, so viel habe ich noch nie für Kleidung bezahlt, die zudem noch die meiste Zeit ihres Daseins verhüllt sein wird. Aber es ist ja nur einmal das erste Mal. Ausgeleierte und angegraute Höschen sind da einfach keine Option.

Während die flackernden Kerzen definitiv zur erotischen Stimmung beitragen, merke ich, dass ich mit jeder Minute stärker bibbere. Zwar halte ich mit der Hingabe eines Models an meiner lasziven Pose fest, doch die Raumtemperatur ist schlagartig auf Slush-Puppy-Niveau gesunken, und ich kann mein Zähneklappern kaum noch unterdrücken. Ich fasse an die Heizung. Eisig. Verdammt, wie es aussieht, ist der Boiler immer noch defekt. Mein Plan, die »sinnliche Göttin in ausländischem Erotikfilm« zu geben, fällt mehr und mehr in sich zusammen. »Unbezahlte Statistin in Studentenporno« klingt gerade weitaus realistischer. Meine Ganzkörpergänsehaut erinnert an ein aufgetautes Hühnchen.

Nicht gut.

Ein neuer Plan muss her.

Wie wäre es, *unter* der Decke zu liegen, wenn er reinkommt, und sie dann lasziv zurückzuschlagen, um die verborgenen Schätze zu enthüllen?

Ja. Viel besser.

»Ist dir warm genug da drüben, Pip?«, ruft er durch die Wand. »Ich bringe lieber den Heizlüfter mit, oder?«

Wie zum Teufel macht er das nur? Zu wissen, was ich brauche, noch bevor ich darum bitten kann? Eine neue Runde Bauchkribbeln. Ich habe den perfekt klugen, liebevollen, lustigen, übersinnlichen, großzügigen, sexy, albernen Freund ergattert. Ich muss so sehr grinsen, dass ich fürchte, mir platzen die Wangen. Womit habe ich das nur verd…

Plötzlich, ohne Vorwarnung, ploppt mir Lola in den Kopf.

Nein, verdammt! Bitte nicht! Du bist hier nicht willkommen. Das ist privat! Zwischen mir und Steve. Raus mit dir. Bitte!

Aber du bleibst. Du neigst den Kopf zur Seite und siehst mich an. Mit traurigem, fragendem Gesicht, das hübscher ist als meins.

Wieso liegst du in meinem Bett, Pippa? Ich verstehe das nicht.

Dasselbe unangestrengt frische Gesicht, das ich damals an der Tür gesehen habe. Herzförmig. Symmetrisch. Mit glatter Haut. Haselnussbraunen Augen. Dem geduldigen, freundlichen Lächeln eines durch und durch anständigen Menschen.

Du liegst auf meiner Seite. Würdest du bitte aufstehen?

Dasselbe Gesicht, das ich auf den Fotos an der Wand im Flur gesehen habe.

Wie konntest du mir das nur antun, Pippa?

Den Fotos, die mir die verpassten Monate vor Augen hielten.

Hörst du mich, Pippa?

Den Fotos, bei deren Anblick mir das Herz stehenblieb, weil ich fürchtete, das Wichtigste in meinem Leben verloren zu haben.

Denn ich gehe hier nicht weg.

Den Fotos, die ich unten in seinem Kleiderschrank entdeckte, als ich letzte Woche nach warmen Socken suchte.

Ich bleibe einfach hier.

Den Fotos, nach denen ich ihn immer noch nicht gefragt habe.

Im Grunde genommen spielt es aber keine Rolle. Er bringt es eben einfach noch nicht übers Herz, sie wegzuwerfen. Und das ist nachvollziehbar. Ich würde auch nicht wollen, dass er das tut.

Lola kommt näher und lächelt hintergründig.

Ich frage mich, warum er dir nicht gesagt hat, dass er meine Fotos noch aufbewahrt.

Weil du nun mal Teil seines Lebens warst, Lola. Teil seines Familienlebens. Und das wirst du auch weiterhin sein. (Lass dich nicht provozieren, Pippa. Sie ist nicht real.)

Aber es ist schon komisch, oder? Ich meine, mir *würde es nicht gefallen, wenn er Fotos von dir im Schrank hätte.*

Unsere Beziehung beruht nun mal auf gegenseitigem Vertrauen. Da ist *nichts*, weswegen ich mir Sorgen machen müsste.

Allerdings hatte *er von dir auch gar keine Fotos. Er hat noch nicht einmal von dir gesprochen. Ich habe nie …*

»Alles okay bei dir, Pip?«

Ich kneife die Augen zu und schüttele den Kopf, als wollte ich nach dem Baden das Wasser aus meinen Ohren kriegen. Weg mit dir, Lola! Weg, weg, weg!

Nach einer Weile mache ich die Augen wieder auf und sehe mich um. Anscheinend ist niemand mehr da. Lola hockt nicht in der Ecke. Nicht hinter der Tür. Nicht auf der Kommode. Kann es sein, dass sie ... weg ist?

»Pip? Alles in Ordnung?«

Ich spähe über den Rand der Matratze und hebe blitzschnell den Rand der Überdecke hoch, überzeugt, dass ich sie erwische, wenn ich nur schnell genug bin. Nein, unter dem Bett ist sie auch nicht. Was für eine Erleichterung! Dass ich sie dort wieder hätte hervorlocken können, bezweifle ich. Vielleicht hat sie das Haus tatsächlich verlassen. Zumindest für den Moment. Ich kann wieder ruhig atmen. Gott sei Dank! Es gibt keinen größeren Stimmungskiller als eine eingebildete Exfreundin im Raum, die jede deiner Bewegungen kritisiert.

»Mir geht's gut, Schatz! Aber beeil dich«, füge ich – ein wenig kläglich – hinzu.

Ich versuche, mich auf etwas anderes zu konzentrieren.

Wow. Sein Zimmer ist wirklich super aufgeräumt. Alles ist an seinem Platz. Unordnung macht ihn nervös, sagt er. Tja, dann löst mein Zimmer bestimmt hektische Flecken bei ihm aus. Mist. Das erinnert mich, dass ich vor seinem nächsten Besuch meinen expansiven Kleiderfußboden zusammenräumen sollte. Und meine ausufernde Sammlung an Zeitschriften im Probe-Abo dezimieren (Wer kann schon Probe-Abos widerstehen?).

Er darf auf keinen Fall erfahren, dass er mit dem wandelnden, wirbelnden Chaos zusammen ist.

Weder jetzt noch später irgendwann.

Nun ja, zumindest im Moment noch nicht.

Aber es ist schon witzig: Ich weiß noch immer nicht, wo er sein ganzes *Zeug* aufbewahrt. Ich meine, wo sind all die Muscheln und Steine, die er bei Strandspaziergängen aufliest? Wo sind die selbst gemalten Geburtstagskarten von Nichten und Neffen, die einem jedes Mal ein schlechtes Gewissen machen, wenn man sie wegwerfen will? Wo sind die Stapel unsinniger Kleinigkeiten, die man bei spontanen Secondhand-Einkäufen aufgabelt? Wo sind die halbvollen Notizbücher mit ausgefeilten To-do-Listen?

Vielleicht haben Jungs so etwas gar nicht?

Okay. Ich glaube, ich bin unter der Decke allmählich aufgetaut und kann wieder meine laszive Dessous-Pose einnehmen. Ich strecke einen großen Zeh ins Zimmer, um die Temperatur zu testen. Verdammter Mist! Keine Chance. Immer noch baltisch kalt.

Die Duftkerze auf seinem Nachttisch (Schemel) sieht neu aus und riecht nach Lavendel und frisch gewaschener Wäsche. Die Marke kenne ich nicht, klingt aber teuer. Ich sehe direkt vor mir, wie er sie aussucht.

Im Laden steht er in einem langen Gang mit reihenweise identisch aussehenden Kerzen und ist von der schier endlosen Auswahl an Düften restlos überwältigt. Er mustert die Schilder mit den seltsamen, manchmal sogar albernen Bezeichnungen und hofft auf eine Eingebung – Nacht-Jasmin, Grüner Tee mit Feige, Heiße Zitrone, Festliches Inferno. Er überlegt, ob er die freundliche Verkäuferin um Rat fragen soll, bevor ihn noch der Mut verlässt. Aber dann greift er sich die nächstliegende Kerze und geht zur Kasse. »Das macht neunzehn neunundneunzig, Sir. Zahlen Sie bar oder mit Karte?« Entsetzt über den Wucherpreis, kriegt er große Augen und erwägt kurzfristig, die Kerze wieder zurückzustellen und den Laden zu verlassen. Dann atmet er tief durch, besinnt sich darauf, dass alles perfekt sein soll, und reicht die Karte über die Theke …

»Ta-da!«

Die Zimmertür schwingt auf, und er ist da, den elektrischen Heizlüfter in der einen, eine Flasche Prosecco in der anderen Hand. Gekonnt schiebt er die Tür mit dem Po wieder zu.

»Tut mir leid, dass es so lange gedauert hat. Das blöde Wasser ist nicht warm geworden. Und sich mit kaltem Wasser zu rasieren, ist …«

Wie geplant, schlage ich die Decke zurück und liege aufreizend sexy da. Steve verstummt.

Während er mich von oben bis unten mustert, fühle ich mich unfassbar verletzlich. Er steht wie erstarrt. O Gott! Was habe ich mir nur gedacht?

»Meine Güte, Pippa!«

Er hasst es. Ich wusste, rot war too much. Ich trage nie Unterwäsche mit Spitze. Zu nuttig. Zu Domina-mäßig. Eben einfach zu viel.

Panisch taste ich nach der Decke, um sie wieder hochzuziehen.

»Wage es ja nicht!«

Seine Stimme klingt anders. Belegt, leicht griesig, als hätte er Schwierigkeiten zu sprechen. Er kommt auf mich zu und setzt sich behutsam auf den Bettrand. Ich sehe, wie seine Pupillen sich weiten, als würde sich schwarzer Lack über seine Iris ausbreiten.

Und dann guckt er nur. Und guckt und guckt. Als wollte er jeden Quadratzentimeter meines Körpers auswendig lernen.

»Du siehst … Pippa, du bist der *Wahnsinn*!«

Mir wird heiß zwischen den Beinen, und ich merke, dass ich rot werde, als ich sehe, welchen unmittelbaren Effekt ich auf seinen Körper habe. Unter seinem Handtuch ist es deutlich zu erkennen.

Auf einmal wünsche ich mir nichts mehr, als dass er mich berührt. Wann wird er mich endlich berühren? Seine Hände. Seine Finger. Sein Mund. Sein …

»Du bist wunderschön, Pippa.«

Ich höre das Blut in meinen Ohren rauschen. O bitte. Bitte berühr mich. Bitte, bitte, berühr mich.

Er tut nichts dergleichen.

Hält einfach nur die Decke fest und sieht mich an.

»Das ist neu. Von *Marks and Spencer*. Ich wollte eigentlich weiß, aber rot war im Angebot …«

Pippa, Pippa, das hatten wir doch schon. Weniger ist mehr.

Aber er hört mich wohl sowieso nicht. Als würde er mich durch eine Glasscheibe betrachten.

Endlich, endlich löst er sich aus seiner Starre und fährt mit den Fingerspitzen über meine Zehen.

Es ist wie ein kleiner Stromschlag, und ich seufze auf.

Steve lächelt. Er beobachtet mich genau, während er jetzt mit der ganzen Hand über meine Füße, meine Waden, meine Schienbeine streicht.

Wir sehen einander tief in die Augen. Wir versinken darin. Und ausnahmsweise fängt keiner von uns an zu lachen.

Es ist so weit. Jetzt wird es wirklich passieren.

Ich stütze mich auf einen Ellbogen und hebe ihm mein Gesicht entgegen. Unsere Nasen berühren sich. Seine Augen funkeln, seine Haut ist weich und glattrasiert.

Und dann küssen wir uns. Wir küssen so gierig, als wollten wir einander verschlingen. Ich verliere jegliches Gefühl für

Ort und Zeit und Raum, die Welt ist auf uns beide reduziert. Auf zwei Menschen. Ihn und mich. Du lieber Himmel, ich dachte immer, das sei nur ein Klischee. Ein Satz in Liebesschmonzetten, wenn dem Autor nichts Originelleres einfällt. Aber so ist es mit uns. Wie sind lebende Klischees.

Die rote Spitzenunterwäsche habe ich nicht lange an. Er nestelt am Verschluss meines BHs und wirft das Ding auf den Boden. Ich schiebe das Höschen nach unten, und wir lachen, als es sich an meinen Knöcheln verfängt. Dann zerre ich am Knoten in seinem Handtuch. Bis endlich – endlich, endlich, endlich – nichts mehr zwischen uns ist. Nichts mehr, das uns trennt. Keine Luft, kein Stoff, absolut nichts. Wir liegen Haut auf Haut.

Sein Blick birgt einen Hunger, den ich so noch nie gesehen habe. Wildes Begehren erfasst unsere Körper, brennt sich durch unsere Sinne. Außer Kontrolle. Es ist so heiß, dass es mir den Atem verschlägt.

Plötzlich zieht er sich zurück und sieht mich an.

»Bist du sicher, dass du bereit bist, Pip? Ich will nicht, dass du irgendetwas machst, das du …«

Bereit?

Ich fasse sein Gesicht mit beiden Händen.

Bereit?

Ich greife mit den Fingern in sein nasses Haar und ziehe meine Nägel über seinen Rücken. Seinen unperfekten perfekten Rücken.

Bereit?

Ich fahre mit der Zunge über seinen Mund und küsse den kleinen Leberfleck an seiner Oberlippe

Bereit?

Meine Körpermitte pulsiert.

Verdammt. Ich sterbe, wenn du nicht bald in mir kommst.

Ich nehme seine Hand und lege sie mir in den Schritt.

»Ja, ich bin bereit.«

Er lächelt. Zaubert von irgendwo ein Kondom herbei und reißt die Packung auf.

Dann geschieht es. Ich. Steve. Dies. Hier. Jetzt.

Ich schließe die Augen und spüre die tiefe Bedeutung von … allem. Er ist in mir drin, und mir ist, als hätte ich die Antworten auf alle Geheimnisse des Universums. Urknall. Dunkle Materie. Pyramiden.

Sex mit Steve ist das achte Weltwunder. Und es ist ganz allein meins. Alles ist meins.

Ich halte die Luft an, als er tiefer in mich eindringt. Ich habe das Gefühl, schwerelos dahinzutreiben. Als würde eine Flut mich mitnehmen. Die Wellen nähern sich dem Ufer. So soll es immer weitergehen. Ich hatte keine Ahnung, dass es so …

»O Gott, o Gott, o Scheiße! Verdammt. Pippa!«

Er schreit auf und wird starr vor Ekstase, und dann spüre ich sein volles Gewicht, als er auf mich niedersinkt.

Keuchend versucht er, seinen Atem zu beruhigen.

Er vergräbt sein Gesicht an meiner Schulter und klingt halb erstickt, als er spricht. Unendlich beschämt.

»Verdammt. Entschuldige. Es tut mir leid.«

Und dann klingt seine Stimme plötzlich jungenhaft verlegen, fast wie in der Schule.

»Es ist nur so, dass ich mir diesen Moment mehr als zehn Jahre lang immer wieder ausgemalt habe. Das nächste Mal wird es besser. Versprochen.«

Er klingt so verzweifelt, so schuldbewusst, so enttäuscht, dass ich lachen muss.

»Sei nicht albern. Es war perfekt.«

»Das musst du nicht sagen.«

»Das weiß ich. Aber so ist es.«

Endlich hebt er sein erhitztes Gesicht und sieht mich an.

»Wirklich?«

»Ja, wirklich.« Und dann, weil ich es nicht lassen kann: »Du kennst mich doch: kurze Aufmerksamkeitsspanne. Bei allem, was länger geht als drei Minuten, verliere ich sowieso den Fokus.«

Er lacht, und die Panik in seinem Blick versiegt.

»Womit habe ich dich nur verdient, Pippa Lyons?«

Er schiebt mir das Haar hinters Ohr. Ich lehne mich gegen seine Hand wie eine Katze, die gekrault werden will.

Beinahe rutschen sie mir heraus, die Worte. Jede Faser meines Seins will sie bekennen, sie laut herausschreien, sie von den Dächern singen.

Ich bin doch diejenige, die das große Los gezogen hat! Ich liebe dich, Steven Gallagher! Ich liebe dich! Ich liebe alles, was du bist, und alles, was du je sein wirst, und alles, was du jemals warst. Ich liebe dich.

Aber stattdessen ...

»Zehn Minuten Powernap und eine neue Runde? Was meinst du?«

»Gern.« Er gibt mir einen zärtlichen Kuss, und ich rolle mich zur Seite. Während er sich von hinten an mich schmiegt, versuche ich, einen Moment lang, nur für diesen einen Moment, alles außer der Gegenwart auszublenden. Ich spüre seinen Herzschlag an meinem Rücken. Ein perfekter Rhythmus. Seinen warmen Atem auf meinem Nacken. Und seinen Duft. Diesen Duft, den ich schon so lange kenne. Den Duft meiner Vergangenheit. Duft meiner Zukunft.

Es beginnt zu regnen, Tropfen knistern gegen die Fensterscheibe. Ein Komplott des Universums, um diesen perfekten Moment noch weiter hervorzuheben.

Es gibt keinen anderen Ort als diesen. Niemand anderen als uns. Nichts anderes außer dem hier.

Als könnte er schon wieder meine Gedanken lesen, murmelt er gegen meinen Rücken: »Wir passen.«

Selig lächelnd schließe ich die Augen und spüre, wie sein Arm um meine Taille schwerer wird und er in den Schlaf driftet.

Ich will für immer hier so liegen. Mit ihm. *Halt ein, Zeit! Sei mir zugetan. Brich ab den rasenden Galopp, du flammenhufiges Gespann. Lass mich auf ewig hier. Mein' Heimat habe endlich ich gefunden.*

Ich bin zu Hause. Sicher. Geborgen.

Geliebt.

2. März 2019
04:39 Uhr

Siebenundsechzig, achtundsechzig …

Was hat ihn nur dazu bewogen, diesen zweiten Becher Kaffee zu holen?

Neunundsechzig, siebzig …

Steve unterbricht sich bei der Zählung der kleinen Krater aufgeplatzter Farbe an der Decke, als er bemerkt, dass sein linker Zeigefinger angefangen hat zu zucken. Er hatte gehofft, das Zählen würde sein aufgeregtes Herz beruhigen, aber es hämmert noch immer von innen gegen seinen Brustkorb wie ein hyperaktives Kind auf einem Hüpfball.

Einundsiebzig, zweiund…

»Wenn wir das hier überstanden haben«, sagt er laut, »komme ich zurück und streiche unentgeltlich dieses Zimmer.«

Laut stöhnend reibt er sich den unteren Rücken. Seine Muskeln rebellieren gegen die statische Haltung und verhärten wie trocknender Ton.

Wo sind alle hin? Mr Bramin meinte, er werde bald wiederkommen. Und Pfleger Craig hat versprochen, ein Auge auf Pippa zu haben. Fast eine Stunde lang ist niemand mehr hier gewesen. Der Raum fühlt sich so gespenstisch verlassen an wie ein leeres Klassenzimmer nach dem letzten Klingeln.

Er sieht auf die Uhr. Schon wieder. Es ist zur Gewohnheit geworden. Teil seines Rituals. Da ist etwas Beruhigendes an der ehernen Gewissheit, dass die Zeit vergeht – dass sich beim nächsten Hinsehen irgendetwas an diesem Ort der Stagnation definitiv geändert haben wird.

Vor seinen Augen wird 04:47 Uhr zu 04:48 Uhr. Irgendetwas an dieser neuen Zeit scheint relevant, aber ihm fällt beim besten Willen nicht ein, was es sein könnte. Irgendetwas, das Pippa gesagt hat? Oder das er gelesen hat?

Eine plötzlich aufkeimende Furcht treibt ihn aus dem Stuhl. Nur ein kurzer Gang von einer Seite des Zimmers zur anderen. Bewegung tut gut; er muss sich einfach mal bewegen.

»Hilft, die Dämonen zu vertreiben«, sagt er und überlegt sich weitere Bekräftigungen, während er die vier Meter in entgegengesetzter Richtung zurückgeht. »Aktiviert den Körper. Stillstand ist die Quelle aller Panik. Perspektivwechsel. Veränderung führt zu Veränderung.«

Sirr, piep, klick, pfft.

Auf der einen Seite ist Steve diesem rhythmischen Ensemble dankbar, dass es seine Frau am Leben hält. Dass es ihre Atmung und damit ihre Sauerstoffversorgung sichert. Auf der anderen Seite fürchtet er, dass die Stimmen mit ihrem immer eindringlicheren frühmorgendlichen Chor mehr und mehr Kontrolle über sie gewinnen.

Sirr, piep, klick, pfft.

Sein koffeingetriebener Finger trommelt beim Gehen auf den Oberschenkel, ein Stepptanz zum Rhythmus der lebenserhaltenden Gerätschaften – so wie ein Jazzliebhaber zur Musik gegen sein Whiskyglas trommelt.

Sirr, piep, klick, pfft.

Wie heißt dieses Lied?

Es klingt so vertraut, dass es eines ihrer gemeinsamen Lieder sein könnte. Oder hat sich der Klang dieses Zimmers schon so tief in seine Psyche gegraben, dass sein Hippocampus ihn bereits als vertraute Erinnerung präsentiert? Der textlose Ohrwurm geht ihm immer wieder durch den Kopf, Worte kommen und verschwinden wieder, wie Scheinwerfer an einer Wegbiegung.

Er greift sich in den Nacken, um den dort entstandenen verspannten Knoten zu lösen. Der Schmerz schießt ihm durch den Rücken, und er schreit auf.

»Pip, ich glaube, dein lieber Mann hat irgendwie den Faden verloren.«

Er will lachen, aber das Lachen bleibt ihm im Hals stecken und raubt ihm den Atem. Das ist nicht lustig. Wird jemals wieder irgendetwas lustig sein?

»Zu viel schlechter Kaffee.«

Er hat genug von Krankenhauskaffee. Genug von Styroporbechern. Genug von Krankenhäusern.

»Warum sind wir noch mal hier, Pip?«

Er sieht auf sein Handy und merkt, dass er auf eine Nachricht von ihr wartet. Weil Pippa *immer* eine Nachricht schickt. Ständig. Selbst wenn sie nur im nächsten Zimmer ist oder am anderen Ende des Hauses.

Pling! Das Video eines alten Ehepaares, das noch Rollschuhfahren gelernt hat.

Pling! Ich liebe dich, o du mein Ehemann.

Pling! Ein Rettungshund, der sein endgültiges Zuhause gefunden hat.

Pling! Ein Zitat aus dem Buch, das sie gerade auf der Toilette liest.

Überschwängliche Nachrichten, die ihn stündlich mit Pippaheit fluten.

Und jetzt: nichts.

Er findet sich am Ende des Bettes wieder, auf müde Weise überdreht wie nach einer durchfeierten Nacht. Obwohl er gefühlt schon seit Jahrzehnten in diesem Zimmer ist, fällt ihm jetzt erst auf, dass er sie noch nie aus dieser Perspektive gesehen hat. Es ist, wie ein bekanntes Gemälde aus einem neuen Blickwinkel zu betrachten. Ihr Name wurde mit rotem Markierstift auf das Klemmbrett gemalt, das am Bettgestell hängt, als hätte man ein Kunstwerk mit einem Hinweisschild versehen.

»Pippa Gallagher«. Er liest die zwei Wörter laut, lässt sie sich wie Karamellbonbons durch den Mund rollen. Sie war einmal eine Lyons, aber jetzt ist sie eine Gallagher. Ein Teil von ihm, Teil seiner Familie. Und am Morgen könnte sie für immer fort sein.

Steve und Pippa kommen nachher zu Besuch.

Das haben uns Pippa und Steve geschenkt.

Hast du Pip und Stevie gefragt?

Wie geht es Pippa und Steve?

Eine Aneinanderreihung von Wörtern, die für zukünftige Generationen vielleicht keine Bedeutung mehr haben wird. Zwei Namen, die nie wieder zusammen ausgesprochen werden aus Angst, es könnte zu sehr schmerzen.

Das darf nicht geschehen. Er wird es nicht zulassen. Er muss diese Einheit für immer am Leben erhalten. Er wird sie Fremden entgegenrufen und Kindern beibringen. Er wird sie aus Fenstern schreien und auf Parkwiesen brüllen. Er wird nicht zulassen, dass sie verstummen.

Er geht ans Fenster. Der Regen macht keine Anstalten nachzulassen. Es gießt in Strömen, wie aus Eimern, wie Filmregen, unrealistisch dicht. Durch die Jalousielamellen sieht er ein junges Pärchen an einer Bushaltestelle. Neunzehn, höchstens zwanzig. Das Mädchen umfasst mit beiden Händen eine große Plastikschale voll Pommes frites, als wollte sie sich daran wärmen. Der Junge hält ihr schützend seinen Mantel über den Kopf. Sie drängen sich aneinander, grinsend, lachend, angeheitert. Verliebt. Unleugbar ein Team. Ein Bus kommt, dessen Scheibenwischer mit jeder Bewegung Massen von Wasser zur Seite schieben. Sie steigen ein, sagen irgendetwas Witziges zum Fahrer und lassen sich auf die hinterste Sitzbank fallen. Das Mädchen schüttelt den Regen ab wie ein nasser Hund. Der Junge lacht und wischt sich die Tropfen von der Stirn. Als der Bus abfährt, sieht Steve noch, wie das Mädchen ihn mit einer Pommes füttert. Er verschlingt sie gierig und küsst seine Freundin auf die Nase.

Auf die Nase.

Steve kauert sich neben das Bett. Seine Beine sind immer noch zu unruhig, als dass er sitzen könnte. Er flüstert Pippa ins Ohr.

»Steve und Pippa. Pippa und Steve. Steve und Pippa. Pippa und Steve. Steve und Pippa ...«

5. Dezember 2009

STEVE

»Wie es aussieht, ist die Schweinegrippe so gut wie überstanden«, sagt Pippa beim Lesen einer der Gratiszeitungen im Bus.

»Das ist gut«, antworte ich.

»Zum Glück habe ich sie nicht gekriegt. Stell dir vor, ich musste Mum versprechen, dass ich während dieser Pandemie kein Schweinefleisch esse.«

»Kann man sich dadurch infizieren?«

»Wahrscheinlich nicht. Aber sicher ist sicher, würde ich sagen.«

Wir saßen im Oberdeck des 32er-Busses: Pippa, die Erzählerin, und ich ihr gebannter Zuhörer, der fasziniert lauschte, welch fesselnde Fakten das *Metro*-Magazin Seite um Seite bereithielt.

»Aber wir haben Schinken-Sandwiches gegessen«, gab ich zu bedenken, als ich all unsere verkaterten spätsamstäglichen Frühstücke Revue passieren ließ. »Sogar heute Morgen.«

»Schinken ist gepökelt. Und geräuchert. Schinken zählt nicht.«

Vor Pippa wäre mir nie eingefallen, mich im Bus nach oben zu setzen, es sei denn, ein Bus war unten zu voll oder es saß dort jemand, der mich nervte. Aber seit unserer Doppeldecker-Jungfernfahrt als Paar (im 29er nach Camden Town), bei der wir sofort nach oben rannten und zwei der vorderen Plätze belegten, als wäre es unsere erste Londoner Busfahrt, machten wir das immer wieder so.

Pippa blätterte zu einem doppelseitigen Artikel über »Weihnachten in Brügge: Ein Winterwunderland«, auf dessen Fotos lächelnde Vorzeigepaare Hand in Hand an gefrorenen

Kanälen entlangspazierten. Sehnsüchtig-verträumt seufzte sie auf. »Das sieht hübsch aus!« Dann sah sie mich an und biss sich auf die Lippe, als käme ihr gerade eine ungehörige Idee. »Sollen wir da hin?«

Ist es nicht noch zu früh, um gemeinsam wegzufahren?, dachte ich. Können wir uns das leisten? Wie sind da so allgemein die Regeln? Mit Lola war ich fast ein Jahr zusammen gewesen – wir hatten sogar zusammengewohnt –, und doch waren wir nie zusammen ins Ausland gefahren. Es schien mir ein bedeutungsschwerer Schritt zu sein. Waren Pippa und ich dazu schon bereit? Was das Geld betraf: Wir hatten keins. (Pippa hatte mich als Imagefotograf quer durch die ganze Stadt empfohlen, aber ich arbeitete immer noch zum Freundschaftspreis. Und sie arbeitete hundert Schichten pro Woche in irgendwelchen Jobs, was ihr so gerade eben ihre Monatskarte finanzierte.)

»Hm?« Ihre Augen blitzten, als hätte sie den Wunsch, mit mir zusammen in eines dieser Fotos zu hüpfen.

Es fühlte sich gefährlich nach einer dieser spontanen Fehlentscheidungen an, von denen andere immer erzählten, und ich war schon fast so weit, dass ich den Glühwein riechen konnte. Also schielte ich auf den Preis, um zu sehen, ob man uns über Ohr hauen würde. In diesem Moment begann der Bus zu schwanken. Pippa hibbelte vor Aufregung hin und her, und mir fiel wieder ein, warum ich im Bus lieber nicht ganz oben fuhr. Unter einem leichten Anfall von Reisekrankheit und der verlockenden Vorstellung, Hand in Hand an solch einem Kanal entlangzuspazieren, willigte ich in die Reise ein.

Voll in feiertagslaunigem Reisefieber, schöpften wir unsere Dispokredite aus. Pippa stellte mir eine neue Wintergarderobe zusammen, von Wollmütze bis Thermosocken. Nachdem der Kassierer alles eingetütet hatte, hätte ich damit auch in die Arktis reisen können. Hoffentlich war es in Belgien richtig kalt, damit sich die Ausgabe gelohnt hatte. Die ersten Dezembertage in London waren bislang so mild gewesen, dass ich mit mehr als einer Lage Kleidung schon zu schwitzen begann.

In der Woche vor unserer Abreise wurden wir vor Aufregung fast obsessiv. Wann immer wir uns trafen – zum Abendessen, Kaffeetrinken, Spazierengehen –, redeten wir davon und wünschten uns bereits vor Ort.

»Bald trinken wir unseren Kaffee in Brügge.«

»Nicht mehr lang, und wir werden in Brügge durch den Park spazieren.«

»Ich möchte wissen, ob sie in Brügge hartes oder weiches Wasser haben.«

Bei jedem Gutenachtkuss, ob live, per Telefon oder Textnachricht, zählten wir die Nächte bis zu unserer Reise. Als nur noch zwei Nächte übrig waren, klappten wir jeder einen Koffer auf und packten via Skype gemeinsam unsere Sachen. Ich war gespannt, wie das mit Pippa funktionieren würde. In meiner Kindheit war jedes Kofferpacken, selbst für kürzeste Reisen, ein Albtraum gewesen. Die ganze Familie Gallagher war in Aufruhr, wir stritten über die Mitnahme von Kleidungsstücken oder versteckten Ausweise, und Mum und Dad brüllten einander an, um die Situation in den Griff zu bekommen. Wir brauchten dann die erste Hälfte unseres Sommerurlaubs immer allein schon dafür, um uns von dieser Quälerei zu erholen. Mit Pippa ging das Ganze ohne jeden Stress vonstatten, ja, es machte sogar Spaß. Sie präsentierte mir eine Bestenliste ihrer Outfits, von der ich mittels Vergabe von Punkten zwischen eins und zehn die Favoriten auswählen sollte (als niedrigste Punktzahl gab ich 9,4 an, was ich sehr diplomatisch fand, was aber auch meinem tatsächlichen Eindruck entsprach). Das war also das Geheimnis, wie man erfolgreich Koffer packte: Man machte es sieben Meilen voneinander entfernt in verschiedenen Stadtteilen.

Nachdem die Sieger-Outfits gefunden und verstaut waren und auch ich meine Sachen gepackt hatte, waren wir müde und mussten schlafen. Aber nicht allein. Ich warf Pass und Zahnbürste in mein Handgepäck und mich selbst nach zwei Busfahrten in Pippas wartende Arme. Und dann war es nur noch eine Nacht.

Im Zug nach Brüssel frühstückten wir an den kleinen Klapptischen leckere Croissants und eine Piccoloflasche Sekt. Der Alkohol schmeckte spritzig-würzig und mischte sich mit dem Zahnpastageschmack, den ich noch im Mund hatte. Pippa lehnte den Kopf an meine Schulter, und wir beobachteten durchs Fenster, wie über Kent die Sonne aufging. Romantischer konnte es nicht werden, dachte ich.

Erheblich weniger romantisch hatte ich gerade angefangen, in Gedanken unsere bisherigen Ausgaben zu addieren (ich wollte ja nicht, dass wir am ersten Tag schon pleitegingen), als Pippa mir ins Ohr flüsterte.

»Sollen wir dem *Mile Low Club* beitreten?«

Da ich gerade Euros in Pfund umrechnete, bekam ich die Anspielung auf den berüchtigten *Mile High Club* nicht mit und verstand es so, als könnten wir uns ein spezielles Treuepunktesystem des Eurostars zunutze machen. Was mir aus Ersparnisgründen gefiel.

»Gute Idee«, antwortete ich also. »Wir könnten Punkte für eine Fahrt nach Paris sammeln.«

Pippa lachte, und ich wusste nicht, warum.

»Also dann …?« Sie schob eine Hand auf meinem Oberschenkel Richtung Schritt und senkte die Stimme. Dabei sah sie mich auf ganz spezielle Weise mit lasziv gesenkten Lidern an. Mit einem Blick, bei dem mir immer ausgesprochen warm um die Körpermitte wurde. »Ab in den Unterwasser-Club!«

Sie stand auf und schlenderte durchs Abteil, als hätte sie nichts Besonderes vor. Ich ging ihr hinterher und ließ hin und wieder andere Passagiere an mir vorbei, die aus dem Speisewagen zurückkehrten. Inzwischen war mir klar geworden, worauf das hier hinauslaufen sollte, und ich hatte vor lauter Aufregung ein so prickelndes Gefühl, als hätte ich eine Lichterkette im Bauch, bei der ein Lämpchen nach dem anderen durchbrannte. Ich war mir nicht sicher, ob es eine gute oder eine schlechte Idee war. Als wir das Ende des Waggons erreichten und uns James-Bond-mäßig vor der ersten Toilette an die Wand drückten, kicherte sie los.

»Ich gehe zuerst, du stehst Schmiere«, flüsterte ich.

Ich drückte gegen die Tür … Sie war verschlossen. An der Tür gegenüber stand »Frei«, doch auch sie ließ sich nicht öffnen. Ich versuchte es mit Ziehen und hantierte am Griff herum, aber nichts passierte.

»Sie müssen schieben«, hörte ich eine weibliche Stimme – nicht Pippas, sondern eine mit französischem Akzent.

Hinter uns stand eine Schaffnerin mit spitzem Hütchen und Halstuch.

»Oh, *bonjour*«, sagte ich und versuchte, nonchalant zu klingen, aber ich konnte mich so schlecht verstellen, dass Pippa einen Lachanfall bekam.

Die Schaffnerin lächelte nachsichtig und ging weiter. Hinter ihr schloss sich zischend die Schiebetür zum nächsten Waggon.

Ahnte sie, was wir vorhatten? Vielleicht war das eine typisch französische Art zu reisen? Oder würde sie gleich die Polizei informieren? Es wäre doch eine ziemliche Blamage, wenn wir schon am nächsten Bahnhof rausgeschmissen würden.

»Vielleicht sollten wir es lassen«, sagte ich.

»Sei kein Weichei«, konterte Pippa, zog mich mit sich in die Kabine und verriegelte die Tür.

»Ich will zumindest an Ashford International vorbeikommen«, sagte ich und löste damit Pippas nächsten Lachanfall aus.

Da half nur noch ein Kuss. Als unsere Lippen sich berührten, verschwand alles andere um uns herum; die Welt bestand nur noch aus uns beiden. Pippa nestelte an meinem Gürtel.

Auf einmal hörten wir durch die Tür, die viel zu laute Stimme eines Mannes, der offenbar Geschäftsgespräche übers Handy führte.

»Ich bin auf dem Weg nach Brüssel, ja ... Ein Meeting in der europäischen Zweigstelle ...«

Ich hoffte inständig, er würde gleich weitergehen; dass er vor der Tür stand, machte mich nervös. Denk dich einfach nach Hause, sagte ich zu mir selbst, stell dir vor, ihr wärt in deinem Bett. Aber dass ich nicht mehr bei der Sache war, merkte ich sehr deutlich: Das Blut stieg mir nur noch in die Wangen. Pippa ließ die Arme sinken und ging auf Abstand, soweit das in der engen Kabine überhaupt möglich war.

»Macht nichts«, murmelte sie und senkte den Blick. »Das war eine dumme Idee.«

Ich konnte nicht erkennen, ob sie beleidigt oder nur enttäuscht war. Verschämt stopfte ich mir das Hemd in die Hose zurück und brummte etwas von der Schaffnerin und dem Geschäftsmann.

Pippa verließ die Toilette als Erste. Ich wartete einen Moment und spritzte mir noch etwas kaltes Wasser ins Gesicht, bevor ich zu unseren Sitzen zurückkehrte – erheblich nüchterner, als ich sie verlassen hatte: nicht mehr verschämt und mit dem erregenden Kick, etwas Verbotenes zu tun, sondern beschämt, weil es nicht geklappt hatte.

Pippa las ein Buch.

»Ich komm schon wieder in Fahrt, keine Sorge«, sagte ich, ganz der Billig-Casanova.

»O ja, das solltest du.« Sie nahm meine Hand und drückte sie tröstend.

»Ja, in Brügge wird alles anders«, versicherte ich noch einmal. »Ganz anders.«

»Ist das tatsächlich unser Hotel?«, wollte Pippa wissen, als wir unsere Koffer eine knarrende Wendeltreppe hochhievten. Lobby, Rezeption und Frühstücksraum hatten uns nicht sonderlich beeindruckt; nichts davon sah aus wie auf den Fotos, die wir wochenlang studiert hatten.

»Das Gebäude muss sehr alt sein – bestimmt so zweihundert Jahre?« Ich blieb stehen, um wieder Luft zu kriegen. »Vielleicht haben hier früher winzige altertümliche Mönche gelebt, ohne persönlichen Besitz, so dass sie nicht …«

»Winzige Mönche? Geht es gut, mein Lieber?«

»Ich weiß nicht. Mir ist sehr heiß.«

Ohnehin wurde es nach oben hin immer wärmer, und als wir das vierte Stockwerk erreicht hatten, zudem noch stickig. Wir betraten Zimmer Nummer 43. Es hätte hübsch sein können: direkt unterm Dach, sichtbare Balken unter der schrägen Decke, in einer Nische ein Bett mit Nachttischchen und ein Kippfenster mit Blick in den Himmel. Allerdings war es vor kurzem grellrosa und fliederfarben gestrichen worden – man konnte die Farbe noch riechen.

Pippa schwang ihren Koffer aufs Bett und fing mit dem Auspacken an. Ich musste mich erst mal abkühlen; die Hölle konnte kaum heißer sein. Es gibt nicht viel, das mich verlegen macht, aber ich kann sehr schlecht mit meinem Schwitzen umgehen. Wenn mir der Schweiß ausbricht, habe ich keine Möglichkeit, es zu stoppen (ich habe, weiß Gott, alles probiert), und die Befürchtung, noch mehr zu schwitzen, macht es umso schlimmer. In unserer freundschaftlichen und mehr-als-freundschaftlichen Beziehung hatte ich es bisher irgendwie geschafft, diese unschöne Besonderheit vor Pippa zu verbergen. Keine Frau will einen schweißtriefenden Freund, nicht wahr?

Das Fenster lag zu weit oben, um für ein menschliches Wesen erreichbar zu sein, also machte ich mich auf die Suche nach dem Regler am Heizkörper, der aussah, als sei er im Mittelalter installiert worden. Er entpuppte sich als rostiges Metallrädchen, an dem ich mir bei dem Versuch, zu drehen, die Hand verbrannte. Ich zog Steppweste, Jacke, Pullover und Hemd aus und ließ nur das Thermo-Unterhemd an. Als ich meinen Kopf aus dem Flanellhemd befreit hatte, sah ich, dass Pippa den gesamten Inhalt ihres Koffers auf den Boden geleert hatte. Da ich davon ausging, dass sie gleich alles wegräumen wollte, öffnete ich schon mal den Kleiderschrank, was sie ignorierte. Stattdessen setzte sie sich aufs Bett und blätterte in einem dünnen Reiseführer für Brügge, den frühere Zimmerbewohner liegen gelassen hatten.

»Bist du fertig mit Auspacken, oder …?«, sagte ich, halb zu mir selbst, halb in Richtung des Kleiderhaufens auf Pippas Seite.

»Ja, Steve. So packe ich aus. Okay?« Sie sah mich herausfordernd an, worauf ich besser nichts erwidert hätte.

»Okay«, sagte ich und klappte meinen Koffer auf. »Ich nehme jedenfalls diese Schublade hier.«

Daraufhin seufzte sie theatralisch und ging ins Bad, was allerdings kein extra Zimmer war, sondern nur ein abgetrennter Bereich in einer Zimmerecke. Leider gab es auch keine freistehende Badewanne, wie wir gehofft hatten.

»Das ist nicht das Badezimmer von den Fotos«, rief Pippa.

Ich testete das Bett, das sich angenehm federnd und neu anfühlte. Als ich ausgestreckt dalag, konnte ich Pippas linken Fuß am Ende der ziehharmonikaartigen Plastikabtrennung sehen, mit um den Knöchel hängendem Slip und heruntergezogener Strumpfhose.

»Ich kann dich seeehen ...«

»Was? Geh weg! Hör auf zu gucken!« Sie zog so ungestüm an der Abtrennung, dass sie sich fast aus der Verankerung gelöst hätte.

»Jetzt kann ich dich nicht mehr sehen.«

Ich schnappte mir den Brügge-Führer, der sich zu einem praktischen Stadtplan auffalten ließ.

»He, es gibt hier ein Pommes-frites-Museum!«

»Steve ...«

»Klingt lustig, oder?«

»Tut mir leid, aber ich kann nicht, wenn du da bist und zuhörst.«

»Schon okay, ich hör nicht hin.«

»Aaahh!«, schrie sie. Ein Ruf der Verzweiflung, den sie bisher für ihre Mutter und ihren Agenten reserviert hatte.

»Tja, dann bist jetzt wohl du diejenige, die es nicht bringt.« Ich konnte es mir nicht verkneifen. »Auf dem Klo.«

Es folgte ein Brüllen, wie ich es noch nie gehört hatte.

»RAAAUUUS!«

Ich fiel fast vom Bett.

»Tut mir leid, Pip, ich wollte nicht …«

»Geh einfach, okay?«

Beschämt scherte ich mich vor die Tür, als wäre ich des Klassenzimmers verwiesen worden. Offenbar hatte ich eine Grenze überschritten. Uns war eine nicht mehr angenehme Nähe aufgezwungen worden, und ich war nicht in der Lage gewesen, die Zeichen zu lesen.

Wie lange soll ich ihr geben? Fünf Minuten? Zehn? Ich selbst konnte eine gute halbe Stunde sinnierend auf dem Thron verbringen, und wenn ich aufstand, waren manchmal sogar meine Beine eingeschlafen. Lola war immer ruck-zuck fertig gewesen (und schien auch kein Klopapier zu brauchen). Waren alle Mädchen so? Ich hatte keine Ahnung. Ich würde noch mal drei Minuten warten und dann nach ihr sehen.

Ich erschrak, als auf einmal die uralten Holzdielen knarrten und ein älteres Pärchen schnaufend die Treppe hochkam. Die beiden nickten mir zu und schlossen dann Zimmer 42 auf. Das ist lächerlich, dachte ich. Ich kann hier doch nicht ewig in meinem Thermo-Unterhemd herumstehen – nachher denken die älteren Herrschaften noch, ich wollte bei ihnen einbrechen. So leise ich konnte, öffnete ich unsere Tür gerade so weit, dass ich herumgreifen und meine Jacke vom Haken ziehen konnte. Dann verließ ich das Hotel und machte einen kleinen Spaziergang.

Ich hatte befürchtet, eine gemeinsame Urlaubsreise ins Ausland könnte eine zu bedeutsame Geste sein, doch mittlerweile hatte ich Sorge, sie könnte zu einem bedeutsamen Test ausarten. Es war neues Terrain für uns – zum ersten Mal waren wir allein, konnten uns nirgends verstecken oder verkriechen, und so lag auch unsere Beziehung offen und verletzbar da.

In der kleinen Gasse, durch die ich gerade schlenderte, sah ich jede Menge Mülleimer, Außenventilatoren und schmierige Küchenfenster. Ein Pärchen, vielleicht Ende zwanzig, saß auf dem Randstein und starrte auf die Straße. Beide trugen die gleichen weißen Pullis und Küchenschürzen und schienen nicht zu merken, dass ihre Schürzensäume das Schmutzwasser aus der Gosse aufsogen. Der junge Mann stand auf, klopfte sich sauber und ging mit wütendem Gesichtsausdruck an mir vorbei. Die junge Frau sah ihm nach und schluchzte leise. Dann hob sie den Kopf; ihre Wimperntusche war verschmiert. Sie schniefte, lächelte höflich, dann ließ sie ihren Tränen wieder freien Lauf. Ich hätte etwas Tröstendes sagen sollen, doch in solchen Dingen war ich hilflos. Die Straße war eine Sackgasse, also drehte ich um und folgte dem flüchtenden Geliebten.

Auf einmal spürte ich Lolas Anwesenheit – als würde sie mich beobachten. Ich hatte versucht, nicht allzu oft an sie zu denken und auch nicht daran, dass ich unsere Beziehung fast ebenso abrupt beendet hatte, wie sie begonnen hatte. Aber hin und wieder fand ich ein Haarband oder eine Tasse von ihr in der Wohnung, und sofort überkam mich das vertraute katholische Schuldgefühl.

Als ich an jenem schicksalsträchtigen Nachmittag vom Trafalgar Square nach Hause kam, hatte ich noch nicht einmal meine Jacke aufgeknöpft, da platzten die Worte schon aus mir heraus.

»Es tut mir leid, Lo, aber das mit uns kann so nicht weitergehen. Es liegt nicht an dir, es liegt …«

An Pippa? Wie ehrlich wollte ich sein?

»… an mir. Ganz allein an mir.«

Mum beteuerte, Lola sei am Boden zerstört, doch ich fand, sie hatte es ganz gut aufgenommen. Ihrem Gesicht war kaum eine Regung anzumerken, also dachte ich, sie werde wohl dasselbe empfinden wie ich: dass wir einander respektierten, so wie wir es schon immer getan hatten und weiterhin auch tun würden. Es war das, was uns verband. Nicht Liebe, nicht Lust, sondern gegenseitiger Respekt.

»Unsere Mütter werden enttäuscht sein«, sagte ich. »Aber man sollte ja nicht in einer Beziehung bleiben, nur um es der eigenen Mutter recht zu machen, oder?«

Sie antwortete nicht. Wahrscheinlich hätte ich da auch aufhören sollen zu reden.

»Denn wir haben das hier ja ein bisschen für sie gemacht, oder?«

»Du vielleicht, Steve.«

Sie brauchte nicht lange, um ihre Sachen zu packen – das braucht man nie, wenn Sachen so sorgfältig sortiert sind. Ich hatte das seltsame Gefühl, als würde ein Untermieter ausziehen.

»Wie gut, dass du dein Schicksal nun selbst in die Hand nimmst«, sagte sie schließlich.

Wir umarmten uns flüchtig, und als ich ihr in die Augen sah, waren sie vollkommen trocken.

»Wirklich. Ich wünsch dir alles Gute.«

Und so endete es. Ganz zivilisiert, wie das Ende einer Geschäftsbeziehung zwischen zwei Firmen, die einander respektierten, sich aber in unterschiedliche Richtungen weiterentwickeln wollten.

Nachdem ich ein paarmal falsch abgebogen war, verlor ich kurz die Orientierung, fand mich aber mithilfe meines neuen

Taschenstadtplans wieder gut zurecht. Als ich wieder zum Hotel kam, wartete Pippa bereits an der Eingangstreppe, die roten Lippen unter der Fellmütze zu einem Schmollmund gezogen, einen Absatz gegen die steinerne Säule gestemmt. Ich hätte ihr alles verziehen.

»Wo warst du?«, wollte sie wissen.

»Ich bin nur mal so rumgegangen.«

»Du warst ewig weg.«

»Hast du mich vermisst?«

Sie legte den Kopf schräg. Ja, sie hatte mich vermisst.

»Du siehst übrigens absolut phantastisch aus«, sagte ich.

Sie wandte ihr Gesicht kurz zur Seite, aber nicht schnell genug, um das feine, erfreute Lächeln zu verbergen.

»Sollen wir dort etwas trinken gehen? Wo es diese große Auswahl an Trappistenbier gibt?« Ich deutete auf den Stadtplan, auf dem ich eine Reihe Cafés und Bars markiert hatte, von denen wir bei unserer wochenlangen Recherche gelesen hatten. »Oder da, in dem Lokal mit der interessanten Geschichte?«

»Wir sind doch gerade *hier*, Steve. Können wir nicht hier irgendwo reingehen und sehen, wie es da ist?«

»Ja, klar.« Ich zuckte mit den Achseln. »Wir können genauso gut hier anfangen.« Zielstrebig steuerte ich das von Tripadvisor als »Nr. 1 Romantischste Café von Brügge« empfohlene Lokal am großen Marktplatz an, das auch der erste Punkt meines mentalen Reiseprogramms war.

Mit Blick auf den Platz setzten wir uns an einem Bistrotisch auf Rattanstühle und bestellten zwei Bier. Offenbar waren eine Menge Touristen unterwegs, einige kauften an den Weihnachtsständen Geschenke, andere wärmten sich mit Glühwein und doppelt gebackenen *Frites* auf. Vom imposanten Belfried ertönte ein Glockenspiel, und alle blickten nach oben. Die Stadt war zauberhaft, ein Disneyland für Erwachsene.

»O wie schön!«, rief Pippa, als wir unser Bier in weiten Tulpengläsern serviert bekamen, die fast zu schön aussahen, um daraus zu trinken. »Wir sollten sie mitgehen lassen und zur Erinnerung aufbewahren.«

»Du bist ja anscheinend sehr darauf aus, gegen das Gesetz zu verstoßen.«

»Was meinst du?«

»Na ja, zuerst dieser ... Sex-Plan? Im Zug?«

»Das ist doch nicht illegal«, kommentierte sie, während sie versuchte, zu trinken, ohne die Nase in den Schaum zu tunken.

»Ich denke, schon. Selbst unter Wasser.«

»Man wird nicht verhaftet, nur weil man Sex hat. Meinst du, die würden mir einen Strohhalm geben, wenn ich danach frage?«

Der Vorteil, gutes Bier in kontinentalem Stil immer nur in kleinen Mengen zu trinken, liegt darin, dass man viel länger fit bleibt. Selbst nach sechs oder sieben Gläsern ist man nicht schläfrig oder lallt oder braucht eine Schüssel, sondern driftet in eine angenehme urlaubsmäßige Beschwipstheit. Nachdem wir uns an den Schaum gewöhnt hatten, stapften wir von Bar zu Bar, probierten Bier um Bier, etwa achtprozentiges Dunkelbier aus Gläsern, die ebenso breit und handfest aussahen wie die fröhlichen Mönche, die uns von den Blechschildern rundum an den Wänden anlächelten, oder würziges helles Bier aus hohen, schmalen Gläsern mit Jessica-Rabbit-Kurven.

Es hätte ein perfekter Abend werden können, wären da nicht die Leapers gewesen, ein englisches Paar mittleren Alters, die uns an quasi jeder Ecke über den Weg liefen. Es waren dicke, gemütliche Leutchen, munter wie die Mönche und von der letzten Karibik-Kreuzfahrt noch gut gebräunt.

»Ihr schon wieder!«, rief Jim jedes Mal, wenn er uns sah.

»Wir kommen einfach nicht von Ihnen los«, ergänzte Jane dann immer.

Zuerst war es lustig, aber beim vierten Mal fragte ich mich doch, ob sie uns wohl verfolgten.

»Sie sind doch aber ganz nett«, meinte Pippa, als wir an einem der vielen Verkaufswagen für *Frites* anstanden.

»Kann sein. Aber was ich im Urlaub überhaupt nicht abkann, ist …«

»Gegen das Gesetz zu verstoßen?«

»Ja, das auch. Aber vor allem, andere Engländer zu hören. Zweimal *Frites*, bitte.«

»Wie sinnig.«

»Ich weiß, ich weiß. Aber das ist wie ein rotes Tuch für mich.«

»So etwas wie dein persönliches Schreckgespenst?«

»Genau. Oh, behalten Sie den Rest, *s'il vous plaît.*«

Die Auswahl an Soßen war beachtlich: verschiedenste Sorten Mayonnaise und Ketchup für jeden Geschmack. Pippa war in ihrer Entscheidung sehr klar: »Es *muss* Dijon-Mayonnaise sein und ganz einfaches Ketchup«, informierte sie den Verkäufer, als wäre es ein Fehler, überhaupt etwas anderes anzubieten. Ich war da toleranter und wählte eine Thai-Curry-Mayonnaise, die dann jedoch nicht annähernd so gut schmeckte, wie ich es erhofft hatte. Pippa grinste zufrieden, weil sie »gewonnen« hatte, während ich unter dem Soßenklacks nach noch nicht kontaminierten Pommes wühlte.

»Ich an Ihrer Stelle hätte auf meine Frau gehört«, hörte

ich hinter mir eine Stimme. »Ich komme immer ins Teufels Küche, wenn ich das nicht tue.«

»Ach, hör auf, Jim!«, schalt Jane, insgeheim jedoch sicher erfreut über dieses Urteil.

»Oh, ich bin nicht seine Frau«, vermeldete Pippa.

»Wir sind nicht verheiratet«, bestätigte ich.

»Ah, verstehe«, meinte Jim. »Jedenfalls *noch* nicht.«

»*Er* würde ja gern«, sagte Pippa und stupste mir mit dem Ellbogen in die Rippen, worauf Jim und Jane fast einen Lachkrampf bekamen und ihre ohnehin schon erhitzten Gesichter noch roter wurden. Pippa warf mir einen amüsierten Blick zu, fühlte sich gleichzeitig aber bestimmt geschmeichelt, einen tollen Witz gelandet zu haben. Die beiden brauchten eine volle Minute, um sich wieder zu erholen.

»Er würde ja gern«, wiederholte Jane und wischte sich eine Träne aus dem Augenwinkel. »Ha, ha, der ist gut!«

»Sie sollten zum Theater gehen«, sagte Jim.

Damit hatte er Pippa ein für alle Mal gewonnen. Bald saßen wir zusammen in einem gut frequentierten Lokal, und die Leapers gaben uns Runde um Runde einen aus. Wir verbrachten den Rest des Abends mit ihnen; Pippa, Jane und Jim diskutierten über Gott und die Welt, und ich studierte die Getränkekarte, bis ich sie auswendig konnte. Es waren nette wohlmeinende Leute, die ihren Ruhestand genossen, aber ich wollte Pippa heute Abend eigentlich mit niemandem teilen und verabscheute das Gefühl, ihnen etwas schuldig zu sein.

Das ausufernde Doppel-Date fand sein Ende, als Jim deutlich ein Bier zu viel intus hatte und sich auf seinem Barhocker entspannt zurücklehnen wollte, woraufhin ihn der heldenhafte Kellner gerade eben noch auffangen konnte. Beim Abschied versicherten die beiden, Pippa sei eine »brillante, talentierte

Schauspielerin und zu Höherem berufen«. (Okay, das stimmte ja, aber woher wollten sie das wissen?)

Dann wandte Jim sich an mich, zum ungefähr zweiten Mal an diesem Abend.

»Junger Mann«, sagte er.

Ich hasse diese Anrede.

»Passen Sie gut auf die junge Dame auf.«

Diesen Spruch hasse ich noch viel mehr.

Red nicht so von oben herab mit mir, alter Mann, dachte ich.

»Danke, Jim, das werde ich«, antwortete ich dennoch brav.

Zurück in unserem Zimmer warfen wir uns Arm in Arm und in voller Montur auf unser wippendes Bett

Den nächsten Morgen konnten wir abschreiben. Uns hämmerte der Kopf, draußen goss es in Strömen, und unser Zimmer wurde von Sauna zu Dampfbad, weil alles sich irgendwie klamm anfühlte, von den Klamotten bis hin zur Bettwäsche. Für jedwede amourösen Aktivitäten würde es eine Gutschrift geben müssen. Anscheinend hatte sich das Universum verschworen, dass wir nie wieder miteinander schliefen.

Wir hatten vorerst keine Ambitionen, nach draußen zu gehen, also bestellten wir Pizza. Nach der Ankündigung per Türklopfen hörten wir den Lieferanten sofort wieder die knarzende Treppe hinuntergehen. Möglicherweise hatte er sich nicht unseren Beschwerden stellen wollen, denn die Schachtel war dermaßen durchweicht, dass wir sie nur mit vereinter Anstrengung heil vom Fußboden hochbekamen. Wir aßen die feuchte Pizza auf dem feuchten Bett und sahen dazu auf einem flämischen Nachrichtenkanal eine Dokumentation über Schafzucht.

Irgendwann hörte der Regen auf. Wir ließen das Hotel – samt unserem Kater – hinter uns und spazierten über nasses Kopfsteinpflaster. Für unser letztes Abendessen hatten wir ein besonderes Lokal gewählt: das – laut Tripadvisor – Viereinhalb-Sterne-Restaurant *De Kruisbes*, wo wir uns verwöhnen lassen wollten, ohne auf den Preis zu achten (wobei es dort auch ein relativ preiswertes Menü gab).

Ein weiblicher Ober mit schicker Weste und strengem Haarknoten begrüßte uns und bat um Entschuldigung, dass unser Tisch noch nicht frei sei. Als Entschädigung bot sie uns einen Cocktail aufs Haus an. Pippas Augen glänzten, als wir an die Bar geführt wurden, und sie bestellte zwei Wodka Martini »mit einem klitzekleinen Stück Zitronenschale«. Die Martinis wurden auf zwei kleine schwarze Servietten gestellt und über die dicke Glasscheibe der Theke vor uns hingeschoben. Unerwartete Freigetränke schmecken immer besonders gut, und diese waren keine Ausnahme: schön kühl, leicht bitter und befriedigend stark. Wir versuchten, cool auszusehen und die Cocktails ganz langsam zu genießen, so als würden wir jede Mahlzeit so beginnen, aber es war alles zu neu und aufregend. Hier manifestierte sich endlich unser Traumurlaub, und wir bestellten gleich noch zwei weitere Martini.

Dann wurden wir aufgerufen und schlängelten uns hinter der Dame durch den Speiseraum. Neben einem frisch gedeckten Tisch blieb sie stehen und präsentierte ihn mit stolzer Armbewegung. Doch als wir uns setzten, hörten wir eine altbekannte Stimme und fühlten uns schlagartig in den vorigen Abend zurückversetzt.

»Na, wenn das nicht unsere liebe Pippa und ihr werter Verehrer sind!«

Die Leapers saßen gut einen Meter entfernt, hatten sich ihre

Servietten in den Halsausschnitt gestopft und wollten gerade über das Chateaubriand herfallen.

»Ja, so ein Zufall, dass wir uns heute wieder treffen! Wie hoch kann die Wahrscheinlichkeit schon gewesen sein?!«, rief Jane.

»Ziemlich hoch, wie es aussieht«, brumme ich vor mich hin.

»Ist das für dich in Ordnung?«, fragte Pippa leise. »Wir könnten auch woanders sitzen, aber das wäre schon ein bisschen …«

»Aber gern«, sagte ich sofort und sah mich in dem überfüllten Lokal nach einem weiteren freien Tisch um. Bingo! Ein Paar am Fenster trank gerade Espresso und zückte die Kreditkarte.

Ich drehte mich um und wollte unsere Platzanweiserin informieren, doch Jim hatte sie bereits abgefangen und deutete auf uns.

»Jetzt bittet er bestimmt darum, dass sie die Tische zusammenschiebt«, zischte ich.

Doch das passierte nicht. Stattdessen kam der Sommelier mit einer Flasche Wein, die er so behutsam öffnete, dass sie mit Sicherheit teuer war. Er nickte Jim und Jane kurz zu, worauf die beiden ihre Gläser hoben, um uns zuzuprosten. Pippa bekam vor Dankbarkeit feuchte Augen. Der Wein war grandios (und nicht nur, weil er umsonst war), die Einladung dazu mehr als großzügig, und die ganze Sache machte es nun unmöglich, verstimmt zu sein.

Die Leapers ließen uns den ersten Gang über in Ruhe, doch schon bald danach rutschten sie mit ihren Stühlen immer näher, wie bei dem Kinderspiel »Ochs am Berg«, bis sie schließlich neben uns saßen und uns Geschichten über ihre diversen

Reisen erzählten, von Guadeloupe bis Budapest. An jedem Ort gab es eine Version derselben leicht ausländerfeindlichen Situation, in der Jim ein ausländisches Wort zum Schreien komisch findet.

»Erzähl ihnen von dem Taxifahrer auf Sifnos, Jim.«

»Jahaa! Sein Name war Simos …«

»Und? Und?«, drängte Jane, als wäre es nicht schon das hundertste Mal, dass sie diese Geschichte hörte.

»Und er kam von Sifnos!«

»Ha, ha!«, rief sie und lachte auf. »*Simos* von *Sifnos*! Brillant!«

Pippa lachte mit ihr. Ich verstand nicht, was sie an den beiden fand, und sagte es ihr auch.

»Wieso bist du so ein Miesepeter?«, entgegnete sie. »Ich finde es toll, dass sie einander noch zum Lachen bringen können.«

»Aber du findest ihn nicht wirklich witzig, oder?«

»Ich finde ihn ganz reizend.«

»Seine Witze sind furchtbar, Pip.«

»Die sind auch nicht schlechter als deine.«

»Das ist gemein.«

»Ich meine, sie sind nicht *besser* als deine. Sie sind genauso schlecht. Oder gut.«

Ich nahm die Weinflasche, füllte mein Glas auf und stellte die Flasche zurück, ohne Pippa etwas einzuschenken. Daraufhin lehnte sie sich zurück und verschränkte die Arme. So verharrten wir eine Weile, und keiner sah den anderen an, bis der Kellner kam, um unsere nicht vollständig geleerten Teller abzuräumen. Er legte eine kleine Schultafel auf den Tisch.

»Dessert?«

Ich sah, dass Pippa kurz einen Blick auf die Tafel warf, und zweifelte keine Sekunde, dass sie den Brownie bestellen würde. Jedoch ...

»*Non, merci.*«

Ich war erschüttert. »Pip?«, rief ich, ohne daran zu denken, dass wir uns gerade anschwiegen.

»Ich habe keinen Hunger mehr.«

»Monsieur?« Der Kellner wandte sich an mich. »Das Dessert ist im Menü inbegriffen.«

Jede Zelle meines Verdauungssystems schrie geradezu danach, einen Nachtisch zu bekommen. *Was darf's sein, Steve? Etwas mit Schokolade oder mit Obst? Knusprig oder cremig? Mmhh. Such dir was aus. Wir vertrauen dir, Steve!* Doch da ich bei unserem Sturheitswettbewerb nicht verlieren wollte, verneinte auch ich.

»Nur die Rechnung, bitte.«

Irritiert klemmte der Kellner die Tafel unter den Arm und nahm unsere Teller. Als er an den Leapers vorbeiging, rief Jane zu uns herüber: »Ich hoffe, ihr habt den warmen Brownie mit salzigem Karamell und hausgemachtem Vanilleeis bestellt.«

Pippa wurde blass. »*Excusez-moi?*«

Der Kellner kehrte noch einmal zurück und sah sie fragend an. Pippa lehnte sich über den Tisch zu mir.

»Ich könnte nicht damit leben, auf einen Brownie zu verzichten.«

»Noch dazu auf einen warmen«, ergänzte ich.

»Ach, du lieber Gott!«

»Madame?«

»Den Brownie, bitte.«

»Bringen Sie *deux*«, sagte ich. »Mit extra viel salzigem Karamell.«

Wir verabschiedeten uns das, wie ich hoffte, letzte Mal von den Leapers und kehrten zu unserer Behausung zurück. Auf der feinen Eisschicht, die sich mit zunehmender Dunkelheit über dem Kopfsteinpflaster gebildet hatte, glitzerte der Mond.

Obwohl wir den Wecker auf halb sieben gestellt hatten, wurden wir schon um vier durch störenden Lärm aus dem Nachbarzimmer geweckt: Nun war es das skandinavische Paar, das jegliche noch vorhandenen romantischen Ambitionen unsererseits aktiv zerstörte. *Äußerst* aktiv. Das einzig Tröstliche war, dass wir die Bedeutung ihrer lauten Schreie, Stöhner und Ausrufe nicht verstanden. Wir fanden ihr Verhalten ausgesprochen egoistisch. Gab es denn keinen Benimmkodex, um solcherlei Lärmbelästigung zu verhindern? Der sollte verbindlich in jedem Hotelzimmer unter den Hinweisen zum Notausgang innen an der Tür stehen.

»Sollen wir uns beschweren?«, fragte ich irgendwann entnervt.

»Ich kann mir nicht vorstellen, dass sie uns hören würden«, antwortete Pippa und vergrub den Kopf unter ihrem Kissen.

Der Zug zurück nach London war recht leer, so dass wir uns an einem Vierertisch zu zweit gegenübersitzen konnten.

»Ich geh mal eben zum Klo«, sagte ich.

»M-hm.«

Während ich in der kleinen Kabine saß und formlose belgische Dächer hinter der Milchglasscheibe vorbeiziehen sah, fragte ich mich, wie wir zu einem Paar geworden waren, das *m-hm* zueinander sagte. Ich dachte an die Leapers, die jetzt wohl schon zur nächsten Etappe ihrer Midlife-Auszeit unterwegs waren. Würden die beiden sich gegenseitig anschweigen? Ich bezweifelte es. Was würde Jim tun?

Ich nahm mein Handy und schrieb Pippa eine Nachricht.

Sehr einsam hier auf diesem Klo.

Ich sah, dass die Nachricht ankam, doch es folgte keine Reaktion.

Besteht noch die Möglichkeit, dem Club beizutreten? Erste Tür links.

Nach einigen Minuten kam ein Pling.

Bist du noch drin?

Ja!

Habe geklopft, keine Antwort. Das Klo links?

Ich drehte mich in Fahrtrichtung und merkte, dass ich unsere Plätze jetzt im Rücken hatte.

Oh, sorry. Das andere Links.

Wenige Sekunden später klopfte es leise an meine Tür.

2. März 2019
05:39 Uhr

Sirr, piep, klick, pfft.

Eine glückselige Sekunde lang weiß Steve nicht, wo er ist oder was er hier macht. Er hat eine Weile mit dem Schlaf gerungen und muss dann tatsächlich weggenickt sein.

Sirr, piep, klick, pfft.

Was ist das für ein Geräusch?

Sirr, piep, klick, pfft.

Er hebt den Kopf, und seine Augen stellen die Umgebung langsam scharf. Abrupt setzt er sich auf, und wie per Donnerschlag wird die reale Welt um ihn herum lebendig. Pippa liegt neben ihm. Dort gehört sie hin. Sie wirkt friedlich wie ein Kind. Die frühe Morgendämmerung schimmert durch die blassblauen Jalousien und wirft goldene Akzente auf ihr Haar. Vielleicht liegt hier ein Fehler vor? Vielleicht schläft sie am Ende doch nur?

»Morgen!«, ertönt eine fröhliche weibliche Stimme auf der anderen Seite der Tür, aber Steve ist nicht gemeint.

»Morgen, meine Liebe. Du bist ja früh dran«, kommt eine Antwort.

»Hab mit Amanda getauscht.«

Er kann nicht länger als fünf Minuten geschlafen haben, doch während dieser Zeit ist das Krankenhaus zu neuem Leben erwacht. Er hört das Geplapper von munteren, ausgeruhten Stimmen. Das Dröhnen eines Staubsaugers auf seiner morgendlichen Runde. Und vor dem Fenster das Brummen und Brausen des allmählich einsetzenden Büroverkehrs.

Steve greift nach seinem Handy – ein Reflex, der sich in den letzten Stunden entwickelt hat –, um nach verpassten Anrufen zu sehen. Immer noch nichts. Er kontrolliert die Uhrzeit. Diana wird bald aufwachen. Bei dem Gedanken, dass sie dann seine Nachrichten abhört, wird ihm übel. Er muss bald wieder versuchen, sie zu erreichen; besser, sie hört es von ihm persönlich.

Als er seine Nachrichten überfliegt, entdeckt er eine unbekannte Nummer. Er tippt sie an.

SuperSparSamstag! Beim Kauf einer Pizza erhältst du eine zweite ZUM HALBEN PREIS. Na los! Gönn dir!

Der Text – und sein Texter – nerven ihn. Er muss daran denken, wie sehr Pippa sich immer freut, wenn sie Werbung für ein raffiniertes Wochenendangebot entdeckt, so als wären die E-Mail oder der Gutschein speziell für sie entworfen worden.

Wann werden sie so ein Angebot wieder wahrnehmen können? Wann wird er wieder nach Hause kommen und sie mit extra-knusprigem Fisch und extra-essigleckeren Pommes überraschen? Er hätte den Auftrag gestern Abend nicht annehmen sollen. Er hätte zu Hause bleiben und mit Pippa gemütlich Pizza essen sollen – auf ihrem Sofa, mit dem sie schon fast so etwas wie eine Dreierbeziehung etabliert haben. Er würde in Zukunft jeden Auftrag absagen und sich keinerlei Ziele mehr stecken, wenn sie dadurch nur wieder aufwachen würde – er würde nichts anderes mehr tun, als mit ihr dazusitzen und zu essen und zusammen alt und fett zu werden.

»Ich habe nachgedacht«, sagt er, den Blick auf eine Stelle an ihrem Ellbogen gerichtet, die nicht von Schläuchen bedeckt ist. »Wir haben immer noch nichts bei dem neuen Chinesen bestellt.«

Sirr, piep, klick, pfft.

»Ich meine den alten, der seinen Namen geändert hat. Mit

den guten Kritiken. Bei dem werden wir zum nächsten Sofa-Date was ordern. Abgemacht?«

Sirr, piep, klick, pfft.

Sein Magen knurrt. Unwillkürlich reibt er sich den Bauch, während ihm klar wird, dass er seit fast zwölf Stunden keine Nahrung mehr zu sich genommen hat. Er zieht eine Zwei-Pfund-Münze aus der Tasche.

»Ich hoffe, der Automat kann wechseln.« Er steht auf. »Zwei Minuten nur, mein Liebling. Ich hole nur eben ein paar Chips oder so etwas.«

Chips. Auch so ein Wort, das seine Frau sonst immer zuverlässig aus ihrer Lethargie weckt. *Chips.* Ein Wort, ein Vorschlag, um den Druck aus einem sinnlosen Streit zu nehmen. *Chips.* Ein Wort, das bei der Frau, die er liebt, jedes Mal ein Lächeln hervorruft.

Nur nicht jetzt.

Diesmal wirkt der Zauber dieses Wortes nicht, sondern prallt wie eine Spielautomatenkugel von den Wänden ab.

Fünf Stunden lang hat Steve den Raum nicht verlassen, hat sich kaum mehr als ein paar Meter von Pippas Bett entfernt. Als er jetzt durch die Tür geht, erscheint ihm die äußere Welt fremd, als wäre er von einem schlechten Traum in den nächsten getreten. Grelle Röhrenbeleuchtung spiegelt sich im frisch polierten Boden des unglaublich langen Korridors, an dessen Ende man zwischen die Männertoilette und eine Reihe blauer Plastiksitze einen riesigen Automaten gepfercht hat. Steve mustert seinen Inhalt von A1 bis F9. Eine Stimme in seinem Kopf fragt, wann es normal wurde, für eine Tüte Chips ein ganzes Pfund zu verlangen. Er steht eine Weile da, bis das Knurren in seinem Magen nachlässt. Vielleicht hat er ja doch keinen Hunger. Vielleicht sollte er zu seiner Frau zurückkehren.

Er dreht sich um und erschrickt, weil jemand hinter ihm steht und offenbar auf seine Entscheidung gewartet hat: der Mann, den er vor zwei Stunden gesehen hat, der Mann mit der sterbenden Mutter, der Mann mit dem gequälten Blick.

»Tut mir leid«, sagt Steve und tritt beiseite. »Ich habe Sie nicht gehört.«

»Ist schon in Ordnung«, murmelt der Mann und mustert nun ebenfalls das Angebot.

Er runzelt die Stirn, schüttelt den Kopf, und Steve meint, seine Gedanken lesen zu können.

Wie kann ich hier stehen und mich zwischen einem Schokoriegel und einer Tüte Gummibärchen entscheiden wollen, während ich lieber da drin sein und beten sollte, dass ihr nächster Atemzug nicht der letzte ist?

Er fühlt sich diesem Fremden durch die beiderseitige Erfahrung eines bis dato nicht vorstellbaren Gefühls verbunden, das Hoffnung mit Trauer verbindet.

»Weswegen sind Sie hier?«, fragt Steve.

Der Mann sieht ihn misstrauisch an.

»Tut mir leid, das passt jetzt vielleicht gerade nicht«, zieht Steve seine Anfrage zurück und bereut, dass er Kontakt aufnehmen wollte. »Das war eine lange Nacht. Ich muss zu Pippa zurück.«

Er wendet sich ab, doch dann hört er, wie der Mann sich räuspert.

»Wer ist Pippa?«

Steve dreht sich wieder um und sieht den Mann zum ersten Mal richtig. Er muss Anfang vierzig sein und sieht so müde aus, wie Steve sich fühlt. Bündchen und Ärmel seines Pullis sind mit Blut befleckt.

»Sie ist meine Frau.«

»Das tut mir leid.« Der Mann schüttelt wieder den Kopf, diesmal aus Mitgefühl. »Ich bin mit meiner Mutter hier. Sie ist schlimm gestürzt und hat sich den Kopf verletzt.«

»Wie gut, dass Sie da waren.«

»Ich bin immer da. Ich bin auch ihr Pfleger«, sagt er und knetet seine Hände. »Ich habe sofort 999 gewählt. Ich wollte sie selbst herbringen, aber die haben gesagt, ich soll auf den Krankenwagen warten.«

Steve bemerkt, dass seine Hände leicht orange sind, vielleicht von Nikotin, aber wahrscheinlicher ist, dass er das Blut noch nicht vollständig abwaschen konnte.

»Ich bin sicher, Sie haben das Richtige getan.«

»Und Ihre Frau?«, fragt der Mann. »Pippa?«

»Sie war … sie hatte einen Unfall. Einen Autounfall. Ich war nicht dabei.« Wie sehr wünscht er sich, er wäre es gewesen. Wünscht, er könnte mit ihr tauschen.

»O Gott, das tut mir leid. Das ist …«

Doch nun werden sie von einem Kanon an Schritten unterbrochen, als die Schiebetüren am anderen Ende des Korridors aufgehen und nacheinander erst Dr. Bramin, dann ein Pfleger und danach ein Assistenzarzt hereinkommen. Das private Gespräch ist abrupt beendet, und beide Männer fixieren Mr Bramin in angstvoller Erwartung.

»Mr Redmond?« Der Arzt hält einen Ordner hoch. »Ich habe die Ergebnisse vom CT Ihrer Mutter. Können wir …?«

Der Mann atmet tief durch. »Okay«, erwidert er und wendet sich noch einmal an Steve. »Viel Glück.«

»Ihnen auch.«

»Und zu Ihnen, Mr Gallagher, komme ich gleich, um Pippas Blutwerte zu überprüfen und die nächsten Schritte mit Ihnen zu besprechen.«

Steve nickt, um sich zu bedanken, auch wenn er sich in keiner Weise dankbar fühlt.

Er sieht den Männern hinterher, wie sie durch die Doppeltür verschwinden. Ein Luftzug trägt Pippas Soundtrack zu ihm in den Korridor; leise, aber sirenenartig, ruft er ihn zurück.

Sirr, piep, klick, pfft.

Wenn dies das Ende sein soll, dann soll es nicht hier stattfinden. Dann wird er sie raustragen, ins Auto legen und nach Hause fahren.

Dorthin, wo sie sicher und geborgen ist.

Wo sie geliebt wird.

Wo sie an einem anderen Ort ist als hier.

25. Dezember 2009

STEVE

Pippas Elternhaus lag um die Ecke von meiner alten Schule in einer Sackgasse, in der ich nie gewesen war und in der lauter altmodische Reihenhäuser standen. Hätte Schnee gelegen, hätten sie gut für das Bild auf einer Weihnachtskeksdose herhalten können.

Hätte dem fünfzehnjährigen Steve jemand gesagt, er werde die letzten Tage des ersten Jahrzehnts des neuen Millenniums im Haus seines Schulrektors als offizieller fester Freund von dessen Tochter verbringen, hätte er sicher lauthals gelacht.

Ich hatte Pippas Eltern schon getroffen, einmal bei einem Essen und einmal bei einer szenischen Lesung, an der Pippa beteiligt gewesen war, aber sie zu Hause zu besuchen, war ungleich furchteinflößender. Dennoch stand ich nun auf ihrer Schwelle, mit einer Tüte voll Geschenken und einer Flasche Wein zu £ 8,99.

»Hallo, ihr Lieben!« Noch ehe wir etwas sagen konnten, zog Pippas Mum Diana uns ins Haus und küsste mich auf beide Wangen. Es war die Art von Kuss, die ich von Großtanten bekam, nach denen die Lippenstiftreste auf meinen Wangen knisternd trockneten. Dann nahm sie ihre Tochter in die Arme und hielt sie im Anschluss zur Begutachtung auf Abstand. Auch diese Geste war mir vertraut: Meine Mum hatte das früher immer bei meiner ältesten Schwester Charlotte gemacht, wenn sie von der Uni nach Hause kam. Normalerweise folgte danach der Kommentar, wie übermüdet sie aussehe. Charlotte hatte es gehasst. Pippa hasste es ebenfalls, aber in diesem Moment diente es nicht der Beurteilung. Es war einfach eine liebevolle Geste.

Diana sah von Pippa zu mir und wieder zu Pippa. »Ihr seid beide ganz wunderbar.« So entspannt hatte ich sie noch nie erlebt. Eventuell hatte das etwas mit dem Gin Tonic zu tun, der im Flur auf einem Tischchen stand. Das Eis im Glas war fast geschmolzen, und der Zitronenschnitz sah schon recht welk aus. Ich vermutete, dass sie den Drink schon zwei oder drei Mal nachgefüllt hatte.

Pippa rannte zu ihrem Dad, der sie mit überraschender Kraft in eine wirbelnde Umarmung hochhob. Sie quietschte vor Freude auf, und ich merkte einen Stich der Eifersucht (auch wenn das möglicherweise bedeutet, dass man unter einer Art Schwieger-Ödipus-Komplex leidet). Ich hatte Pippa mit Sicherheit nicht oft genug hochgehoben. Das sollte ich in Zukunft öfter tun – wobei ich sie vorher vielleicht um Erlaubnis fragen sollte.

»Steven, mein Junge.« Er drehte sich zu mir und deutete auf lustige Art an, mich ebenfalls hochheben zu wollen. Ich spannte schon mal die Bauchmuskeln an, bekam zum Glück aber nur einen festen Handschlag.

»Mr Lyons.« Ich brachte es noch nicht über mich, ihn Chris zu nennen. »Wir haben etwas mitgebracht.« Ich hielt ihm die Flasche entgegen. Von Wein hatte ich keine Ahnung, aber es war ein Sonderangebot auf ursprünglich £ 12,00 gewesen (was ich überdurchschnittlich teuer fand, aber noch nicht angeberisch), mit einem hübschen Etikett und für diesen Anlass genau passend, wie mir schien

»Ah, du hast eine Flasche …«, er studierte kurz das Etikett, vielleicht, um die schöne Schrift zu bewundern, so wie ich es getan hatte, »… Rotwein mitgebracht. Lieb von dir.«

Während Diana uns ins Wohnzimmer führte, sah ich, wie Mr Lyons die Flasche in seinem Sekretär verstaute, hinter einem Becher mit Stiften und einem Stapel Notizbücher. Ob das bedeutete, dass der Wein ungenießbar war oder für einen späteren Anlass aufgehoben wurde, war nicht ersichtlich.

Wir tranken den ganzen Abend Gin Tonics, und Pippa sauste ständig durchs Wohnzimmer, fläzte sich erst aufs Sofa, dann in einen Sessel, blätterte durch alte Fotoalben und erzählte ihren Eltern Horrorgeschichten von den letzten Vorsprech-Terminen.

Ich saß in einem gemütlich abgenutzten Lehnsessel, knabberte höflich zurückhaltend aus einer Schale Nüsschen – und gab dem Hund gelegentlich etwas ab –, bis sie dann doch irgendwann leer war. Ich ging davon aus, dass es gleich Abendessen gäbe, doch nichts passierte, und als ich zum Abschluss noch zwei Scotchs bekam, war ich ganz schön beduselt. Ich kann mich nicht mehr erinnern, dass ich gute Nacht gesagt oder mich jemand nach oben ins Gästezimmer gebracht hätte (ich hatte insgeheim gehofft, wir würden in Pippas altem Kinderzimmer schlafen, dem mysteriösen Sehnsuchtsort meiner pubertären Phantasien, doch das war vor kurzem in ein extra Arbeitszimmer umgestaltet worden).

»War das ein traditioneller Weihnachtsabend bei den Lyons?«, fragte ich Pippa, als ich todmüde ins Bett fiel.

»Was meinst du? Den vielen Alkohol?«

»M-hm ...« Ich war schon dabei, einzuschlafen.

»Ich schätze, ja.«

In der Nacht träumte ich, ich wäre bei meinen Eltern zu Hause, und meine Mum würde ihren traditionellen Lachs mit Kartoffelsalat servieren.

Am Morgen wurde ich davon geweckt, dass Pippa mir ein

Knie in den Rücken drückte. Oder war es vielleicht ein Ellbogen?

»Was machst du da?«, fragte ich schlaftrunken verwirrt. Noch verwirrter war ich, als ich nach ihr tastete und merkte, dass ihre Bettseite leer war. »Wo bist du?«

Ich öffnete die Augen, drehte mich um und sah Hardy, den zehn Jahre alten Familienhund, der mich mit feuchter Schnauze geweckt hatte. Als er nun offenbar zufrieden feststellte, dass ich wach war, schüttelte er mit leichtem Niesen den Kopf, als wollte er sagen: »Das ist immer noch mein Haus, vergiss das nicht.« Beim Verlassen des Zimmers schnüffelte er noch an meiner Hose, die zerknüllt auf dem Boden lag, und warf mir über seine hängenden Schultern hinweg einen traurigen Blick zu.

Ich verstand den Hinweis, zog die Hose an, spritzte mir Wasser ins Gesicht und ging nach unten. Dort erlebte ich eine fast geisterhafte Szene, als Vater, Mutter und Tochter auf leisen Hausschuhsohlen und bei sirrend gegeneinander reibenden Morgenmänteln aus Satin unentwegt hin und her, aneinander vorbei und um mich herum eine altbewährte Weihnachtschoreographie absolvierten. Jedes Familienmitglied führte stumm die ihm historisch auferlegten Aufgaben aus, ohne dass jemand Anweisungen hätte geben müssen. Es war das krasseste Gegenteil zu dem ohrenbetäubenden Chaos, das um diese Zeit bei meiner Familie ablaufen würde und das ich trotz fünfzehn Meilen Entfernung fast hören konnte.

»Möchte jemand einen Tee?«, fragte ich in dem Versuch, mich in das Geschehen einzubringen.

»Wir haben unseren schon getrunken«, antwortete Pippas Mum, die eine Rolle Geschenkpapier und eine Schere an mir vorbeitrug. »Aber mach dir einfach einen.«

Die meiste Zeit des Vormittags lungerte ich irgendwo zwischen Küche und Esszimmer herum, während die Lyons' mit Kerzen, Besteck und Knallbonbons hin und her liefen. In dem Versuch, nicht außen vor zu bleiben, fragte ich immer wieder einmal nach, was ich tun könne, aber jede noch ausstehende Aufgabe war entweder längst erledigt – oder wurde erledigt, noch ehe ich die Chance hatte anzufangen.

»Kann ich den Rosenkohl putzen, Diana?«

»Der ist schon im Topf, danke.«

»Pippa, lass mich dir was helfen!«

»Ähm … du könntest mit dem Hund rausgehen.«

»Oh, Hardy war schon im Park – ich habe ihn gerade saubergemacht.«

»Du könntest einen Stechpalmenzweig aus dem Garten abschneiden, Steven.«

»Sehr gerne. Wo bewahrt ihr denn die … äh …«

»Eine Gartenschere? Im Garten ist ein kleiner Schuppen, und da auf der linken Seite … Oh, der könnte noch abgeschlossen sein. Weißt du was, ich mache das gleich selbst …«

Irgendwann gab ich auf und setzte mich an den Tisch, damit ich zumindest niemandem im Weg stände. Mr Lyons kam fröhlich summend vorbei, warf mehrmals ein Netz Walnüsse in die Luft und fing sie wieder auf. Unvermittelt blieb er stehen, riss die Augen auf und tat überrascht, mich zu sehen.

»Steven! Wie ich sehe, hast du es dir ja schon gemütlich gemacht.«

Aber Sir!, hätte ich am liebsten protestiert.

»Bleib einfach ganz entspannt sitzen, wir kommen später dazu.«

Während er wieder zu den anderen in die Küche ging, stellte ich mir vor, wie er in Gedanken seine Beurteilung zum Schuljahrsende formulierte: *Ein eher ruhiges Herbstsemester. Pippa kümmerte sich um den Rosenkohl, Diana um die Brotsoße, Mr Lyons beträufelte den Truthahn, Hardy verputzte Teile der Garnitur – nur Gallagher saß die ganze Zeit dabei und schaute zu. Da ist noch Luft nach oben.*

Er war als Schulleiter immer beliebt gewesen, erinnerte ich mich, auch wenn ich persönlich nicht viel mit ihm zu tun gehabt hatte. Er hatte mich nie in sein Büro rufen lassen müssen, da ich weder als großes Sporttalent noch als Anwärter fürs Strafnachsitzen aus der Masse der Schüler herausragte. Allerdings erinnerte ich mich noch gut an seine Ausstrahlung, wenn ich ihm auf den Fluren begegnete oder bei einer Versammlung sah, und an seinen speziellen Dreh, Schüler für sich zu gewinnen: als wohlmeinender Häuptling, der dieses ganze Schulleiterding nicht allzu ernst nahm und gern mal einen Spaß machte, dich aber trotzdem nie im Zweifel darüber ließ, wer das Sagen hatte.

Wie ich jetzt merkte, war es kein spezieller »Dreh« gewesen. Auch jetzt nahm er mich für den restlichen Tag psychologisch quasi an die Leine, indem er bei Sekt und Räucherforelle verkündete, er werde »nachher vielleicht ein paar kuriose Dinge über unseren Steve hier erzählen, aus der Zeit, wo er in der zehnten Klasse war …«

»Was meinst du?«, hakte Pippa umgehend nach, damit er gleich mit der Sprache herausrückte, doch er machte eine Bewegung, als würde er sich einen Reißverschluss über den Mund ziehen, und ließ uns alle zappeln.

Was meinte er nur? Was hatte ich in der zehnten Klasse verbrochen, abgesehen davon, die Verbesserung meiner Mittlere-Reife-Noten zu verhindern, indem ich mich zu sehr in *Goldeneye*-Multiplayer-Sessions verstieg. In meiner Erinnerung taten sich plötzlich dunkle Löcher auf. *Kuriose Dinge* ließ mich fast nach einem Psychopathen klingen. Ich war fünfzehn gewesen! Und hatte Dinge getan, die alle Fünfzehnjährigen taten! Vielleicht bluffte er nur? Oder hatte dieser Herr Rondell mir etwas angehängt – mein Deutschlehrer, der mich nie hatte leiden können (und meiner Meinung nach irgendwie auch nicht richtig im Kopf gewesen war)?

Punkt 15:30 Uhr wurde im Radio von der Ansprache der Queen zu Weihnachtsliedern umgeschaltet, und Pippas Mum servierte den Truthahn. Ich hob schon die Hände, um zu klatschen, nicht, weil er so beeindruckend aussah (denn das tat er – perfekt goldbraun gebraten, mit einem Muster aus geflochtenen Schinkenstreifen), sondern weil wir das in meiner Familie zu Weihnachten immer so machten. Das war seit achtundzwanzig Jahren die traditionelle Reaktion auf das Wunder, dass ein Vogel, der groß genug war, uns alle satt zu kriegen, in den Ofen passte und dann pünktlich und essbar auf dem Tisch landete. Doch bei den Lyons' gab es keinen Applaus; nur die stumme Anerkennung, dass nun das Prunkstück des akkurat gedeckten Esstisches geliefert worden war. Überhaupt war stille Präzision das Motto des Tages.

»Magst du Rosenkohl, Steven?« Diana reichte mir die Schüssel mit den von Pippa perfekt vorbereiteten Kohlknospen, die völlig anders aussahen als die gekochten Pupskugeln, die es bei uns zu Hause gab. Kräftig grün, buttrig und mit einem »Schmelz aus krustigen Speckkrümeln und Maronen«, wie Diana in unfreiwilliger Kopie der Starköchin Nigella Lawson verkündete.

»Falls ich ihn vorher nicht mochte, mag ich ihn jetzt auf jeden Fall«, sagte ich. »Der sieht absolut köstlich aus.«

Meiner Mum würde ich das nie sagen, aber das Weihnachtsessen im Hause Lyons schmeckte in jeder Hinsicht besser als das im Hause Gallagher. Die Bratkartoffeln waren knusprig, der Truthahn saftig, und dieser Rosenkohl ... Das Einzige, was ich von zu Hause vermisste, war Siobhans Brotsoße, von der wir zugegebenermaßen alle wissen, dass sie fertig gekauft aus der Tüte stammt.

Dass eine Familie einfach in Ruhe zusammen ein Essen genießt, war für mich ebenfalls ein neues Konzept. Kein laufender Fernseher, keine Wutanfälle, kein Aufstehen bei erst halb geleertem Teller, weil ein Freund oder eine Freundin anrief ...

Die letzten Monate waren alles andere als ruhig gewesen. Pippas fester Freund zu sein, darauf hatte sie mich schon früh vorbereitet, bedeutete, laute Gespräche mit lauten Leuten an lauten Orten zu ertragen. Es bedeutete, dass ich meine Komfortzone in unerwartete Richtungen verlassen musste. Ich hatte das gern auf mich genommen: Das Leben mit Pippa war eine Achterbahnfahrt, und ich hatte schon zu lange im Kinderkarussell gesessen. Doch hier in ihrem Elternhaus war es anders. Hier zeigte sie ihre gemächliche Seite. Während Pippa, die Schauspielerin, wild war und Pippa, die gute Bekannte, eine Partymaus und Pippa, die Freundin, hoch emotional, war Pippa als Tochter häuslich und ruhig. Tochter ihres Vaters, das war offensichtlich.

Mit Diana hingegen schien sie in einem ewigen Kalten Krieg zu leben, der bei der geringsten Provokation zu eskalieren drohte. Ich hatte schon erlebt, dass sie sich bei einem Telefonat mit ihrer Mutter so sehr aufregte, dass sie nach dem Auflegen mit mir streiten wollte. Heute sah es allerdings so aus, als hätten sie das Kriegsbeil begraben, und alles war fröhlich und friedlich.

Es war ulkig, meinen früheren Schulrektor mit einem Papierhütchen auf dem Kopf zu sehen, irgendwie verkehrt, die Festlichkeit nicht überzeugend, wie bei diesen gestellten Weihnachtsfotos in der Zeitung, auf denen der Premierminister mit der Familie Scharade spielt oder die Queen eine Christbaumkugel in die fast vier Meter hohe Tanne in ihrem Empfangssalon hängt. Ich kann nie glauben, dass solche Leute genau wie wir anderen an Knallbonbons ziehen und schlechte Schneemannwitze erzählen. Selbst hier, live und in Farbe, sah Mr Lyons' rosa Krepphütchen wie gephotoshoppt aus.

Noch seltsamer war es, Pippas Eltern so offensichtlich verliebt zu erleben, obwohl sie laut Pippa definitiv nicht mehr zusammen waren. Sie versicherte mir, sie hätten sich schon vor Jahren getrennt, Diana sei in einer Wohnung weiter unten an der Straße gezogen und die beiden seien sowohl in gesetzlichem als auch romantischem und (soweit sie wusste) körperlichem Sinne kein Paar mehr. Doch wie sie da so zusammengekuschelt auf dem Sofa saßen, wirkten sie keineswegs wie das übliche getrennt lebende Ex-Ehepaar, das an Weihnachten zusammenkommt, um den Kindern, mit aufgesetztem Lächeln, das ihnen spätestens am zweiten Feiertag vergehen würde, fröhliche Festtagsstimmung vorzuspielen. Die Wände ihres Häuschens waren mit allerlei Fotos behängt, nicht nur von ihrer geliebten einzigen Tochter, sondern auch von ihnen selbst – als langhaarige Jungverliebte und staunende Frischvermählte. Somit erzählten die Bilder eine Geschichte, die von vielen Monaten inniger Verliebtheit, zwei Jahrzehnten gelungener Ehe und offenbar einigen Jahren noch gelungenerer Scheidung handelte.

»Aber sie wirken so … *zusammen*«, hatte ich Pippa am vorigen Abend zugeraunt, als wir uns am kleinen Waschbecken in unserer Zimmerecke die Zähne putzten.

»Ich weiß. Vor allem an Weihnachten und Geburtstagen und so. Sie wird bis Neujahr bleiben.«

»Warum zieht sie nicht wieder ganz hier ein?«

»Ich weiß nicht. So wollen sie es nicht. Und bevor du fragst: Nein, sie führen keine offene Beziehung.«

Pippa mochte die postmoderne Beziehung ihrer Eltern egal sein, aber bei mir rief der doch sehr unkonventionelle Ansatz den inneren Katholiken auf den Plan, und ich überlegte, wie ich meinen Eltern dieses Arrangement erklären könnte. Als »Vernunftscheidung«? Mum würde das bestimmt nicht gutheißen.

»Steven hat es offenbar geschmeckt«, bemerkte Diana, während ich den letzten Rest Bratensoße zusammenkratzte.

»Der Junge ist noch im Wachstum«, sagte Mr Lyons, und ich schämte mich ein bisschen.

Ich hatte mich mächtig angestrengt, nicht schneller zu essen als die anderen, und hätte meinen Teller trotzdem zweimal leeren können, bevor Pippa und ihre Eltern fertig waren. Jetzt liebäugelte ich noch mit einer besonders krossen Kartoffel, die mit wenigen anderen als Rest in der Schüssel lag. Da ich aus einer großen Familie komme, war ich es gewohnt, mein Essen hinunterzuschlingen, so schnell ich konnte, um früher an Nachschub zu kommen. »Wer kaut, verliert«, pflegte mein Dad zu scherzen.

»O nein, das habe ich ja ganz vergessen!«, rief Diana plötzlich. Ein weiterer Gang? Würstchen im Schlafrock, die im Ofen langsam verbrannten? »Ich wollte fragen, ob ihr zu Hause ein Tischgebet sprecht, Steve?«

»Hin und wieder«, sagte ich. »Meistens dann, wenn meine Tante Niamh dabei ist.«

»In dieser Jahreszeit könnten wir alle in bisschen mehr Spiritualität gebrauchen«, sagte Diana. »Hier, nimm noch einen Nachschlag.«

Halleluja! Ich hob meinen Teller und hoffte, dass Diana mir genau die krosse Kartoffel geben würde, die ich mir ausgeguckt hatte. Und die Stärkung konnte ich gut gebrauchen, denn …

»In unserer Familie singen wir beim Weihnachtsessen immer ein paar Weihnachtslieder«, verkündete Mr Lyons unvermittelt.

Diana sah ihn fragend an. »Ach ja?«

»Ja!«, rief Pippa, und ich wusste schon, was jetzt kommen würde. »Und als unser Gast muss Steve anfangen.« Sie hatte mich schon mehrmals zum Singen aufgefordert – mich nach vorn geschoben, wenn ein Schauspielfreund ein Karaoke-Gerät zu einer Party mitgebracht hatte, oder mich angestupst, damit ich bei einem »Happy Birthday« lauter singe als mein übliches Gebrummel.

»Ich muss euch warnen, ich bin …«

»… absolut unmusikalisch«, beendete Pippa meinen Satz.

»So etwas gibt es nicht«, winkte Mr Lyons ab.

»Das habe ich ihm auch gesagt.«

Pippa und ihr Vater standen auf, drehten ihre Stühle zu mir um und setzten sich mit erwartungsvollen Blicken wieder hin. Zum ersten Mal fiel mir auf, wie ähnlich sie sich sahen: die hervortretenden Nackenmuskeln, die gleichen leicht abstehenden Ohren und staunend geschwungenen Augenbrauen.

Ich nahm allen Mut zusammen und entschied mich für etwas Leichtes.

»*Weee … wish you a merry Christmas …*« Pippa zuckte merklich zusammen. »*We wish you a merry Christmas, we wish you a merry Christmas …*« Ich wartete darauf, dass jemand einstimmte, aber die anderen guckten mich nur an – wahrscheinlich voller Neugier, ob ich allein die richtige Melodie finden würde. Keine Chance. »*And a happy new year.*«

Ich wedelte zum Abschluss mit der Hand durch die Luft und griff nach meinem Weinglas. Doch Mr Lyons war noch nicht zufrieden.

»Und weiter? *Good tidings we bring …*«

»*Good tidings we bring, to you and your kin*«, tönte ich halbherzig weiter. »*We wish you a merry Christmas and a happy new year.*«

»Ah«, machte Pippa, sichtbar glücklich, dass es vorbei war.

Aber Mr Lyons hatte immer noch nicht genug. »*Now bring us some figgy pudding?*«

Und ich dachte, ich hätte das kürzeste Lied gewählt! Ich holperte mich durch eine weitere Strophe, und wiederum forderte Mr Lyons die Fortsetzung. »*For we all like figgy pudding …*«

»Das denken Sie sich jetzt aber aus!«, beschwerte ich mich.

»Nein, das gehört zum Lied. Sing weiter, sonst bekommst *du* keinen Feigenpudding.«

Pippa warf vor Lachen den Kopf in den Nacken.

Jetzt ist es auch egal, dachte ich, stand auf, breitete die Arme aus und sang mit opernhafter Dramatik: »*For we all like figgy pudding, we all like figgy pudding, we all like figgy pudding …*« Ich sah zu Mr Lyons, damit er die letzte Zeile ergänzte, doch die wusste er anscheinend auch nicht, also beendete ich die Vorstellung mit »*And a happy new year*« zu tosendem Applaus.

»Das war toll!« Pippa schlang die Arme um meinen Hals und küsste mich auf die Nasenspitze, ehe sie leise hinzufügte: »Und singen musst du nie mehr.«

In der Pause zwischen Truthahn und Pudding, in der man

fast hören konnte, wie unsere Bauchmuskeln sich dehnten, um mehr Platz zu schaffen, sah Pippa zu ihrem Vater und sagte: »Du musst uns noch von Steves kuriosen Sachen in der Zehnten erzählen, Dad.«

»Was? Ach, das.« Er zwinkerte mir zu. »Ja, das war wirklich extrem kurios. Vielleicht erzähle ich es später.«

Ich war sicher, dass er bluffte, aber beschwipst genug, dass ich fast selbst hören wollte, was er sich ausdachte, wenn man ihn weiter drängte.

»Sollen wir nach dem Essen zusammen etwas spielen?«, schlug ich vor, um mich selbst wieder aus dem Rampenlicht zu manövrieren.

»Au ja, das Erster-Satz-Spiel!« Pippa klatschte aufgeregt und ging zum Bücherregal.

»Bist du sicher?«, hakte Mr Lyons mit seltsam besorgter Stimme nach, als hätte dieses Spiel eine Geschichte, die es gefährlicher machte, als es klang.

»Das Erster-Satz-Spiel, wirklich?«, fragte nun auch Diana skeptisch, als sie aus der Küche kam.

Aber Pippa beachtete die beiden nicht weiter. Sie war zu sehr damit beschäftigt, Bücher aus dem Regalen zu ziehen und sie in der Armbeuge zu stapeln, als würde sie eine Bibliothek ausrauben.

Nach dem Weihnachtspudding mit Brandy-Butter, Sahne und übrigens nicht nur mit Feigen, sondern allen möglichen gehackten Trockenfrüchten, versammelten wir uns um den Sofatisch, der nun mit Bücherstapeln bedeckt war. Pippa gab die Spielleiterin.

»Also. Ihr wisst ja alle, wie es geht …«

»Ich nicht.«

»Steve! Das ist ja nicht zu fassen!«

»Wir spielen an Weihnachten immer Scharade.«

»Es ist das beste Spiel überhaupt. Dann erkläre ich mal die Regeln ...«

Ich sollte mir ein Buch aussuchen und die Inhaltsangabe auf dem Umschlag laut vorlesen. Dann sollte ich den ersten Satz des Buches abschreiben, während die anderen sich einen möglichen ersten Satz ausdachten und ebenfalls aufschrieben. Anschließend wurde alles eingesammelt und wiederum laut vorgelesen, und die anderen mussten auf den ihrer Meinung nach richtigen ersten Satz tippen. Sollte der ausgedacht gewesen sein, gäbe es Punkte für den pfiffigen Erdenker, sollte es der richtige sein, Punkte für den Rater.

»Und natürlich darfst du dir kein Buch aussuchen, das du kennst«, sagte Pippa zum Schluss.

»Das sollte kein Problem darstellen«, erwiderte ich, denn ich kannte kein einziges. Ich schnappte mir ein dickes Geschichtsbuch über die rumänische Revolution und fing an, die Beschreibung auf der Rückseite vorzulesen.

»Wirklich, Steve? Das?«

»Lass ihn vorlesen, Pippa«, kommandierte Diana.

»Aber das ist kein gutes Buch für den Anfang.«

»Du hast sie doch ausgesucht. Und außerdem darf er ja auswählen.«

Ich las weiter. Jetzt sahen sich Pippa und ihre Mutter erstaunlich ähnlich: der schmollende Gesichtsausdruck, die Art, wie sie ihre Stifte hielten und sich konzentriert über ihre Papierstreifen neigten. Mr Lyons schien dasselbe zu denken, während er die beiden beobachtete; sein Lächeln wirkte stolz und amüsiert zugleich.

Ich erhielt die Papierstreifen und mischte sie mit meinem, auf den ich die erste Zeile des Buches kopiert hatte. Dann las ich alle vor. Mr und Mrs Lyons gewannen die erste Runde mit auffallend ähnlichen Sätzen, die einen Diktator, den Eisernen Vorhang und sehr spezifische Daten nannten, die vermutlich absolut korrekt waren.

»Das war erstaunlich ... fast telepathisch«, sagte ich.

»Fast wie gemogelt«, sagte Pippa und warf ihrer Mutter einen kühlen Blick zu.

In der nächsten Runde las Mr Lyons unsere erdachten ersten Sätze – und natürlich den richtigen – für eines der Tagebücher von Alan Bennett vor. Ich ließ mich von Dianas Erfindungsgabe täuschen, denn sie schrieb etwas von »wisprigem Wispern« oder so ähnlich. Pippa gefiel das ganz und gar nicht.

»Wieso hast du auf ihren Satz getippt, Steve? Der ist doch so offensichtlich falsch!«

»Tut mir leid.« Ich lachte verlegen.

Es war offenkundig, dass Pippa es nicht ertrug, bei diesem Spiel zu verlieren – oder gegen ihre Mum zu verlieren. Vermutlich beides. Nicht einmal über Mr Lyons' erstaunlich gute Imitation des Autors konnte sie schmunzeln. Als Nächstes stellte Diana eine Biographie über Shakespeare vor. Während wir unsere Sätze schrieben, sagte Diana: »Diese Runde muss natürlich Pippa gewinnen.«

»Oh, Mann! Musste das sein?« Pippa warf ihren Stift hin.

»Was? Das habe ich doch nun extra genommen, damit du es erraten kannst.«

Das reichte. Fluchend sprang Pippa auf und fegte dabei einen Stapel Bücher vom Tisch, wobei auch eine offene Flasche Portwein umkippte. Vom plötzlichen Aufruhr angelockt, kam Hardy angelaufen, und weil er nicht wusste, wie er am besten helfen konnte, krabbelte er unbeholfen auf Pippas nun freien Platz auf dem Sofa.

»Jedes Jahr dasselbe«, sagte Mr Lyons, während er nach der Flasche griff, um den Rest zu retten. Die rote Lache wurde derweil nach und nach von einem Taschenbuch aufgesogen. »Ich hole mal einen Lappen. Hardy, runter da! Runter!«

Oben schlug eine Tür.

»Was habe ich denn gemacht?«, fragte Diana, ließ sich wieder auf die Couch sinken und nippte unschuldig an ihrem Wein.

Ich war erleichtert, dass das Keksdosenbildweihnachten bei den Lyons' ebenso anfällig für Stress und Streit war wie das aller anderen Menschen. Wäre es perfekt, wäre es auch nicht so lustig. Nicht, dass Pippa dieses Argument als überzeugend angesehen hätte.

»Lässt du mich rein, Pip?«, fragte ich zaghaft von draußen.

Irgendwann hörte ich, dass sie die Tür aufschloss, und als ich öffnete, saß sie im Schneidersitz auf dem Boden und legte eine Art Stern aus Wattebäuschen.

»Das sieht … lustig aus.«

»Hmm«, brummte sie verächtlich, aber zustimmend.

»Sei nicht mehr sauer, bitte.«

Sie sah mich an. »Ich bin nicht sauer. Ich bin gedemütigt.«

»Es tut mir leid«, sagte Diana draußen im Flur. Für einen Moment dachte ich, Pippa würde aufspringen und die Tür wieder zuknallen, doch das tat sie nicht. »Ich hab dich lieb«, fügte Diana hinzu.

Nun sprang Pippa doch auf – und warf sich ihrer Mutter in die Arme. Sie umklammerte sie wie ein Koalababy und drückte die Wange an ihre Brust. Es sah aus, als sollte jetzt jemand weinen, aber es kam nur ein tiefer, zufriedener Seufzer. Ich sah Pippa als Kleinkind, Teenager und Siebenundzwanzigjährige in dieser Umarmung und widersetzte mich weise dem Impuls, mich zu einer Dreier-Umarmung dazuzugesellen.

Unten saß Mr Lyons mitten auf dem Sofa und begutachtete die Fernbedienung. Hardy lag halb auf seinen Füßen, die jetzt in Hausschuhen steckten. Alle Spuren der letzten Szene waren beseitigt: Der Tisch war leergeräumt und abgewischt, die Bücher standen wieder im Regal – wenigstens bis zum nächsten Jahr.

Der Nachmittag war in den Abend übergegangen – womit es ein bisschen spät für eine Fernsehübertragung von *Die tollkühne Hexe in ihrem fliegenden Bett* war, wie ich fand. Pippa und Diana setzten sich rechts und links neben Mr Lyons, dann sangen alle drei den Titelsong des alten Disney-Filmes mit. Sie kannten jedes Wort auswendig. Dann ging mir auf, dass es eine weitere Familientradition war – der Film lief nicht im Fernsehen, sondern auf DVD, und war ein weiterer Trittstein auf dem Weg ins neue Jahr.

Um sich nicht ausgeschlossen zu fühlen, kam Hardy zu mir, stupste mich am Knie und hievte sich dann auf meinen Schoß.

»Hardy …«, sagte ich mahnend und erwartete, dass Mr Lyons gleich »Runter!« rief.

Doch die drei sahen nur kurz zu mir hin und kicherten, weil ihr Gast unter dem Hund begraben lag wie unter einer stinkigen alten Decke, während Angela Lansbury uns alle in den Schlaf sang.

26. Dezember 2009

PIPPA

Schon am Schultor riecht es nach einer Mischung aus Adrenalin und Erschöpfung. Es ist Mitte Juni, doch über uns hängen schwere Wolken, und als wir den Schulhof betreten, öffnet der Himmel seine Schleusen. Miss Bernard würde es »Pathetischer Irrtum« nennen, die Übertragung menschlicher Eigenschaften auf eher leblose Objekte. Ich nenne es »Pathetisches Scheißwetter«, denn ich habe keine Jacke dabei.

Hier sind wir also, bereit zur letzten Schlacht. Am Armageddon. Mit Blick ins Purgatorium. Wir spüren die Hitze des Heiligen Infernos von Babylon (okay, das habe ich mir vielleicht nur ausgedacht). Oder laienhaft ausgedrückt: Wir stehen vor der Abschlussprüfung in Geschichte. Haben sich tatsächlich irgendwelche Fakten in meinem Hirn verankert? Haben sich die langen Nächte des Büffelns ausgezahlt? Wird dies mein Azincourt (25. Oktober 1415) oder mein Ypern (definitiv 1914, aber in welchem Monat?)?

Durch den strömenden Regen sehe ich das Prüfungsgebäude vor mir aufragen wie den Bösewicht in einem Disneyfilm. Vor ihr windet sich eine Schlange aus Schülerinnen der All Hallows School, die in ihren froschgrünen Schuluniformen nervös von einem Fuß auf den anderen treten – ein langer zuckender Tausendfüßer. Ich stehe, wie immer, Arm in Arm mit Tania, die ungewöhnlich still ist. Vielleicht bereut sie gerade die alkoholschwangeren Treffen auf der Campuswiese, die sie ihren Lerneinheiten vorgezogen hat. Nisha neben uns wirkt ruhig. Nisha wirkt immer ruhig. Oh, Moment mal … Kann es sein, dass sie noch völlig trocken ist? Das ist doch unmöglich. Es gießt wie aus Eimern, mein dünnes weißes

T-Shirt ist klatschnass, mir läuft das Wasser nur so über das Gesicht. Und dann sehe ich es. Irgendwie stößt sie das Wasser ab und lenkt all die durchtränkende Gewalt auf mich. Wie, zum Teufel …? Es ist, als hätte sie ein magnetisches Feld um sich herum aufgebaut. Ehrfürchtig starre ich sie an. Nisha beherrscht die Natur.

Das erinnert mich an meinen Dad, der, als ihm auf der Autobahn mal die Scheibenwischer ausfielen, in einer Raststätte eine halbe Kartoffel erbat.

»Sieh genau hin, Squeak«, sagte er, während er die Windschutzscheibe damit einrieb. »Die aufgeschnittene Seite nach unten.«

Wie gebannt beobachteten wir, wie der Regen die Mitte der Scheibe gänzlich mied und sich rechts und links daran vorbei neue Wege suchte. Ich fragte, ob das Zauberei sei.

»Keine Zauberei. Stärke. Wirkt Wunder.«

Dann muss Nisha wohl ganz aus Stärke bestehen, denn sie ist immer noch knochentrocken. Ich sehe den streng geflochtenen Zopf, der ihr lang und glänzend über den geraden Rücken hängt. Ein Zopf, der von einem effizienten, stressfreien Morgen zeugt. Von einem Soldaten, der für die nun kommende Schlacht bestens gerüstet ist. Der Fels von Gibraltar in stürmischer Nacht. Ich dagegen fühle mich wie ein Kind, das versehentlich an die Kriegsfront geraten ist – unbeholfen und zappelig und nicht in der Lage, bei einem Gewehr vorn und hinten zu unterscheiden. Ich umklammere mein durchsichtiges Federmäppchen, das meine einzigen Waffen enthält: meinen neuen Parker-Füller und einen zweiseitigen Tintenkiller. Mit wem schloss Ferdinand I. dieses Bündnis? Und warum hat Heinrich sich all seiner Frauen entledigt? Begannen die italienischen Kriege 1494? Oder 1493? Wo hat Wolsey …

»Noch ein Schlückchen, Pippa? Na, komm schon ... Es ist Weihnachten.«

Ich sitze an einem langen Eichentisch, der mit verschiedensten Resten eines Festmahls bedeckt ist. Spitzendeckchen liegen unter Glasschüsseln mit Dosen-Obstsalat, Mini-Toblerone und hartgekochten Eiern, die zwischen Pastetchen (knapp über dem Haltbarkeitsdatum), Chutneys und Miniaturgläsern mit Gewürzen stehen, deren Logos verraten, aus welchem Hotel sie mitgenommen wurden. Der Tisch sieht aus wie das Umschlagfoto eines der Siebziger-Jahre-Kochbücher meiner Mutter. Um den Tisch herum sitzen mehr Leute, als ich mir bisher als zu einer Familie gehörig vorstellen konnte. Gestern haben wir ein beschauliches Mahl im kleinen Schoß meiner Familie genossen – heute sind die Gallaghers dran.

»Ähm ...« Ich nehme mein Glas, das noch immer halb voll ist, aber natürlich möchte ich mich den Gepflogenheiten anpassen. »Klar, warum nicht?«

Ich lächle und halte das Glas hin. Der Mann hinter der Flasche zwinkert mir zu. Sein Blick ist unfassbar freundlich.

»Ah, braves Mädchen. Unser Stevie hat schon gesagt, dass du gern auch mal was trinkst.«

Bevor ich die Chance bekomme, das Unleugbare zu leugnen, hat er mir nachgeschenkt. Besser gesagt: Er hat mir das Glas vollgeschenkt. Bis zum Rand. Ich habe die Stimme meiner Mutter im Ohr: »Nie mehr als bis zu einem Drittel füllen, Pippa. Der leere Raum im Glas ist dazu da, dass sich die Aromen verteilen.« Das ist hier kein guter Ratschlag, Mom.

»Damit du groß und stark wirst.«

Er spricht mit so einem wunderbaren irischen Akzent, dass jeder Satz wie ein Kompliment klingt, und trägt einen knallroten Weihnachtspulli mit einem sonnenbebrillten Santa, der sich einen Ghettoblaster ans Ohr hält. In einer Sprechblase steht: *Christmas with all my Ho-Ho-Ho's!* Er hat offensichtlich keine Ahnung, dass die »Ho«s in diesem Fall Prostituierte meinen, und seine Naivität ist so entzückend, dass ich ihn gleich liebgewonnen habe. Vielleicht werde ich ihn eines Tages gut genug kennen, um ihm zu sagen, dass sein attraktiv zerklüftetes Gesicht ohne den Retro-Schnäuzer weitaus besser aussehen würde.

»Danke, Mr Gallagher.«

»Gern geschehen, Liebes. Und nenn mich Frankie – das machen alle hier. Freut mich wirklich, dass du kommen konntest.« Er drückt mir kurz mit seiner kräftigen, von Arbeit gezeichneten Hand den Arm und dreht sich um.

»Oi! Juney!« Seine Tochter versucht gerade, einhändig drei große Pakete hochzuheben, während sie in der anderen Hand ein Tablett mit »Schottischen Eiern« trägt, also Eier im Hackfleischmantel. »Du musst in die Knie gehen, wenn du was Schweres hochhebst! Komm her ... nein, warte ...« Und schon geht er los, um ihr zu helfen. Ich beobachte ihn und sehe sofort die Ähnlichkeit mit Steve.

Ich navigiere mein riesiges Weinglas zum Mund, verschütte ein paar Tropfen auf mein neues »Familienkennenlernkleid« von H&M und nehme zum Trost einen großen Schluck. Allerdings hilft mir die großzügige Portion des (mittlerweile zimmerwarmen) Freixenet nicht gerade bei der selbst gesetzten Aufgabe, einen guten Eindruck zu machen, denn ich fühle mich immer benebelter. Mein armes Hirn, zuvor ein gut geöltes und rasiermesserscharfes Werkzeug, verliert unter seinem Einfluss alle Kraft. Meine Saufgelage zu Schauspielschulzeiten, bei denen wir regelmäßig Jägermeister zum Bier kippten, ohne dass ich großartig was merkte, scheinen ewig her zu sein. Neuerdings reichen ein paar Gläser, und mein Hirn macht dicht.

Aber jetzt: Aufwachen, Hirn! Das Suppenkoma sollte vorbei sein, denn jetzt ist es Zeit für das Nachmittagsquiz zu meinem Spezialgebiet, den Gallaghers.

Ich sehe mich um und versuche, alle in den Blick zu bekommen. Sie scheinen sich zu vermehren wie Amöben unter einem Mikroskop. Und dieser Lärm! Bei den hohen Dezibel würde einem Gallagher-Zirkuszelt das Dach wegfliegen! Kinder quengeln nach Schokolade, Mütter heischen nach Aufmerksamkeit, Väter erzählen Anekdoten, Hunde kabbeln sich um Truthahnreste – und das alles, bevor in meinem Kopf der von mir umgedichtete Refrain aus *Twelve Days of Christmas* einsetzt:

Zwölf Gläser klingen
Elf Teller springen
Zehn Türen knallen
Neun Messer fallen
Acht Kuchen brennen
Sieben Löscher rennen
Sechs Erwachs'ne streiten
Fünf Kinder schrei'n … nach
Vier Knallbonbons
Drei Puddings
Zwei Mal Mickey Maus –
Feiert eine Pippa bei Steven zu Haus'.

Das habe ich ganz wunderbar gedichtet, finde ich – na gut, das Ende ist ein bisschen holprig. Muss ich Steve nachher einmal vorsingen.

Mist. Mein Glas ist fast schon wieder leer. Wie konnte das passieren? Ich weiß, ich trinke zu schnell, aber ich kann nicht anders. Ich muss nervöser sein, als ich dachte. Ich durchforste mein Hirn nach Eselsbrücken – Reimen oder Bildern oder *irgend*etwas –, um mir die zwölf Namen und elf Gesichter (es sind eineiige Zwillinge dabei – *soo* betrunken bin ich nun auch wieder nicht) zu merken.

Zwei kleine Kinder sitzen auf meinem Schoß. Wenigstens ihre Namen weiß ich: Sammy (Snoopy-Shirt-Sammy) und Ruby Mae (Rotbäckchen-Ruby). Ich habe »sitzen« gesagt, aber im Moment trampelt mir Sammy mit blinkenden Turnschuhen auf den Oberschenkeln herum, während er mit einer Hand nach meinem rechten Ohr greift, wohl um den glitzernden Ohrring an sich zu reißen, der anscheinend sein Interesse geweckt hat. Die andere Hand führt er zielstrebig zu meiner Nase und bohrt mir einen seiner filzstiftverschmierten Finger ins linke Nasenloch. Ich komme mir vor wie Gulliver, nachdem die Bewohner von Liliput ihn gefesselt haben. Ruby Mae hat ihre Beinchen um meine Taille geschlungen und klammert sich fest wie ein Orang-Utan-Baby. Sie starrt mir ungeniert in den Ausschnitt und verkündet mit dreister Kompetenz: »Dein Busi ist aber größer als der von Mummy.«

Ich werde rot. Sie guckt mich an und runzelt die Stirn, weil sie sich wohl wundert, warum ihre bloße Feststellung solch eine Reaktion hervorruft. Eindringlich mustert sie mich aus nussbraunen Augen. Während sie mich so anstarrt, sitzt sie ausnahmsweise einmal ganz still, und ich nehme zum ersten Mal ihr herzförmiges Gesicht wahr. Sie sieht wie ein Kind in diesen viktorianischen Bilderbüchern aus. Feine glatte Haut, noch nicht von den Mühen des Alltags gezeichnet. Eine Ansammlung minikleiner Sommersprossen auf der süßen Stupsnase. Beim Anblick dieses kleinen Engels geht mir spontan das Herz auf. Ich möchte die Kleine vor allen Ungerechtigkeiten dieser Welt beschützen. Sie vor Gefahr und Leid bewahren. Und während mir solch mütterliche Wärme durchs Herz strömt, breitet sich eine andere Art von Wärme auf meinem Schoß aus, tröpfelt mir die Beine entlang und in meine Schuhe. Ruby Mae strahlt vor Stolz. »Ich habe Pipi in meine Große-Mädchen-Hose gemacht.«

Beide Kinder klettern von mir herunter und benutzen dabei mein Top als Sicherungsseil. Ich sehe, dass sich unter meinem Stuhl eine Pfütze gebildet hat. Wie kann ein so kleiner Mensch so viel Flüssigkeit abgeben?

Blitzschnell wird Ruby von einer schuldbewussten June hochgehoben. »Tut mir so leid, Pippa!«

Jemand drückt mir ein Geschirrtuch in die Hand. Steve kommt mit einer Rolle Küchenpapier und wischt über den Boden.

»Ruby Mae! Was hat Mummy dir gesagt? Wir sagen Mummy Bescheid, wenn wir Pipi machen müssen.«

Ruby Maes Unterlippe beginnt zu zittern. Ich bestehe darauf, dass das überhaupt nicht schlimm ist – »Ach, das passiert die ganze Zeit … mir pinkeln ständig irgendwelche Kinder auf den Schoß … Hab's nicht mal gemerkt« –, und tupfe lächelnd den Urin von meinen Beinen.

»Da! Alles weg!«

Aber das ist es nicht. Ich bin völlig durchweicht. Es wird kalt. Und fängt an zu brennen. Steve grinst, während er immer noch herumwischt. Warum freut er sich so?

Er flüstert: »Sie hat recht: Du hast wirklich den schönsten ›Busi‹ hier.«

Ich werde wieder rot und schlage mit dem Pipihandtuch nach meinem frechen Freund.

Zwei nachgefüllte Gläser und eine vollgehäufte Platte mit »Mums Truthahn *à la surprise*« später (die »*surprise*« dabei ist, dass der Truthahn mit eingelegter Rote Bete überbacken und mit gerösteten Erdnüssen bestreut wurde), habe ich das Gefühl, allmählich in das weitverzweigte Geäst von Steves Familienstammbaum vorzudringen.

Okay. Da wären also … zu meiner Rechten: Steven. Jüngster Spross der Familie, was ihm ständig unter die Nase gerieben wird. Fotograf und professioneller Gentleman. »In jeder Hinsicht also perfekt«, wie seine Mutter anmerkt. Kein Druck, also, nicht das geringste Bisschen.

Auf seinem Schoß sitzt Tom: drei Jahre alt und Traktor-Fan. Die Schokolade auf seiner Latzhose und die verfilzten Haare erzählen von einem Tag voller Abenteuer. Tom – oder Mini-Tim, wie die Familie ihn, wenig hilfreich, ebenfalls nennt – ist der Sohn von Siobhan (»der Schrillen«), der um sieben Minuten älteren Zwillingsschwester. Moment, oder waren es neun Minuten? Das sollte ich auf keinen Fall verwechseln, weil sie damit *sehr* eigen ist. Auf jeden Fall macht sie das zum exakt mittleren Kind der Gallagher-Geschwister. Oder nein, gehört Tom vielleicht doch zu ihrer Zwillingsschwester June (»kann nicht ruh'n«)? Nein, June ist die Mutter von Pipi-Ruby und Schniefnasen-Sammy, der gerade nur rote Sachen isst und eine Beißphase hat (mein blutender Knöchel kann als Beweismaterial dienen).

Siobhan ist forsch und laut und war anfangs ziemlich einschüchternd. Sie trägt ihr kastanienbraunes Haar sehr kurz und null Make-up, und wenn sie isst und trinkt, dann derart gierig, als wäre es ihre letzte Mahlzeit. Sie redet von »Fokus«, »Geschäftssinn«, »Erfolg« und »Strategie«, so dass man meinen könnte, sie arbeite mitten in London.

»Vor zwei Jahren habe ich *Kidz Just Wanna Have Fun* gegründet. Wundertüten für Partys. In verschiedenen Preiskategorien. Die Strategie war top. Achtundvierzig Tausend Bruttojahresumsatz. Wer hätte gedacht, dass man mit Ballons, Seifenblasen und Lollis so viel Geld verdienen kann?«

Der schüchterne Mann mit dem *Star Trek*-Pulli und den unvorteilhaft quer über den hohen Stirnansatz gekämmten Haaren explodiert geradezu vor Lachen – als sei dies der beste Witz, der je erzählt wurde. Das ist Davey (der »Devote«) oder Kipper, wie ihn die Familie nennt (ich habe nicht gefragt, warum, und werde das vorerst auch nicht tun; ich habe so schon genug, was ich mir merken muss). Er ist sechs Jahre jünger als Siobhan und himmelt sie an. Wenn sie spricht (schreit), beobachtet er sie mit einer Hingabe, die man als hörig bezeichnen könnte. Sein einziger Lebenssinn scheint darin zu bestehen, das Ego seiner bereits übermäßig egozentrischen Frau immerfort zu streicheln.

Schräg gegenüber sitzt Charlotte, die Älteste der Gallagher-Geschwister. Sie hat Steves Augen und ist mir sofort sympathisch. Fast entschuldigend hockt sie auf der Küchentheke, die langen, dünnen Beine elegant übereinandergeschlagen, und tackert Weihnachtskarten an ein langes rotes Band, um es dann rund um den Türrahmen aufzuhängen. (Mrs Gallagher – Kathleen – hatte zu wenig Stühle und verkündete, Charlotte könne doch »da oben raufhüpfen. Sie ist die Einzige von euch, die meine Theke nicht kaputtmacht – leicht wie eine Feder. Hier, fühl mal! Als würde man eine Bohnenstange umarmen!«) Charlotte ist Ärztin. Das weiß ich, weil sie sofort die Schuppenflechte auf meiner Stirn erwähnte. Normalerweise ist mir das furchtbar peinlich, aber sie hat es so lieb und mitfühlend gesagt, dass ich gut damit umgehen konnte. Außerdem hat sie mir eine super Salbe mit Meeresalgen empfohlen, die sie selbst benutzt.

»Meine Kollegen verschreiben immer Kortison, aber ganz ehrlich: Diese Creme ist besser. Ich werde dir was besorgen.« Seltsamerweise ist sie gerade Single. »Frag nicht. Eine gefühlt endlose Reihe von Falschen, Pip.« Ich mag es, dass sie mich gleich Pip nennt, so wie meine Familie und gute alte Freunde das tun.

Draußen auf der eisig kalten Hintertreppe sitzt mittlerweile (Muskel-)Mickey, der aussieht wie das uneheliche Kind von Colin Farrell und Penélope Cruz. Wenn ich es nicht besser wüsste, würde ich denken, dass Kathleen in einem Urlaub mit ihren Freundinnen in Marbella nach zu vielen Cocktails aus Versehen einem Spanier verfallen ist. Neben ihm steht Pat (der Perfekte), seit sieben Jahren sein Partner. Der kommt aus Manchester und ist Förderlehrer an der örtlichen Sonderschule. Sie gehören zu den Paaren, die einem den Glauben an die Liebe wiedergeben. Es macht tatsächlich den Eindruck, als hätten die Sterne sich zu einer besonderen Konstellation verabredet, um sie zusammenzubringen, und vielleicht liegt es am Alkohol, aber während ich sie so im Dämmerlicht beobachte, kommen mir fast die Tränen vor Rührung.

»Nun aber, du Sonne im Leben meines Sohnes. Zeit fürs Sofa.«

Mrs Gallagher strahlt mich an und klopft auf den leeren Platz neben sich. O Gott, jetzt ist es so weit. Der Moment, vor dem Steve mich gewarnt hat. Die Elternbegutachtung. Steve steht am Spülbecken und schneidet eine Grimasse.

»Mom, lass gut sein. Lass sie in Ruhe verdauen.«

»Komm mir nicht mit ›Lass gut sein‹, kleiner Stevie. Ich darf doch wohl neugierig sein, wenn ich endlich die Liebe deines Lebens kennenlerne.«

»Mum! Also wirklich!«

Mrs Gallagher kichert – »Keine Sorge, ich bin brav« – und sieht mich mit ihren türkisblauen Augen auffordernd an.

Ich gehe zu ihr und setze mich hin.

»Da bist du nun.«

»Hier bin ich nun.«

Komm schon, Pippa, das kannst du besser! Eltern lieben dich doch normalerweise.

»Ich freue mich so, Sie endlich alle kennenzulernen, Mrs Gal… ich meine, Kathleen. Steve hat mir schon so viel von seiner Familie erzählt.«

Eine Sekunde lang habe ich das Gefühl, geröntgt zu werden, als könnte sie durch meine Haut, meine Knochen und meine Muskeln bis tief in meine Herzkammern blicken. Sie lächelt und fängt an, an mir herumzuzupfen wie eine Affenmutter, die ihr Junges laust. Womöglich wird sie hinter meinen Ohren gleich nach Ungeziefer suchen. Doch dann nimmt sie mein Gesicht in beide Hände – »bildschön« – fährt mir durchs Haar und gurrt erfreut: »Was für hübsche kräftige Haare. Und rostbraun! Warum hast du uns nicht gesagt, dass sie eine von uns ist, Stevie?« Sie senkt dramatisch die Stimme, kann aber trotzdem noch überall im Raum gehört werden. »Dann habt ihr beide rote Gene und die Chance auf ein kleines …«

»Mum!« Steve ist puterrot.

»Mein Sohn ist viel zu prüde.« Sie lacht. »Oh, diese Wimpern! Und ich bin ja so froh, dass du dir nicht die Augenbrauen zupfst. Natürlich ist es doch so viel schöner als dieser aufgemalte Look, der gerade in ist. Unser Stevie hat erzählt, du bist Schauspielerin. Das klingt aufregend. Erzähl doch mal.«

Vielleicht liegt es am Alkohol, vielleicht an ihrer übertriebenen Aufregung, aber ich bin kurz davor, ihr die Wahrheit zu sagen: *Nein, es ist nicht aufregend. Es ist zu neunundneunzig*

Prozent Tortur. Es bedeutet, ständig von der Hand in den Mund zu leben, auf einen Anruf zu warten, sich montags zu betrinken und zu wissen, dass man sich für jede Enttäuschung selbst die Schuld geben muss.

Stattdessen strahle ich sie an und sage: »Ja, das ist wirklich toll. Ich liebe es! Ich habe solches Glück gehabt!«

Kathleen sieht zu Steve, der sich wieder dem Abwasch widmet, lehnt sich dann näher zu mir heran und flüstert: »Jetzt, wo er nicht zuhört, kann ich es ja sagen: Auch wenn Lola quasi schon zur Familie gehört hat – und ja, natürlich war es ein furchtbarer Schock, als sie ausgezogen ist, ich will nicht verheimlichen, dass Frank und ich insgeheim schon mit einer Verlobung gerechnet hatten –, also, du brauchst dich da trotzdem in keiner Weise bedroht zu fühlen.«

Wow. Was für eine Aussage!

Ich war nicht … Ich hatte nicht … Aber jetzt mit Sicherheit.

Verlobung?

Kathleen plappert munter weiter, ohne Rücksicht darauf, dass ich bestimmt ganz bleich geworden bin.

»Ach herrje, die Kerrs waren am Boden zerstört. Ich kenne die Frau seit mehr als dreißig Jahren, und so erschüttert habe ich sie noch nie gesehen. Die Arme! Niemand hatte es kommen sehen. Alle waren überzeugt, dass unser Jüngster bald unter der Haube ist. Aber da sieht man's mal wieder, hm?«

Ich finde. Keine. Worte.

»Lola ist eine Zeitlang wieder zu ihren Eltern gezogen, weißt du? Brauchte ein bisschen Rückhalt und Trost von ihrer Mutter.«

Steve, hilf mir. Ich versuche, ihm durch das Zimmer mentale Botschaften zu senden. *Komm. Sofort. Hier. Rüber. Rette mich.*

Aber unsere telepathische Liebesleitung hat offensichtlich eine Störung, denn er lacht gerade über einen schlechten Weihnachtsmannwitz aus einem Knallbonbon der Kinder. Hätte er uns zugehört, hätte er bestimmt schon mit einem Teller nach seiner Mutter geworfen.

Und Kathleen ist noch nicht fertig. »Das arme Mädchen, aber inzwischen scheint es ihr ein bisschen besser zu gehen. Hat wohl nur etwas Zeit gebraucht, um den Schock zu überwinden. Denn es war wirklich ein Schock! Für uns alle. Aber als ich neulich mit ihr zum Mittagessen war …«

Hat sie gerade Mittagessen gesagt?

»… wirkte sie schon wieder fast wie früher – wie die gute alte Lola, die wir alle kennen und lieben.«

Endlich hält sie inne, um Luft zu holen, und sieht mich an. »Du wirkst ein bisschen blass um die Nase, Liebes. Hast du vielleicht noch Hunger? Aber gleich gibt es ja Franks Sherry Trifle.« Sie nähert sich wieder konspirativ und flüstert (Heißt das, sie kann *doch* taktvoll sein?): »Er hat in all den Jahren immer noch nicht das perfekte Verhältnis von Vanillesoße zu Sahne gefunden, aber wir sind dem alten Zausel dankbar, dass er es immer wieder versucht.«

Liebevoll beobachtet sie, wie ihr Mann auf allen vieren durch die Küche krabbelt, Ruby Mae auf dem Rücken, die fröhlich juchzt und fordert: »Pferdi muss schneller laufen!«

Ich sehe ebenfalls zu und hoffe inständig, dass Kathleen sich plötzlich an vergessene Windbeutel oder dergleichen im Ofen erinnert.

Aber nichts da.

»Und sieh dir nur unseren kleinen Stevie an. Tut so, als würde er abwaschen, aber ich sehe doch, dass er hochrote Ohren hat. Er ist so eine gute Seele. Will unbedingt mit seinem Mädchen zusammen sein. Das ist so entzückend. Wir wissen alle, dass er ganz verrückt nach dir ist.«

Um Himmels willen, Pippa, nun sag doch was! Irgendetwas. Mach ihnen klar, dass du absolut KEIN PROBLEM mit Lola hast. Es ist völlig EGAL, dass Steve mit ihr ZUSAMMENGELEBT hat, sie GELIEBT hat, sie BEGEHRT hat, wahrscheinlich den größten Teil seines Erwachsenenlebens. Nein, wirklich. Es ist alles COOL. Du bist VOLLKOMMEN sicher, dass er über sie hinweg ist. ABSOLUT. Oder?

Ich versuche verschiedene Ansätze, aber keiner schafft es höher als bis zu meiner Kehle. Ich komme mir wie eine dieser Straßentheaterleute auf der Royal Mile in Edinburgh vor, deren Trick ist, so zu klingen, als hätten sie eine Miniversion von sich selbst in ihrem Mund gefangen. Die kleine Pippa in meinem Brustkorb, die von innen gegen die Rippen hämmert und raus will, ist kurz davor, es zu schaffen, als plötzlich die Haustür aufgeht.

»Ta-da!«

Vor uns steht Oscar, neuerdings mit Rauschebart, in einem beim Waschen eingelaufenen Rentier-Pullover, über der Schulter einen Sack Geschenke. Ein hipster Weihnachtsmann. Unter einem Arm klemmt außerdem ein Sechserpack billiges Bier, auf dem er gefährlich wacklig sein Skateboard balanciert.

»Hallo, ihr Süßen! Ich bin wieder da-ha!«

Und so bin ich mit einem Schlag aus dem Rampenlicht entlassen, als Kathleen aufsteht, um »unseren Oscar« zu umarmen.

Oh, Oscar. Lieber Oscar. Noch nie war ich so froh, dich zu sehen.

Wie Ameisen, die eine faulende Mango erstürmen, machen

sich die Gallaghers nun über Oscar her, umarmen ihn, klettern auf ihn drauf, kitzeln ihn, bis er unter ihnen fast verschwindet. Als er ohne sein Bier wieder auftaucht, hat er Ruby Mae wie einen aufgerollten Teppich unter dem Arm, und Sammy klemmt wie ein Koala an seiner Wade. »Ich hoffe, ich komme rechtzeitig für Frankies Trifle. Denn wir wissen ja alle, dass ich nur deswegen hier bin.«

Nun bricht wieder allgemeine Hektik aus, weil jeder der Erste sein will, der Oscar sein Schälchen mit Franks berüchtigter Nachspeise kredenzen will. Steve entzieht sich dem Gedränge und setzt sich neben mich.

»Ausnahmsweise bin ich mal ganz froh, den alten Blödmann zu sehen«, flüstert er mit breitem Grinsen.

Ich kuschle mich in seine Arme.

»Ach, endlich! Das will ich schon den ganzen Tag lang machen. Geht's dir gut?«

»Prima, ja. Alles bestens.«

Er mustert mich. »Sicher? Meine Mutter hat sich über dich hergemacht, habe ich gesehen. Leider konnte ich nicht früher dazukommen.«

»Ach, das war nichts, mit dem ich nicht auch allein fertigwerden konnte.«

Er verschränkt seine Hand mit meiner und streichelt mit seinem leicht rauen Daumen meine Handfläche. Seltsam, wie ich dabei sofort den Eindruck habe, ich könnte an seiner Schulter einschlafen. Wie Zauberei.

»Sie mischt sich nun mal gerne ein. Was hat sie gesagt?«

»Ach, nichts Besonderes.« Ich lächle übertrieben. Viel zu übertrieben.

Steve kneift die Augen zusammen. »Wirklich?«

»Ja, wirklich wirklich.«

Wirklich wirklich? Was rede ich da? Warum sage ich ihm nicht, was sie von Lola erzählt hat. Ich möchte es so gern. Ich brauche seine Bestätigung, dass alles in Ordnung ist, dass es mit Lola nichts Ernstes war, dass sie sich nicht nur wegen mir getrennt haben, dass ich die Liebe seines Lebens, dass nichts uns auseinanderbringen kann und dass seine Familie mich eines Tages so lieben wird, wie sie Lola offenbar noch lieben. Doch stattdessen …

»Wir haben über dies und das geredet. Oh, und über *Mittsommer-Morde*.«

Er lacht. »Ja, sie kann es immer noch nicht verkraften, dass ihr Sohn mit einer Schauspielerin aus dem Fernsehen zusammen ist. Gut, dass sie nichts Blödes gesagt hat!«

Er küsst mich zärtlich auf den Mund und sieht mir verliebt in die Augen, und für einen Moment verschwindet die Gallagher-Armee um mich herum. Mit tiefer, verführerischer Stimme flüstert er: »Pippa Lyons …«

»Ja?«

»Habe ich dir schon gesagt …«

Ich lehne mich gegen ihn und schließe die Augen. Unsere Nasen berühren sich fast, und ich spüre seinen Atem auf meiner Wange. Ich warte auf die Worte, die wir uns so häufig sagen.

»… dass du ganz schön nach Pipi riechst?«

Er kichert. Ich werfe ein Kissen nach ihm, und er kitzelt mich. Bestimmt sehen wir wie alberne, verliebte Teenager aus, die sich auf dem Sofa kabbeln. Als er mich in seine Arme zieht, atme ich tief seinen Duft ein und fühlte mich sofort zu Hause. Sicher.

Die frisch zu Rennpferden gekürten Oscar, Charlotte und Mickey krabbeln unter Anfeuerungsrufen der übrigen Gallaghers auf Händen und Knien über den Teppich. Steve schüttelt den Kopf und schmunzelt.

»Die sind echt alle irre.«

»Ich hätte jetzt so was wie ›speziell‹ gesagt.«

»Auf liebenswerte Weise irre. Du wirst dich noch an sie gewöhnen. Das verspreche ich.«

Er küsst mich wieder auf den Mund. Ich spüre sein Herz gegen meinen Brustkorb schlagen. Dann …

»Onkel Oscar kitzelt mich die ganze Zeit! Onkel Stevie, du musst mir helfen! Du bist viel schnellerer!«

Steve grinst und verdreht die Augen.

»Was für ein Glück du nur hast! Du bist mit dem schnellsten Rennpferd aus diesem Stall zusammen.«

Ein Küsschen auf die Nasenspitze, und weg ist er, wiehert und buckelt und schwingt seine Mähne. Erfreut klettert Ruby Mae auf seinen Rücken, und ich bin wieder allein.

Und er hat recht …

»Komm, Stevie! Gib alles!«, ruft Frankie in eine leere Colaflasche, die als Mikrophon dient.

… ich habe riesiges Glück.

»Da galoppiert unser Favorit nun Kopf an Kopf mit unserem Oscar …«

Aber ich will die Eine für ihn sein.

»Moment mal. Was ist das? Siobhan kommt unerwartet auf der Innenbahn …«

Ich will die Erste sein.

»… aber Stevie kämpft sich zurück auf Platz eins!«

Ich will *unsere* Pippa sein.

»Und kaum zu glauben: Unser Stevie gewinnt!«

Ob das wohl je so sein wird?

2. März 2019
06:39 Uhr

»Tut uns leid, es hat eine Weile gedauert, bis wir herkommen konnten. Das war heute eine hektische Nacht.«

Die größere der beiden Polizistinnen lispelt leicht und knabbert an ihren trockenen Lippen. Die kleinere blinzelt auffallend oft und blickt hektisch durch den Raum, als würde sie mit den Augen eine Fliege verfolgen. Die beiden scheinen sich unwohl zu fühlen und stehen dicht an der Wand, als erwarteten sie, dass gleich ein Verbrecherfoto von ihnen gemacht würde.

Schließlich tritt die größere vor und hält Steve einen durchsichtigen Plastikbeutel entgegen. Sie erinnert ihn an eine Bleistiftzeichnung von Quentin Blake, eckig mit langen Armen und Beinen.

»Wir dachten, wir bringen Ihnen das so schnell wie möglich vorbei.«

Ihre tadellos sauberen Uniformen wirken steif und unbequem, als hätte man sie zum Reinwachsen in die nächstgrößere Kleidergröße gesteckt.

»Das sind die Sachen Ihrer Frau. Vom Unfallort.« Die kleinere spricht mit nordenglischem Geordie-Akzent.

Zögernd nimmt Steve den Beutel an sich, weiß aber nicht, was er damit machen soll. Sich bedanken? Ihn öffnen und den Inhalt bestätigen? Er tut nichts davon, sondern hält den Zip-Lock-Verschluss fest zwischen den Fingern.

Das Ganze wirkt ein bisschen wie eine steife Cocktailparty. Drei Gäste stehen herum und suchen verzweifelt einen Weg, um den Kontakt geschmeidiger zu gestalten. Verlegenes Lächeln und nachdenkliche Stille, die niemand zu brechen weiß.

»Ihre Handtasche ist da drin«, fährt irgendwann die größere fort. »Ihr Handy und ein Paar Schuhe. High Heels. Die wurden ihr am Unfallort ausgezogen. Wenn Sie irgendwelche Fragen haben …«

Fragen? Hat er Fragen?

Die kleinere löst die Kollegin ab. »Es gab einen Augenzeugen, und wir haben so viele Indizien gesammelt, wie wir konnten. Der Mann hat sie kurz vor dem Unfall überholt und konnte im Nachhinein rekapitulieren, was anscheinend passiert ist.«

Steve ist schlagartig hellwach und giert nach Antworten, gleichzeitig fürchtet er sich vor dem, was er hören wird.

»Wie es scheint, war Ihre Frau zum Zeitpunkt des Unfalls … abgelenkt.«

»Abgelenkt?«

»Ja. Laut dem Augenzeugen sah es aus, als hätte sie etwas in ihr Handy getippt.«

»Ins Handy? Beim Fahren? Nein. So etwas würde Pippa niemals tun!«

Die Geordie-Beamtin zieht die Brauen zusammen; sie ist es nicht gewohnt, dass ihre Aussage in Frage gestellt wird.

»Der Gentleman war sich ziemlich sicher, Mr Gallagher. Wir haben keinen Grund, seine Aussage anzuzweifeln.«

»Nun, und *ich* bin mir sicher, dass das ein Irrtum sein muss.«

An ihrer Schläfe wird eine Vene sichtbar, die zu pulsieren beginnt. Kein gutes Zeichen. Die Polizistin starrt ihn an und schürzt die Lippen. Steve hält sich an der Stuhllehne fest und spürt leise Wut in sich aufsteigen.

»Er hat ganz klar geschildert, was er mit eigenen Augen gesehen hat.« Sie greift in die hintere Hosentasche, zieht ein schwarzes Notizbuch hervor und blättert bis zur Mitte. »Er gibt an, Ihre Frau sei ›eindeutig von ihrem Handy abgelenkt gewesen, dann ließ sie es in den Fußraum fallen‹. Danach habe er das Geschehen nicht weiter beobachten können, weil er an ihr vorbeigefahren war. Kurz darauf hörte er den Aufprall.«

Steve ringt nach Luft. Er spürt, wie ihm der Brustkorb enger wird.

Den Aufprall.

Plötzlich ist der Raum voll von splitterndem Glas, quietschenden Reifen, berstendem Metall. Pippa schreit. Steve sitzt vorübergehend auf dem Beifahrersitz und sieht, was geschieht: Pippas Körper wird wie eine Gliederpuppe nach vorn geworfen, ihr Kopf rammt die Windschutzscheibe, während er, wie gelähmt und von den entgegenkommenden Lichtern geblendet, nur dasitzt.

Die größere Polizistin übernimmt wieder, ihr Ton ist freundlich. »Wie es aussieht, ist sie auf die Gegenfahrbahn gedriftet und mit einem entgegenkommenden Fahrzeug kollidiert. Es tut mir sehr leid.«

Steve sieht die Worte, die offenbar dem Kapitel »Einem trauernden Ehepartner schwierige Nachrichten übermitteln« aus dem *Ratgeber für gute Polizeiarbeit* entstammen, um seinen Kopf kreisen, während die Polizistinnen mitfühlend die Köpfe neigen und die Hände falten wie zum Gebet.

»Der andere Fahrer hat leichte Verletzungen erlitten, konnte aber schon wieder entlassen werden.« Die Große sieht nun zu Pippas Bett. »Zumindest *eine* gute Nachricht.«

Steve registriert, dass Geordie auf ihre Armbanduhr sieht. Als sie den Kopf wieder hebt, bemerkt sie seinen Blick und errötet, verlegen, müde.

»Da ist noch eine Sache, die wir fragen müssen, Mr Gallagher«, sagt sie und klingt wieder resoluter, geschäftsmäßiger. »Das ist immer ein wenig unangenehm, und ich fürchte, Sie werden es als Zumutung empfinden.«

Eine größere Zumutung, als dass die Liebe meines Lebens im Koma liegt?

»Wir müssen Sie fragen, ob Ihre Frau in letzter Zeit depressiv oder labil war.«

»Wie meinen Sie das?«

»Fällt Ihnen ein Grund ein, weshalb sie gestern Nacht abgelenkt gewesen sein könnte? Gab es zwischen Ihnen, also in Ihrer Ehe, Probleme? Kritische Ereignisse?«

»Es ist schwer, jetzt darüber nachzudenken«, sagt die Große, die Gute, schnell. »Wahrscheinlich war es einfach ein sehr unglücklicher Unfall, aber wir müssen ausschließen, dass … äh … Sie wissen schon …«

»Dass sie sich selbst verletzen wollte«, sagt Geordie.

Steve merkt, dass er aus unerfindlichem Grund am liebsten lachen will. »Sie wollen wissen, ob sie das mit Absicht gemacht hat?«

»Wie ich schon sagte, Sir, wir müssen nachfragen, ob wir das ausschließen können, Sir.«

Steve sieht zu Pippa. Sieht die Verbände. Die Schläuche. Die Verletzungen.

»Nein. Sie wollte sich nicht verletzen.«

Quentin Blake sieht zu Geordie. Sie scheinen zufrieden.

»Also, wenn Sie dann keine weiteren Fragen mehr haben …«, sagt Geordie. »Wir möchten Sie in dieser Situation nicht länger belästigen.«

In dieser Situation.

»Wir bleiben natürlich in Kontakt mit dem Krankenhaus, um zu gegebener Zeit die Aussage Ihrer Frau aufzunehmen«, sagt die Große. »Sobald sie dazu in der Lage ist …« Beide sehen ein letztes Mal zu Pippa. »Jetzt wünschen wir Ihnen erst einmal … alles Gute. Ihnen und Ihrer Frau.«

Während Steve wieder allein dasteht und die Leere des Raums in sich aufnimmt, hört er aus dem Plastikbeutel ein Piepsen. Er löst den Verschluss und nimmt Pippas Handy heraus. Das Akku-Zeichen blinkt. Ohne nachzudenken, holt er sein Ladegerät aus dem Rucksack und stöpselt alles in eine Steckdose in der Wand, wie er es schon so oft getan hat.

»Nicht, dass du ohne Handy bist, wenn du aufwachst, hm? Wer weiß, was in deinen sechshundert Gruppenchats gerade so abläuft?«

Sirr, piep, klick, pfft.

Aber er kann die Jovialität nicht aufrechterhalten, nicht einmal für sie.

»Was zum Teufel hast du getan, Pippa? Du fährst nie mit hohen Absätzen Auto. Und Nachrichten per Handy? Das machst du doch sonst auch nicht.«

Er krallt sich an der Bettdecke fest.

»*Warst* du depressiv, mein Liebling? Ist das *meine* Schuld? Mein Gott, habe *ich* dir das angetan?«

Ein unsichtbares Paar Hände legt sich um seinen Hals, doch er zwingt sich, weiterzusprechen.

»Ich war abweisend in letzter Zeit. Das weiß ich. Und du hast mehr von mir gebraucht. Aber irgendwann konnte ich nicht mehr, Pip. Ich habe mitgesehen, was passiert. Und habe mich selbst dafür gehasst. Aber ich habe nie aufgehört, dich zu lieben. Das weißt du doch hoffentlich, oder? O Gott, Pippa, sag mir, dass du dir nicht selbst etwas antun wolltest!«

Heiße Tränen steigen ihm in die Augen. Alles verschwimmt.

»Wach auf, mein Schatz. Wach auf und sag mir, was dir durch den Kopf gegangen ist. Ich muss es verstehen. Rede mit mir, Pippa! Ich kann das hier nicht allein.«

Sirr, piep, klick, pfft.

25. Juni 2010

STEVE

Nachdem ich das Außenzelt ausgebreitet hatte, griff ich auf den alten Pfadfindertrick zurück und schlug schon mal die vier Eck-Heringe ein.

»Man sollte sofort die Plane sichern, sonst kann man das Lied *Wer ist nicht vergnügt, wenn hoch sein Zeltdach fliegt* singen«, sagte ich zu Pippa. Sie liebte Mary Poppins und konnte jeden Song auswendig, deshalb war ich stolz, dass ich die Anspielung auf das Drachenlied in meiner Zeltaufbauanleitung unterbringen konnte. »Damit sind wir bereit für Schritt zwei: die Zeltstangen einführen.«

»Klingt wie eine gestrichene Szene aus der Bibel«, erwiderte sie trocken.

»Ignorier die Aufbauanleitung«, fuhr ich fort, »und nimm immer doppelt so viele Heringe mit, wie du meinst, dass du brauchst. Heringe kann man nie genug haben.«

Mit routinierter Leichtigkeit schob ich die Stangen in die Tunnel. Sie glitten fast reibungslos hindurch, wie ein heißes Messer durch Butter. Es war unglaublich befriedigend. Als Nächstes kniete ich mich hin, um das Innenzelt auszubreiten und hakte es an den entsprechenden Ösen ein, damit ich hineinkriechen konnte.

»Ich hoffe, ich langweile dich nicht«, rief ich von innen und erwartete vehementen Protest. Aber es kam gar keine Antwort. »Pip? Pippa?«

»Wer möchte einen Wodka Tonic?«, hörte ich sie auf einmal, und es antworteten definitiv mehr fröhliche Camper, als mit uns angekommen waren.

»Ich bleibe bei meinem Bier, danke!«, rief ich, um sie dezent daran zu erinnern, dass ich noch mit unserem Zelt beschäftigt war.

Ich verstaute die wichtigsten Dinge – Klorolle, Brot, Frühstücksspeck, Ketchup, Feuchttücher, Schmerztabletten – in diversen Plastiktüten und verteilte sie auf der Bodenplane unseres Außenzelts, mit etwas Abstand zum Eingang, damit sie möglichst trocken blieben. Schließlich rollte ich die Isomatten aus und darauf unsere Schlafsäcke, die ich zum Doppelschlafsack verband. Fehlte nur noch eine Rose oder ein Stück gute Schokolade wie im Hotel, um das Ganze abzuschließen …

Ich kniete mich hin, streckte den Kopf nach draußen und tastete über das Gras. Da, eine kleine gelbe Blume reckte sich der Sonne entgegen, möglicherweise Hahnenfuß, da war ich nicht sicher. Ich warf einen Blick über den Campingplatz – leuchtend bunte Zeltkuppeln in allen Regenbogenfarben bis zum Horizont – und empfand Mitleid mit all den Wildblumen und Insekten, die von den vierhunderttausend Füßen niedergetrampelt wurden. Dann riss ich die kleine Blume aus ihrem Bett aus Gras und Moos und legte sie auf Pippas aufblasbares Kopfkissen.

Während ich ein so riesiges Festival wie Glastonbury als eher einschüchternd empfand, fühlte ich mich beim Campingpart ganz in meinem Element. Ich stellte mir vor, wie Pippa und ich gemütlich zusammengekuschelt bei Sonnenaufgang erwachten und zum Frühstück auf dem Campingkocher Spiegeleier brutzelten. Vor ein paar Wochen hatte ich ein Mischsortiment an Frühstücksflocken mitgebracht, um unsere Vorräte aufzustocken, und Pippa hatte sich so sehr gefreut, dass ich dachte, ich hätte die ultimative Rucksackreisenpartnerin gefunden. Aber jetzt, wo wir hier waren, sah es so aus, als wäre das Einrichten des Lagers zweitrangig und erst einmal

Party angesagt. Dasselbe galt für den Rest der Gruppe, der jetzt neben dem Haufen an Taschen, Schlafsäcken und einer mit Alkohol gefüllten Kühltasche im Kreis saß. Es schien einstimmig beschlossen worden zu sein, alles so schnell wie möglich wegzutrinken, und jetzt strengten sich alle an, die in leeren Wasserflaschen eingeschmuggelten Spirituosen zu vernichten.

An meinem Talent für Zeltaufbau bestand kein Zweifel, aber cool war es nicht. Und wie sich herausstellte, ging es bei Musikfestivals allein darum, cool, sorglos und ein bisschen durchgeknallt zu sein – und nicht zwingend talentiert fürs Campen. Ich hatte mich für unsere Outdoor-Aktivität vernünftigerweise mit Fleecepulli, Wachsjacke und Gummistiefeln ausgerüstet. Pippas Freunde hatten ihre übliche Garderobe gegen den »Glasto Look« eingetauscht: Sachen mit Pailletten und Glitzer und teils so zerrissen, dass ein Faible für Led Zeppelin und die Ramones sichtbar wurde. Selbst Gus hatte sein üblicherweise schwarzes Outfit durch ein offenes Hawaiihemd ersetzt. Auch sonst kamen sie mir verändert vor – als würden gewisse Seiten ihrer Persönlichkeit jedes Jahr nur im Juni zutage treten. So zählte Festival-Tania nicht mehr sämtliche Männer auf, mit denen sie ausgegangen war, sondern alle Bands und DJs, die sie schon erlebt hatte, im Grunde also das gesamte Line-up des Festivals.

»Ich hoffe, sie spielen auch mal die B-Seiten«, hatte sie von einer Band gesagt, deren Namen ich noch nie gehört hatte. »Nicht nur den Pop-Scheiß, den man im Radio immer hört.«

Jens Wandlung war tatsächlich tiefgreifender und hatte sich bereits vollzogen, als sie die Schauspielerei und sogar London aufgegeben hatte und zurück nach Hause gezogen war. Das Zusammentreffen mit alten Freunden in Bristol hatte sie aufblühen lassen, und sie war jetzt viel eher in der Lage, es mit der lauten, wetteifernden Drama-Gang aufzunehmen. Und wie um uns vor Augen zu führen, wie weit sie sich von dem damals scheuen und schreckhaften Mädchen entfernt hatte, kam sie als Stegosaurus verkleidet.

Pippa gab nicht vor, jemand anders zu sein oder mehr über die Musik zu wissen als ich. Ihre einzige Sorge bestand darin, dass alle gut miteinander auskamen, sich betranken und beglitzerten. Gewissenhaft verteilte sie Glitzer auf allen Gesichtern ihrer Freunde, als hätte sie darin eine neue Bestimmung gefunden.

»Alles fertig aufgebaut«, sagte ich und trat ein wenig schüchtern in die Runde.

Pippa umarmte mich, als hätten wir uns wochenlang nicht gesehen.

»Du bist der Beste! Ich hab ja so viel Glück! Mein lieber schlauer und geschickter Schatz!«

Ich liebte es, wenn sie mich »Schatz« nannte, vor allem vor anderen. Dann fühlte ich mich stolz, glücklich, sexy und cool – und jetzt auch noch schlau und geschickt.

Ich setzte mich zwischen Pippa und einen Neuzugang, einen zerzausten Hippie namens Jacob, der entweder ein Freund von Jen war oder jemand, der zufällig in unser Basislager eingedrungen war. Er hatte eine Ukulele dabei und sah ein paar Jahre älter aus als wir.

»Cool, *man*«, sagte er.

»Wow, Steve!«, entfuhr es nun auch Tania, deren halbes Gesicht hinter einer riesigen Sonnenbrille versteckt war. »Das hast du aber schnell hingekriegt!«

»Das kommt, weil ich mir ein Camping-Genie geschnappt habe«, sagte Pippa und drückte meine Hand.

»So sieht es wohl aus. Ich bin beeindruckt.«

Einem Kompliment von Tania folgte im Normalfall eine Anfrage.

»Könntest du mein Zelt auch aufbauen? Ich habe das ein Mal versucht, aber es war nicht zu schaffen.«

Ich spürte, wie Pippa mich ansah. Normalerweise hätte sie Tania gesagt sie solle »ihr blödes Zelt selbst aufbauen«. Aber das hätte nicht zur momentanen Stimmung gepasst.

»Klar«, erwiderte ich also.

»Hier, nimm erst mal ein Bier.« Jen fischte eine Dose Red Stripe aus der Kühltasche. »Das ist immer noch ziemlich kalt.« Sie öffnete die Dose für mich; was zwar nicht nötig war, aber trotzdem sehr nett.

Ich schüttete den Inhalt von Tanias großer Campingtasche auf die Wiese. Schnell wurde mir klar, warum sie es bisher nicht geschafft hatte, ihr Zelt aufzubauen, und es lag nicht nur daran, dass sie meinte, die ganze Welt sei ihr etwas schuldig: Es war kein Zelt, es war eine Jurte.

In der Aufbauanleitung stand, man brauche für den Aufbau mindestens zwei Personen, und auf den Zeichnungen waren sogar drei Menschen skizziert, mit hoch konzentrierten Gesichtern. Die Art von gezeichneten Menschen, die so eine Aufgabe mit Leichtigkeit bewältigten. Ich betrachtete meine Camperkollegen – Schauspieler, Kiffer und ein Stegosaurus –, und entschied, es lieber allein zu versuchen.

Mit einer Menge Zeit und Geduld schaffte ich es, das Gerüst aufzubauen, indem ich meinen Körper in noch extremere Positionen verrenkte als sonst bei *Twister*.

»Lass mich dir helfen, Steve«, sagte Pippa, legte ihren Glitzerstift beiseite und zog einen neuen aus ihrem Waschbeutel. Allerdings rührte sie sich dabei nicht von der Stelle. »Mit den zwei Farben wird das noch besser, Jen, du wirst sehen. Das bringt die goldbraunen Sprenkel in deinen Augen besonders zur Geltung.«

Zum Glück lagen mir einzelgängerische Outdoor-Aktivitäten, die man mit einem Bier in der Hand erledigen konnte. Bei so was hatte ich meinen Dad in den Sommerferien oft beobachtet. Auto waschen, Garten wässern, Gullys reinigen. Musste etwas erledigt werden, war das für ihn die perfekte Entschuldigung, sich einen anzududeln.

Eine weitere Dose Bier später stand Tanias Jurte. Schwungvoll schlug ich die Stoffbahnen am Eingang zurück und spürte beim Festbinden die Endorphine durch meinen Körper kreisen. Es gab eine kleine Runde Applaus.

»Kann-alles-Steve!«, rief Gus mit leicht sarkastischem Unterton.

»Kann-alles-Steve!«, echoten die anderen, und der Spitzname war da.

»Kannst du meins auch aufbauen?«, fragte Jen.

Bald war klar, dass Kann-alles-Steve alle Zelte aufbauen würde.

»Bist du sicher, dass ich dir nicht helfen soll?«, fragte Pippa zwischendurch. »Ich will nicht, dass du denkst, du bist nur zum Arbeiten hier. Ich will, dass du Spaß hast.« Aber ich war gut in Fahrt. Außenzelt ausbreiten, Heringe leicht anklopfen, Stangen einführen, aufstellen, Heringe fest einschlagen, Innenzelt einbauen, zusammenklipsen, alles überprüfen, das nächste.

Das letzte Zelt war ein altmodisches mit zwei dickeren, festen Stangen in der Mitte, der fleckige Stoff in ausgebleichtem Militärgrün. Möglicherweise hatte es mehrere Kriege erlebt. Es gab keine Anleitung, aber die brauchte ich auch nicht –

mittlerweile schaffte ich das rein intuitiv. Sobald es aufgebaut war, krabbelte ich hinein. Die Wände waren auf morbide Weise faszinierend: uralte angetrocknete Flecken, die wie obszöne Höhlenmalerei aussahen. Es roch, als sei darin irgendwas gestorben. Tatsächlich *war* darin auch was gestorben, sogar einiges, denn es sah wie ein Massenfriedhof für Insekten aus. Ich sammelte die Überreste mumifizierter Ameisen, Spinnen, Wespen und einer Heuschrecke ein und steckte dann den Kopf nach draußen.

»Wessen Zelt ist das?«, fragte ich in der Hoffnung, es könnte das von Gus sein. Dann könnte ich ihn beschämen, indem ich allen meine Handvoll sonnengetrockneter Insekten zeigte.

Allgemeines Schulterzucken, dann sagte Jacob: »Das könnte meins sein.«

Dass er nicht sicher wusste, ob es sein Zelt war oder nicht, sagte alles über ihn. Ich war sicher, dass ihm weder Käfer noch Flecken noch der Gestank etwas ausmachen würden, also sagte ich nichts weiter außer: »Ist fertig.«

Jacob breitete die Arme aus, als wollte er den Herrn loben. »Ich danke dir, mein Bruder.« Es klang aufrichtig, unehrlich und irritierend zugleich. Während er sprach, staubte Asche vom Ende seines Joints.

»Kann-alles-Steve!«, rief Gus erneut und imitierte dabei Jacobs verschlurrte Kiffersprache.

Ich spürte den Muff eines fremden Menschen auf der Haut jucken und sich mit meinem eigenen Mief aus ausgeschwitztem Bier und Raststättenfrühstück vermischen. Ich stank, als hätten wir bereits drei Nächte dort verbracht. War eine Stunde nach Ankunft zu früh, um zu duschen? Es würde noch keine Schlangen und noch keinen Fußpilz geben – ich hatte gehört, dass die Abflüsse zum Ende des Festivals hin mit allen denkbaren menschlichen Ausscheidungen verstopft sein würden.

»Hier, das hast du dir verdient.« Jen reichte mir noch ein Bier. Es war mittlerweile warm, aber ich leerte die Hälfte davon wie Wasser, bis es anfing, komisch zu schmecken.

Pippa wühlte in einer Tasche mit Perücken und zog eine mit leuchtend orangen Afro-Locken heraus.

»Für dich, Steve.«

»O nein, die brauche ich nicht.« Abwehrend legte ich mir die Hände auf den Kopf.

»Natürlich *brauchst* du die nicht«, sagte sie, schob meine hilflosen Arme beiseite und stülpte mir das Ding über den Kopf. »Aber das hier brauchst du auf jeden Fall …«

Sie holte noch etwas Kleines aus der Tasche, das ich nicht erkennen konnte, und drückte es mir aufs Gesicht. So, wie es mir an den Mundwinkeln kitzelte, musste es wohl ein Walrossbart sein.

»Bitte sehr! Perfekt!« Sie lehnte sich vor, um mir einen Kuss zu geben, besann sich dann aber anders und kniff mir in die Wangen. »Du bist mein Held, Steven Gallagher. Das weißt du, oder?«

Trotz der ganzen Aufregung, der Drinks und der Drogen war es in unserer Ecke erstaunlich friedlich. Vermutlich die Ruhe vor dem Sturm. Abgesehen von gelegentlichen Anfeuerungsrufen oder einem Frisbee, der über unsere Köpfe sauste, war es, als säßen wir in einem Kokon. Die Hintergrundgeräusche waren gedämpft, wir hörten eine dumpfe Kakophonie aus Tausenden murmelnder Stimmen und das pulsierende Wummern von Basslauten aus weit entfernten Lautsprechern. Von uns aus konnte man die silbrig glänzende Kuppel der Hauptbühne – das Mutterschiff aller Zelte – gerade eben noch erkennen. Ein ständiger Strom an Menschen bewegte sich darauf zu, wie Kampftruppen in Parkas und Gummistiefeln. Hin und wieder desertierte jemand aus den Reihen, um ein Rad zu schlagen oder mit wildem Hüpfen einen gerade entdeckten Bekannten zu umarmen.

»Glasto, Mann«, sagte Jacob, der meinem Blick gefolgt war. »Ist ein Gemütszustand.« Er stand auf und verzog sich in sein Zelt.

Als er wieder rauskam, war sein Gemütszustand definitiv verändert. Er setzte sich nicht wieder hin, sondern fing an, zappelnd auf der Stelle zu tanzen; seine Knie federten seinen Körper zur fernen Musik auf und ab, und er plummte auf seiner Ukulele in einer Art Urvolkrhythmus, der meinen Ohren fremd war. Der Wind drehte und brachte neue Geräusche mit sich: das sirrende Klirren elektrischer Gitarren beim Soundcheck. Der Ruf des Festivals. In stummer Übereinkunft tranken wir aus, klopften Staub und Gras von den Hosenböden und schlossen uns der allgemeinen Wallfahrt Richtung Hauptbühne an.

Der Weg führte leicht abschüssig in eine Senke, wo wir nur langsam weiterkamen, da es weiter vorn durch ein dicht mit Bäumen bewachsenes Waldstück ging. Rechts und links von uns reichten saftgrüne Wiesen bis ans Blau des Himmels heran. Den ganzen Tag über hatte die Sonne geschienen, und der Boden war so weit getrocknet, dass man sich ohne Decke oder Jacke hinsetzen konnte.

Als die vorerst noch ferne Musik aufgedreht wurde, ging ein aufgeregtes Raunen durch die Menge. Der Geruch gebratener Zwiebeln wehte durch die Luft. Je weiter wir nach vorn kamen, desto dichter wurden wir zusammengedrängt. Musik dröhnte aus Lautsprechern, die irgendwo hinter den Bäumen stehen mussten, aber niemand tanzte, nicht einmal Jacob, der angespannt wirkte.

»Wer spielt denn da?«, fragte ich Tania, weil ich annahm, dass wir eine der »geheimen« Tanzflächen im Wald erreicht hatten, von denen sie auf unserem Zeltplatz geschwärmt hatte.

»Was?«

Ich nickte in Richtung der klingenden Bäume, hinter denen ich einen versteckten DJ vermutete.

»Da stehen die Sicherheitsleute«, sagte Pippa.

Kein Wunder also, dass Jacob so angespannt wirkte. Nervös klopfte er sich auf die Taschen seiner Jeansjacke und zog zwei Handvoll kleiner Tütchen mit weißem Pulver heraus. Mit der eleganten Handbewegung eines Amateurzauberers in Skihandschuhen verfrachtete er das Zeug vorn in seine Hose. Als er merkte, dass ich ihn beobachtete, zwinkerte er mir zu.

An der Sicherheitssperre standen müde Einheimische mit Warnwesten und gezwungenem Lächeln. Sie versuchten, die vorbeiziehenden Festivalgäste freundlich und geduldig einzulassen, gleichzeitig aber auch ihre Autorität zu wahren, denn manche der Feiernden wollten sie johlend mit High-Fives abklatschen oder ihnen das Gesicht streicheln, wenn die Wirkung welcher Substanz auch immer einsetzte, die sie auf dem Weg konsumiert hatten.

Ich wurde kurz gefilzt und durchgewunken. Jacob kam als Nächster. Bevor ich mich zu ihm umdrehte, ging ich lieber erst mal ein paar Meter weiter.

»Alles klar, Mann?«, sagte er zu dem älteren Herrn an der Absperrung. Dann stellte er sich breitbeinig hin, hob die Arme und verschränkte die Hände hinter dem Kopf, als werde er verhaftet – was ihm vermutlich gleich widerfahren würde. Während der Mann ihm leicht auf die hinteren Hosentaschen klopfte, hörte ich staunend, wie er kommentierte: »Nein, tiefer ... ein Stück nach links ... ja, wärmer ... wärmer ...« Er dirigierte den Typen tatsächlich in Richtung seiner Weichteile.

Allerdings provozierte er damit nur ein müdes Lächeln und wurde gleich darauf zu uns durchgelassen.

»Sollen wir erst mal was zu essen holen?«, fragte ich. Der Zwiebelgeruch ließ mir das Wasser im Mund zusammenlaufen.

»Wer isst, der schummelt!«, rief Tania.

»Zum Essen ist es jetzt *viel* zu spät«, meinte Gus.

Ich sah auf mein Handy: Es war Viertel nach sieben.

»Pip?«

»Ich habe keinen Hunger.« Sie lächelte ein wenig schuldbewusst. »Aber hol dir ruhig was.«

Auf der Wiese vor uns wurde gepfiffen und gejohlt, und wir wurden mitgerissen, geschubst und geschoben. Als wir durch einen Teil mit jeder Menge Imbisswagen kamen – ein regelrechtes Food-Festival –, hörten wir die ersten Akkorde des Opening Acts. Nun war klar, dass wir weder für Burger, Burritos oder Pizza, noch für Pommes, Nudeln oder Churros stehen bleiben würden. All das blieb hinter uns, während die große Pyramidenbühne immer höher vor uns aufragte.

Keiner von uns – nicht einmal Tania – kannte die Band, aber das machte es sogar noch besser. Wir warteten nicht auf eine bekannte Melodie aus dem Radio, sondern genossen jeden Song zum ersten Mal. Das Ganze hatte nichts mit den paar Live-Konzerten zu tun, die ich bisher erlebt hatte. Dies war viel gemeinschaftlicher: Tausende Menschen bildeten ein Meer, eine wogende Einheit. Niemand musste sich Sorgen machen, ob er oder sie cool aussah. Na gut, Tania und Gus war vielleicht nicht egal, wie sie wirkten, aber wir standen derart gedrängt, dass ich sie ohnehin nicht ansehen konnte.

Das Einzige, was ich sah, war Pippas Hinterkopf, und das reichte mir vollkommen. Ich vergrub mein Gesicht in ihrem Haar und atmete ihren Shampooduft ein. In diesem Moment gab es niemanden sonst, nur sie und mich. So schwankten wir eine Weile hin und her, wie Schilfgräser, die von den anderen um sie herum aufrecht gehalten wurden. Pippa lehnte den Kopf gegen meine Brust und lächelte verträumt. Ich küsste sie, und ein Glitzerfitzelchen sprang von ihrer Wange und blitzte im Licht der untergehenden Sonne auf. Ja, dieses Festivalding könnte mir doch gefallen, dachte ich. Kein Drink, keine Droge konnte den Moment perfekter machen. Ich brauchte nichts weiter als das, was ich hatte.

Allerdings musste ich bei aller Entspanntheit allmählich mal aufs Klo. Ich wollte auf keinen Fall die schöne Stimmung kaputtmachen, aber ich konnte auch nicht einfach mal eben schnell zur Toilette gehen und danach dieselbe Pose wieder einnehmen.

»Pip?«

»Hmm, schöne Musik, oder?«

»Ich muss mal.«

»Dann mach hier.«

Ich lachte, aber anscheinend meinte sie es ernst.

»Wie?«

»In die Flasche.«

»Unsere Wasserflasche.«

»Zum Beispiel.«

»Aber da ist doch unser Wasser drin.«

»Dann mach auf den Boden. Als Mann ist das doch einfach.«

Sie löste sich von mir und rückte ein Stück vor, wie um mir Platz zu schaffen.

»Bitte sehr.«

Ich überlegte, wie das vonstattengehen sollte: Ich müsste unauffällig den Reißverschluss meiner Hose öffnen, breitbeinig leicht in die Knie gehen und nach unten zielen. Aber würde ich auch können? Während ich es gedanklich durchexerzierte, zog die Band das Tempo an. Alle Bewegung um mich herum nahm zu, und ich wurde von eifrigen Tänzern zu meiner Rechten nach links geschubst, wo ich gegen ein junges Mädchen mit Latzhose stieß.

»'tschuldigung.«

»Kein Problem, Kumpel«, sagte sie, wobei sie wohl nicht so großzügig gewesen wäre, wenn sie gesehen hätte, dass ich gerade meinen Schniedel in der Hand hielt.

Die Angst vor Entdeckung verstärkte den Druck auf meine Blase.

»Ich gehe mal zu den Klos«, erklärte ich Pippa. »Bleib du hier.«

»Auf keinen Fall! Wir dürfen uns nicht trennen, sonst finde ich dich niemals wieder.«

Die anderen aus unserer Gruppe wurden aufmerksam, und plötzlich war der Zustand meiner Blase von allgemeinem Interesse.

»Steve geht pinkeln, Leute.«

»Oh, musst du mal, Steve?«

»Gehst du zur Bar?«

»Nein, zum Klo.«

»Die Klos sind neben der Bar.«

»Wird schweinevoll da sein.«

»Kann ich euch Geld für 'nen Cider mitgeben?«

»Findet ihr denn wieder zu uns zurück?«

»Wenn wir uns verirren, können wir euch ja anrufen«, meinte ich, auf schnelles Fortkommen bedacht. Hätte ich gewusst, dass es so viel Diskussion geben würde, wäre ich heimlich davongeschlichen.

»Das wird schlecht gehen«, sagte Jen und zeigte uns ihr Display. »Wir sind hier im totalen Funkloch.«

»Wir sollten einen Treffpunkt vereinbaren für den Fall, dass jemand verlorengeht«, schlug Pippa vor. Sie blickte zum Horizont, als wollte sie unseren exakten Längen- und Breitengrad bestimmen. »Wo sind wir jetzt?«

»Im Funkloch«, sagte Jacob wenig hilfreich.

»Da«, rief Pippa und deutete auf einen wenige Meter entfernten Fahnenmast, an dem eine Flagge mit einem gelbem grinsendem Smiley über gekreuzten Knochen flatterte. »Wir sind am gedachten Schnittpunkt zwischen dieser Flagge, dem Notausgangsschild und dem großen Lautsprecher rechts von der Bühne.«

Ihr Orientierungssinn beeindruckte mich. Wenn sie an der U-Bahn-Station unserer neuen Wohnung ausstieg, ging sie immer noch in die falsche Richtung, aber hier konnte sie problemlos unseren Standort auf einer Wiese der Größe von Berkshire bestimmen,

Sie nahm meine Hand, und wir schlugen uns, Entschuldigungen murmelnd, im Gänsemarsch durch die Massen. Als die Band den nächsten Song beendete, den letzten des Sets, änderte sich die Flussrichtung. Wir kämpften nicht mehr gegen den Strom, sondern wurden wie von einer Flutwelle mitgerissen, weil nun alle zu den Klos drängten.

Nach acht Minuten Anstehen in einer Schlange von Männern, die sich durch ein Labyrinth aus gespannten Sichtschutzplanen wand, begriff ich so langsam, was Jacob mit dem »Glasto-Gemütszustand« gemeint hatte. Ich versuchte, so wenig wie möglich zu atmen – nur schnappartiges Luftholen durch den Mund –, und bekam dennoch den Cocktail aus Ammoniak und scharf beißendem Essig zu spüren, der aus den Gruben aufstieg, die als Latrinen ausgehoben worden waren. Während ich durch das einfache Loch ohne Sitzbrille in das Grauen des chemieblauen Ozeans pinkelte, sah ich lieber nicht allzu genau hin.

»Ich wette, jetzt bist du erleichtert«, sagte Pippa, die auf mich gewartet hatte. Fast profimäßig hielt sie sechs Halbliterplastikbecher mit Cider in den Händen.

In jeder Hinsicht erleichtert, atmete ich tief durch und spürte, wie sich mein Blut nach und nach wieder mit Sauerstoff anreicherte. »Das war … ein Erlebnis«, stellte ich fest. »Das nächste Mal pinkle ich auf den Boden.«

Wir kehrten ins Zuschauerareal der Pyramidenbühne zurück, wo es jetzt, beim nächsten Act, noch voller war als zuvor. Den Smiley-Piratenschädel fest in Blick, folgte ich Pippa, die mir quasi als persönlicher Schneepflug den Weg bahnte und mit Expertenblick Durchlasslücken in der Menge fand.

»Bist du noch hinter mir, Steve?«

»So ziemlich. Aber ich verschütte die Hälfte.«

»Ich auch.«

Ich bezweifelte, dass wir unsere Freunde wiederfinden würden, aber irgendwann erkannte ich tatsächlich den stachligen Kopfputz unseres Stegosaurus, genau am Schnittpunkt zwischen Fahnenmast, Notausgangschild und Lautsprecher.

»Hey, ihr habt es geschafft!«

»Kann-alles-Steve hat wieder zugeschlagen.«

Unsere Handgelenke klebten vor verschüttetem Cider, aber

die anderen freuten sich auch über die dreiviertelvollen Becher. Tatsächlich freuten sie sich außerordentlich, uns zu sehen, fast ekstatisch. Jacob deutete einen freundschaftlichen Sparringkampf an und boxte mir zum Rhythmus der Musik auf den Oberarm; Tania umarmte uns beide inniglich; selbst Gus wirkte über meine Anwesenheit nicht so unglücklich wie sonst.

»Danke, Steee-vie«, rief Jen strahlend. Ihre Iris bestanden nur noch aus Pupillen und ähnelten damit den länglichen Ovalen des Smiley-Piraten über uns.

Auch jemand Neues war dabei: eine paillettenbesetzte Meerjungfrau. Eine weitere Freundin von Jen?

»Hi«, singsangte sie grinsend.

»Ich liebe dein Kostüm!«, rief Pippa über die Musik hinweg zurück.

Sie umarmten einander, und die Nixe tanzte uns an, also tanzte ich gewissermaßen zurück. Auf einmal wurde eine Plastikflasche mit einem leuchtend orangen Getränk herumgereicht. Die Meerjungfrau gab es an mich weiter.

»Punsch?«, erkundigte ich mich und sah so etwas wie ein Nicken.

Ich trank einen Schluck, vermied dabei aber, die Flaschenöffnung mit den Lippen zu berühren. Es schmeckte sprudelig, wie ein mit Kohlensäure versetzter Vitamintrank. Das war zwar kein Ersatz fürs Abendessen, aber eine gute Möglichkeit, um ein paar Elektrolyte in den Körper zu bekommen, also füllte ich mir einen weiteren Schluck in den geöffneten Mund. Einen ziemlich großen Schluck.

»Hu, das reicht aber!« Die Nixe schnappte mir die Flasche wieder weg.

»Tut mir leid.« Ich hoffte, es hatte niemand hineingepinkelt und dann aus Spaß in Umlauf gebracht. »Äh, was war das?«

Die Nixe schien einen Augenblick lang nachzudenken. »Fanta«, sagte sie dann.

»Oh. Danke. Fanta habe ich schon ewig nicht mehr getrunken.«

»Also, hauptsächlich Fanta«, korrigierte sie sich und tanzte davon.

»Wer war das?«, wollte ich von Pippa wissen.

»Keine Ahnung. Sah sie nicht toll aus?« Pippa hatte auch etwas von »hauptsächlich Fanta« getrunken, und ihr Gesicht sah auf einmal ganz anders aus.

Was passiert gleich mit mir?, dachte ich. Werde ich von illegalen Drogen high werden?

Ich sah zu dem grinsenden Piratenschädel hoch. Vielleicht schlug der Stoff im Wind nur Falten, aber ich war sicher, dass er mir zugezwinkert hatte.

»Alles in Ordnung bei dir?«, fragte Pippa. »Amüsierst du dich?«

Um nicht zuzugeben, dass ich wegen des seltsamen Getränks beunruhigt war, versuchte ich, ruhig und entspannt zu klingen. »Was glaubst du, das da drin war?«

»Vielleicht MDMA«, sagte Jen.

»Und du hast auch davon getrunken?«, fragte ich Pippa.

»Ja. Keine Sorge. Das war eine *gute* Meerjungfrau.«

»Glaubst du, ich bin high?«

Pippa lachte, dann streichelte sie meine Wange. »Vielleicht vom Zucker.«

Ich konnte mein Befinden nicht einordnen. Meine Beine fühlten sich etwas wacklig an, aber das konnte auch vom Hunger kommen. Am Rand meines Gesichtsfelds nahm ich ein Gleißen wahr, aber das konnte auch an den Lichtern liegen, die stroboskopartig aufblitzten und mit der zunehmenden Dämmerung immer heller wurden, wodurch in ihren Strahlenarmen Rauchwolken sichtbar wurden.

Ich hoffte, wir hätten unseren Platz für den Abend gefunden: Die Bühne war gut zu sehen, und später würde Muse auftreten – eine Band, von der ich schon gehört hatte. Aber die anderen wollten unbedingt tanzen, und als selbst ernannte Anführerin kämpfte Tania sich durch die Masse zum nächsten Tanzzelt durch. Während wir vorwärtsdrängelten, zählte sie die DJs auf, die dort auflegen sollten. Es gab einige, die Dave hießen, und ihr Fazit war »too many DJs«.

»2 many DJs?«, wiederholte Jen auf Englisch. »Heiß!«

»Kann man denn zu viele DJs haben?«, erkundigte ich mich.

»Hey, Steve, du bist ja witzig!«, rief Pippa kichernd.

»Ach ja?« Einer der zu vielen DJs stand in einer Bar, der nächste in einem Tuk-Tuk, und ein Mann mit Dreadlocks, der aussah, als wäre er gerade aus seiner Hütte im Wald gekommen, trommelte wie wild auf einer Bongo.

Bald wurden wir in einen Strudel von Menschen gezogen, die alle »Es gibt nur einen Jerry Baskets« skandierten. Erst dachte ich, Jerry Baskets sei ein DJ, weil unsere Gruppe in den Sprechgesang einfiel, aber dann lag doch näher, dass es vielleicht ein Junge war, der inmitten seiner Teenager-Freunde Geburtstag feierte. Bald wurde der Sprechgesang zur Conga, die mich einfach mitriss. Pippa tanzte ein paar Köpfe vor mir und guckte über ihre Schulter, ob ich noch hinter ihr wäre.

Als die Conga-Line sich auflöste, sah ich mich nach ihr um. Vor mir war sie nicht mehr. Und auch nicht hinter mir. Ich drehte mich ein Mal um mich selbst und spähte angestrengt in die Menge, aber die Lichterketten, die zwischen den umstehenden Bäumen gespannt waren, beleuchteten die Gesichter äußerst unzureichend.

»Pippa?«

Ich sah auf mein Handy, aber es gab keine entgangenen Anrufe; es gab nicht mal Empfang.

»Pippa?«, rief ich lauter.

»Pippa?«, äfften ein paar Jungs mich nach, wahrscheinlich Freunde von Jerry Baskets. Lachend zeigten sie mit dem Finger auf mich, und mir wurde plötzlich klar, dass ich wie ein weinerliches Kind dastand, das seine Eltern im Supermarkt verloren hatte.

Das Beste wäre wohl, so dachte ich, wenn ich mich in dieselbe Richtung vorarbeitete wie diese Jungs, wobei ich ihnen lieber mit etwas Abstand folgte, damit sie nicht auf die Idee kämen, ich wollte mich mit ihnen streiten, weil sie mich veräppelt hatten. Die Gesichter um mich herum erinnerten mich immer mehr an gruselige Wasserspeier: manche schnitten Grimassen, andere kicherten wie irre, glänzende Lippen waren zu breitem Grinsekatzenlächeln verzogen. Überall lagen Einwegregenponchos und Kappen auf dem Boden und wurden in den Matsch getreten, ebenso unzählige leere Drogentütchen. Ich war ausgesprochen reizbar geworden. Der Hunger, das Bier, der Cider, das Verlorensein – es war eine ungünstige Mischung. Warum hatte ich überhaupt eingewilligt, mitzukommen? Um mit Pippa zusammen zu sein, natürlich, und all das hier mit ihr gemeinsam zu erleben. Aber von Anfang an war offensichtlich gewesen, dass ich am Ende außen vor bleiben würde. Ich nahm an, dass sie mittlerweile aufgehört hatte, nach mir zu suchen, und sich mit ihren Drogen-affinen Freunden auf einem anderen Level befand. Vielleicht war sie sogar froh, mich los zu sein, weil sie sich endlich komplett fallenlassen konnte, ohne auf ihren spießigen Freund achtgeben zu müssen.

In meiner selbstverachtenden Stimmung stolperte ich in eines der berüchtigten Tanzzelte, das im Grunde kein Zelt war, sondern aus einer Masse sich windender Körper bestand. Ob man sich drinnen oder draußen befand, war nicht zu erkennen, denn vor lauter grünen Laserstrahlen über unseren Köpfen konnte ich nicht sehen, ob dort ein Zeltdach oder der Himmel hing. Ich schob mich durch die Menge und hoffte, am anderen Ende eine Bar zu finden, an der Pippa möglicherweise auf mich wartete.

Als ich mich endlich durchgekämpft hatte, war ich vom Schweiß Tausender Fremder klitschnass. Äußerst unangenehm. Nicht einmal meine Regenjacke hatte mich trocken halten können. Ich ließ meinen Blick über die Horde der Anstehenden schweifen, die über die gesamte Breite der Theke verteilt war, mindestens in Sechserreihen, und stellte mich auf Zehenspitzen, um irgendwo Pippas Haarschopf zu entdecken. Schnell wurde mir klar, dass ich sie hier niemals finden würde. Ich hatte das Gefühl, innerlich zu brennen, also zog ich meine Jacke aus, die mir umgehend aus der Hand gerissen wurde.

»Hey!«, brüllte ich, während sie über die Köpfe der Anwesenden segelte, als wäre sie zu eigenem Leben erwacht. Ich versuchte, sie im Blick zu behalten, doch schon bald war sie nicht mehr zu sehen. Weitere Kleidungsstücke – ein Flip-Flop, ein Bikinioberteil – folgten, dann eine englische Flagge und ein Beachball. Ein Crowd-Surfing von Gegenständen.

Durch den nächstgelegenen Ausgang kam ich auf einen Pfad aus Gummimatten, der auf ein Schild mit der Aufschrift NOTAUSGANG CAMPINGWAGEN zulief. Vermutlich war es die falsche Richtung, aber ich wollte es trotzdem riskieren.

Lieber lief ich einmal um das ganze Festival herum, als noch einen Gang durch die Waschküche des Tanzzeltes zu nehmen.

Hinter einer Biegung stand mir ein Pärchen im Weg, das miteinander rummachte und mich entweder nicht sah oder einfach ignorierte. Die beiden drängten gegen eine Abzäunung, und ich versuchte, ihnen, ohne hinzugucken, im weiten Bogen auszuweichen. Trotzdem konnte ich nicht verhindern, die über den blanken Hintern nach unten geschobene Boxershorts des Mannes zu bemerken. Sie taten es doch nicht *wirklich*, oder? Auf einmal wurde ein wadenhoher Gummistiefel hinter ein Bein des jungen Mannes gehakt und blieb eine Weile dort. Als Licht darauf fiel, sah ich, dass er genauso dunkelblau war wie Pippas. Nun betrachtete ich die Szene doch genauer, und als die Frau ihr Haar zurückwarf und im plötzlichen Lichtschein rötlich aufleuchtete, lief es mir kalt über den Rücken. Eine Million unmöglicher Gedanken schwirrten mir durch den Kopf, von hysterisch bis mörderisch. Mir wurde übel und schwindelig. Ich richtete den Blick starr geradeaus und taumelte beschämt an den beiden vorbei. Plötzlich machte ich mir Sorgen, wo Pippa heute Nacht wohl schlafen würde und mit wem. Im Grunde vertraute ich ihr ja, aber es fühlte sich gerade so an, als wären wir nicht mehr Teil der realen Welt, in der die normalen Regeln galten. Zwischen all den Jugendlichen fühlte ich mich alt und, auch wenn es in deren Ohren wohl pathetisch geklungen hätte, ein wenig eingeschüchtert. Das Kind, das sich im Supermarkt verirrt hatte, war gerade auf einem düsteren Jahrmarkt gelandet, auf dem es nur Geisterbahnen und albtraumhafte Irrgärten gab und keinen einzigen vertrauenswürdigen Erwachsenen.

Finde jemand Älteren, dachte ich. Jemand Verlässlichen. Jemanden wie diese …

»Entschuldigung«, sagte ich zu einer Frau, die gerade einen Wasserkanister befüllte. »Wie komme ich wohl zur Pyramidenbühne?«

»Zur Pyramide?« Sie überlegte einen Moment. »Hmm ... Philip?«

Hinter den Klohäuschen tauchte ein Mann auf. Ich nahm an, dass die zwei sich gerade in eines der Wohnmobile zurückziehen wollten. Sie wirkten ungefähr so alt wie meine Eltern (die in diesem Moment nach einem Freitagabendessen mit Fisch bestimmt schon tief und fest schliefen).

»In welche Richtung liegt die Pyramide?«, fragte ich ihn.

»Ah. Ja, das weiß ich. Von da kommen wir nämlich. Aber ich hab grad 'ne Ladung LSD eingeworfen.«

»Philip!«, rief die Frau entrüstet und streckte ihre Hand vor. »Ich will auch was!« Sie verschwand damit hinter den Klohäuschen.

Philip blieb bei mir stehen, sah jedoch durch mich hindurch – oder in mich hinein. Ich wusste nicht, was ich sagen sollte, also sagte ich nichts und ging in die Dunkelheit davon.

An der Pyramide, die ich irgendwann tatsächlich fand, war es noch voller als zuvor und außerdem wilder und lauter. Ich hielt Ausschau nach unserem Treffpunkt, doch die Luft war voller Rauch. Selbst wenn ich es schaffen sollte, mich durch die Masse zu drängeln und die Piratenflagge zu finden – würde Pippa dort auch stehen? Nein. Ich hatte sie an die Nacht verloren. Es war ein Zeichen, dachte ich, eine Warnung des Geists der zukünftigen Festivals, dass ich nicht hierhergehörte.

»Ich gehe jetzt zum Zelt, mache mich mit den Baby-Feuchttüchern ein wenig frisch und werde eine Runde heulen«, sagte ich laut. »Dann geht es mir wieder besser.« Die Vorstellung, mich in den Schlaf zu weinen, während in nicht allzu weiter Ferne das Festival bis in den frühen Morgen seine stampfenden Rhythmen durch die Nacht schickte, spendete mir so etwas wie masochistischen Trost. Ich hatte ja nichts anderes, an dem ich mich festhalten konnte.

Vor mir öffnete sich der Weg auf eine Lichtung. Ein paar Leute standen in Grüppchen oder torkelten allein herum. In der Luft hingen Rauchschwaden, und die Musik war entspannter. Und mir bekannter. Der Rauch roch nach Fleisch, und ich staunte fast, dass ich das in diesem Moment als appetitlich und einladend empfand. Ein Hoch auf die Imbisswagen.

»Haben Sie noch geöffnet?«, fragte ich einen Typen, der hinter dem Grill eines Gourmet-Burger-Wagens an einem Kaffee nippte.

Er sah mich an, als wollte er sagen: »Dreimal darfst du raten.«

Natürlich hatten alle noch geöffnet – bald würde hier eine Horde betrunkener Rocker und Raver einfallen und mit einiger Verspätung ihre Mägen mit Kebabs, Burgern und Pommes füllen. Meine Nase nahm den sauer-würzigen Duft von thailändischem Essen wahr, und ein Wagen mit Pad Thai zog mich magisch an. Ich bedauerte zutiefst, dass Pippa nicht hier war, denn mit ihr zusammen schmeckte jedes Essen einfach besser. Vor allem gebratene Thai-Nudeln.

»Steve?« Es klang, als würde jemand mit vollem Mund sprechen. Pippa saß auf einem niedrigen Strohballen, die Knie fast an den Ohren, und hielt eine hölzerne Gabel in der einen und einen Pappkarton mit Nudeln in der anderen Hand.

Ruckzuck kam sie auf die Füße und stand kurz darauf auf meinen, weil wir so ungestüm aufeinander zuliefen.

»Ich hab dich überall gesucht«, sagte sie, wobei ihr ein Stück zerkaute Erdnuss aus dem Mund und auf mein T-Shirt fiel.

»Ich dich auch.« Ich merkte, wie mir eine Träne über die verschwitzte Wange lief und auf ihren Hals fiel. Ich schaffte es zwar, mein Schniefen zu unterdrücken, aber Pippa lehnte sich trotzdem ein Stück zurück und sah mich prüfend an.

»Alles in Ordnung mir dir?«

Ich schüttelte den Kopf, unfähig zu sagen, wie sehr ich mich freute, sie zu sehen, und wie schuldig, dass ich an ihr gezweifelt hatte. »Es tut mir leid«, brachte ich hervor.

»Ach, mein Liebster!« Nun glänzten auch auf ihren Wangen neben all dem Glitzer ein paar Tränen. »Da ist doch nichts, was dir leidtun müsste.«

»Doch, dass ich langweilig bin. Und nicht cool.«

»Machst du Witze?« Sie drückte mir den Karton mit den Nudeln in die Hand, damit sie besser gestikulieren konnte (ihre Hände gehörten ebenso zu ihrer Sprache wie ihre Stimmbänder und Lippen), und tippte sich an die Schläfen, wie um zu zeigen, woher ihre Gedanken kamen. »Hier gibt es niemanden, mit dem ich lieber zusammen bin als mit dir. Als du die Zelte aufgebaut hast, war ich wahnsinnig stolz, zu dir zu gehören. Du bist nicht wie die andern, du bist … du bist …«

Ich spürte, wie mir ein paar Nudeln zwischen den Fingern durchrutschten, aber das war mir egal. Ich wollte, dass ihr die richtigen Worte einfielen.

»Inspirierend.«

Ich lächelte, und sie lächelte zurück. Ich würde nie müde

werden, in ihr vielsagendes, offenes, strahlendes Gesicht zu sehen.

»Ich hatte schon aufgegeben, dich wiederzufinden«, gestand ich ihr.

Sie schlang die Arme um meinen Hals und lehnte ihre Stirn gegen meine.

»Du darfst niemals aufgeben. Meinen Weg zu dir werde ich immer finden, liebster Steven.«

2. März 2019
7:39 Uhr

Steve steht am Fenster, immer noch erschüttert von seinem Gespräch mit Diana. Er hatte zwar mit ihrem Anruf gerechnet, aber trotzdem hatte ihn nichts auf das Leid vorbereiten können, das ihm aus dem Hörer entgegenschlug, den rohen Schmerz in ihrem kehligen Schrei, der ihm noch immer in den Ohren klingt. Er blickt in die Welt hinaus und sucht Trost in der Normalität der Samstagmorgen-Routine: Krankenhauspersonal, das mit Thermoskannen voll Kaffee den Dienst antritt; Familien, die ihre geliebten Angehörigen besuchen; Jogger in bunter, atmungsaktiver Sportbekleidung; Herrchen und Frauchen, die ihre Hunde Gassi führen.

»Ding-dong, Zimmerservice.«

Pfleger Craig hält mit dem Bein die Tür auf, denn in den Händen trägt er ein Tablett.

»Es ist zwar kein Cordon bleu, aber ich weiß aus Erfahrung, dass die Cornflakes einigermaßen essbar sind. Also …«

Jetzt schubst er die Tür mit der Hüfte ganz zurück und betritt schwungvoll das Zimmer.

»Hm.« Er sieht sich um. »Wo gedenken der Herr denn heute Morgen zu speisen?«

Der einzig passende Platz ist unübersehbar der Tisch am Bett, aber Craig läuft in einer großen Acht quer durch den Raum und tut, als müsste er den besten Frühstücksort erst suchen.

»Et voilà.«

Er stellt das Tablett auf dem Klapptisch des Bettschränkchens ab, rollt es ein Stück von Pippa weg und stellt den Stuhl davor. Steve rührt sich nicht.

»Na, kommen Sie«, drängt der Pfleger mit sanfter Stimme. »Ein paar Happen. Dann geht es gleich viel besser – Sie werden sehen.«

Er fasst Steve am Arm und führt ihn zum Stuhl, als wäre er blind.

»Ich komme nachher wieder, um es zu kontrollieren. Essen Sie einfach so viel, wie Sie schaffen.«

Unvermittelt geht er vor Steve in die Hocke.

»Sie machen das wirklich gut«, sagte er und sieht ihm direkt in die Augen. »Ich meine es ernst. Machen Sie weiter so. Es ist nicht leicht, aber Pippa braucht Sie.«

Steve schluckt und fühlt sich von der Ernsthaftigkeit des Mannes überrumpelt. Er nickt und reißt die Augen weit auf, um einen weiteren Tränenausbruch zu verhindern. Und schon ist Craig wieder verschwunden, die Tür schwingt hinter ihm zu.

Zögernd nimmt Steve die Minipackung Cornflakes, reißt sie an der perforierten Linie auf und öffnet das enthaltene Plastiktütchen. Er probiert ein paar der gewölbten, krossen Flakes, doch sein Mund ist zu trocken, er kann nicht schlucken. Er spuckt das Zeug auf eine Papierserviette, die er im Anschluss zerknüllt. Dann stochert er mit der Gabel im blassen Rührei, das in Form von Italien auf dem Teller liegt. Aus der Stiefelspitze rinnt eine klare Flüssigkeit. Abwesend schiebt er das geronnene Ei über den zerkratzten Plastikteller. Nein. Darauf hat er keinen Appetit. Er nimmt den Toast, der kalt und schlaff ist und sich beim Anheben leicht wölbt, wie ein bruchfestes Lineal. Tapfer beißt er ab, kaut langsam, schluckt und wiederholt den Vorgang – jeder Biss eine Quälerei. Als Nächstes zieht er die Folie von dem winzigen Becher mit Orangensaft. Das sollte helfen. Bei Fruchtsaft kann man eigentlich nichts falsch machen. Doch er irrt sich. Die Flüssigkeit brennt ihm auf der Zunge, als wäre sie aus einer Batterie ausgelaufen.

Er merkt, dass ihm der Kiefer schmerzt, nicht vom pappigen Toast, sondern von den stundenlangen Monologen. Sein Körper drängt ihn, sich zu Pippa ins Bett zu legen und eine Ewigkeit zu schlafen, aber er kann nicht, er darf nicht. Wie bei einem dieser Tanzmarathons zur Zeit der Depression, bei dem Paare bis zum Umfallen tanzten, weil sie lieber starben, als aufzugeben, kann auch er nicht aufhören. Er muss noch weitere Worte finden, muss Pippa damit einhüllen wie in eine Decke, muss sie wiederbeleben, sie heilen. Und doch kann es sein, dass all seine Worte auf ewig taube Ohren treffen.

Jetzt aber ist Diana auf dem Weg. Eine weitere Stimme, die den Raum mit liebevollen Worten füllen kann.

Als er vorhin endlich ihren Namen auf dem Display las, entfernte er sich instinktiv von Pippa, als müsste er sie vor den animalischen Klagelauten ihrer Mutter schützen. Es folgten ein von Angst getriebener Fragenhagel und einige unverständliche Ausrufe, bevor sie nach dem Versprechen, binnen einer Stunde dort zu sein, unvermittelt auflegte.

Bitte fahr vorsichtig, textete Steve sofort hinterher.

»Ich habe mich gestern Abend für meinen Auftrag noch rasiert«, erzählt er Pippa, während er mit einem Finger ihr Handgelenk streichelt. Dabei gibt er acht, nicht das Pflaster zu berühren, das den Zugang für ihren Tropf in Position hält. »Du weißt, was das bedeutet, oder? Deine Mum wird sagen, ich sehe aus wie ein Kind ohne Kinn. Ich wette, das sagt sie innerhalb der ersten elf Minuten.«

Sirr, piep, klick, pfft.

»Das wird ihr gefallen. Ich bin ihr hilfloses Opfer. Wie jedes Jahr zu Weihnachten.«

Er hält den labbrigen Rand der Toastscheibe hoch und dreht ihn im Licht – wie ein Juwelier, der einen seltenen Diamanten begutachtet.

»Tja, Craig hatte recht. Das ist definitiv und hundertprozentig kein Cordon bleu.«

Er steckt das Ding in den Mund, kaut zweimal und schluckt es schnell hinunter. Dann hebt er den Plastikbecher hoch.

»Auf dich, meine Liebe. Und auf alle Frühstücke unserer Zukunft.« Er trinkt und zuckt beim Schlucken zusammen.

Im Korridor tut sich etwas. Durch die Glasscheibe in der Tür sieht Steve eine weinende Frau. Sie sieht genauso aus wie der Mann, der mit seiner Mutter gekommen ist, Mr Redmond, nur glänzen auf ihren Wangen tränenfeuchte Wimperntuschestreifen. Sie ringt nach Luft und krümmt sich nach vorn, ehe ein tröstender Arm sie stützt und vor dem Zusammenbruch bewahrt. Steve kann sich kaum von ihrem Anblick losreißen – er hat einen Fensterplatz mit Blick auf ihren Schmerz. Er sieht, wie Mr Redmond sie in den Arm nimmt und fest an sich zieht.

Nun hebt er den Kopf, und ihre Blicke treffen sich. Er betrachtet Steve mit stoischer Ruhe, dann wandert sein Blick zu Pippa, die hilflos inmitten all der Kabel und Geräte liegt, die sie am Leben erhalten. Als sich die weinende Frau von ihm löst, sieht er Steve wieder in die Augen, ballt eine Hand zur Faust und drückt sie sich gegen den Brustkorb. Steve erwidert die Geste und blickt den Geschwistern hinterher, die eingehakt den Korridor hinuntergehen.

Dann widmet er sich wieder Pippa und seinem kalten Frühstück. Wie ein Marathonläufer, der bei der letzten Etappe seines Rennens – mit brennenden Muskeln und Beinen, die zu versagen drohen –, von Fremden angefeuert, seinem Ziel entgegenstrebt, spürt er, dass Redmonds Solidaritätsbekundung ihn gestärkt hat, genau wie die von Craig. Er schüttet sich die letzten Tropfen Orangensaft in den Mund und wirft den Becher geradewegs in den Mülleimer: drei Punkte.

»Und auf uns. Auf dass wir hier verdammt nochmal ganz bald wieder rauskommen!«

15. Oktober 2011

STEVE

Irgendwann zwischen Check-In und Boarding fasste ich den Entschluss, auf dieser Reise bei Pippas Vater um ihre Hand anzuhalten. Leicht würde es nicht werden, weil ich Mr Lyons dazu allein erwischen müsste, und mit meinem ehemaligen Schulleiter unter vier Augen zu sein, machte mir irrationalerweise immer noch ein wenig Angst.

Es war eine Bitte um Erlaubnis. Eine Frage des Anstands. Und damit so altmodisch, dass ich meine Glaubwürdigkeit als Feminist hinterfragen musste. Nichtsdestoweniger wäre es etwas, was Mr Lyons bestimmt erwarten würde. Und Pippa würde es romantisch finden. Ich könnte auch Diana fragen, aber ich wusste jetzt schon, dass sie ja sagen und die Sache augenblicklich vorantreiben würde. Bei Mr Lyons dagegen ging es nicht nur um eine Formalität. Ich war nicht sicher, wie seine Antwort ausfallen würde. Er mochte mich, das konnte ich spüren; dennoch hatte ich den Eindruck, dass er unsere Beziehung eher mit Nachsicht ertrug, während er fest davon überzeugt war, sie würde spätestens mit unserem Eintritt in die Dreißiger auslaufen.

Irgendwann würde ein Zweiergespräch mit Mr Lyons sicher entspannter werden, allerdings hatte ich keine Vorstellung, wie das aussehen sollte. Würden wir ins Pub gehen und ein Bier trinken? Zusammen den Baumarkt aufsuchen? Das schien mir doch recht unwahrscheinlich. Nein, es würde hier passieren müssen, im Land der unbegrenzten Möglichkeiten.

Diese Reise war die letzte einer Reihe verrückter Ideen, die Mr Lyons ausgebrütet hatte, seit er mitten in den Sommerferien vollkommen unerwartet in den Ruhestand gegangen war – was seine Schule, die sich schon ein Vierteljahrhundert auf seine unumstößliche Hingabe hatte verlassen können, in ein regelrechtes Chaos stürzte.

Diana tat seine Entscheidung als Midlife-Crisis ab, doch war ihr eine gewisse Beunruhigung anzumerken, vielleicht aus Angst, ihr Ex-Ehemann könnte sich plötzlich auch wie ein Ex-Ehemann benehmen und neue Romanzen suchen – so, wie sie es getan hatte –, während er ihre nicht-platonische platonische Nicht-Ehe aufrechterhielte. (»Die volle Sünde der Scheidung ohne die der Schuld«, wie meine Mum es beschrieb.)

Pippa dagegen gefiel der Wandel ihres Vaters. Ich war immer davon ausgegangen, dass sie ihre wilde Seite von Diana hatte, doch nun, da dieser offenbar grundlos aufmüpfige Rebell aus seinem verstaubten Kokon geschlüpft war, belauerten wir sorgenvoll und staunend zugleich, welche Verrücktheit er wohl als Nächstes aushecken würde.

Wie er uns bei einem spontanen Besuch in unserer Wohnung verkündete (im Arm einen großen »Bucket« von Kentucky Fried Chicken, seinem ersten seit den Achtzigern), war das Nächste ein »Langstrecken-alles-inklusive-Übergangsritus-Abenteuer. Aber ohne deine Mutter, die sich ja in kein Flugzeug setzt.«

»Und wohin?«, rief Pippa aufgeregt.

»In die Vereinigten Staaten von Amerika«, antwortete er mit aufgesetzt texanischem Akzent. »San Fran, um genau zu sein.«

»Und wer zahlt dieses ›Alles-Inklusive‹?«, wollte ich wissen, da ich annahm, er habe eines seiner monatlichen *Reader's Digest*-Rätsel gewonnen.

Er biss in den nächsten Hühnerschenkel und wirkte ungemein zufrieden – ganz wie der KFC-Gründer Colonel Sanders in den animierten Werbeclips.

»Na, *ich.*«

»*If you're going to San Francisco …*«

Normalerweise war ich derjenige, der sich neue Songtexte ausdachte, aber als Mr Lyons während unserer ersten Flugzeugmahlzeit (Gummi-Eier, verkochte Pilze, Geflügelwürstchen und Bohnen) den bekannten Song anstimmte, erfand Pippa ihren eigenen Refrain: »*You're gonna eat a better breakfast there.*«

Ja, ein besseres Frühstück würde es überall geben. Pippa und ihr Dad kicherten vergnügt, und das Motto unserer Reise war gefunden.

Mir hätte »Ich sehe was, was du nicht siehst« als Spiel genügt, denn es war ruhiger und zog damit weniger Aufmerksamkeit auf sich, aber Pippa und ihr Dad spielten das Song-Spiel mit vollem Einsatz von der Passkontrolle bis zur Ankunftshalle und dann noch kreuz und quer durch die gesamte Bay Area.

Sie sangen, als wir beim Verlassen des Flugzeugs an einem amerikanischen Paar vorbeikamen, das so dick war, dass die Stewardessen den beiden aus den Sitzen helfen mussten.

»*If you're going to San Francisco, make sure your bum can fit into your chair.*« So viel zu den dicken Hintern der Amerikaner …

Der nächste Anlass bot sich an der Gepäckausgabe.

»*If you're going to San Francisco, don't push in front of the man with the evil stare.*«

Der Mann, vor den sie sich drängelten, hatte tatsächlich einen verdammt bösen Blick drauf.

»Ihr solltet eine Impro-Show machen«, sagte ich, zum einen in voller Anerkennung ihres Talents, zum anderen auch als Hinweis darauf, dass sie ziemlich laut und auffällig waren.

»Eine Einakter-Impro-Truppe!«, rief Pippa.

»Ein Einakter-Phänomen!«, ergänzte Mr Lyons.

»Pippa und Papa!«, jubelte Pippa.

»Genau.« Mr Lyons lachte laut auf. »Eine einmalige Gelegenheit!«

»Pippa und Papa Pippa!«, rief ich, um auch etwas Lustiges beizusteuern, doch ich versagte. Und nicht zum ersten Mal.

Ich hatte meine analoge Fotokamera eingepackt, um Aufnahmen mit altmodischem Urlaubs-Look zu machen, aber auch, damit wir nicht die halbe Zeit damit verbrachten, digitale Aufnahmen zu sichten – wobei ich an allen herumretuschieren würde, als wäre es mein Auftrag, und Pippa insistieren würde, dass ich diejenigen Fotos löschte, auf denen sie sich selbst nicht gefiel.

Ich hatte drei Rollen Film gekauft, was damals noch ziemlich teuer war, weil ich die Menge für ausreichend hielt. Ich wollte nur besondere Momente wie etwa Abendessen, Cable-Car-Fahrten oder den Spaziergang über die Golden Gate Bridge nach Sausalito festhalten. Diese besonderen Momente hatte ich schon im Vorfeld geplant und auf einer leeren Seite meines Reiseführers vermerkt.

Bereits im Taxi vom Flughafen in die Stadt versuchte ich, anhand meiner Notizen einen ersten Zeitplan zu erstellen, um rechtzeitig zum Mittagessen in einem gut besprochenen Restaurant am Fisherman's Wharf einzukehren (in dem man Austern für nur einen Dollar bekäme), aber Pippa und Mr Super-Spontan wollten nichts davon hören. Wir brachten unser

Gepäck ins Hotel, tauschten flugs die englischen Herbstklamotten gegen kurze Ärmel und Sandalen und spazierten danach den Embarcadero entlang, wo wir an jedem Pier kleine Kostproben von den Hotdog-Ständen, Eiskremwagen oder Krabbenhütten holten.

»Äh, ist das jetzt unser Mittagessen?« Hier war es Mittag, und ich war verwirrt. »Oder sind das kleine Appetithäppchen vor dem Mittagessen?«

»Was auch immer«, sagte Mr Lyons, der den Westküstenjargon schon übernommen hatte.

»Genau. Was auch immer«, wiederholte Pippa und sah ihren Vater bewundernd an.

Wenn uns jemand entgegenkam, der uns einen Flyer für eine Bootsfahrt nach Alcatraz oder einen geführten Spaziergang durch Chinatown entgegenstreckte, hielt ich den Kopf gesenkt und ging zielstrebig weiter – ich hatte meine Hausaufgaben gemacht und wusste, wo es die günstigsten Angebote gab. Aber wenn ich mich dann umdrehte, musste ich sehen, wie Pippa und Papa sich nach Preisen und Zeiten erkundigten, lachend Hände schüttelten und so allen eine Freude machten.

Wir erreichten Pier 39 und stellten uns zu einer Gruppe von Leuten, die angeregt aufs Meer schauten.

»Seeeeehunde!«, rief Pippa, und um besser sehen zu können, schubste sie einen Rucksacktouristen fast ins Wasser.

»Tatsächlich sind das Seelöwen«, erklärte ich, doch das ignorierte sie.

»Oh, wie ich die liebe!« Sie klatschte und ließ ihren inneren Seehund (oder Seelöwen) aufleben.

Wir gingen den Pier hinunter und entdeckten immer mehr – eine ganze Bande der behäbig wirkenden Tiere tummelte sich träge entlang der breiten Mole. Vollkommen verzückt stieß Pippa einen Schrei aus, worauf ein paar Touristen erschrocken zurückwichen. Und prompt erklang aus der Seelöwenkolonie eine Antwort.

»Gib mir deine Kamera«, sagte sie – und schoss ein Foto nach dem anderen. Während sie die Tiere dokumentierte, verlieh sie ihnen Namen – Trevor, Brian, Mavis, Maud. Es klang wie die Bewohnerliste eines Seniorenheims. Ich versuchte, mich ebenfalls einzubringen.

»Guck mal, Trevor hat romantische Gelüste.« Ich deutete auf einen Seelöwen, der sich immer wieder auf einen anderen draufschob.

»Das ist nicht Trevor, das ist Winifred.«

»Ach so.«

»Und sie taucht Brenda unter, damit die sich nicht an Sid ranmacht.«

»Aha. Und wer ist noch mal Steve?«

»Der da hinten auf und ab schaukelt«, rief Mr Lyons von einer Bank aus. Anscheinend konnte er sich alle Namen problemlos merken.

»Woher weißt du das?«, wollte ich wissen.

»Er hat so traurige Augen.«

Wir beobachteten, wie der Seelöwe das Salzwasser von seinen nassen Wimpern wegzwinkerte.

»Armer Steve«, sagte Pippa.

»Habe ich traurige Augen?«

»Nein! Steve, der Seehund.«

»Ich dachte, du hättest ihn nach mir benannt.«

»Nun sei mal nicht so egozentrisch.«

Pippa beobachtete die Seelöwen mit ungebrochenem Interesse, aber nach einer Weile schien ihre Begeisterung getrübt.

»Findest du nicht auch, die sollten im Meer sein? Ich meine, weiter draußen im Meer? Sie *wirken* ja ganz fröhlich, aber ...«

»Außer Steve,«

»Außer Steve, ja. Aber wären sie nicht glücklicher ohne all die ... also, ohne die blöden menschlichen Touristen?«

Ich schätzte, sie zählte sich selbst weder zu den Menschen noch zu den Touristen, sondern sah sich als Teil der Seehundgruppe.

»Guck dir bloß mal diese Kinder an, die Maud die ganze Zeit zuwinken«, meinte sie kopfschüttelnd.

»Aber die winken doch nur.«

»Nein, die *ärgern* sie. Man kann sehen, dass ihr das nicht gefällt.«

Ich versuchte, Mauds Gesichtsausdruck zu deuten, aber alles, was ich erkennen konnte, war »Seelöwe«.

»Ich wünschte, die würden aufhören. Sie ist doch kein ... kein ...«

»Kein Vorführ-Seehund?«

»Genau.« Sie lehnte sich so weit über die hölzerne Brüstung, dass ich mich genötigt sah, sie an den Hüften festzuhalten. »Hier, Maud! Guck zu mir, Maudy!«

»Jetzt winkst *du* ja, Pip.«

»Bei mir ist das was anderes.«

Wir verbrachten den restlichen Nachmittag dort. Pippa kommunizierte mit ihren Geschwistern im Geiste, Mr Lyons saß auf der Bank und beobachtete, wie seine Tochter die Tiere beobachtete. Als wir schließlich gingen, hatte Pippa die ganze Rolle Film verschossen.

Ich hätte Mr Lyons auf der Bank Gesellschaft leisten können, aber Pippa war permanent in Hörweite, also war es zu riskant gewesen. Und so schleppte ich die große Frage am Ende des ersten Urlaubstages immer noch mit mir herum.

Am folgenden Tag besuchten wir Alcatraz. Auf der geführten Tour durch das historische Gefängnis kam Pippa mit zwei Australierinnen ins Gespräch, und ich sah meine Chance gekommen. Während sie nun abgelenkt war, würde ich Mr Lyons allein in eine Zelle locken und ihn dort um Pippas Hand bitten. Es müsste schnell gehen, vielleicht ein wenig zu schnell, aber zumindest lieferte es Stoff für eine witzige Geschichte – eine geschenkte Vorlage also für seine Vater-der-Braut-Rede. Er könnte sagen, ich hätte ihn in eine Gefängniszelle gesperrt und so »gezwungen, ihm meine Tochter zur Frau zu geben«.

Als Pippa und ihre neuen Freundinnen an das Ende der Gruppe zurückgefallen waren, nutzte ich die Gunst der Stunde.

»Schauen Sie mal«, sagte ich und trat in eine leere Zelle. »Ich glaube, Al Capone hat da was an die Wand geschrieben.«

Doch nicht Mr Lyons folgte mir, sondern eine Gruppe Frauen in makellos weißen Turnschuhen und passenden Gürteltaschen, die fasziniert meiner frei erfundenen Geschichte über das der Geliebten gewidmete Gedicht an Al Capones Zellenwand lauschte.

Als Pippa und die Australierinnen dazustießen, war Mr Lyons schon dabei, die zwei Frauen mit seinem Charme um den Finger zu wickeln.

Ich zermarterte mir das Hirn, wie und wo ich ihn das nächste Mal allein erwischen könnte, aber abgesehen davon, ihm auf die Toilette zu folgen, wenn er müsste, hatte ich keine Idee. Und den Vorschlag, mal ein wenig »Zeit unter

Männern« mit ihrem Dad verbringen zu wollen, würde Pippa sofort durchschauen.

Ich wollte schon aufgeben, da entdeckte ich eine Broschüre für den Spa-Bereich des Hotels. So etwas lag Pippa sehr und wäre eine gute Möglichkeit, sie für eine Stunde anderweitig zu beschäftigen. Oder eine halbe, korrigierte ich mich mit Blick auf die exorbitanten Preise.

Als Pippa unter die Dusche ging, wählte ich auf dem Zimmertelefon die 0 für die Rezeption und bat um eine Verbindung in den Spa-Bereich.

»Könnte ich bitte drei Ihrer kürzesten Massagen buchen?«

»Aber gewiss doch, Sir. Soll ich es über Ihre Zimmernummer verrechnen?«

»Nein, ich zahle lieber bar. Aber eine Frage: Sind die Sauna und das Dampfbad für Frauen und Männer gemischt?«

»Nein, tut mir leid, Sir. Möchten Sie die Massagen trotzdem buchen?«

»Ja, das ist perfekt!«

»Wunderbar. Ich wünsche Ihnen einen entspannten Aufenthalt.«

Beim Mittagessen verkündete ich, ich hätte jedem von uns für den frühen Abend eine Verwöhnrunde spendiert – doch die Begeisterung hielt sich in Grenzen.

»Ist schon ein bisschen blöd, in die Sauna zu gehen, wenn es draußen so warm ist«, meinte Pippa.

Blöd oder nicht: Um 18 Uhr trafen wir uns in Bademänteln an einem Buddha-Brunnen mit sprudelnder Mini-Fontäne, wo wir zu unseren jeweiligen Behandlungen abgeholt wurden. Nach etwa fünf Minuten Massage schlief ich ein und wurde eine halbe Stunde später von meinem eigenen Schnarchen geweckt, das den sanften Walgesang übertönte. Meinem noch vernebelten Hirn war vorübergehend entfallen, warum ich überhaupt hier war.

»Treffen wir uns in zwanzig Minuten wieder hier?«, hörte ich Pippa auf der anderen Seite des Bambusvorhangs.

»Wo ist denn Steven?«, fragte Mr Lyons.

»Wahrscheinlich eingeschlafen.«

»Eingeschlafen, pah!«, rief ich, verhedderte mich bei meinem Aufstehversuch in die weißen Laken und plumpste von der Liege.

»Steve, ich gehe noch ins Dampfbad, und dann treffen wir uns nachher am Blubber-Buddha, ja?«, rief Pippa zurück.

Mr Lyons und ich setzten uns mit höflichem Abstand in die marmorne Dampfkabine für Herren. Das allein war schon befremdlich genug, doch meine Nervosität machte das Ganze noch ungemütlicher. Mir blieben neunzehn Minuten. Jetzt oder nie.

Gerade wollte ich loslegen, als sich ein rundlicher Hotelgast zu uns gesellte. Lächelnd nahm er das Handtuch ab und setzte sich mit nichts als seinem Fell aus blonden Haaren bedeckt zwischen uns.

»Guten Abend«, sagte Mr Lyons auf Deutsch. Menschen mit seinem Selbstbewusstsein neigten zu vorschnellen Urteilen.

»Oh, sind Sie aus Deutschland?«, erwiderte der Mann auf Englisch. Seinem Akzent nach stammte er aus dem Mittelwesten der Vereinigten Staaten.

»England«, sagte Mr Lyons.

»London, England?«

»Dort in der Nähe, ja.«

»Und Sie?«, wandte sich der Mann an mich.

»Ich auch. Wir sind zusammen hier.«

Der Mann sah wieder zu Mr Lyons auf seiner linken, dann

noch einmal zu mir auf seiner rechten Seite. Nun traf wohl *er* ein vorschnelles Urteil. »Oh, ich verstehe«, sagte er, schnappte sein Handtuch, öffnete die Tür und verschwand inmitten einer Dampfwolke.

»Was für ein freundlicher Herr«, sagte Mr Lyons, sichtlich vergnügt, den homophoben Kerl verscheucht zu haben.

»Ja, äußerst weltoffen«, ergänzte ich.

Wir lehnten uns gegen die feuchte Wand und warteten auf neuen Dampf. Noch zehn Minuten. Als es so dunstig geworden war, dass ich nicht mehr erkennen konnte, ob er die Augen offen oder geschlossen hielt, war es so weit: Jetzt oder nie.

»Sir?«

»Hmm?«

»Kann ich Sie etwas fragen?«

»Schieß los.«

»Tja, also …« Jetzt erst fiel mir auf, dass ich bei all der Mühe, die ich in die Inszenierung dieses Moments investiert hatte, gar nicht wusste, was genau ich sagen wollte. Ich suchte nach passenden Worten, und heraus kam etwas, das ich so oder ähnlich bei Jane Austen gelesen haben musste. »Mit Ihrem Einverständnis, Sir, möchte ich Ihre Tochter um ihre Hand bitten.«

Mr Lyons schwieg. Ich wartete auf eine Antwort, doch es kam nichts. Sein Gesicht war im Nebel aus Eukalyptus-Öl und meiner grandiosen Unbeholfenheit nicht zu erkennen. All meine Befürchtungen wurden bestätigt.

»Ich meine, natürlich nicht sofort«, ruderte ich zurück.

Ich sah nur seine Silhouette. Er saß absolut reglos.

»Ich wollte Sie nur … Sie wissen schon … darüber informieren«, stammelte ich nun. »Da ich Sie gerade allein erwische … und halbnackt …«

Er lachte nicht, sondern wischte sich nur den Schweiß von der Stirn. Als das nervöse Wrack, das ich war, spiegelte ich seine Bewegung.

»Vielleicht hätte ich eine weniger heiße Umgebung wählen sollen …«

»Das ist wunderbar, Steve. Wirklich.«

Er hatte mich noch nie Steve genannt, immer nur Steven. Vielleicht verschluckte der Dampf nicht nur Gesichter, sondern auch Silben.

»Ja?«, krächzte ich in der Erwartung, ein »Aber« zu hören. Doch Mr Lyons schwieg erneut, was mich wieder zum Plappern animierte. »Ich werde noch ein Weilchen warten, bis ich mir einen schönen Ring leisten kann. Vielleicht so zwei Jahre?«

»Frag sie bald«, sagte er. Seine Stimme klang anders als sonst, wie weit entfernt.

»Okay, ja, bald. Vielleicht in … einem Jahr?«

Er sagte wieder etwas, doch es ergab für mich keinen Sinn. Seine Stimme war zu erkennen, doch seine Worte hingen breit und schwer in der Luft und drangen nicht zu mir durch.

»So lange bin ich vielleicht nicht mehr da.«

Ich wollte zu dem Moment zurück, bevor er diese Worte ausgesprochen hatte. Doch nun waren sie draußen, waren in der Welt, und alles war anders.

Er sagte, er habe Krebs. Er sagte, er habe gestreut, sie hätten ihn spät entdeckt und fürchteten, er sei bereits weit fortgeschritten. Noch nie hatte ich so viele Fragen wie in diesem Moment, aber uns war klar, dass Pippa wohl schon auf uns wartete, und wir wollten sie nicht beunruhigen. Die Vorstellung, sie gleich draußen zu sehen, glücklich und ausgeruht in Handtücher gewickelt, erfüllte mich mit Angst und Liebe gleichzeitig. Sie war der erste, aber auch der letzte Mensch, den ich jetzt sehen wollte.

Als wir uns anschickten zu gehen, legte Mr Lyons eine Hand auf meinen Arm.

»Ich wollte es ihr nicht hier in San Francisco sagen. Ich wollte es keinem von euch sagen ... jetzt noch nicht. Aber nun ist es eben so gekommen.«

»Ich verstehe«, sagte ich.

»Ich möchte, dass diese Reise ... zu einer ungetrübten Erinnerung werden kann. Bitte sag du also auch nichts.«

»Natürlich«, stimmte ich automatisch zu, so wie ich es immer tat.

Auf mein detailliertes Urlaubsprogramm war Mr Lyons zwar nicht eingegangen, jedoch hatte er selbst eine Liste mit ausgewählten Attraktionen von San Francisco erstellt, die wir Tag für Tag abhakten. Ganz oben stand die Fahrt in einem Cable Car quer durch die Stadt zur Golden Gate Bridge. Pippa und Papa saßen gut gelaunt in der hintersten Sitzreihe und brüllten hin und wieder: »Stellaaa!« Noch vor kurzem hätte Mr Lyons Schulkinder, die sich derart hypercool und aufmüpfig gaben, zum freitäglichen Nachsitzen verdonnert.

Überhaupt ergab sein Verhalten in den letzten Monaten nun einen Sinn. Was zuvor wie die Launen eines Verrückten in der Midlife-Crisis gewirkt hatte, entpuppte sich als das hastige Bemühen, eine Liste der letzten Dinge und Lebenserfahrungen abzuarbeiten. In Anbetracht dessen, wie überraschend er sich von seinem Posten als Schulleiter verabschiedet hatte, war ersichtlich, dass er dieses Geheimnis schon lange mit sich herumgetragen haben musste.

Wusste es sonst noch jemand außer seinem Arzt und mir? Diana mit Sicherheit nicht. Und wie lange würde ich es geheim halten müssen? Wir hatten den vierten Tag einer einwöchigen Urlaubsreise. Wenn mein zukünftiger Schwiegervater es drei Monate hatte für sich behalten können, dann würde ich doch wohl drei Tage schaffen, oder?

»Was ist mit dir, Steve?«, fragte Pippa mitten in einer Pause ihrer Marlon-Brando Imitationen. Ich sah Mr Lyons Gesicht als Spiegelung in der Fensterscheibe. Er tat, als würde er nach draußen sehen, aber in Wahrheit fixierte er mich.

»Nichts«, sagte ich, was natürlich eine unbefriedigende Antwort war. »Nur, dass ich ziemlich sicher bin, dass *Endstation Sehnsucht* nicht in San Francisco spielt.«

»Ach, sei kein Spielverderber.«

»Was ist los?« oder »Warum bist du so schweigsam?« hatte sie seit dem Dampfbadabend schon häufig gefragt.

»Dad, du bist ja ganz rot im Gesicht«, hatte sie als Erstes gesagt. »Du siehst aus, als hättest du geweint.«

Mr Lyons, Vater der Schauspielerin, hatte ihre Bemerkung überzeugend weglachen können. Er trug seine Lüge deutlich leichter als ich. Tatsächlich schien er jetzt sogar noch besser gelaunt, falls das überhaupt möglich war – als hätte es ihn erleichtert, die schmerzhafte Wahrheit an mich weiterzugeben.

Bei mir hatte es den gegenteiligen Effekt. Ich bedauerte mein Schweigegelübde; ein vorschnelles Versprechen, das ich kaum aufrechterhalten konnte, ohne dass Pippa misstrauisch wurde oder ich zum Spaßverderber, weil ich uns allen den Urlaub vermieste.

Während wir über die Brücke spazierten, überlegte ich, was

für Pippa wohl schmerzhafter wäre: ihr die Wahrheit zu offenbaren, hier, etliche Meilen von zu Hause, von ihrer Mum und ihren Freunden entfernt, oder sie ihr zu verschweigen und sie damit quasi anzulügen – etwas, das ich niemals tun wollte und sollte. Es ging ja nicht um eine kleine Notlüge. Es war eine riesengroße Lüge: eine Lüge, verbunden mit einem Heiratsantrag, verbunden mit einem Urlaub.

Wenn ich es ihr jetzt nicht sagte, würde ich dann später, *wenn* sie es erfuhr, zugeben müssen, dass ich es vorher schon gewusst hatte? Wie würde sie sich fühlen, wenn sie dann wusste, dass ich es schon gewusst und ihr nicht gesagt hatte? Was würde das für unser zukünftiges Leben voller Achtung und Vertrauen bedeuten? Die Lüge schützte sie ja nicht; sie sollte nur die Unbeschwertheit dieses Urlaubs bewahren, was ich als despektierlich empfand.

Andererseits wollte ich Mr Lyons' Wunsch respektieren, der, was mir fast schon entfallen war, eingewilligt hatte, mein Schwiegervater zu werden, und das aus vollem Herzen. Sobald ich mich innerlich dagegen auflehnte, dass er mich in diese Lage gebracht hatte, bereute ich es gleich wieder. Wie sollte ich ihm übelnehmen, dass er diese Reise als glückliche Erinnerung bewahren wollte?

In Sausalito setzten wir uns draußen in ein Café, und als Pippa zur Toilette ging, waren Mr Lyons und ich zum ersten Mal an diesem Tag allein. Erschöpft von dem Versuch, mich die ganze Zeit zu verstellen, erschöpft von all meinen Gedanken, blickte ich von meinem Eiskaffee auf und bat ihn inständig, er möge es ihr sagen.

Auf dem Rückweg über die Brücke blieben wir stehen, um den Sonnenuntergang zu beobachten. Das Wasser, die dunstigen

Wolken und der Himmel sahen wie ein Gemälde von Rothko aus: perfekte Streifen in Blau, Rosa und Orange. Glücklich und selbstvergessen stimmte Pippa in die fernen Töne eines Saxophons ein. *Sittin' on the Dock of the Bay.* Sie lehnte sich vor, atmete tief die aufsteigende Seeluft ein, und ich sah zu Chris hinüber. In seinen blauen Augen, die sonst Ruhe und Humor ausstrahlten, schien ein aufgewühltes Meer zu toben. Er erwiderte meinen Blick – und nickte.

2. März 2019
08:39 Uhr

Wie versprochen, kommt Diana nach nicht einmal einer Stunde hereingerauscht. Sie sieht aus, als hätte man sie vorzeitig aus der Trommel eines Wäschetrockners gezogen – ein grauer Kaschmirpulli steht ihr vom Körper ab, Strähnen nasser glatter Haare kleben ihr an den Wangen. Ihre Füße stecken in dunkelblauen Espadrilles, staubig von der Gartenarbeit. Als sie Pippa sieht, mit all den Schläuchen, Pumpen und Flüssigkeiten, stockt ihr der Atem. Hier liegt ihr Fleisch und Blut. Ihr kleines Mädchen. Hilflos, verletzt, beschädigt. Und sie kann nichts tun. Diana ballt fest die Fäuste, ihre Fingernägel drücken ins Fleisch ihrer Handballen.

Steve steht hinter ihr. Diskret senkt er den Kopf, um ihr das Feld zu überlassen, gleichzeitig hält er sich bereit, sie nötigenfalls aufzufangen, falls ihr die Beine versagen. Er weiß, dass einen nichts auf diesen Anblick vorbereiten kann – und nichts davor schützen. Selbst nach acht Stunden erschrickt er beim Anblick ihrer fahlen Wangen, der blau unterlaufenen Augen und der blutverkrusteten Stirn jedes Mal aufs Neue.

»Ich wollte erst noch irgendwo anhalten und Frühstück besorgen«, sagt Diana, »aber dann dachte ich, ich komme doch lieber gleich hierher.«

Steve schweigt. Dianas Bewältigungsstrategien sind ihm vertraut, weil er sie bei Chris' Erkrankung erlebt hat, bei seinem Tod im Hospiz, bei der Beerdigung und bei der Trauerfeier. Pippa konnte ihre Mutter dabei nicht ertragen, vielleicht, weil die Strategie ihrer eigenen so ähnlich war, aber in diesem Moment ist Steve einfach nur dankbar. Soll sie ruhig über irgendetwas reden. Ganz egal, worüber.

»Da war ein Laden, ein Kiosk, am Kreisverkehr, wo sie Waffeln verkauft haben, aber ich dachte, dass das im Krankenzimmer wahrscheinlich zu viel Sauerei macht. Vielleicht später. Ich glaube, sie mag Waffeln. Seit ihrer Zeit in Amerika. Hast du Hunger, Steven?«

Steve schüttelt den Kopf.

»Ich war Viertel vor zwölf im Bett. Bisschen spät für mich, aber ich bin bei einer Netflix-Doku hängen geblieben. *Back to Reality*. Hast du die mal gesehen?«

Er schüttelt erneut den Kopf.

»Da geht's um einen Mann, der für den Barcelona Marathon trainiert, aber bei einer Routineuntersuchung zu Heuschnupfen finden sie dann zufällig einen angeborenen Herzfehler. Ist nicht das, was ich normalerweise sehe, aber es war doch sehr mitreißend. Und außerdem gut, um mein Spanisch zu trainieren. Ich übe ja jeden Tag mit dieser App, habe ich dir das erzählt? Jedenfalls können Menschen erstaunliche Dinge vollbringen, wenn sie es nur wirklich wollen. Ich glaube, die Doku würde euch auch gefallen.«

Eine kurze Atempause vor der zweiten Runde, aber Steven weiß, dass sie jetzt nichts mehr aufhalten kann. Sobald sie aufhört zu reden, und sei es nur für eine Sekunde, wird sie zusammenbrechen. Auf der Fahrt in einen Landgasthof, als es Chris während seiner Behandlung einmal recht gutging, hatten sie im Garten eine Runde Riesen-Jenga gespielt. Diana war als Erste dran, zog das falsche Teil heraus, und trotz ihres lautstarken Protests begann der Turm zu schwanken, bevor er ganz zusammenbrach. Die ganze Familie lachte Tränen.

Er hat das Gefühl, dass sie kurz davor ist, wieder das falsche Teil herauszuziehen.

»Ich gehe mal und hole dir eine Tasse Tee, Diana.«

»Nein!« Das Wort bricht aus ihr heraus. Der Schrei eines gefangenen Vogels, der gerade bemerkt hat, dass er im Käfig sitzt.

Bleich und mit gehetztem Blick sieht sie zu Steve.

»Verdammt!«, sagt sie und geht zur Tür. »Ich habe Maria kein Geld hingelegt. Ich muss ihr sofort eine Nachricht schreiben.«

»Nein«, entgegnet Steve mit fester Stimme. »Du solltest hierbleiben. Rede mit ihr.«

Diana bekommt große Augen. Die Vorstellung, mit Pippa allein zu bleiben, macht ihr Angst, aber sie nickt schwach.

»Ich glaube tatsächlich, sie kann es hören«, sagt Steve und versucht zu lächeln. »Sie freut sich bestimmt, dass du hier bist.«

Ein Hoffnungsschimmer erhellt ihr Gesicht. »Glaubst du wirklich?«

So schwach und leise hat er sie noch nie erlebt; es ist, als hätte man in ihrer Seele die Lautstärke heruntergedreht.

»Ja, das tue ich. Sag ihr, dass du sie liebst. Erzähl ihr Geschichten von früher. Du weißt doch, wie gern sie hört, sie hätte ihre Jugend vergeudet.«

»Ja, das stimmt.«

Diana geht zu ihrer Tochter und nimmt ihre Hand. Ihre Augen werden feucht. Mit zitterndem Finger fährt sie über Pippas Wange.

»Hallo, mein lieber kleiner Engel. Hier ist Mummy.« Sie schnieft. »Da hast du dich ja ganz schön in Schwierigkeiten manövriert, hm?«

Steve bleibt an der Tür stehen, nicht um zu lauschen, sondern weil ein kleiner Teil von ihm hofft, dass Pippa die Stimme ihrer Mutter erkennt und aufwacht.

»Ich bin gekommen, so schnell ich konnte, mein Schatz.« Diana setzt sich neben das Bett. »Sobald ich Steves Nachricht gehört habe. Das war ein ganz schöner Schock. Du hättest mich sehen sollen, noch gar nicht angezogen, den ganzen Tee hab ich auf mein Nachthemd gekleckert. Wahrscheinlich ist die Keramiktasse jetzt kaputt, die von der Töpferin, weißt du … aber denk jetzt nicht, ich gebe dir die Schuld, überhaupt nicht! Ich habe das Erstbeste angezogen, das mir in die Finger kam, und dann … Weißt du was? Ich sollte vielleicht deiner Tante Suz Bescheid geben. Du müsstest mir aber zeigen, wie das geht. Ist es da sehr spät? Letztes Mal hat sie mit mir geschimpft, weil ich so spät in der Nacht noch angerufen habe …«

»Ich bin gleich wieder da«, sagt Steve und schleicht sich aus dem Zimmer, aber Diana merkt es gar nicht. Sie hat nur Augen für ihren kleinen Liebling.

26. Mai 2012

STEVE

Als die Orgel mit den ersten Akkorden des Hochzeitsmarsches einsetzte, verstummten schlagartig die geflüsterten Gespräche, und alle in der Kirche reckten ihre Köpfe Richtung Eingang.

»Ich dachte, die königliche Hochzeit sei letztes Jahr gewesen«, raunte ich Diana zu, doch die hörte mich nicht. Sie war zu sehr damit beschäftigt, die Kamera ihres Handys zu aktivieren.

Nun erschien Pippa am Ende des Mittelgangs, in einem himmelblauen Kleid, das Haar mit einer Blumengirlande nach hinten gesteckt. Hätte sie ihre Flügel ausgebreitet und wäre nach vorn geflogen, hätte sich niemand weiter gewundert, denn sie sah einfach märchenhaft aus.

»Zu schade, dass Chris nicht hier sein kann«, sagte Diana.

Es war wirklich schade, ganz furchtbar schade, aber ich hoffte, sie würde das nicht auch zu Pippa sagen. Ich hoffte, dass wir heute einmal eine wohlverdiente Pause nach anstrengenden sechs Monaten der Sorge um ihren Vater genießen konnten. Chris war auch eingeladen worden, hatte am Morgen aber entschieden, nicht mitzukommen, weil er sich »unpässlich« fühle.

Pippa zwinkerte mir im Vorbeigehen zu und setzte sich in die Bankreihe vor uns.

»Du siehst unglaublich aus«, flüsterte ich und sah, wie ihr eine leichte Röte vom Hals aus ins Gesicht stieg.

»Gerade habe ich zu Steven gesagt: Wie schade, dass Chris nicht hier sein kann.«

»Mum, bitte!«, zischte Pippa.

Während wir die Köpfe drehten, um die Braut bei ihrem Einzug zu beobachten, griff ich über die Banklehne nach Pippas Hand. Tania betrat die Kirche am Arm ihres Vaters und starrte so lässig geradeaus, als wollte sie einen Laufsteg entlangflanieren. Ihre Schleppe war so lang, dass die Brautjungfern am hinteren Ende bestimmt noch irgendwo auf dem Kirchhof standen. Gerade wollte ich wieder meinen Witz mit der königlichen Hochzeit bringen, als ich spürte, wie Pippas Hand sich fest um meine krallte. Mit starrem Blick fixierte sie Tanias Vater, dem man ansehen konnte, dass er vor Stolz fast platzte. Er war es, der an ihrer Stelle lächelte und rot wurde. Pippas Griff verstärkte sich, während sie bestimmt mit aller Macht versuchte, nicht an ihren Vater zu denken, während sie gleichzeitig mit Sicherheit an nichts anderes denken konnte.

Als Chris ihr schließlich von seiner Diagnose erzählte, hatte das in unser aller Leben einen Kurzschluss ausgelöst; als würde auf einmal alles Jackson-Pollock-mäßig übermalt mit explosionsartigen Farbspritzern aus Emotionen. Zuerst war Pippa außer sich, aber irgendwann versiegten ihre Tränen. Diana ging es ähnlich, denn beide verfolgten dieselbe Taktik, ihren Schmerz in aktiven, zielstrebigen Optimismus umzuwandeln. Ein Spitzenteam im Kampf gegen den Krebs.

Wenn Pippa ihren Vater besuchte, dann mit dem Elan eines Motivations-Coachs. Sie verbrachte Stunden damit, verworrene französische Filme auf DVD aufzutreiben, verlängerte Wochenenden zu planen oder Tische in bereits ausgebuchten Restaurants zu ergattern. Diana recherchierte alles Erdenkliche über homöopathische Heilmittel, kaufte drei Hochleistungsmixer und vernichtete sämtlichen Alkohol im Haus. (Ich war leider zu langsam, als sie mit überschwänglicher Entschlossenheit einen teuren Single Malt in den Ausguss kippte – wobei die guten Weine aus dem Keller vermutlich in ihrer Handtasche landeten.)

Die beiden ließen keine negativen oder skeptischen Äußerungen gelten – weder von mir noch von Ärzten, noch von Chris selbst. Gefragt, wie es mit der Behandlung voranginge, informierten sie Familienangehörige und Freunde, er sehe besser aus denn je, und ich musste ihnen natürlich beipflichten.

In Wirklichkeit war ich schockiert, wie sehr ihn der erste Zyklus Chemotherapie schwächte. Es stimmte zwar, dass er noch immer gutgelaunt war und seinen Humor nicht verlor, aber er sah wie ein anderer Mensch aus. Der früher so stattliche und charismatische Mann, Oberhaupt der Familie, früherer Schulleiter, war schmal und schwach geworden. Als er uns nicht mehr selbst die Tür öffnen konnte, erwartete er uns im Rollstuhl, Hund Hardy mit müde wedelndem Schwanz zu seinen Füßen. Egal, wie erschöpft er war, machte er sich bei jedem unserer Besuche trotzdem die Mühe, sich stilvoll in eines seiner Tweed-Sakkos zu werfen, auch wenn er darin mittlerweile ertrank.

»Steven, wie kriege ich die größer?«

Diana rang mit der Handy-Kamera, als sie einzufangen versuchte, wie Tania auf den Altarstufen ihren frisch angetrauten Ehemann küsste.

»Du meinst, wie man ranzoomt?«, fragte ich nach. »Da musst du den Bildschirm so aufziehen.«

Sie sah mich verständnislos an und strich dann mit Daumen und Zeigefinger über ihr Display.

»Nein«, sagte ich. »So auseinanderstreichen.«

»Was meinst du mit auseinanderstreichen?«

»Na, so.« Ich versuchte erneut, es ihr zu demonstrieren.

Aber sie sah schon gar nicht mehr hin, denn in diesem Moment setzte links neben dem Altar ein Streichquartett ein. Vertraute Klänge eines Stücks, vermutlich von Bach, das Chris oft zu Hause aufgelegt hatte. »Oh, das würde deinem Vater gefallen«, sagte sie, bevor sie sich wieder ihrem Handy widmete.

Ich rutschte an den Rand meiner Bank, um Pippa irgendwie festzuhalten, doch sie bog sich von mir weg.

»Pip?«

Ich lehnte mich zu ihr und sah, dass sie starr nach vorn blickte. In ihren Augen schimmerten Tränen.

»Alles okay bei dir?«

Sie nickte kaum merklich. Sie mochte es nicht, wenn ich fragte, ob alles okay sei – was ich in letzter Zeit häufiger fragte. Ich wusste, nichts war okay und »okay« ein absolut unzureichender Terminus für ihr Befinden, aber ich hatte trotzdem das Bedürfnis, mich nach ihr zu erkundigen, und »Alles okay bei dir« war das Einzige, was mir dazu einfiel.

Während die Musik immer lauter wurde, begann sie zu schluchzen. Dann rollte ihr eine Träne über die Wange, der bald weitere, längst überfällige Tränen folgten.

»Du tust so viel für ihn, Pip«, sagte ich und legte einen Arm um ihre bebenden Schultern.

Sie wollte etwas sagen, aber was auch immer es war, wurde von einem Schluchzer erstickt. Stumm presste sie sich ein abgerissenes Stück Toilettenpapier auf den Mund. Ich tastete meinen Anzug nach einem Päckchen Taschentücher ab, hatte aber keine dabei. Ich war nicht davon ausgegangen, dass wir welche brauchen würden.

»Er ist so stolz auf dich«, sagte ich, und sie wimmerte. »*Ich* bin stolz auf dich«, fügte ich hinzu. Aber je liebevoller ich mich um Pippa kümmerte, desto herzergreifender wurde ihre

Verzweiflung. Sie saß vornübergebeugt, und ihr Körper wurde vom Weinen geschüttelt.

Bald würden alle in der Kirche zu ihr hinsehen. Ich musste irgendetwas tun, um sie aus diesem Tief zu reißen.

»Als wir in San Francisco waren, habe ich bei ihm um deine Hand angehalten.«

Abrupt hörte sie auf zu weinen. Sie schniefte nur noch ein paarmal, dann setzte sie sich aufrecht und wischte mit dem Handrücken ihre Tränen fort.

»Na, was sagst du dazu?«, fragte ich erleichtert. Es fühlte sich an, als hätte ich einen Wasserrohrbruch geschlossen, der mich ganz und gar durchnässt hatte.

»Ja«, sagte Pippa.

»Ja?«

»Natürlich will ich.«

Sie drehte sich zu mir um und vergrub ihr Gesicht an meiner Brust.

»Ja, ja, ja, ja, *ja*!«

Auf dem oberen Rücksitz des Oldtimer-Doppeldeckerbusses rollte Pippa sich wie eine Katze zusammen, legte den Kopf in meinem Schoß und schien vor Freude sogar zu schnurren. Ich war sprachlos und wusste nicht, was ich nun noch sagen sollte. Was sagte man, wenn man aus Versehen einen Heiratsantrag gemacht hatte?

Bald kamen weitere Hochzeitsgäste aufs obere Deck.

»Ihr zwei seht aus, als würde es euch da hinten gutgehen.« Tanias Tante lächelte, als sie und ihr Mann sich vor uns setzten.

»Wir haben uns verlobt!«, rief Pippa und richtete sich auf. »Wir haben uns verlobt und werden bald Mann und Frau!«

»Herzlichen Glückwunsch«, sagte die Tante.

»Tja, dann«, sagte der Onkel, »solltest du die Arme weit ausstrecken, wenn Tania nachher den Brautstrauß wirft.«

Pippa jaulte auf, aber diesmal vor Lachen, als wäre es das Lustigste, das sie je gehört hatte. Der Onkel lachte gutmütig mit, erfreut, dass er so einen guten Witz gelandet hatte.

Pippa sah mich an. »Sag es«, flüsterte sie.

»Was?«

»Wir sind verlobt.«

Ich wusste nicht, wie ich gucken sollte, und vermutlich blickte ich ziemlich dumm aus der Wäsche.

»Oder etwa nicht?«

Mit Karacho stürmte Pippa vor mir in den Golfclub und schreckte die Bediensteten auf, die letzte Hand an die Tische legten. Sie blieb nur einmal kurz stehen, um sich ein leeres Glas und eine ungeöffnete Champagnerflasche von der Bar zu schnappen.

»Pippa, warte!«

»Das war dann ja wohl die kürzeste Verlobung der Geschichte«, zischte sie, bevor sie durch eine Seitentür verschwand.

»Steven, was ist los?«

Diana stand hinter mir. Trotz ihres lustigen Pfauenhütchens sah sie furchteinflößend aus.

»Ich glaube, ich habe Pippa vorhin einen Antrag gemacht.«

»Du *glaubst*?«

»Ja. Aus Versehen.«

»Aha. Tja, ich hoffe, sie hat nein gesagt.«

»Das hat sie wohl.« Ich wünschte, der Erdboden würde mich verschlingen. »Habe ich es vermasselt?«

Sie schien zu überlegen. »Weißt du, wie Chris mir damals den Antrag gemacht hat?«

»In Paris?«

»Nein.«

»Ach, ich dachte …«

»Als wir in Paris ankamen, waren wir schon verlobt und verbrachten dort dann eine hochromantische Zeit. Aber den Antrag hatte er schon in Dover gemacht.« Sie sah in ihr Glas, als würden die Champagnerperlen ihre Erinnerung hervortreiben. »Wir sind ganz früh losgefahren, um die erste Fähre zu erwischen. Also, *er* ist gefahren, ich habe die ganze Zeit geschlafen. Ich war in der Nacht davor nämlich so nervös gewesen, dass ich nicht schlafen konnte, weil ich wusste, dass er mich fragen würde. Warum sonst hätten wir nach Paris fahren sollen?«

Sie nahm einen Serviettenring und drehte ihn hin und her.

»Als ich wieder wach wurde«, fuhr sie fort, »hatte er am Ende einer Straße geparkt, mit Blick auf die Kreidefelsen von Dover. Sie waren so weiß, dass ich erst dachte, ich träume noch. Chris schenkte mir Tee aus einer Thermoskanne ein und fing an, das Handschuhfach zu durchwühlen. Was macht er da?, dachte ich. Er macht ja alles verkehrt herum.

Er sagte: ›Wir fahren gleich nach Paris, aber es gibt etwas, das will ich dir hier sagen. Weil wir uns auf dieser Insel kennengelernt haben und ich den Rest meines Lebens auf dieser Insel mit dir verbringen möchte. Ein Leben ohne dich wäre wie ein Meer ohne Wasser – und meine Liebe zu dir wird so fest und beständig sein wie diese Kliffs.‹ Dann stellte er den Fahrersitz nach hinten, damit er sich hinknien konnte, und ich musste *so* lachen …«

Sie brach ab und starrte verträumt in die Ferne, während ich mich – starr und eingeschüchtert – kaum noch rühren konnte. Das Klirren von Metall gegen Glas riss sie aus ihren Erinnerungen, und sie schüttelte sich kurz, als hätte man sie kalt abgeduscht.

»Damit wollte ich sagen«, erklärte sie, »dass die Latte recht hoch gelegt ist – vielleicht zu hoch für dich. Verpfusche es beim nächsten Mal einfach nicht wieder.« Sie wandte sich zum Gehen, und ich kam mir wie der letzte Trottel vor. »*Falls* es überhaupt ein nächstes Mal gibt«, fügte sie als letzten Dolchstoß noch hinzu.

Es dauerte ein paar Tage, bis die Wogen sich geglättet hatten, und ich versuchte, den richtigen Moment abzupassen. Als sie wieder ansprechbar schien, überschüttete ich sie mit Entschuldigungen und versprach, dass ich es beim nächsten Mal richtig machen würde.

»Bitte sprich nicht mehr davon«, bat sie, was ich pflichtschuldig befolgte.

Dann, an einem Sonntagmorgen – dem Tag, an dem wir Chris normalerweise beim Braten halfen (oder wenn ihm für einen Braten die Kraft fehlte, auch einem Smoothie-Menü, das wir dann gemeinsam zu uns nahmen), bot sich eine Möglichkeit. Chris hatte Besuch aus Neuseeland – von einer »Freundin«, wie Diana mehrfach betonte und dabei vielsagend die Brauen hob –, so dass wir den Tag frei bekamen.

Ich sah es als Zeichen und stand extra früh auf, um Pippa mit Frühstück im Bett zu überraschen. Rührei, Räucherlachs, getoastete Bagel und Kaffee aus der Cafetiere. Nicht das Frühstück eines Meisterkochs, aber etwas, das ich mittlerweile ohne Hilfestellung hinbekam. Ich suchte die weichsten und gelbsten Stücke für ihr Rührei aus und arrangierte dann die kleingeschnittenen Lachsstreifen auf ihrem Teller so, dass »Heirate mich!« daraus entstand.

»Oho, was verschafft mir die Ehre?«, frage sie, als ich mit dem Tablett ins Schlafzimmer kam.

»Ach, nur Frühstück für meine Liebste und ein bisschen Morgenlektüre«, erwiderte ich.

Als sie die Botschaft las, seufzte sie vor Glück, was mich unendlich froh machte.

»Und?«, fragte ich, aber sie war zu sehr mit dem Teller beschäftigt, um zu antworten. Sie schob die Lachsstreifen von rechts nach links und stocherte im Rührei, als wollte sie einen lang verschollenen Schatz heben. Da erst fiel mir ein, was sie von Jens Verlobung erzählt hatte: Jacob (der durchgeknallte Festival-Raver, der sich als hoffnungsloser Romantiker entpuppte) hatte den Verlobungsring in Folie gewickelt und in ihren heiß geliebten Käse-Maccaroni versteckt.

»Hast du vergessen, ihn da reinzutun?«, fragte Pippa nun vorsichtig nach. Sie dachte bestimmt, dass ich den Ring in der Küche liegen gelassen hatte.

»Da ist kein Ring«, antwortete ich. »Also, es wird noch einen geben, aber jetzt im Moment habe ich ihn noch nicht.«

»Ohne Ring geht es nicht!«

»Nein?«

»Was soll ich denn machen? Etwa das hier …«, sie piekte in den Bagel auf ihrem Teller, »… am Finger tragen?«

»Ich dachte, der wäre nicht so wichtig …«

»Nichts von alledem ist wichtig, wie?« Sie schlug die Hände vors Gesicht. »Es geht ja nur um den Rest unseres Lebens.«

»Den Rest unseres … *gemeinsamen* Lebens?«, sagte ich

und hielt den Bagel hoch. Ich hoffte, ihr ein Lächeln entlockt zu haben, also versuchte ich es erneut. »Ist das ein Ja?«

»Nein!« Sie sprang aus dem Bett. Die Cafetiere kippte um und verteilte den Kaffee im Bett.

»Wo willst du hin?«

»Ich entlobe mich«, sagte Pippa. »Wenn du wirklich irgendwann bereit bist zu fragen, frag dann.«

Die folgenden Wochen wurden schwierig. Chris bekam eine neue Runde Chemotherapie, was für uns ein Hin und Her bedeutete – emotional wie geographisch –, während wir verzweifelt versuchten, ihn aufzumuntern und Diana zu entlasten. Sie war mittlerweile bei ihm eingezogen.

Wir verbrachten so viel Zeit im Zug von London nach Guildford, dass wir den Schaffner bald mit Namen kannten. Wenn Pippa gut gelaunt war und vor Energie überschäumte, blieb Mo ein oder zwei Haltestellen zum Plaudern bei uns stehen. Wenn es Pippa schlechtging oder wenn sie – nach besonders anstrengenden Besuchen – schlief, schlich er einfach vorbei, ohne unsere Fahrkarten zu kontrollieren.

»Dein Dad kann sich wirklich glücklich schätzen«, sagte er auf einer der fröhlicheren Fahrten.

»Na ja, *so* glücklich nun auch wieder nicht«, meinte Pippa und schnitt eine Grimasse.

Er lachte. »Nein, im Ernst: Ich wünschte, ich hätte meinen alten Herrn genauso hingebungsvoll besucht, als er damals … Na, ihr wisst schon.«

»Ja, wir wissen.« Pippa fasste ihn tröstend am Arm. Im Gegensatz zu mir, hatte sie bei Fremden keine Berührungsängste.

»Macht weiter so«, sagte er.

War Chris zu Hause, trank Pippa mit ihm im Garten irgendwelche gesunden Obst- und Gemüsecocktails oder las ihm im Wohnzimmer James-Bond-Romane vor. War er im Krankenhaus, stritten sie und Diana unaufhörlich. Selbst an einem relativ »leichten« Tag fanden sie mit Sicherheit einen Auslöser für einen Disput. So groß ihrer beider Bedürfnis war, Chris liebevoll zu umsorgen, so groß war offenbar auch ihr Bedürfnis, sich gegenseitig zu triezen.

Jeglicher Überschuss an schlechter Laune wurde mit nach Hause genommen und auf mich entladen. Ich konnte nichts richtig machen, und die eine Sache, die ich am meisten falsch gemacht hatte, sogar schon *zweimal*, wurde mir permanent aufs Butterbrot gestrichen. Ich hatte Pippa so viele Anträge gemacht, wie ich Führerscheinprüfungen absolviert hatte, nur bestanden hatte ich in diesem Fall noch immer nicht.

Ich erhielt den Auftrag, Fotoaufnahmen bei Polo-Partys zu machen, was – egoistisch betrachtet – eine gute Gelegenheit bot, einfach mal eine Weile rauszukommen. Der Poloclub lag in der Nähe meiner Eltern, also meldete ich mich für eine Übernachtung von Samstag auf Sonntag an. Als Charlotte hörte, dass ich unsere Eltern besuchte, stand sie keine Stunde später vor der Tür. Dann kamen noch die Zwillinge – alle drei Schwestern waren froh, die Kinder einmal bei den jeweiligen Vätern zu lassen –, und so erlebten wir eine Zusammenkunft der Kernfamilie samt Übernachtung. Samstagabend wurde der Esstisch ausgezogen, und Dad wendete mit geübtem Schwung zwei Lammkeulen im Ofen.

»Bleib ruhig die ganze Woche, mir ist das egal«, hatte Pippa gesagt, als ich nachfragte, ob ich eine weitere Nacht dranhängen könne. Am Ende schlief ich noch drei Mal dort.

Bald wussten natürlich alle, was mir bezüglich Pippa durch den Kopf ging.

»Sei ja gut zu dem Mädchen«, warnte meine Mutter.

»Die ist doch sowieso zu gut für dich«, kommentierte Siobhan.

»*You should put a ring on it*, bevor sie Reißaus nimmt«, sagte June.

»Was soll das denn heißen?«, wollte mein Dad wissen

»Das heißt: Mach ihr einen Antrag, Dad. Hat Beyoncé gesungen.«

»Ach ja«, sagte mein Dad. »Beyoncé.«

»Ich dachte ja, du würdest irgendwann mal Lola heiraten«, ergänzte June.

»Das dachte Lola auch«, rief Siobhan.

»Wie geht es Lola?«, fragte Mum.

»Keine Ahnung.«

»Du solltest Omas Ring nehmen«, meinte Charlotte.

»Das ist eine wunderbare Idee«, sagte Mum und war plötzlich ganz ergriffen. »Frank?«

Dad war schon aufgestanden. Kurz darauf kehrte er mit einer alten Zigarrenkiste zurück, die meinem Großvater gehört haben musste. Es war ein seltener Anblick, meinen Vater so sentimental zu erleben; als er die Kiste öffnete und wohl der Duft der Erinnerungen aufstieg, konnte er seine Gefühle kaum verbergen. Mit zitternden Händen nahm er ein Päckchen zerknülltes Seidenpapier heraus, faltete es auf und zeigte uns Nanas Verlobungsring. Das Silber war angelaufen, und die drei kleinen Diamanten waren nach all den Jahren des Winterschlafes leicht getrübt, aber trotzdem war er wunderschön, er war etwas ganz Persönliches, und ich würde ihn wieder zum Leben erwecken.

Ich ließ den Ring reinigen und versichern und besorgte eine neue Schatulle, die ich fortan immer bei mir trug. Irgendwann bekam ich Angst, dass der richtige Moment nie mehr kommen würde, hielt mich aber dennoch bereit.

Als ich eines Morgens in die Küche kam, stand Pippa lauschend vor dem Radio, in dem gerade *It Must Be Love* einsetzte. Lächelnd drehte sie sich zu mir um. Ich ging zu ihr, nahm sie in den Arm, und sie stellte sich barfuß auf meine Hausschuhe. Es war das erste Mal seit vielen Monaten, dass wir mal wieder zusammen tanzten.

»Ich liebe dich«, flüsterte sie in den Kragen meines Morgenmantels.

»Ich liebe dich auch.«

»Das wäre jetzt ein guter Moment.«

Wusste sie etwa von dem Ring?

Ich trat einen Schritt zurück und griff in meine Tasche. Als ich mich auf den Linoleumfußboden kniete und ihre linke Hand nahm, konnte ich an ihrem Gesicht ablesen, dass sie keine Ahnung hatte. Sie sah aus, als würde sie am liebsten die Augen verdrehen und »Ach, Steven, nicht schon wieder« sagen.

Doch als ich ihr den Ring entgegenhielt, wusste ich, dass ich es endlich richtig gemacht hatte.

12. *Mai 2013*

PIPPA

»Alles in Ordnung bei dir, Pip? Ich bin gleich hier draußen, falls du mich brauchst.«

Durch die rostige Blechwand klingt seine Stimme gedämpft.

»Jep.«

Vor zehn Tagen war ich eine Prinzessin im Vintage-Brautkleid mit Spitze, herausgeputzt bis zum Gehtnichtmehr.

Vor zehn Tagen wurde ich rundherum bewundert und geliebt.

Vor zehn Tagen wurden mir butterweiche Lachs-Blinis serviert, während ich glücklich grinsend die Kohlensäureperlen in meinem Champagner Rosé beobachtete.

Heute bin ich eine BH-lose, sonnenverbrannte Touristin, deren Nase sich schält und die unelegant über einem Drecksloch im Boden kauert. Meine Flip-Flops stehen auf den fast schon fossilisierten Abdrücken Tausender Flip-Flops vor mir, und ich versuche verzweifelt, mir nicht auf die eigenen Füße zu pinkeln. Die Tür dieses windigen Kabuffs wird von einem Stück dünner Angelschnur zugehalten, was ungefähr so praktisch ist wie eine Sauna in der Wüste. Meine Haut ist salzig vor Schweiß, mein Haar schreit nach einer Wäsche, und ich spüre noch immer das leise Grummeln der Straßennudeln von letzter Nacht, die gerade debattieren, ob sie nach oben oder nach unten abgehen sollen.

Positiv ist allerdings, dass meine Schamhaare wieder wachsen. Tanias grandiose Idee (ha-ha), dass ich Steve in unserer Hochzeitsnacht mit einer kompletten Haarentfernung überrasche (und sie meinte wirklich KOMPLETT: *Ich schwör dir, Pip, das macht den Mann vollkommen verrückt. Ich hab's für*

Danny gemacht, und er konnte einfach nicht genug von mir kriegen), ging total nach hinten los. Auf der vierzehnstündigen Flugreise juckten die nachwachsenden Stoppeln dermaßen, dass ich kaum stillsitzen konnte. Steve fand das zum Brüllen komisch, und ihm liefen tatsächlich Tränen über die Wangen, während ich mich auf meinem Sitz wand und wälzte und versuchte, die störende Stelle unauffällig zu kratzen.

Der durch den getrockneten Lehm krabbelnde Tross roter Ameisen ist über die unplanmäßige Flutwelle nicht amüsiert. Sie stieben in alle Richtungen, wie eine Horde hyperaktiver Kinder, die durch das Schultor ins Freie laufen. Mein Klo ist von allerhand zusammengewürfelten Metallteilen umstellt, die wie eingepasste rostige Steckbausteine wirken. Abwassergeruch steht in der Luft, so dass mir die Augen tränen. Unter meinen Füßen spüre ich, wie die losen Teile des grobkörnigen Bodens nachgeben und rutschen. Um nicht die Balance zu verlieren und aufrecht zu bleiben, spanne ich meine (peinlich schwache) Rumpfmuskulatur an. In meinen Oberschenkeln brennt bereits die Milchsäure. Nun schwanke ich doch und fasse mit einer Hand an die Wand, um mich zu abzustützen.

Verdammte Sch…!

Ich schreie vor Schmerz. Das Metall hat sich aufgeheizt wie eine Grillpfanne. Aber was hatte ich erwartet angesichts der Tatsache, dass ich in voller Mittagshitze quasi in einer Konservendose hocke?

»Ist wirklich alles in Ordnung? Du bist da schon eine ganze Weile drin.«

»Alles paletti.«

Ich betrachte meine Fingerkuppen. Das Brennen wird stärker. Aus irgendeinem Grund fühlt sich das Pochen bedeutungsschwer an. Wie eine Feuertaufe. Die Blasen an Daumen und Zeigfinger füllen sich bereits mit Wasser und sehen aus wie bei dieser Luftpolsterfolie. Nicht schön. Tatsächlich habe ich vor Schreck aufgehört zu pinkeln, also drehe ich die Hand lieber um. Ah, das ist besser. So sehe ich meine makellos in dunklem Jeansblau lackierten Fingernägel. Glänzend, glatt und ohne abgesprungene Stellen. Meine perfekte Maniküre für meine perfekte Hochzeit.

Hochzeit!

Bei dem Wort spüre ich wieder ein wohliges Kribbeln und habe vorübergehend Angst, die Balance zu verlieren.

Ich bin verheiratet.

Ich. Bin. Verheiratet!

Vor zehn Tagen bin ich jemandes Ehefrau geworden. Damit hat Pippa Lyons den Leichtsinn ihrer Jugend abgeworfen. Die neue Pippa wird weniger trinken, härter arbeiten, mehr Sport treiben, weniger Geld ausgeben, mehr loben, weniger streiten, geduldiger sein, weniger Serien bingen, *richtige* Bücher lesen, mehr schreiben, mehr SEIN.

Pippa *Gallagher* wird all das sein, von dem Pippa *Lyons* bisher geträumt hat. Und mehr.

Okay, das liest sich wie die Liste an Neujahrsvorsätzen, die ich jedes Jahr aufs Neue erstelle, aber diesmal wird es anders sein. Schließlich schwört man nicht jeden Tag einem Menschen ewige Treue.

Als ich Steve im Flugzeug von meinen hochtrabenden Ehefrau-Plänen erzählte, lächelte er und gab mir einen Kuss auf die Nase.

»Ändere dich bitte nicht zu sehr. Ich mag Pippa Lyons, wie sie bisher war.«

»Aber sie wird ja noch dieselbe sein. Dieselbe, aber besser. Verstehst du? Eine Art Upgrade.«

Er lachte. »Also, ich bin mit meinem derzeitigen Modell vollauf zufrieden. Ich habe doch gerade erst herausgefunden, wie das mit dem Zubehör funktioniert. So schnell will ich gar kein Upgrade.«

Ich verdrehte die Augen und tat, als wäre ich frustriert, aber in Wahrheit habe ich mich über seine Antwort gefreut. Ich stupste so lange mit dem Kopf gegen seinen Arm, bis er ihn mir umlegte und ich mich an seinen Oberkörper schmiegen konnte.

Manchmal möchte ich geradewegs in ihn hineinkriechen.

Igitt. Was ist aus uns geworden? Eins dieser eklig kitschigen Paare, bei denen beide nur einander brauchen, um sich vollständig zu fühlen? Eins dieser zuckersüßen Pärchen, die überall im Haus kleine Nachrichten füreinander verstecken? Eins dieser hoffnungslos vernarrten Paare, die sich am siebten Tag der Ehe schon Glückwunschkarten schenken, denn: *Eine Woche ist der Hammer, Baby!*

Eins dieser dämlich-kitschig-kuschlig-wuschligen verliebten Pärchen, die, wenn niemand hinsieht, ehrfürchtig auf ihre Eheringe starren und immer noch staunen vor Glück.

»Es erheben sich bitte alle für die Braut und den Bräutigam!«

Hinter der Tür erklang tosender Applaus.

Steve sah mich an und reichte mir seine Hand.

»Bist du bereit, Mrs G?«

Das Getöse wurde lauter, als stampfende Füße und klirrende Gläser dazukamen.

»Bereit, Mr G.«

Auf dem Weg in den Saal, mit fest verschränkten Fingern, bekam ich das Gefühl, mein Gesicht müsse mir vor lauter Lächeln zerspringen. All die Menschen, in deren Liebe wir baden durften! Schnappschüsse für das Fotoalbum unseres gemeinsamen Lebens.

Und dann dehnte sich die Zeit, wurde unbestimmbar. Die Nacht verging in einem Karussell aus Essen, Lachen, Weinen, Umarmen und Reden. O je, die Reden! All die Worte, die mich bis ans Ende meiner Tage wie eine Decke aus Liebe einhüllen und wärmen werden.

Dad erzählte Anekdoten aus meiner Kindheit und erinnerte sich an jedes Detail, als wäre es gestern gewesen. Seine Krankheit war mittlerweile für jeden zu erkennen – die dünnen Beine, die hervortretenden Venen auf seinen Handrücken, die geschwollenen Knöchel, die rissigen Lippen ... all das ließ sich nicht mehr kaschieren. Trotzdem stand er aufrecht wie ein echter Gentleman. Galant und stolz.

Oscar, der zum ersten Mal in seinem Leben nervös war, brachte uns wortgewandt mit Bromanzen-Geschichten zum Lachen, etwa der, wie er und Steve sich ineinander verliebt hatten. Das Publikum hing an seinen Lippen.

Und dann kam Steve.

Steve, der es hasst, vor anderen zu sprechen.

Der lieber einen Regenwurm essen würde, als im Zentrum der Aufmerksamkeit zu stehen.

Der es aber schaffte, hundertfünfzig Leute zu Tränen zu rühren.

Man hätte während der Rede eine Stecknadel fallen hören können. Er sprach ohne jegliches Stocken. Ohne mich aus den Augen zu lassen. Er hielt eine Rede, für die er, wie seine Mum hinterher anmerkte, geboren worden war.

Als er am Ende die zwei Worte sagte, auf die alle warteten, brach im Saal der Jubel los wie in einem Fußballstadion: *Meine Frau.*

Wann immer ich ihn in dieser Nacht ansah, wusste ich ohne den geringsten Zweifel, dass wir die Meisterschaft der Liebe auf jeden Fall gewinnen würden.

Weil wir unbezwingbar waren.

Weil wir es mit der ganzen Welt aufnehmen konnten.

Weil niemand, aber auch gar niemand, so sehr liebte wie wir.

Dann kam die Hochzeitsreise.

Die, wie alle großen Abenteuer, schon mit allerlei Aufregung begann …

Wir landeten auf dem Flughafen von Phnom Penh, kämpften uns in einer Schlange, die so lang war wie die vor Primark gleich nach Weihnachten, durch die Passkontrolle, suchten unter allen klapprigen Bussen den richtigen, der uns in die Berge bringen sollte, stellten fest, dass es der *falsche* klapprige Bus war, erwischten eine Mitfahrgelegenheit in unsere Richtung bei drei Surfern in einem neongrünen Mini, die ihren roten Augen nach zu urteilen high waren und in ihrem Rausch gegen einen Baum steuerten, so dass Steve und ich aussteigen und samt unseren nigelnagelneuen und viel zu schweren Rucksäcken über endlose staubige Straßen ohne Gehsteige und ohne Hinweisschilder latschen mussten, bis wir schließlich mit wehen Füßen und blank liegenden Nerven unsere Unterkunft erreichten.

Wir meldeten uns am Empfang. Die Rezeptionistin war eine hagere und bissig dreinblickende Frau mit messerscharf geschnittenem kinnlangem Bob und einer so makellosen Haut, dass sie alterslos wirkte. Sie hätte alles zwischen fünfundzwanzig und achtzig sein können. Es war irritierend.

»Hallo. Wir möchten gern einchecken.«

»Name. Adresse. Geburtsdatum.«

»Wir sind Steven Gallagher und Pi…«

Bevor Steve ausreden konnte, platzte es aus mir heraus.

»Mr und Mrs Gallagher.«

Er sah mich an und wurde rot. Wir zwinkerten einander zu. Ein Adrenalinstoß. Was für ein Kick! Wir sind richtig echt verheiratet, Teufel noch mal!

»Sie hat recht. Tut mir leid. Wir sind Mr und Mrs Gallagher.«

Und mit diesem Worten lösten sich die letzten aufreibenden Stunden für mich in Wohlgefallen auf.

»Wir haben bis nächsten Montagabend gebucht.«

»Die Pässe, bitte.«

Wir gaben ihr unsere Reisepässe. Sie sah nur kurz hinein und legte sie ans hintere Ende des Tresens. Dann blätterte sie in einem riesigen Buch und fuhr mit ihrem knochigen Zeigefinger Reihe um Reihe über Namen. Es war eine Qual. Lass uns doch einfach ein, o machtvolle Wächterin. Meine Augen brannten, und mein Magen fühlte sich mittlerweile an, als würde er sich selbst verdauen. Vor allem aber wollte ich, dass unsere Flitterwochen endlich begannen. Ich kam mir vor, als würde ich mit dem Fahrrad an einer wunderbar freien abschüssigen Straße stehen, aber irgendjemand hielt mich am Gepäckträger fest und ließ mich nicht losfahren.

Plötzlich hielt sie inne, den Finger noch in der Luft, und schien regelrecht zu erstarren. Die Stille war ohrenbetäubend.

»Ist … äh … alles in Ordnung? Ich habe die Kreditkarte dabei, über die ich gebucht habe. Ich kann sie Ihnen zeigen …«

»Nein, Sir.«

Sie kniff die Augen zusammen und musterte uns abschätzig, ja, fast angewidert.

»Nein, Mr Galangear, ist alles keine bisschen in Ordnung.«

Sie drehte sich zu dem Jungen um, der hinter ihr auf einem Schemel saß. Er konnte nicht älter als vierzehn sein, und seine geringe Größe und die perfekte Haut deuteten darauf hin, dass er ihr Sohn war. Die Frau reckte das Kinn ruckartig Richtung Eingangstür, worauf er hinschlurfte und abschloss.

Dann sah sie wieder zu uns.

»Sie haben gemacht brechen Gesetz.«

»Wie bitte?«

»Sie sind die Verbrecher.«

»Wovon reden Sie? Wir haben reserviert. Wir haben eine Buchungsbestätigung. Schließen Sie sofort die Tür auf.«

Die Frau schüttelte ungerührt den Kopf.

»Sie sind schuldig. Sie haben Verbrechen begangen.«

»Das ist doch lächerlich! Wir haben bezahlt. Hier! Ich habe eine E-Mail von Mr Luang.« Steve zog einen Ausdruck aus der Hosentasche. »Sieben Nächte, Halbpension. Sie können bei Airbnb nachfragen. Die haben ...«

Nun explodierte sie und spuckte die Worte aus wie Lava.

»Airbb-Angebote hier nicht LEGAL! Ich sage!« Ihre Stimme klang seltsam erstickt, als würde jemand auf ihrem Kehlkopf sitzen. »Nein! Er wird nicht untermieten! Die Polizei wird Strafe verlangen. Kein Untermieten in meine Haus.«

Sie hatte sich zu voller Größe aufgerichtet und stand vor Wut ganz starr. Sie erinnerte mich an diese Frau in *Die Unglaublichen*, mit dem strengen Bob. Edna Mode. Ich versuchte mir zu merken, dass ich das später Steve erzählen wollte.

Aber Steve dachte mit Sicherheit nicht an Edna. Er konnte an der Situation rein gar nichts Komisches finden. Die eine blitzförmige Vene an seiner linken Schläfe, der Vene, die bei großem Stress sichtbar wurde, war hervorgetreten, und er presste die Lippen zusammen, als hätte er einen süßsauren Drops im Mund.

Da ich das bevorstehende Desaster umgehen wollte, versuchte ich einen neuen Ansatz.

»Hören Sie …« Ich lächelte zuckersüß, von Frau zu Frau. Die volle Charme-Offensive. »Ich verstehe Ihre Bedenken vollkommen, aber das ist offensichtlich ein Missverständnis. Wir können das bestimmt auch ohne Polizei klären. Wir sind in unseren Flitterwochen. Wenn Sie uns heute erst einmal hier übernachten lassen, können wir das morgen früh noch einmal in Ruhe besprechen. Wir sind wahnsinnig müde, verstehen Sie? Wir müssen wirklich schlafen. Ich bin sicher, alles lässt sich klären.«

Sie starrte mich an, als hätte sie Stahl in den Augen. Diese Frau war anscheinend nicht zur Umkehr zu bewegen.

»Nein, Mrs Galangear. Sie mir helfen einsperren lassen Mr Luang, dann sie können gehen mit Ihr Rucksäcke. Wenn Sie nicht helfen, Sie werden auch gehen in Gefängnis. Und diese ich behalte.«

Sie schnappte sich unsere Pässe und warf sie in einen kleinen Safe, der neben ihr in die Wand eingelassen war. Bevor wir in irgendeiner Weise reagieren konnten, hatte sie den Knopf gedreht, und das Ding war verschlossen.

Nach einem Augenblick erschrockener Stille … wurde es laut.

Steve begann zu schreien, er werde seinen Anwalt einschalten.

Der Junge sank auf seinem Hocker in sich zusammen, als wollte er vom Erdboden verschluckt werden.

Die Frau nahm ihr Telefon und rief immer wieder: »Polizei! Polizei! Polizei!«

Und ich, von Erschöpfung, Hunger und Enttäuschung entkräftet, fing an zu heulen. Ich weiß ... ich hätte auch gedacht, dass ich mehr aushalte.

Aus heutiger Sicht vermute ich, dass Steve dachte, er habe die Lage mit männlicher Entschlossenheit entschärft, doch ich weiß es besser. Ich habe ihr Gesicht gesehen, als ich loslegte. Ich habe mitbekommen, wie rundum die Fenster geöffnet wurden. Ich habe die Gesichter der besorgten Mieter gesehen, die uns neugierig beobachteten. Was war das für ein infernalischer Lärm? Wurde da jemand an der Rezeption überfallen?

Die unglaubliche Edna wirkte zunächst verblüfft, dann wütend, dann starr vor Entsetzen, während ich immer lauter jammerte und schrie und dabei wiederholt mit der Handfläche auf ihre Theke schlug.

»Nein! Das ist nicht fair! Das ist unsere Hochzeitsreise! Verstehen Sie? Unsere Flitterwochen! Wir haben das seit Monaten geplant! Sie machen alles kaputt!«

Ich wurde nicht nur lauter, sondern meine Stimme auch immer höher, immer unangenehmer.

»Wie können Sie so grausam sein? Wir sind gute Menschen! Wir haben nichts falsch gemacht! NICHTS!«

Die Frau hatte sicher noch nie erlebt, wie stimmgewaltig eine aufgebrachte Engländerin sein kann. Ganz zu schweigen von einer Engländerin mit ausgeprägtem Gerechtigkeitssinn und einem Schauspieldiplom in der Tasche. Selbst Steve guckte ganz verdattert, als meine Stimme sich wie die einer Opernsängerin immer höher schraubte und der schmerzvolle Klang meiner Klage den Raum erfüllte.

»Verstehen Sie denn nicht? Sie ruinieren uns hier unser ganzes Leben!«

Das war ziemlich dramatisch, zugegeben, aber ich konnte

sehen, dass es wirkte. Als ich erneut Luft holte, um meinen Ausbruch in die nächste Dezibelstufe zu treiben, bedeutete sie ihrem Sohn mit einer Geste, die Tür aufzuschließen. Er ließ sich nicht zweimal bitten.

Mit geschürzten Lippen und hochrotem Kopf beförderte sie erst unser Gepäck, dann uns, dann unsere Pässe aus ihrem Büro, wobei sie auf Kambodschanisch zeterte und mit Sicherheit auch fluchte, was wir jedoch ungerührt an uns abprallen ließen. Nach einem letzten bösen Blick schlug sie die Tür endgültig zu.

Und so landeten wir müde, geschmäht, halb verhungert und mit Jetlag in einem der teuersten, dekadentesten, luxuriösesten und romantischsten Hotels, die wir uns nur vorstellen konnten.

Wofür gibt es schließlich Kreditkarten, richtig?

Wir erlebten sieben unvergleichliche Verwöhntage, die eine Rückkehr ins wahre Leben unmöglich erscheinen ließen. Sieben Tage, an denen uns die Sonnenbrillen poliert, frische Fruchtdrinks an den Pool gebracht (für den Fall, dass Madame durstig war), Bäder mit duftenden Essenzen und Rosenblättern bereitet, kunstvoll zu Schwänen oder Drachen drapierte Handtücher ins Zimmer gelegt und Ausflüge zu spektakulären Lebensmittelmärkten organisiert wurden. Sieben Nächte, in denen wir uns nach schweißtreibendem, verrücktem, wildem Sex gegenseitig mit in Schokolade getauchten Erdbeeren fütterten.

Und genau in diesem Rundum-sorglos-Hotel, in dem alles beim kleinsten Fingerschnipsen parat war, beschloss meine Periode – seit fünfzehn Jahren zuverlässig wie ein Uhrwerk – auszufallen.

Da, bitte. Das sollte ausreichen. Ich richte mich auf. Mein Kopf stößt ans Dach des Blechverschlags, und meine Gelenke krachen wie bei einer alten Frau nach ihrer ersten Aerobicstunde.

Mission erfüllt.

Na gut, meine Hand hat mehr Pipi abbekommen als der Teststreifen, aber, hey: In Anbetracht dessen, dass ich absturzgefährdet in einer Klohütte am Straßenrand um Balance ringen musste – einer Hütte, die aussieht, als könnte sie der nächste Windhauch umwerfen –, bin ich von meiner Leistung durchaus beeindruckt. Außerdem ist irgendwas aus Urin doch auch in Feuchtigkeitscremes, oder? Ich bin sicher, dass ich das mal in der *Grazia* gelesen habe. Aber noch wichtiger: Ganz bestimmt steht Steve schon mit seinem Fläschchen Desinfektionsmittel bereit. Steve ist schon zu normalen Zeiten ein Desinfektionsguru – nachdem er Haltestangen oder Gratiszeitschriften im Bus angefasst hat oder Sportgeräte im Fitnessstudio oder Münzen ... manchmal sogar nach dem Händeschütteln (wobei ich ihm nahelegen konnte, das bitteschön heimlich für sich zu machen) –, und so ist die mangelnde alltägliche Hygiene hier in Kambodscha für ihn eine echte Herausforderung.

Ich sehe auf den Teststick in meiner Hand. Da scheint etwas zu passieren. Im Sichtfenster zieht deutlich die Flüssigkeit nach oben. Ein seltsam befriedigender Anblick. Ich stülpe die Kappe, wie in der Anleitung angegeben, wieder über das bepinkelte Ende und schiebe alles in meine Tasche. Dann löse ich den absolut sinnfreien Bindfaden-Türverschluss und stoße die Blechtür mit der Hüfte auf (den Anfängerfehler, sie anzufassen, mache ich nicht noch mal), und als sie hinter mir zuschwingt, fühle ich mich wie ein siegessicherer Cowboy, der aus dem Saloon tritt.

»Fertig?«

Die plötzliche Helligkeit in der Mittagssonne blendet mich. Ich muss mehrmals blinzeln, und irgendwann taucht zwischen den leuchtenden Punkten in meinem Sichtfeld Steves Gesicht auf.

»Wie ist es gelaufen? Hast du es geschafft?«

Ich ziehe den Stick aus der Tasche und halte ihn triumphierend in die Höhe.

»Ta-da! Ich bin ein Dampfstrahl-Ninja.« Keine Ahnung, wo das jetzt herkam.

»Okay. Gut. Ich meine, gut gemacht.«

Ich nicke.

»Du solltest vielleicht nicht damit herumwedeln. Ich meine, ich kenne mich ja nicht aus, aber …«

Er bricht ab, und zum ersten Mal seit Beginn unserer Hochzeitsreise wissen wir nicht, was wir sagen sollen.

Er greift nach meiner Hand. Ich ziehe sie blitzschnell zurück.

»Das ist keine so gute Idee. Es gab ein wenig Kollateralschaden. Hast du noch von dem Desinfektionsmittel?«

Er grinst. »Ist der Papst katholisch?«

»Ha, ha«

»Okay, blöder Witz.«

Ich muss lächeln. Endlich etwas Normales in dieser so abnormalen Reihe von Ereignissen.

Er wühlt in seiner Umhängetasche, holt die große Tube raus und drückt mir eine erbsengroße Menge Gel in meine Hand. Ich verreibe das Zeug und freue mich über das saubere Gefühl zwischen meinen Fingern.

»Besser?«

»Besser.«

Er greift erneut nach meiner Hand. Diesmal lasse ich es zu.

»Sollen wir?«

Wir gehen auf der vor Hitze staubtrockenen Straße bis zu der Stelle, an der wir unsere Rucksäcke abgestellt haben. Die heiße Luft zwischen Mittag und Abend flirrt und flimmert. Wir setzen uns hin und lehnen uns gegen unsere Rucksäcke.

Es gibt nichts zu tun, außer zu warten.

Eine kleine Minute, die unser Leben für immer verändern könnte.

Ich stand vor dem Eingang und umklammerte den dünnen Arm meines Vaters wie eine Rettungsboje auf offenem Meer. Durch die Glasscheiben sah ich Freunde und Familie, alle lachten und umarmten sich und suchten einen Platz. Die Sonnenblumen, die ich am Morgen vom Markt geholt hatte, verliehen dem Raum einen warmen, goldenen Glanz. Genau so hatte ich es mir vorgestellt. Kleine Flecken kanariengelber Fröhlichkeit.

Und ich stand draußen und wartete und kam mir vor, als würde ich über einem Abgrund balancieren, auf einem Seil, das zwischen Vergangenheit und Zukunft gespannt war. Und plötzlich brach es aus mir heraus.

»Was, wenn ich ihm nicht genug bin, Dad? Wenn ich ihn irgendwann langweile? Wenn er mich langweilt?«

»Pippa …«

»Was, wenn er stirbt? Wenn er überfahren wird? Was, wenn ich …«

»Pippa.«

Ich hörte seine Stimme, samtweich, so wie sie schon immer Balsam für meine unzähligen »Pippa-Paniken« gewesen war, seit ich sprechen konnte. Sie hatte sich verändert, war dünner, atemloser geworden, klang aber dennoch vertraut.

»Sieh mich an, mein Schatz.«

Ich sah ihm ins Gesicht. In dieses so schmerzhaft schmal gewordene Gesicht, das der Krebs mit aller Macht zerstören wollte. Doch seine Augen waren unverkennbar. Diese Augen, die mir jetzt zuzwinkerten. Mich sahen und verstanden. Mir seine Liebe zeigten.

»Die Vergangenheit ist ein fremdes Land, Pippa. Und die Zukunft eine unbekannte Größe. Alles, was wir haben, ist das Jetzt. *Das* hier.«

Er nahm meine Hände und küsste sie.

Ich nickte bedächtig, auch meine Beine zitterten.

»Er liebt dich.«

Ich nickte wieder, diesmal mit mehr Nachdruck.

»Und Mum und ich lieben dich. Mehr als alles auf der Welt.«

Die Haut unter seinen blassblauen Augen schien zu flattern. Sein früher so dichtes Haar wuchs nur noch büschelweise, wie frisch gesäter Rasen. Alles Übrige hatte ihm die Chemo genommen.

»Meine starke, komplizierte, schlaue Tochter. Sei tapfer. Ich bin so stolz auf dich.« Seine Stimme brach.

»Lass mich nicht mein Make-up verschmieren, Dad.«

»Und du nicht *meins*.«

Ich lächelte. Es wirkte noch. Unser magisches Band. Ich spürte, wie ich unter seinen Blicken größer wurde. Stärker. Aufrechter. Wie die Sonnenblumenstängel in meiner Hand.

»Sei ganz in der Gegenwart. Setze einen Fuß vor den anderen. Mehr können wir ohnehin nicht tun. Schau. Er wartet auf dich.«

Ich holte tief Luft und atmete langsam aus, während ich bis acht zählte, so wie Mum es mir beigebracht hatte.

Währenddessen setzte die Musik ein. Melodien, die wir gewählt hatten, um den Beginn unseres neuen gemeinsamen Lebens zu begleiten. Sie stiegen bis unter das Kirchengewölbe und vibrierten in meinen Adern.

»Bist du bereit, mein Schatz?«

Ich wischte mit der Fingerkuppe eine Träne fort, zupfte das Bouquet zurecht und nickte wieder.

»Ich bin bereit.«

Der Kirchdiener öffnete die Türen. Fest an den Arm meines Vaters geklammert, tat ich den ersten Schritt ins Ungewisse.

»Ich schätze mal, die Minute ist vorbei, Pip.«

Ich sehe auf die Uhr. Er hat recht.

»Willst du gucken, oder soll ich?«

Ich überlege. »Lass uns zusammen gucken.«

»Bei drei?«

Ich nehme den Stick aus der Tasche und halte ihn in der geschlossenen Hand. Wir sehen einander in die Augen. Unter seiner Bräune ist Steve ganz blass.

Okay. Eins, zwei …

Drei.

Wir schauen beide nach unten, während ich die Hand öffne.

Und sehen, vollkommen eindeutig, zwei blaue Striche.

3. Oktober 2013

PIPPA

Eine ungemein attraktive Kellnerin erwartet uns am Eingang mit zwei Gläsern Champagner. Die Wellen krachen auf den felsigen Strand, und der Himmel ist so grau wie damals meine Schuluniform. Trotzdem schafft es die Sonne, durchzudringen und sich auf der Meeresoberfläche zu spiegeln.

Der Gastraum mit der hohen gewölbten Decke und dem polierten Holzboden hat etwas Kapellenartiges. Außerweltliches. Ich spüre es gleich beim Eintreten, mit Blick auf das im Sonnenlicht funkelnde teure Besteck auf den Tischen: Bestimmt merken doch alle, dass wir Eindringlinge sind. Fremdköper. Zwei künstlich aufgerüschte Muppets, die aussehen, als würden sie den Gewinn von der Rückseite ihrer Cornflakes-Packung einlösen. Vollkommen unpassend zwischen den gefährlich Coolen, den Überreichen, denen, die sich auskennen.

Auf dem Weg zu unserem Tisch kommen wir an einem Paar in etwa unserem Alter vorbei. Nervös erkundigt sich die junge Frau beim Kellner: »Also, nur vorsichtshalber: Ist da Blauschimmelkäse in dem Dressing? Wenn ja, nehme ich nur Essig und Öl. Und dass ich keine Austern darf, habe ich gesagt, oder? Und mein Steak sollte gut durchgebraten sein. Kein Blut. Tut mir leid, wenn ich nerve, aber …« Sie tätschelt verhalten ihren Bauch. Ihr Ehemann lächelt und sieht aus, als würde er vor Stolz gleich explodieren. Ich merke, wie sich mein Inneres zusammenzieht und mich daran erinnert, dass noch vor drei Monaten ich diejenige gewesen wäre, die jede Zutat hinterfragt hätte. Es wird unerträglich heiß hier drin. Ich fühle Steves Hand an meinem Rücken, mit der er mich sanft vorwärtsschiebt, raus aus der Gefahrenzone. Ich schlucke. Nicht denken. Einfach weitergehen.

Mittagessen im *Oyster Pearl* ist Nummer neun auf Dads Bucket-Liste. Leute verkaufen ihre Augen, Seelen und Großmütter, um dort an einen Tisch zu kommen. Und selbst dann muss man eventuell bis zu drei Jahre auf dieses Privileg warten. Mit den bombastischen, ekstatischen, orgiastischen Kritiken selbst der kritischsten Kritiker sowie den raumhohen Fenstern, durch die man als Gast den Eindruck hat, mitten *in* der Nordsee zu speisen, war durchaus nachzuvollziehen, warum. Nach mehreren Bittbriefen, eindringlichen E-Mails, drängeligen Anrufen und einer Reihe schamlos verzweifelter Aufrufe über Facebook gelang es mir am Ende tatsächlich, einen Tisch für drei Personen zu ergattern.

Und hier sind wir nun. Also gut, immerhin zwei von uns.

»Ist Ihnen warm genug, Sir, oder möchten Sie Ihre Jacke lieber anbehalten?«

Unsere tolle Bedienung ist wieder da. Steve trägt sein bestes (und einziges) weißes Hemd und möchte es daher so bald wie möglich zur Schau zu stellen. Während wir der Frau unsere Jacken reichen, betont sie, was für eine wahnsinnige Ehre es für sie sei, uns in ihrem Restaurant begrüßen zu dürfen. Ob wir ein extra Kissen auf unseren Stühlen wollten? Ob es von den Fenstern her ziehe? Ob wir stilles, sprudeliges oder natürlich mit Kohlensäure versetztes Wasser zu unserem Essen wollen? (*Natürlich* mit Kohlensäure versetzt? Ich habe plötzlich das ganz und gar kindische Bild vor Augen, wie der Küchenchef über einer Wanne Wasser kauert und lospupst.) Aber mal im Ernst: Kein Wunder, dass das Lokal so eine lange Warteliste hat!

O Dad, du fehlst. Warum musstest du dir ausgerechnet diesen Morgen aussuchen, um nicht gut drauf zu sein? Warum konntest du nicht einfach durchhalten, so wie du es sonst auch immer machst? Genau wie ich, gibt Dad sich niemals offiziell geschlagen. Mum war es, die letzten Endes entschied, dass er nicht mitkommen darf. Erst hatte sie noch nachsichtig beobachtet, wie er die spärlichen Überreste seines blondes Haares zurechtkämmen wollte, um »präsentabel« auszusehen. Aber als sie dann sah, wie er sich beim unbeholfenen Verknoten der Schnürsenkeln seiner polierten Schuhe in den nebenstehenden Eimer übergab, legte sie ihr Veto ein. Wenn ich an seine Abschiedsworte denke, mit denen er uns allein auf die Reise an die Küste schickte, kriege ich einen Kloß in den Hals.

»Hake du Nummer neun von meiner Liste ab, Squeak. Du und Steve seid meine Stellvertreter. Schickt mir zwischendurch mal Updates, und für die nächste Nummer auf der Liste bin ich wieder auf dem Damm.«

Ich drückte ihn – vorsichtig, weil er so schrecklich dünn ist – und bat insgeheim darum, die Zeit möge in dem Moment stehenbleiben. Ich fühlte mich so sicher bei ihm, als könnte ich ihn beschützen und er mich. In jenem Augenblick war er mein Fels in der Brandung und ich seiner. Austauschbar. Das Kind und sein Beschützer.

Ich stellte mich auf Zehenspitzen und flüsterte ihm ins Ohr: »Wage es ja nicht, dich irgendwohin zu verdrücken, während wir weg sind, okay?«

Er lachte. »Das würde ich niemals wagen.«

Mir war aber nicht zum Lachen. Ich drückte seine Hand. »Versprich es mir, Dad.«

Er hob drei Finger zum Schwur. »Versprochen.«

Steve nimmt etwas Brot aus dem Körbchen und tunkt es in die »aufgeschlagene Trüffelbutter mit heimischen Meersalzflocken«. Ich beobachte, wie er abbeißt und große Augen macht. »Wow! Das schmeckt grandios, Pip! Hier …«, er hält mir ein Brot hin, »… fühl das mal. Das ist so weich!« Wie immer, wenn es um gastronomische Genüsse geht, ist sein Enthusiasmus ansteckend, und ehe ich es mich versehe, formen wir beide kleine Teigkugeln und dippen sie in die beste (und einzige) aufgeschlagene Butter, die ich je probiert habe.

Steve hebt sein Glas. »Auf Chris Lyons. Du machst die besten Töchter. Und die besten Bucket-Listen. Wir lieben dich und wünschten, du wärst hier.«

Auch ich hebe mein Glas – »Auf Dad!« –, und als wir anstoßen, spüre ich, wie sich eine ungebetene Träne ihren Weg bahnen will. Verdammt. Ich will nicht weinen. Nicht hier. Nicht vor all diesen unfassbar coolen *Oyster Pearl*-Gästen. Nein, nein, nein. Ich reiße die Augen weit auf und stelle das Blinzeln ein, um den Tränentropfen durch großflächiges Verteilen am Absprung zu hindern. Was mir nicht gelingt. Steve lehnt sich vor und streicht mit dem Daumen über meine feuchte Wange.

»Warum schicken wir ihm nicht eine Nachricht?«, sagt er. »Und erzählen ihm von dem superweichen Wattebrot?«

Ich lächle. Er hat recht. Er hat immer recht. Ich ziehe das Handy aus der Tasche und fange an zu tippen.

Liebster Daddypops! Wir haben es geschafft. Wow. Es ist der Wahnsinn. »Essen am Meer im Meer«, wie es auf dem Schild heißt. Hier kommt Foto Nummer eins. Das Wattebrot. Wie Wolken mit Kruste. Ich werde was davon in meine Handtasche schmuggeln. Himmlisch. Weitere Fotos folgen!

Ich lasse das Handy auf dem Tisch liegen, und ausnahmsweise fordert Steve nicht, dass ich es wegstecke. Er weiß, dass ich nicht eher entspannt bin, als bis ich sehe, dass meine

Nachricht angekommen ist und Dad zurückschreibt. Während ich auf das Display starre, spiele ich gedankenverloren mit meiner Halskette und drehe die zwei silbernen Seelöwen zwischen den Fingern. Es hat etwas Beruhigendes, die glatten, festen Formen zu spüren. Ich schließe die Augen und atme bewusst langsam ein und aus. Konzentriere mich auf die Erinnerung.

Unser letzter Morgen in San Francisco. Beim Pfannkuchenfrühstück legt mir Dad die Kette um, und die zwei Seelöwenanhänger landen kühl auf meinem Schlüsselbein.

»Bitte schön, Squeak. Jetzt hast du deine Seelöwen jeden Tag bei dir.«

Es war das beste Souvenir, das er mir schenken konnte. Eine greifbare Erinnerung an die sorglose, fröhliche Zeit, die sich jetzt anfühlt, als gehörte sie in ein anderes Leben. Wir waren die Drei Stooges. Die drei Amigos. Das Triumvirat – *Ich bin der Vater und Steve der Sohn, was dich, Pip, zur Heiligen Geiß macht.* Wir haben gegessen, getrunken, sind geschwommen und Cable Car gefahren, und über die Golden Gate gelaufen. Aber das Beste von allem: Ich habe Seelöwen gesehen. Echte, leibhaftige Seelöwen, live und in Farbe, wie man so schön sagt.

Wir sind ihrem Bellen, Jaulen und Grunzen bis zum legendären Pier 39 gefolgt, wo sich der überwältigendste Anblick bot, den es nur geben kann: Dutzende wunderschöne großäugige Seelöwenbabys, die über die glitschigen Steine tollten. Jede Menge verspielte, zappelnde und sich räkelnde Seelöwen auf den hölzernen Pontons, die mich ansahen, als hätten sie mich erwartet. Einige von ihnen waren offensichtlich Paare, die einander liebevoll gegen die Schnauzen stupsten, andere kitzelten sich verträumt selbst den Bauch. Die Kleinen schienen zu kichern, während sie tauchten und miteinander rangen, wie Kleinkinder auf dem Weg in den Hort, und die Größeren (ich entschied, dass das die Großeltern waren) blinzelten einfach zufrieden und streckten ihre von ausgiebigen Fischmahlzeiten überfüllten Bäuche in die Sonne. Es war atemberaubend schön, wie eine dieser berüchtigten Epiphanien, von denen die Leute sprechen. Alles war direkt vor meinen Augen. Ich war überwältigt. Steve erzählt immer, ich sei wie eine Irre von einem Fuß auf den anderen gehüpft, hätte geklatscht und wie eine Hyäne gekreischt. Außerdem behauptet er, ich sei spontan in Tränen ausgebrochen. Aber ich bin sicher, ich war viel cooler …

»Möchten Sie ein Foto von sich beiden zusammen?« Sie ist wieder da, unsere superheiße Kellnerin, und lächelt ihr Tausendwattlächeln.

Wir sehen uns an. Steve ist nicht der Typ, der gerne Pärchenfotos macht, man könnte sogar sagen, er hasst es, aber für Dad?

»Klar, warum nicht?«

Er gibt ihr sein Handy und steht auf, um zu mir rüberzugehen.

Die Bedienung seufzt erschrocken. »Nein, nein! Sie müssen sitzen bleiben, Sir.«

Steve ist verwirrt, setzt sich aber wieder ihn. Die Frau sieht mich auffordernd, damit ich zu Steve rübergehe, also stelle ich mich hinter ihn, beuge mich vor und lege meine Arme um seine Schultern. Dicht an seinem Ohr flüstere ich: »Was habe ich mir nur gedacht, ich Dummerchen? Ein Mann darf doch *nie* von seinem Platz aufstehen.«

Steve schnaubt vor Lachen auf und versucht, es durch Husten zu kaschieren.

Die Kellnerin macht ein besorgtes Gesicht. »Ist alles in Ordnung, Sir? Kann ich Ihnen irgendetwas bringen? Ein Glas Wasser?«

»Nein, ist schon gut. Tut mir leid. Ein Brotkrümel …«

Sie wirkt erleichtert und richtet nun die Handykamera auf uns.

»Hmm. Das ist noch nicht so ganz … Moment!«

Sie zieht einen benachbarten Stuhl heran, steigt hinauf und richtet sich zu voller Größe auf, um den vermeintlich besten Blickwinkel zu bekommen. Was zum …

Ich warte schon darauf, dass Steve der Kragen platzt. Dieses Maß an Aufmerksamkeit ist für ihn fast dasselbe wie ein Spaziergang durch die Hölle. Aber niemand scheint zu bemerken, dass eine Kellnerin wie ein Leuchtturm neben uns aufragt. Sie reckt die Arme in die Höhe und schießt ein paar Fotos. Dann steigt sie wieder vom Stuhl, um das Ergebnis zu begutachten.

»Wunderbar. Die sind alle gut geworden. Ich muss sagen, Sie sehen phantastisch aus, Sir. Blendend. In dem Licht kommen Ihre Augen besonders gut zur Geltung. Hier, bitte sehr.«

Bei ihrem Kompliment winkt Steve nonchalant ab, aber ich merke, dass er sich geschmeichelt fühlt. Die Frau neigt sich dicht zu ihm heran, um ihm die ganze Sammlung an Fotos zu präsentieren. Tatsächlich sind seine Augen auf der Hälfte der Bilder gar nicht zu erkennen, weil ihr Schatten auf sein Gesicht fällt. Aber ich sage nichts, sondern warte darauf, dass sie meinen strahlenden Teint, das glänzende Haar oder die attraktiven Grübchen erwähnt. Nichts dergleichen. Sie gibt Steve das Handy zurück und legt dabei kurz ihre Hand auf seine. Dann lehnt sie sich noch ein bisschen näher und senkt die Stimme.

»Ein Foto ist eine so schöne Erinnerung, nicht wahr? Etwas,

worüber man sich freuen kann. *Immer wieder.*« Moment mal. Hat ihre Stimme etwa gerade gezittert? Sie tätschelt ihm noch einmal bedeutungsvoll die Hand und geht.

Schweigend sehen wir ihr nach.

»Na, da hat aber jemand einen Fan gewonnen.«

Steve greift nach seinem Taschentuch und schnäuzt sich peinlich berührt die Nase – eine Angewohnheit, die, wie ich gelernt habe, eine Art Übersprungshandlung als direkte Folge auf eine allzu eingehende Betrachtung seiner Person ist. Danach zieht er die edle, im Zeitungsstil gestaltete Speisekarte unter seinem Teller hervor und deutet auf diverse Zeilen.

»Gebratene Jakobsmuscheln! Meerforelle mit eingelegtem Fenchel. Interessant ... Oh! Soufflé aus Boskop-Äpfeln! Immer her damit. Das Brot hat mich ganz schön hungrig gemacht.«

Das ist bei Steve so. Brot, Nüsse, Chips, Bier – alles, was andere Leute sättigt und die Zeit bis zur richtigen Mahlzeit überbrückt, macht ihn noch hungriger, als würde sich in seinem Magen ein extra Raum öffnen, sobald seine Verdauungssäfte stimuliert werden. Ich muss darüber immer lachen. Es gefällt mir, dass er so viel Appetit hat. Ja, das mag ich sehr an ihm.

Ich sehe mir noch einmal die Fotos an, die die Bedienung gemacht hat, und wähle das am wenigsten schreckliche aus, um es Dad zu schicken. Dabei fällt mir auf, dass er noch nicht auf meine Nachricht reagiert hat. Mein Magen zieht sich kurz zusammen, als ich daran denke, wie er heute Morgen beim Abschied ausgesehen hat: wie eine schwache Bleistiftkarikatur seines vormals kraftvoll farbigen Selbst. Und obwohl er so dünn, zerbrechlich und erschöpft wirkte, hat er uns mit strahlendem Lächeln hinterhergewunken.

Nur keine Panik, ermahne ich mich selbst. Es geht ihm gut.

Das hat er dir versprochen. Es wird nichts Schlimmes passieren, während du weg bist. Er wird sich nicht verdrücken. Und Dad hält *immer*, was er verspricht.

Schnell tippe ich: *Wir vermissen dich, Dad. Steve hat eine Eroberung gemacht. Vielleicht fährt er mit einer neuen Freundin nach Hause. Gleich gibt's Jakobsmuscheln. Wir lassen was einpacken. Liebste Grüße von den (momentan nur) zwei Amigos.*

Ich drücke auf Senden. Das Briefzeichen blinkt auf meinem Display, während das Gerät versucht, meine Nachricht durch das Dickicht des Internets in Dads Handy zu schicken.

Doch die Nachricht wird nicht weitergeleitet. Sie bleibt im Sendemodus stecken, wird immer wieder angeschubst und schafft es doch nicht raus. Ich muss an Narnia denken, wo immer Winter ist, aber niemals Weihnachten. Ah, wahrscheinlich habe ich deshalb noch keine Antwort bekommen: Der Empfang hier im Restaurant ist zu schlecht. Ich rufe nochmals meine letzte Nachricht auf und sehe, dass auch sie nicht gesendet wurde. Ich wedele mit dem Gerät herum, um einen unsichtbaren WLAN-Fluss zu finden, jedoch ohne Erfolg.

Mir ist, als würde jemand mit kalten knochigen Fingern mein Herz umklammern; ich spüre das dumpfe Pochen aufsteigender Panik. Ich muss das jetzt losschicken. Muss Kontakt halten. Wenn ich die Verbindung zwischen uns verliere, könnte alles Mögliche passieren. Alles Mögliche …

Nein. Atmen.

Nichts wird passieren. Er hat es versprochen. Weißt du nicht mehr?

Vielleicht ist der Empfang draußen vor der Tür besser.

»Die Nachricht geht nicht raus. Ich spring mal kurz vor die

Tür und probiere, ob es auf dem Parkplatz besser ist. Dauert nicht lang. Tut mir leid.«

Steve lächelt. »Sei nicht albern. Lass dir Zeit.«

Gerade als ich aufstehen will, kommt Steves Freundin an, in der Hand einen übergroßen Teller mit einem winzigen, dampfenden Ei.

»Ein kleiner Appetithappen. Über Heu geräuchertes Wachtelei mit Dill-Aioli. Mit besten Grüßen aus der Küche.«

Sie stellt den Teller vor Steve ab.

Ähem. Ich meine, es gibt aufmerksam, und es gibt aufdringlich.

»Und ist alles in Ordnung?«

Fast hätte ich gesagt: »Hm, ja, alles ist noch genau so wie vor drei Minuten, als Sie uns das letzte Mal gefragt haben.« Aber ich beiße mir auf die Zunge.

Sie kümmert sich ausschließlich um Steve. Na, komm schon, denke ich. Tu wenigstens so, als ob du mich auch beachten würdest.

»Der Manager hat sich gedacht, ob Sie vor dem ersten Gang wohl gern von unserem Chefkoch Ricky Warner durch die Küche geführt werden möchten. Normalerweise lassen wir dort während der Service-Zeiten keine Gäste zu, aber es wäre uns eine Ehre, wenn Sie dort vorbeischauen würden, Mr Lyons.«

Äh, hallo?

»Es ist ein ganz besonderes und einzigartiges Erlebnis.«

Steve sieht mich an. Ich sehe die Bedienung an. Sie sieht Steve an.

Das könnte noch eine Weile so weitergehen. Wie bei einem dieser seltsamen Spiele aus der Schauspielschule, wo es um Blickwechsel geht.

Ich durchbreche die Kette.

»Ich muss gerade dringend eine Nachricht versenden. Wo habe ich hier den besten Empfang?«

»Oh, in der Küche ist der sehr viel besser. Da können wir gleich zwei Fliegen mit einer Klappe schlagen.«

Auf einmal wirkt sie verlegen.

»Äh, wie man das so sagt … Also? Würden Sie mir bitte folgen?«

Sie lächelt, geht Richtung Küche, bleibt an den Schwingtüren stehen und sieht uns erwartungsvoll an. Man könnte eine Stecknadel fallen hören. Ich sehe mich um. Die anderen Gäste starren uns mit schamloser Neugier an. Als würden wir der allgemeinen Unterhaltung dienen. Um nicht länger auf dem Präsentierteller zu stehen, gehen Steve und ich quer durch den Raum und folgen der Frau durch die Saloon-mäßigen Türen in die geschäftige Küche.

Um uns anzukündigen, räuspert sich unsere Bedienung. Eine seltsam angespannte Stimmung kommt auf. Wir stehen hinter ihrem Rücken wie Kinder beim Schulausflug.

»Hier sind sie, Ricky.«

Ein untersetzter Mann mit schwarzer Mütze und runder Schildpattbrille blickt von einem perfekt fluffigen Soufflé auf. In seinen Augen blitzt es, als hätte er gerade den besten Witz aller Zeiten gehört.

»Ah! Meine Ehrengäste, *quel honneur*! Kommen Sie, kommen Sie!«

Er nimmt die Schürze ab und kommt federnd auf uns zu, wie ein Welpe bei seinem ersten Spaziergang.

»Herzlich willkommen in meiner Küche. Dem besten Ort auf Gottes kleiner Erde.«

Beim Reden rührt er mit den Händen in der Luft, schneidet sie mit schnellen Bewegungen in Stücke.

»Und wenn Sie dann alle meine Geheimnisse kennen, muss ich Sie leider töten.« Er stößt ein spitzes Lachen aus. Die Kellnerin wirkt, als würde sie gern im Boden versinken. Warum guckt sie so peinlich berührt?

Schließlich gibt der Koch Steve die Hand und sieht ihn ernst an. »Ich freue mich sehr, dass Sie sich in der Lage fühlen, uns zu besuchen, Sir.«

Sie stehen eine ganze Weile da und schütteln die Hände.

»Es ist uns eine Ehre, dass wir zu Diensten sein können.«

Steve sieht auf seine Hand und scheint zu überlegen, wie er die Begrüßung beenden kann, ohne den Mann zu beleidigen.

»Dass mein Essen Ihnen in dieser schwierigen Zeit ein wenig Freude bereiten kann. Nun, deswegen tun wir ja auch, was wir tun.«

Ich sehe zu Ricky, dann wieder zu Steve.

»Wir alle bewundern Sie sehr. Ihren Kampf. Ihren ... wie sagt man ... Ihren Mumm.«

Das Küchenpersonal hält mit seinen Arbeiten inne und beobachtet Steve. Alle wirken betreten und respektvoll mitfühlend.

Moment ...

Ich sehe, wie die Bedienung dem Zweiten Koch ein Zeichen gibt, damit er einen Stuhl holt für den Fall, dass Steve sich setzen muss. Und plötzlich ergibt alles einen Sinn.

Grauenvollen, lächerlichen, absurden, zum Schreien komischen Sinn.

Sie denken, *Steve* hat Krebs. Sie denken, *Steve* ist der Ehrengast.

Ich muss etwas sagen. Ich muss das klarstellen.

Aber dann bekomme ich einen Lachanfall. Eine dieser schrecklichen, schändlichen, glückseligen Lachsalven, die zu den ungünstigsten Zeiten aus mir herauswollen, bricht sich Bahn, und ich schnaube, kichere, wimmere und kreische hysterisch auf, während mir die Tränen über die Wangen laufen.

Nicht dass das Ganze so lustig wäre. Tatsächlich ist diese weltbewegende Situation das Unlustigste, das mir in meinem ganzen Leben passiert ist. Aber aus irgendeinem Grund kann ich in diesem Moment, in dem ein entgeisterter Steve verlegen die Hand eines berühmten Koches schüttelt und gehätschelt, gelobt und bewundert wird, nicht an mich halten. Unsere Kellnerin beobachtet mich fast angewidert. Was ist das für eine Freundin, die in Zeiten wie diesen lacht? Ich versuche, etwas zu sagen, aber vor lauter hysterischem Gekicher bringe ich kein Wort heraus.

Okay. Tief durchatmen. Ein und aus. Ich muss mich zusammenreißen. Ich muss ja aussehen wie eine Irre. Ein und aus. Ein und aus. Steve sieht mich an. Alle sehen mich an.

»Ms Lyons?«

Eine Stimme hinter meinem Rücken. Ich fahre herum, und da steht die Oberkellnerin. Was macht sie in der Küche? Sie wirkt angespannt.

»Tut mir leid, Sie zu stören, aber wir haben einen Anruf für Sie. Ich glaube, es ist Ihre Mutter. Sie klingt …«

Aber ich höre sie schon nicht mehr, weil ich davonpresche. Ich stürze durch die Schwingtüren, mit Steve auf den Fersen. Wir rennen durch den dicht besetzten Speisesaal, stoßen an Stühle, ignorieren das tadelnde Zungenschnalzen der Gäste und erreichen die Empfangstheke.

Wenn ich nur schnell genug ans Telefon komme, kann ich die Zeit vielleicht überlisten. Vielleicht kann ich den Anruf ganz und gar ungeschehen machen. Vielleicht …

Ich sitze wieder im Auto. Ich habe keine Ahnung, wie ich dort hingekommen bin, aber irgendwie muss es passiert sein.

Ich starre geradeaus und wünschte, die Fahrt wäre vorbei – und gleichzeitig, sie würde niemals enden. Mein Spiegelbild in der Fensterscheibe. Meine Augen. Oder sind es seine?

Bitte, Dad. Bitte. Ich brauche dich. Es kann nicht wahr sein. Du hast es versprochen. Du brichst nie deine Versprechen. Bleib bei mir. Bleib bei mir, Dad. Bleib hier …

Steve legt eine Hand auf meine. Sein Blick ist fest auf die Straße gerichtet, sein Herz aber auf seine Beifahrerin.

»Wir werden rechtzeitig dort sein, mein Liebling. Wir sind nur noch eine Stunde entfernt. Er wartet auf dich, versprochen. Dein Dad ist ein Kämpfer.«

Rechtzeitig. Wartet. Kämpfer.

Ich sehe, wie Steves Worte vor meinem Gesicht vorüberziehen. Nicht als Sprechblasen, sondern als greifbare Einheiten. Sie schweben und kollidieren. Das eine oder andere verharrt vor meinem Ohr. Ich kann es aus dem Augenwinkel sehen. Es weigert sich, zu verschwinden. Will gehört werden. Aber keines der Wörter hat irgendeine Bedeutung. Sie sind abstrakt. Zufällig. Ohne Zusammenhang.

Ich glaube, Steve redet immer noch.

Es klingt, als wäre er unter Wasser. Ist er unter Wasser?

Oder bin ich es?

Die Straßenmarkierungen sausen unter uns hindurch.

Schneller und schneller. Wir fahren irgendwohin. Irgendwohin, wo ich nicht sein und dennoch immer bleiben will.

Wir rasen auf irgendetwas zu. In etwas hinein. Etwas, das mir alles nehmen kann.

Eine Zukunft ohne Vergangenheit. Ein Baum, der nur noch stumm zu Boden stürzt, wenn er fällt.

Nein. Nein. Nein, Dad. Nein.

Bleib bei mir.

Mir ist schwindelig. Mein Hirn ist heiß. Ich greife unter den Sitz. Eine Plastiktüte. Ich übergebe mich so heftig wie noch nie.

Immer und immer wieder, bis nichts mehr da ist.

Trotzdem muss ich weiter würgen.

Mein Körper schafft Platz für den Schmerz, der mich ganz und gar ausfüllen wird.

Mit jeder Minute kommen wir näher.

Ich schließe die Augen vor der Dunkelheit und bereite mich vor, in den Abgrund zu springen.

2. März 2019
09:39 Uhr

Steve steht am Ende eines hellen Korridors, der die Intensivstation mit dem Rest des Krankenhauses verbindet. An der Seite ist ein Innenhof mit bemoosten Fliesen und vernachlässigten Randstreifen, wo aus dem Mulch ein paar unverwüstliche Narzissen sprießen. Er hat entdeckt, dass er mit einer Armbewegung die Schiebetüren zum Öffnen bringen kann, wodurch frische Luft einströmt, die weniger nach Desinfektionsmitteln riecht.

Er lehnt die Stirn gegen die Fensterscheibe und atmet tief durch. Das Glas ist warm von der Morgensonne. Er kann nicht weiter ins Freie, weil er sich noch immer wie durch eine Nabelschnur mit seiner Frau verbunden fühlt, eine Verbindung, die seit Dianas Eintreffen jedoch nachgiebiger geworden ist. Er ist froh, dass Pippa einen weiteren Personenschutz bekommen hat. Zum ersten Mal, seit er die schreckliche Nachricht gehört hat, darf er die Fürsorge an jemand anderen abgeben.

Als die Türen, durch die er vor acht Stunden hier angekommen ist, aufgleiten, trägt der Luftzug Stimmen mit sich. Er geht näher und horcht durch den Spalt, hinter dem ein ausgedehnter Wartebereich liegt.

»Wenn ich groß bin, werde ich Ärztin.«

»Nein, wirst du nicht. Ich habe das zuerst gesagt.«

Steve bleibt stehen und schüttelt den Kopf. Bildet er sich das nur ein?

»Immer sagst du, was ich sage. Mummy, sag ihm, dass ich das zuerst gesagt habe.«

»Ruby! Lass sein Haar los. Du hast Mummy versprochen,

dass du brav bist, wenn ich dich mitnehme. Ich zähle bis drei. Eins, zwei …«

Nein, die Stimme ist unverwechselbar. Er lässt die Tür ganz aufgleiten, geht hindurch.

»Onkel Stevie!«

Und wie durch Zauberei sind sie alle da. Sein Leben. Seine Unterstützung. Seine ganze Welt, hier versammelt. Charlotte, Siobhan, June, die Kinder, Mickey, Pat, Tania, Gus. Fast erwartet er, dass jemand »Überraschung!« ruft und vor ihm einen Knallbonbon aufreißt.

Ruby Mae und Sammy toben ihm entgegen und umschlingen ihn wie kleine Schimpansen.

»Wir sind besuchen gekommen.«

»Und dann gehen wir schwimmen.«

Ein weiteres Gesicht taucht in der Menge auf. Oscar. Er guckt etwas betreten drein, das Haar ungekämmt, das zerknitterte T-Shirt falsch herum.

»Hey, Stevie.«

»Oscar, ich hab dir doch gesagt …«

»Ich weiß, Kumpel. Aber dann ging die Buschtrommel rum. Alle wollten hier sein. Für dich. Für sie. Wir sind doch eine Familie.«

Sein Universum umschließt ihn. Seine Leuchtfeuer, die ihn durch die dunkelste aller Nächte leiten. Er hat vorher nicht gemerkt, wie sehr er sie gebraucht hat. Jetzt nehmen sie ihn in ihre Mitte, drücken ihn und werden inmitten des Wartezimmers trotz ihrer unterschiedlichen Größen zu einer unzerbrechlichen Einheit.

»Okay«, sagt Steve schließlich. »Ich hab euch alle lieb, aber ich kriege keine Luft mehr.«

Die Bande löst sich von ihm, ein paar Tränen werden weggewischt, alle nehmen ihre vorherigen Plätze wieder ein. Steve stellt fest, dass jemand fehlt.

»Mum und Dad?«, fragt er nach.

»Sind unten in Tante Niamhs Wohnwagen«, erklärt Mickey.

»Und nein, für kleine Kinder ist da kein Platz.« Die Zwillinge sprechen synchron, zum ersten Mal seit Jahren.

»Das war unheimlich«, sagt Siobhan.

»Das war lustig«, sagt Ruby Mae.

»Mummy ist komisch«, lacht Sammy.

»Wenn es Pippa wieder besser geht«, sagt June, wobei nicht klar ist, ob sie ihren Bruder oder ihre Kinder meint, »kommen Granny und Gandpa auch zu Besuch.«

»Wie geht es ihr?«, will Tania wissen. Sie sieht fremd aus mit den vom Weinen verquollenen Augen – als wäre sie gerade selbst operiert worden. »Kann ich sie sehen? Ich muss sie unbedingt sehen.«

»Diana ist jetzt bei ihr. Aber du kannst danach rein.«

Tania schluckt. Sie umklammert ihre rechte Hand mit der linken, damit beide ruhig bleiben, doch mit wenig Erfolg – ihr ganzer Körper zittert, ihr Knie, ihre Beine, ihr Bauch. Sie sieht aus, als würde sie auf einer dieser Sport-Vibrationsplatten stehen.

»Und ist sie … wird sie …?«

Sie kann es nicht aussprechen.

»Sie ist stabil, Tan. Das ist alles, was wir momentan wissen.«

Tania nickt kaum merklich, will noch etwas sagen, will trösten, stattdessen fängt sie an zu heulen.

»Sie wird wieder gesund, Tan. Das weiß ich«, sagt Gus und nimmt sie in den Arm. »Unser Mädchen hat mehr Kampfgeist als Mike Tyson. Wart’s nur ab.«

Steve kann nicht mitansehen, wie Tania darum ringen muss, die Worte zu glauben. Er wendet sich ab und sieht Charlotte direkt an der Tür sitzen. Sie lächelt und klopft auf den freien Stuhl neben sich. Wie bei allen professionellen Medizinern ist ihr Gesichtsausdruck nicht zu deuten, aber Steve empfindet das als beruhigend. Er merkt, dass er für die Ängste und Sorgen anderer keine Kraft mehr hat. Er kommt kaum mit seinen eigenen klar.

»Haben sie dir gesagt, wie sie auf die Operation reagiert hat?« Sie kommt gleich zur Sache. »Ich weiß, dass sie ein Blutgerinnsel entfernt haben, aber der Chirurg meinte, der Druck sei immer noch …«

»Moment mal, woher weißt du das?«

»Ich habe ihn draußen im Flur abgefangen.« Sie lächelt dieses leicht schiefe Gallagher-Lächeln. »Der arme Kerl. Ich habe ihn wohl ziemlich überrumpelt. Man sagt ja, dass Ärzte die schlechtesten Patienten sind, aber ich denke, sie sind noch schlechtere Angehörige.«

Steven starrt auf den Boden.

»Ich weiß es nicht«, sagt er. »Er hat nicht viel verraten. Er hat mir aufgetragen mit ihr zu sprechen, also habe ich das getan. Ich weiß nicht, ob es was genützt hat. Ich habe solche Angst, Char.«

Charlotte nimmt sein Gesicht in beide Hände und lehnt ihre Stirn gegen seine. Es ist eine Geste, die sie von ihrer Mutter übernommen hat, und die Vertrautheit macht ihn ganz fertig.

»Hör zu, Stevie. Ich werde dir nicht sagen, dass alles wieder gut wird, weil ich das einfach nicht weiß und weil ich dich zu sehr liebhabe, um dich anzulügen. Aber ich bin überzeugt, dass sie hier in guten Händen ist. Auch wenn der Arzt zu alt ist, um einen Ohrring zu tragen.«

Steve gibt einen erstickten Laut von sich, mag sich aber nicht eingestehen, dass es ein Lachen gewesen sein könnte.

»Ihr zwei habt in den letzten Jahren viel durchgemacht«, fährt Charlotte fort. »Und auch das hier werdet ihr überstehen, da bin ich sicher.«

Er kann nur nicken.

»Komm schon, Steve. Sie ist eine Gallagher.«

»Ja.« Er lächelt. »Ja, das ist sie.«

Plötzlich steht Ruby Mae vor ihm, schüchtern, beißt sich von innen auf die Wange. Sie hält die Hände hinter dem Rücken.

»Ich habe was für Tante Pippa.«

Steve lehnt sich zu ihr vor.

»Oh, Ruby, das ist aber lieb von dir. Komm her.«

Das Mädchen krabbelt ihm auf den Schoß. Er atmet den kuchenartigen Geruch ihrer verstrubbelten Haare ein.

»Hab ich im Auto gemalt. Kann ich ihr das geben?«

Sie hält ihm ein Bild hin, mit Filzstift gemalt, auf dem Pippa neben einem rosa-grünen Krankenwagen steht. An der Tür klebt goldener Glitzer. Pippa lächelt und hat eine große, eiförmige Beule auf der Stirn. Aus ihrem Mund kommt eine Sprechblase: *Ups!*

»Alle Achtung, das ist ja super. Was bist du nur für ein talentiertes Mädchen!«

Stirnrunzelnd begutachtet sie ihr Meisterwerk.

»Kann ich es ihr geben?«

»Jetzt noch nicht. Aber sobald sie wieder wach ist, werde ich ihr sagen, dass sie ein ganz tolles Bild von ihrer tollsten Nichte bekommt. Okay?«

»Versprochen?«

»Großes Ehrenwort.«

Zufrieden rutscht Ruby Mae von seinem Schoß und setzte sich zu ihrem Bruder an einen kleinen Plastiktisch mit Comicheften und Malbüchern. Steve starrt auf das Bild. Das schiefe Lächeln. Die langen roten Haare. Die Sommersprossen. Herrje, sie hat sogar die Sommersprossen gemalt.

»Stevie?« Oscar hält ihm ein Bündel entgegen. »Ich dachte, du möchtest vielleicht ein paar Sachen von zu Hause haben, also bin ich kurz rübergefahren. Ich habe ja immer noch den Ersatzschlüssel.«

Nach und nach präsentiert er ihm die Teile, wie ein Weiser in einem Krippenspiel, der Joseph Gold, Weihrauch und Myrrhe kredenzt.

»Schlafanzüge, für sie, für ihn. Die habe ich unter den Kissen hervorgezogen, entschuldige bitte. Äpfel – nur weil ich sie gesehen und gedacht habe ... na, du weißt schon, Vitamin C und so. Und eure Zahnbürsten. Ich weiß doch, wie wichtig dir Zähneputzen ist. Und wenn Pippa aufwacht, will sie ja auch nicht aus dem Mund riechen.«

Steve nimmt die Sachen mit einer Hand entgegen, in der anderen hält er noch immer Rubys Bild. Er sieht sich um, sieht seine Familie und Freunde, die ihn beobachten, sich um ihn sorgen. Auf einmal empfindet er ihre Güte und Liebe und Unterstützung als beklemmend. Ohne ein Wort steht er auf und läuft hinaus.

Er hastet den Korridor entlang, läuft und keucht. »Ich komme, Pip. Ich komme zurück.«

17. Juli 2015

STEVE

Als unser Retter im weißen Kittel wie ein Superheld um die Ecke kam, hatte das Warten schließlich ein Ende.

»Dr. Cole«, begrüßten wir ihn und erhoben uns gleichzeitig von unseren Sitzen.

Pippa und ich legten all unser Vertrauen, alle noch vorhandene Zuversicht in diesen angesehenen und etwas kühl wirkenden Mann, der sicher keine Ahnung hatte, wie sehr wir ihn verehrten. Seit Wochen galt in unserem Haus sein Wort als Evangelium.

»Dr. Cole hat gesagt, ein Glas Wein ist vollkommen okay.«

»Cole meinte, Biomilch sei tatsächlich nicht so gut wie die andere.«

»Was hat Dr. Cole zu Yoga gesagt?«

»Zu Yoga hat er, glaube ich, gar nichts gesagt.«

»Ich frage mich, was er wohl sagen würde ...«

Er konnte nicht viel älter sein als wir, vielleicht Ende dreißig – tatsächlich war es gut möglich, dass wir zu seinen ersten Patienten für künstliche Befruchtung gehörten –, und doch sahen wir ihn als eine Art weisen Magier.

Wir hatten bereits ein gutes Stück gemeinsamen Weges hinter uns: Beratungsgespräche, Briefe, Ultraschalls. Er war ein guter Freund geworden, ein Briefpartner, ein Vertrauter – und kannte sich mit Pippas Intimbereich besser aus, als mir lieb war. Trotz seiner Allwissenheit und unserer aufkeimenden Beziehung musste er kurz in seine Mappe sehen, um unsere Namen parat zu haben.

»Guten Morgen, Pippa, Steven«, sagte er. »Kommen Sie bitte mit.«

Wir nahmen unsere Sachen, und ich sah zu dem Pärchen, das uns gegenüber gegessen hatte, zu dem ich allerdings weiteren Kontakt vermieden hatte. Ich weiß nicht, warum wir diese Distanz wahrten – wir waren doch alle aus demselben Grund hier, und vielleicht wäre es tröstend, miteinander zu sprechen. In dieser Hinsicht waren wir wohl einfach konsequent britisch.

»Viel Glück«, meinten die beiden nun und lächelten.

Während wir Dr. Cole durch den kurzen Korridor folgten, flüsterte ich Pippa zu: »Ich dachte, es bringt Unglück, wenn man … du weißt schon.«

»Was, wenn man *viel Glück* sagt?«

»Jetzt hast du es auch gesagt!«

»Beim Theater, ja«, antwortete sie. »Hier im Krankenhaus ist es jedenfalls besser, als sich *Hals- und Beinbruch* zu wünschen.«

»Stimmt auch wieder. Es ist ja auch eine andere Art von Theater.«

Dr. Cole führte uns in einen kleinen Raum am Ende des Korridors. Wieder so eine fensterlose, in gedecktem Weiß gestrichene Box mit dem gleichen gelben Tretmülleimer in der Ecke, den gleichen Wandanschlüssen für Sauerstoff und Druckluft – was deutlich machte, dass dieses Zimmer bei Bedarf sofort umfunktioniert werden konnte. Es tat gut, Dr. Coles Sportrucksack und Fahrradhelm innen an der Tür hängen zu sehen.

»Setzen Sie sich«, sagte er. »Ich rufe mal eben Ihre Akte auf.«

»Ist das Ihr Sprechzimmer?« Ich sah mich nach weiteren Hinweisen auf sein Leben außerhalb dieser Mauern um.

»Äh … ja. Für heute.«

»Dann ist das da Ihr Helm?«

»Ja, ich fahre so oft Fahrrad, wie ich kann.« Er tippte auf seine Tastatur, und wir wiederholten die übliche Routine, unsere bisherigen Versuche aufzulisten, schwanger zu werden.

»Das erste Mal haben wir uns vor eineinhalb Jahren gesehen, als Ihre Regel ausblieb.«

»Da dachten wir, wir wären wieder schwanger«, sagte ich.

»Aber das waren wir nicht«, sagte Pippa. »Ich hatte drei Monate lang keine Regel.«

»Dann haben wir Ihre Hormonspiegel gemessen und ... lassen Sie mich sehen ...«

Er hob einen Zeigefinger und hielt ihn zwei Zentimeter vom Bildschirm entfernt. »Ihr FSH war ...«

»Sehr hoch«, sagte Pippa.

»Fünfundsechzig«, sagte ich. »Aber dann ist er gesunken. Auf zwölf, glaube ich?«

»Nein, höher«, korrigierte mich Pippa. »Und mein AMH – den wir gerne hoch gehabt hätten – war sehr niedrig, fast bei null.«

»Null Komma drei«, sagte Dr. Cole, der unsere Angaben auf dem Monitor verfolgte.

»Ja, das ist wirklich niedrig.«

»Aber dann hat der sich erhöht.«

»Höher, niedriger«, meinte Pippa, »das ist ja wie bei *Der Preis ist heiß*.«

Dr. Cole räusperte sich. »Vor zwei Jahren sind Sie auf natürlichem Weg schwanger geworden?«

»Ja, wir hatten einen positiven Test auf unserer Hochzeitsreise«, sagte Pippa.

»Und dann wieder vor sechs Monaten«, ergänzte ich.

An diesem Punkt unserer Geschichte stieß ein Zuhörer normalerweise einen mitfühlenden Seufzer aus, aber höfliche Gefühlsbekundungen waren offensichtlich nicht Dr. Coles Art.

»Und beide Schwangerschaften endeten als Fehlgeburten«, sagte er. »Ist das korrekt?«

Er kannte die Antwort, wartete jedoch auf unsere Bestätigung.

»Ja«, sagte ich.

»Wir haben alle zwei Tage Verkehr, weil es ja heißt, so lange könne ein Spermium in meinem Körper überleben«, unterbrach Pippa die nachfolgende Stille. »Oder ist Ihnen das jetzt zu anschaulich?«

»Keineswegs.« Dr. Cole lächelte fast. »So empfehlen wir es ja.«

»Manchmal ist das ein bisschen wie ›Na, los jetzt, mach dich bereit und tu deine Pflicht‹. Tut mir leid, es ist …«

»Ja, das mag sein.« Er räusperte sich. »Sie injizieren Menopur, richtig?«

»Steve macht das bei mir.«

Ich hatte es mittlerweile perfektioniert: Bauch desinfizieren, Fertigspritze auspacken, Luftbläschen wegschnipsen, Bauchfalte greifen, und sobald Pippa aufhörte, über die Absurdität der Situation zu lachen oder deren Ungerechtigkeit zu beweinen: Kanüle einführen, injizieren, rausziehen, abtupfen, entsorgen.

Dr. Cole las weiter. »Und nach drei Wochen Hormonstimulation haben Ihre Eierstöcke nun einen Follikel gebildet.«

»Einen«, wiederholte Pippa traurig: Ein weiterer der wenig aussichtsreichen Werte, die uns in diesem grausamen Kartenspiel zugeteilt worden waren. »Die meisten Frauen haben ungefähr zehn, oder?«

Dr. Cole schien zu überlegen, wie er am besten antwortete.

»Unsere Chancen sind sehr gering«, sagte Pippa schnell. »Das ist uns bewusst.«

»Jede Frau ist anders, Pippa«, wand er, wohl ein wenig unplanmäßig, ein. Er schaffte es, realistisch, aber nicht entmutigend zu klingen, und bedachte Pippa mit einem fast väterlich-fürsorglichen Blick.

Ich fragte mich, ob er selbst Kinder hatte – er trug einen Ehering –, und sah mich nach Hinweisen um. Einem Foto vielleicht?

»Also. Die Schwestern sind das sicher schon mit Ihnen durchgegangen, aber noch einmal zur Sicherheit: Wir werden ein Ultraschallgerät mit einer zusätzlichen sehr feinen Nadel einführen …«

Mein Blick fiel auf das grienende Gesicht eines Babys, aber es war kein Kind von Dr. Cole. Das Foto klebte auf einer Grußkarte, die im Regal neben einem Paket mit Gummihandschuhen stand. Ich entzifferte die Worte *Herzlichen Dank für alles*.

»… und damit den Follikel punktieren.«

Ich überlegte gerade, ob wir auch so eine selbst gebastelte Karte schicken sollten wie die im Regal oder ob wir etwas Vorgefertigtes aus dem Internet suchen könnten, als ich meinen Namen hörte.

»Und dann bringt Steve die Box zum *King's College Hospital*?«, fragte Pippa.

»Ich? Was?«

Sie stieß ihr Knie leicht gegen meines. »Du musst aufpassen, Steve!«

»Nachdem die Eizelle aus dem Follikel extrahiert ist«, fuhr Dr. Cole fort und drehte sich so, dass er genau in meine Richtung schaute, »kommt das gesamte Eizellenwasser in einen tragbaren Inkubator, den Sie zur Gynäkologischen Endokrinologie im *King's* bringen. Wir empfehlen, mit der Bahn zu fahren, das ist um diese Uhrzeit das schnellste. Dort erstellen Sie eine Spermaprobe und kommen zurück, um Pippa zu holen.«

»Klar. Ich weiß.«

Ich hatte die Broschüre, die wir bei unserem ersten Besuch erhalten hatten, mehrmals gelesen. Bisher hatte es sich jedoch nie wie etwas angefühlt, das tatsächlich passieren würde, selbst jetzt nicht, wo wir nun hier waren.

»Wenn Sie also keine weiteren Fragen haben ...« Hatten wir nicht. »Steven, Sie können im Empfangsbereich warten oder gleich auf die Krankenstation gehen, ganz wie Sie möchten.«

»Oh, es passiert jetzt gleich?«

»Ich lasse Sie beide erst noch einen Moment allein.« Bevor er ging, legte er ein zusammengefaltetes blaugrünes Gewand auf den Tisch. »Ziehen Sie bitte auch Unterwäsche und Socken aus und legen Sie sämtlichen Schmuck ab.«

Die Tür schloss sich. Pippa fing an, sich auszuziehen.

»Kannst du den Reißverschluss oben aufmachen, bitte? Ich komme da nicht dran.«

Es war heiß draußen, mitten in einer Juli-Hitzewelle. Pippa trug ein leuchtend orangefarbenes Sommerkleid.

»Findest du das in Ordnung?«, hatte sie am Morgen vor dem Spiegel gefragt.

»Du siehst wunderhübsch aus.«

»Ich weiß, aber ist das für ein Krankenhaus in Ordnung?«

»Da gibt es doch keinen Dress-Code, oder?«

»Stimmt auch wieder.«

»Ist schon eine sehr auffällige Farbe.«

»Ich weiß. Die macht mich fröhlich.«

»Dann solltest du genau das anziehen.«

Ich hatte mir ganz solidarisch ein kurzärmeliges Hemd mit fröhlichen blauen und gelben Blumen angezogen, und wir betraten das Krankenhaus mit Sonnenbrillen und Sandalen, was sich doch ein wenig unpassend anfühlte.

Pippas Krankenhaushemdchen war fast so lang wie ihr Sommerkleid, aber fröhlich sah sie nun nicht mehr aus.

»Alles okay?«, wollte ich wissen.

»Geht schon. Machst du mal zu?«

Ich band die Schnüre auf dem Rücken zu einer Schleife zusammen, fest genug, dass man ihren Po nicht sah.

»Wie sehe ich aus?«

»Sexy.«

»Der Boden ist kalt.« Sie trat auf der Stelle. »Ich habe meine Hausschuhe vergessen.«

»Hier sind deine Stoppersocken.« Ich öffnete ihre Sporttasche, die ich vor dem Losgehen heimlich noch aufgestockt hatte in der Befürchtung, dass sie zu wenig einpacken würde (und richtig: nur eine Klatschzeitschrift und völlig unnötige Schminksachen).

»Du bist ein Engel«, sagte sie und sah hinein. »Ist das ein Sandwich? Was ist da drauf?«

»Überraschung. Für den Fall, dass dir das Krankenhausessen nicht schmeckt, dachte ich.«

Da wurde Pippa zum ersten Mal an diesem Tag rührselig.

»Ich liebe dich«, konnte sie gerade noch sagen, bevor es an der Tür klopfte.

Dr. Cole kam mit zwei Schwestern und einem Pfleger, der Pippa einen Rollstuhl hinschob. Sie lächelte tapfer, setzte sich vorsichtig hin und ließ sich – hilflos, aber hoffnungsvoll – aus dem Zimmer rollen.

PIPPA

Ein paar AIPler, hatten sie gesagt. Ob es mir etwas ausmachen würde, wenn ein paar Ärzte im Praktikum der Prozedur beiwohnten?

Nun, man mag mich für pedantisch halten, aber das letzte Mal, als ich im Wörterbuch nachgeschlagen habe, hieß »ein Paar« noch »zwei«. Allerhöchstens drei.

Hier ging es allerdings gefühlt um *ein paar Hundert.*

Der OP ist voll von ihnen. Junge Männer mit roten Wangen, junge Frauen mit großen Augen, ernst, eifrig, aufmerksam. Sie machen sich so emsig Notizen, als müssten sie gleich ihren Stift abgeben.

Sie sehen kaum alt genug aus, um Doktor zu *spielen*, geschweige denn, es zu sein.

Aber *voilà*. Hier bin ich. Seht es euch gut an, liebe Jungen und Mädchen. Ich bin euer Versuchskaninchen.

Höre ich da eine Frage? Ob ich mir wie auf dem Präsentierteller vorkomme? Aber nein! Überhaupt nicht. Warum sollte ich? Ich liege hier doch nur mit weit gespreizten Beinen und einem papiernen Kittel, der kaum meine Vagina bedeckt. Meine Standardbeschäftigung am Freitagmorgen.

»So«, sagt Dr. Cole. »Die Kanüle ist jetzt drin. Beachten Sie den Winkel, den wir besprochen haben.«

Zustimmendes Nicken und Gemurmel. Pflichtschuldig werden noch mehr Notizen gemacht. Ich sehe auf meine linke Hand, die ich ohne die Ringe kaum wiedererkenne. Mein Ringfinger zeigt deutlich einen Abdruck.

»Sie hatten ja schon mal eine Vollnarkose, Pippa, ist das richtig? Sie wissen, was passiert?«

Dr. Cole schafft es, dass ich mich in die Schulzeit zurückversetzt fühle. Seine sonore Stimme, die fachkundigen Hände … Alles an ihm strahlt Kompetenz, Erfahrung und Konzentration aus. Warum bin ich so verängstigt?

»Ja.«

Meine Stimme ist viel zu hoch. Ich räuspere mich und versuche es noch einmal, wie ein Jugendlicher, der seinen Stimmbruch zu vertuschen versucht.

»Ja. Tatsächlich hatte ich schon einige. Fehlgeburt, Entfernung eines Fibroms und als mal der Turnschuh meiner Barbie in meinem linken Nasenloch steckte …«

Warum versuche ich immer, ihn zum Lachen zu bringen?

»Natürlich nicht in dieser Reihenfolge.«

Er schenkt mir ein Lächeln. Hurra.

»Und keine Nebenwirkungen? Übelkeit? Herzrasen?«

»Nein, nichts. Ich bin hart im Nehmen. Und auch auf nichts allergisch.«

»Da sind Sie ja fein raus.«

Er reicht der Lernschwester neben ihm ein Blatt Papier, das sie flugs an die Tafel über meinem Bett heftet.

»Oh, abgesehen von Kichererbsen. Kann aber sein, dass ich nur den Geruch nicht vertrage. Jedenfalls muss ich bei denen immer würgen.«

Dr. Cole nickt. »So geht es mir mit Oliven.«

»Ehrlich? Grüne oder schwarze?«

»Beide. Aber meine Frau liebt sie und kriegt dadurch immer meine noch mit.«

Warum um alles in der Welt reden wir über Oliven?

»Okay …«

Er hält etwas hoch, das wie eine überproportional große Spritze aussieht. Ach du Schande! Wo kommt die denn jetzt her? Und noch wichtiger: Wo soll die hin? Gut, dass Steve nicht dabei ist. Bei Spritzen wird ihm schwindlig.

»Ich weiß, wir haben vorhin schon darüber gesprochen, aber ich erkläre es trotzdem noch einmal: Wir werden einen Ultraschallkopf mit einer kleinen Spritze daran in Ihren rechten Eierstock verbringen und die Flüssigkeit aus dem reifen Follikel abziehen. In siebzig Prozent der Fälle finden wir darin eine Eizelle, bei Ihnen könnte die Wahrscheinlichkeit etwas geringer sein. Es ist ein einfacher Eingriff, und Sie sollen im Normalfall nur etwa zwanzig Minuten weg sein. Ist das so weit nachvollziehbar?«

Ich nicke. Wow. Dr. Cole ist übergangslos in ein neues Kostüm geschlüpft. Kein Kichererbsengequatsche mehr. Kein nachsichtiges Lächeln. Kein Zwinkern. Jetzt sind Entschlossenheit und Konzentration angesagt.

»Bitte Monitor für Sauerstoffsättigung einschalten. Ist der Sauerstoff bereit?«

Plötzlich vermisse ich Steve. Ich sehe zu meinem Publikum und spüre deutlich meinen Puls, im Handgelenk, in den Oberschenkeln und in meinem Kopf.

Moment mal. Guckt der Kleine da hinten auf sein Handy? Komm schon, Kumpel, ein bisschen mehr Respekt, bitte! Insta kann doch sicher warten. Immerhin wird hier meine Vagina präsentiert. Aber vielleicht bin ich unfair. Vielleicht ist das eine dringende Nachricht zu einem todkranken Patienten auf einer anderen Station. Doch dann bemerkt er meinen Blick, wird rot und steckt das Handy schnell weg. Aha. Eher doch kein Update zum Patienten, sondern ein Date via Partner-App.

Jetzt wird der Infusionsschlauch an den Katheter in meiner Hand angeschlossen, und Dr. Cole sieht mich an.

»Das Anästhetikum wird jetzt eingeleitet, Pippa. Wenn Sie

bitte von zehn an rückwärts zählen ... Das wirkt jetzt so ähnlich wie ein feiner, starker GT.«

Wie ein Gin Tonic, meinen Sie? Also, *damit* werde ich fertig.

Zehn. Nein, ich spüre nichts. Neun. Das ist definitiv höchstens ein einfacher. Acht. Mit viel Tonic. Sieben. Ich sollte denen besser sagen, dass es ni...

STEVE

»Alles in Ordnung, Miranda? Wie geht es Ihnen?«

Eine mütterliche Schwester, die noch irischer klingt als meine Mutter, beugte sich über eine Frau, die gerade zu sich kommt. Die Patientin stöhnt leise und murmelt Unverständliches vor sich hin. Für mich klingt das nicht so toll, doch die Schwester scheint es nicht weiter zu beunruhigen.

»Sie haben schon wieder Farbe bekommen. Sobald Sie möchten, bringe ich Ihnen ein schöne Tasse Tee und einen Keks.«

Ich hatte den Weg in den Aufwachraum gefunden und stand dort nun in der Tür. Mir war sehr bewusst, dass ich der einzige männliche Anwesende war.

»Entschuldigung? Kann ich hier auf meine Frau warten?«

»Eizellen-Entnahme?«

»Ja.«

»Sie können Ihre Sachen hier abstellen«, sagte die Schwester und deutete auf eine Lücke zwischen zwei Betten, in die vermutlich Pippas Bett eingeparkt werden würde. Beim leisen Nuscheln der Patientin wandte sie sich wieder um. »Sagen Sie einfach Bescheid, meine Liebe. Auf Sie wartet ein leckerer Haferkeks mit Ihrem Namen drauf.«

Nicht lange, und Pippa würde nach ihrem Eingriff hier liegen, benommen, vielleicht mit Schmerzen. Die Worte »Pippa« und »Schmerzen« sollten eigentlich nie im Zusammenhang gesprochen werden. Ich wollte alles in meiner Macht Stehende tun, um das alles erträglicher für sie zu machen, also stellte ich ihre Tasche auf den Stuhl, leicht geöffnet, damit sie gleich die Zeitschrift sähe. Das eingewickelte Sandwich legte ich daneben – als Botschaft, dass ich hier gewesen war, dass sie in Sicherheit war.

Vielleicht sollte ich auch ihr Handy ans Ladegerät anschließen und irgendwo sichtbar platzieren?

»Entschuldigung«, flüsterte ich halblaut. »Hallo?«

»Junger Mann, was kann ich für Sie tun?«

»Kann ich das Handy meiner Frau hier bedenkenlos liegen lassen?«

»Nun, also ich werde nicht draufgucken, guter Mann. Und es kommt auch keiner auf meine Station, der so etwas tut.«

Sie sagte »meine Station«, wie ein Mafiaboss »mein Revier« sagen würde, nur mit Dubliner Akzent.

»Und bitte«, fuhr ich fort, »könnten Sie ihr, wenn sie aufwacht, bitte sagen, dass ihr Handy gerade lädt und dass in ihrer Tasche eine Zeitschrift liegt? Und ein Sandwich und ein Mineralwasser?«

»Warum stellen Sie nicht noch ein paar Fotos auf, wo Sie schon dabei sind?«

Daran hatte ich gar nicht gedacht. Ich suchte in der Tasche nach Papier und Stift und malte schnell ein Bild von uns, um sie aufzumuntern …

»Das war ein Scherz«, sagte die Schwester.

»Ja, äh, ich weiß, ich dachte nur …«

»Keine Sorge, ich werde mich um sie kümmern.« Die

Schwester nahm wieder ihre Mafiaboss-Identität an. »Sie werden gleich losmüssen, also beruhigen Sie sich mal.«

Ich beruhigte mich also und kauerte mich auf den Rand des Stuhls, dort, wo die blaue Polsterung ins graue Plastik überging. Auf der Station war alles ruhig, abgesehen von der Schwester, die gesprächig ihr Mittagessen sezierte.

»Das ist zweifellos das Beste bisher. Brokkoli und Blumenkohl.« Sie schlürfte etwas aus einem rosa Becher und klang dabei wie ein Kleinkind, das nur so tat, als ob es trank. »Hm, köstlich. Sollte man gar nicht meinen, dass das aus einem Päckchen kommt ...«

Aus dem Flur hörte ich das Quietschen von Rädern, und gleich darauf wurde ein neues Bett hereingeschoben, begleitet von Dr. Cole, einem Pfleger und einer Schwester. Es war Pippa.

»Wie ist es gelaufen?«, wollte ich wissen und sprang von meinem Stuhl auf. »Geht es ihr gut?«

»Es ist alles verlaufen, wie erwartet.«

Wie erwartet? Dies ist nicht die Zeit für unklare Ansagen, Doc.

Ich ging neben dem Bett her, bis es an seinem Platz stand. Pippa wirkte blass und leblos, der Mund schlaff und zu einem umgedrehten U geformt.

»Sind Sie sicher? Sie sieht ein bisschen ... seltsam aus.«

»Es geht ihr gut. Und jetzt sind Sie dran. Hier ist der Inkubator.«

Erst jetzt sah ich, dass auf einem extra Wagen noch etwas anderes hereingerollt worden war: ein würfelförmiger Metallkasten, so groß wie der kleine Fernseher damals in Charlottes Zimmer, denn ich immer benutzt hatte, wenn sie ausgegangen war, der mit dem integrierten Videorecorder. Er war geöffnet.

»Wie Sie sehen, sind drei Reagenzgläser darin«, sagte Dr. Cole.

»Drei? Ist das gut?«

»Das ist normal. Wir haben so viel Follikelflüssigkeit entnommen wie möglich, um die Eizelle während der Inkubation zu schützen.«

Ehrfürchtig starrte ich auf die drei kostbaren Röhrchen. Dahinter waren im Dunkeln weitere zehn bis zwanzig leere Röhrchenhalterungen zu erahnen.

»Ich werde den Inkubator jetzt schließen«, fuhr Dr. Cole fort. »Darin sollte immer gleichbleibende Temperatur herrschen, also bitte öffnen Sie ihn auf keinen Fall. Okay?«

»Okay«, bestätigte ich, während er die Verschlüsse zuschnappen ließ.

»Er sollte aufrecht und möglichst ohne Erschütterungen transportiert werden. Wenn Sie ihn verlieren – bitte verlieren Sie ihn nicht – oder sonst irgendetwas passiert, steht eine Notfallnummer auf der Seite.«

»Ich werde ihn nicht verlieren«, sagte ich mit blödem Grinsen. Wenn Leute so ernst mit mir sprechen, werde ich nervös, und wenn ich nervös bin, benehme ich mich albern und aufgekratzt. Dr. Cole war *sehr* ernst. Er hatte schon den ganzen Morgen Follikelflüssigkeiten extrahiert. Er sollte sich mal hinsetzen und ein Stück Kuchen essen.

»Aber wenn ich ihn doch verliere«, platzte ich heraus, »wie soll ich dann die Num…«

»Übertragen Sie die Nummer jetzt in Ihr Handy«, sagte er – nach unzähligen Gesprächen mit unzähligen nervösen Männern wie mir – weise und ruhig.

Pippa stöhnte. Ich vergaß für einen Moment meinen Auftrag und sprang ans Bett.

»Es geht ihr gut. Los mit Ihnen.«

Ich strich Pippa ein paar Strähnen aus dem Gesicht und küsste sie auf die Stirn. Sie spitzte ihre Lippen zum Kuss und glitt wieder in den Schlaf. Sie sah aus, als würde sie nach einer durchzechten Nacht in Soho ihren Rausch ausschlafen.

»Also gut. Ich bin weg«, erklärte ich, auch wenn es sich falsch anfühlte, sie allein zu lassen.

»Steven?«, fragte Dr. Cole, als ich an ihm vorbeiging. »Haben Sie nicht etwas vergessen?«

Ich drehte mich um. »Oh, der Kasten.«

Er lächelte fast, als ich zurückkam, um das Ding zu holen, aber dieses Fast-Lächeln verschwand umgehend, als meine Hand vom Haltegriff abrutschte. Ich probierte es erneut, fester nun, da ich das Gewicht des Inkubators gespürt hatte.

»Schwerer, als er aussieht, nicht wahr?«

»Nein, ist schon in Ordnung. Überhaupt nicht schwer.«

Das Ding *war* schwer. Ich hatte etwa mit dem Gewicht des Fernsehers meiner Schwester gerechnet, den ich selbst als Elfjähriger bequem hatte tragen können, aber dieser Kasten wog so viel wie die Hantel eines Bodybuilders … als könnte man ihn auch als Schiffsanker verwenden.

»Haben Sie sonst noch etwas, das ich ausliefern soll?«

»Los mit Ihnen.«

»Jep. Jetzt bin ich wirklich weg.«

PIPPA

»Hallo, Pippa. Ich bin Schwester Kierly.«

Wo bin ich? Mund trocken. Ich höre wen weinen. Habe ich einen Kater?

»Es ist alles in Ordnung. Sie sind auf Station. Die Entnahme ist gut gelaufen. Möchten Sie einen Schluck Wasser?«

Ich brumme irgendetwas, nehme verschwommen wahr, dass ich in einem Bett liege und dass gerade irgendwas passiert ist. Irgendetwas Wichtiges. Meine Hüfte tut weh. Ich glaube, ich blute. Habe ich eine Binde zwischen den Beinen? Mein Unterleib fühlt sich leer an.

»Wir versuchen mal, ob Sie sich aufrichten können, ja, Liebes?«

Ich werde gestützt und spüre ein paar Tropfen Wasser in meinem ausgetrockneten Mund. Dankbar schlucke ich sie hinunter.

»Gut gemacht. So ist es besser, oder?«

Habe ich nasse Wangen? Sind das Tränen? Weine ich?

Ja.

Ich glaube, ich weine. Ich versuche zu sprechen. Es kommt eher ein Krächzen.

»Wo ist Steve?«

Ich will Steve. Ich muss ihn sehen.

»Er ist jetzt auf dem Weg ins *King's*. Versuchen Sie, sich auszuruhen.«

Mein Handy plingt ganz nah an meinem Ohr.

»Da, schon wieder! Ihr lieber Mann hat das Handy eingestöpselt, bevor er gegangen ist. Es summt und brummt die ganze Zeit.«

»Tut mir leid.«

»Seien Sie nicht albern, das stört mich nicht. Ich lege es hier neben Ihr Bett, dann kommen Sie dran.«

Als sie das Telefon auf mein Bettschränkchen legt, sehe ich zum ersten Mal ihr Gesicht. Es ist freundlich. Gütig. Die langen Arbeitszeiten haben Furchen in ihre Stirn gegraben.

»Na, da ist aber jemand beliebt, hm?«

Und plötzlich muss ich fragen. Ich muss es wissen.

»Haben Sie eine Ahnung, wie es gelaufen ist?«

Sie sieht mich mitfühlend an.

Ich fühle mich schwach, verletzlich. Es ist mir unangenehm, dass ich sie in eine unmögliche Lage bringe. Ich weiß, sie kann darauf nicht antworten, aber ich brauche dringend Gewissheit.

»Ich weiß nur, dass Ihr lieber Mann mit ein paar Reagenzgläsern in einem Kasten losgezogen ist. Ich bin sicher, er wird nicht allzu lange weg sein.«

Ein Paar. Ein paar? Wieder dieses Wort. Was soll es bedeuten? Eins? Zwei? Drei? Aber Schwester Kierly redet einfach weiter, quatscht mich wohlmeinend in Grund und Boden.

»Wenn Sie irgendetwas brauchen ... ich sitze da hinten in der Ecke. Und sobald Ihnen danach ist: Da wartet ein superleckerer Haferkeks mit Ihrem Namen drauf.«

Sie zwinkert mir zu. Ich versuche zu lächeln, mich dankbar zu zeigen für all ihre Freundlichkeit, aber ich spüre Übelkeit aufsteigen. Salziger Speichel läuft mir in den Mund, als hätte jemand in meinen Wangen ein Ventil geöffnet. Ich glaube, im Moment wäre ich eher in der Lage, einen Marathon zu laufen, als einen Haferkeks zu essen.

Ich presse die Lippen aufeinander. Sie sind spröde. Ich habe einen bitteren Geschmack im Mund. Metallisch. Brennend.

Wo ist Steve? Ich wünschte, er wäre hier. Ich mag keine Krankenhäuser.

STEVE

Nirgends in der Broschüre stand, dass dieses Ding so schwer sein würde. Ich hätte mir eins dieser Uber-Taxis bestellen sollen. Hätte mich zumindest warm machen sollen. Ein paar Dehnübungen.

Das elektrische Britzeln in den Schienen kündigte einen Zug an, und meine rechte Schulter schien vor Erleichterung zu entspannen. Bald würde ich das Ding abstellen und meinen Arm ausruhen können.

Sei nicht überfüllt, sei nicht überfüllt, sei nicht überfüllt, bat ich inständig, als der Zug in den Bahnhof donnerte.

Gott sei Dank, war er halb leer. Ich hatte sogar ausreichend Platz, um meinen kleinen metallenen Freund neben mich zu stellen.

Beweg dich bloß nicht. Und schalt dich nicht ab. Und kipp ja nicht vornüber.

Aus dem Nichts kam ein Typ in der letzten Zehntelsekunde, als die Türen sich schlossen, in den Waggon gesprungen. Das war nicht weiter ungewöhnlich, aber ich zuckte trotzdem vor Schreck zusammen, und als ich auf den Inkubator sah, merkte ich, dass ich instinktiv schützend einen Arm darumgelegt hatte.

Ob da drinnen wohl irgendwas passiert?, überlegte ich. *Bleib bitte heil, sei ein braver Junge. Oder ein braves Mädchen.*

An der nächsten Haltestelle stieg ein Pärchen ein, beide hielten Bagels in der Hand. Spontan bereute ich, mir kein Sandwich eingepackt zu haben. Es war Mittagszeit, und ich hatte zum Frühstück nur einen Keks gegessen, um mich

Pippa gegenüber solidarisch zu zeigen, weil sie vor ihrer Anästhesie nüchtern bleiben musste. Das Mädchen, deren Bagel ich so sehnsüchtig anstarrte, flüsterte ihrem Freund etwas zu und nickte mit dem Kopf in Richtung Inkubator. Der Junge musterte mich abschätzend, dann standen die beiden auf und gingen ans andere Ende des Waggons.

Was ist?, rief ich den beiden innerlich hinterher. *Noch nie einen Mann mit Inkubator gesehen?*

Ich lehnte mich zurück und beobachtete, wie die Häuser der Vororte am Fenster vorbeizogen. Auf einmal kam mir ein beunruhigender Gedanke. *Ich hoffe, die haben das nicht für eine Bombe gehalten.* Kritisch betrachtete ich meinen kleinen Freund. D*as Ding könnte tatsächlich eine Bombe sein.* Mit einem Mal hatte ich den Eindruck, dass mich jeder einzelne Passagier in diesem Zug misstrauisch beäugte und heimlich 999 wählte.

Warum haben die dafür keine neutrale Tasche?, überlegte ich. *Vielleicht sogar mit bequemen Tragegurten.*

»Wenn Sie jemand Verdächtiges sehen, informieren Sie bitte einen unserer Bediensteten oder rufen die Nummer der Bahnpolizei«, kam ausgerechnet jetzt, wie um mich zu verhöhnen, die übliche Durchsage.

Wenn jetzt ein Polizist einstiege, käme ich ganz schön in Schwierigkeiten.

»Wir nehmen Ihnen diesen Kasten einmal ab, Sir.«

»Aber das ist nur ein Inkubator, Officer. Sehen Sie: An der Seite ist ein Aufkleber des Staatlichen Gesundheitsdienstes.«

»Würden Sie bitte von diesem Kasten zurücktreten, Sir? Wir werden Sie kein zweites Mal bitten.«

»Das kann ich nicht, Officer. Er muss aufrecht bleiben und bei konstanter Temperatur. Wenn Sie ihn mittels einer kon-

trollierten Sprengung zerstören, wird Pippa mir das niemals verzeihen.«

Pippa.

Ich sah auf mein Handy. Keine Anrufe oder Nachrichten.

Bist du wach?, tippte ich. *Sag Bescheid, wie es dir geht. Schreib mir, wenn du aufwachst, okay?* Ich drücke auf Senden.

»Nächste Station Earlsfield.«

Nur noch eine Haltestelle, mein kleiner Freund, dann steigen wir in einen Nahverkehrszug um. Und in Earlsfield steigt normalerweise niemand ein.

Die Bremsen quietschten, als wir an einem überfüllten Bahnsteig hielten. Der Zug am gegenüberliegenden Gleis war vollkommen leer. *Vermutlich eine Störung. Na, super.*

Während sich die Sitze füllten, blieb einer der neuen Passagiere penetrant neben mir stehen. Ich ignorierte ihn, bis er sagte: »'Tschuldigung. Könnten Sie bitten Ihr … äh …«

»Inkubator«, brummte ich unfreundlich in der Hoffnung, ihn damit zu verscheuchen. Ohne Erfolg. »Schön, ich muss nur eben …«

Mit größter Vorsicht – und passiv-aggressiver Dramatik – hob ich das Ding vom Sitz und stellte es zwischen meinen Füßen ab. Der Mann bedankte sich nicht mal, sondern senkte seinen faulen Po auf den quadratischen und sicher gut gewärmten Abdruck.

Leute gibt's.

Ich inspizierte meinen Kasten. *Wollen doch mal sehen, ob alles einwandfrei in Ordnung ist. Verschlüsse? Geschlossen. Keinerlei Kratzer oder Dellen. Oh, Moment mal … Soll das rote Lämpchen da leuchten? Ich kann mich nicht erinnern, dass da vorher ein rotes Licht war. Daran würde ich mich doch erinnern, oder nicht? Ein rotes Licht verheißt nie Gutes. Ich werde mal die Nummer anrufen … Wo ist die gleich wieder?*

»Verehrte Fahrgäste, aufgrund einer Signalstörung an der Clapham Junction endet dieser Zug hier. Ihre Fahrkarten gelten auch in den Bussen.«

Verdammter Mist, nein!

Ich folgte dem allgemeinen Gedränge nach draußen und schirmte den Inkubator gegen rempelnde Menschen ab, so gut ich konnte. Die Menge schob sich in Richtung einer schmalen Rolltreppe, an deren Ende ich das Pärchen mit den Bagels erkannte. Die beiden verließen die Rolltreppe, gingen aber nicht zum Ausgang, sondern zu einem anderen Gleis – und blieben auf dem Weg dorthin bei zwei Polizisten stehen.

Denunzianten! Ich konnte es nicht fassen. Gut, vielleicht fragten sie nur nach dem richtigen Weg, aber das Risiko konnte ich nicht eingehen. *Ich darf nicht verhaftet werden. Ich habe keine Zeit. Selbst, wenn sie mich nicht verhaften, werden sie in den Kasten gucken wollen. Aber den dürfen sie nicht öffnen, denn sonst …*

Es musste doch noch einen anderen Weg geben. Ich schob mich seitlich am Rolltreppengedränge vorbei, ging weiter den Bahnsteig entlang und entdeckte – hurra! – hinter der nächsten Mauer die verschmierten Glastüren eines Fahrstuhls, die sich auf Knopfdruck öffneten. Mein kleiner Freund und ich betraten das magische Fluchtportal, eine Maschine mit der fast rührend anmutenden Fürsorge für eine andere.

»Ebene eins«, ertönte die monotone Stimme aus dem Lautsprecher.

»Ebene eins: abgeschlossen«, erwiderte ich. Ich hatte den großen bösen Bagel-Boss besiegt und war bereit für die nächste Ebene dieses Spiels.

In meiner Hosentasche spürte ich das Handy vibrieren. Pippa!

Bin wach. Wie geht es dir?

Ich hatte mir geschworen, den Inkubator erst auf dem weichen Polster eines Taxis wieder abzusetzen, also tippte ich mit nur einem Daumen meine Antwort.

Alles ok hier. Reise verl nach Plan.

PIPPA

Pling!

Langsam, wie in Zeitlupe, greife ich nach meinem Handy. Jede Bewegung ist furchtbar anstrengend. Als wäre ich nach dem Einschlafen als alte Frau wieder aufgewacht.

Ich blinzele, um mich an die Helligkeit des Displays zu gewöhnen. Verdammt! So viele Nachrichten. Vier von Steve.

Bist du wach?

Sag Bescheid, wie es dir geht.

Schreib mir, wenn du aufwachst, ok?

Ich liebe dich.

Dazwischen ein paar der speziellen Mitteilungen von Mum.

Nur soein Gdanke bez Steves Sporn. Ist er gnug GEmusen?

Bitte?

Nicht Sporn, SPERMA.

O ja, viel besser. Danke für die einfühlsamen Großbuchstaben.

ROTE BETE sollen Mobilität aktiviren. Oder Motilität? Egal. ROTE BETE!

Weise Ratschläge einer Expertin. Danke, Mum.

Wie war Oper Ratio?

Ich meine Oper RATIO.

Keine Ahnung.

Operation!

Ach so, kein neuartiges Singspiel zur Vernunft. Schade. Endlich was von Tania.

Was macht die Möse, Pips? Hab dich lieb, du Nudel.

Ich scrolle zurück und tippe eine Antwort an Steve. Es ist mühsam.

Bin wach. Wie geht es dir?

Ich sehe, dass er online ist und augenblicklich antwortet. Unter seinem Namen blubbern die blauen Blasen, und ich sehe seine beim Schreiben gerunzelte Stirn geradezu vor mir.

Alles ok hier. Reise verl nach Plan.

Ein Stück weiter auf der Station wird höflich gelacht. Schwester Kierly performt vor uns hilflos wachen Patientinnen einen Soloauftritt.

»Das müssen Sie sich anhören, Ladys!«

Wir haben ja wohl keine andere Wahl, oder?

Sie liest aus einem abgegriffenen, billigen Klatschmagazin vor: *»Linda Broadwick, vierunddreißig, backt als Geburtstagsüberraschung lebensgroße Kuchen, die wie ihre Zwillingstöchter aussehen.«*

Sie sieht sich um und erwartet eine Reaktion. Nichts.

»Ihre Töchter als *Kuchen*!«

Immer noch nichts.

»Aber wie soll man die denn aufessen?« Sie beginnt zu lachen.

Autsch, das tut weh. Nein, bitte aufhören! Das schrille Geräusch gellt durch meine Ohren, so unangenehme, als würden Fingernägel über eine Tafel kratzen.

»Und wo soll man da denn abschneiden?«

Sie lacht noch ein wenig schriller, und ich ahne, dass gleich eine Pointe kommen soll. O ja, bitte, dann ist es vorbei.

»›Aber gern doch, Mrs Clarke. Wer möchte noch ein Stück vom Oberarm meiner Tochter?‹«

Spitze Schreie im Wechsel mit klirrenden Lachsalven, ihre Wangen röten sich, und aus ihrem Haarknoten lösen sich ein paar Strähnen, als könnten auch sie sich bei der Geschichte nicht mehr halten.

»›UND MÖCHTE WOHL JEMAND EINE SCHEIBE PO?‹«

Das war's. Nun gibt es kein Halten mehr. Tränen laufen ihr über das Gesicht, wie ein Seelöwe klatscht sie in die Hände. Sie ist vor Lachen so erschöpft, dass sie sich setzen muss. Ihre ausgelassene Freude hallt von den Wänden wider und dringt in die Ohren ihres schweigsamen, horizontalen Publikums.

Ich drehe mich zur Wand und drücke mir das Kissen auf den Kopf, um das Geräusch zu dämpfen.

STEVE

»Sechster Stock«, verkündete eine andere monotone Stimme in einem anderen Aufzug, um mich zu informieren, dass ich das Spiel fast beendet habe. Ich habe das Krankenhaus-Level erreicht, ohne eines meiner Leben oder – noch wichtiger – den Inkubator verloren zu haben.

»Hallo«, begrüßte ich die Schwester an der Empfangstheke. »Steven Gallagher?« Ihr Blick verriet, dass sie auf mehr Informationen wartete, also hob ich die Box auf die Theke. »Ich bin damit hier.«

»Ah. Den können Sie hierlassen. Wir kümmern uns darum.«

»Danke. Dann kann ich meinen Arm jetzt ja ausruhen, bevor ich …« Ich brach rechtzeitig ab. »Was passiert jetzt damit?«

»Wir schicken ihn ins Labor, wo man die Eizellen untersuchen und die beste auswählen wird. In der Zwischenzeit können Sie die Spermaprobe bereitstellen. Hier, bitte.« Sie gibt mir eine Plastikhülle wie die, in denen ich meine Quittungen für die Steuererklärung aufbewahre. »Auf dem Probenbecher steht bereits Ihr Name. Sie müssen die Formulare noch ausfüllen und wieder hierherbringen.«

»Formulare ausfüllen, Becher auffüllen. Verstanden.«

»Den müssen Sie aber nicht *füllen.*«

»Was?«

»Den Becher.«

Ich konnte nicht erkennen, ob sie einen Witz machen oder mir die Nervosität nehmen wollte. Ich war weder amüsiert noch beruhigt.

»Im Moment ist noch jemand drin«, sagte sie geschäftsmäßig. »Ich gebe Ihnen Bescheid, sobald der Raum frei ist.«

Ich setzte mich hin und versuchte den Gedanken auszublenden, dass jetzt gerade ein anderer Mann seine Spermaprobe fabrizierte. *Hoffentlich beeilt er sich. Wenn noch mehr Typen kommen, werden die alle auf* mich *warten.* Ich stellte mir vor, wie sie vor dem Raum eine lange Schlange bildeten, und schüttelte mich.

Mein Handy vibrierte. Wieder Pippa.

Wie läuft's? Hatte grad Mum-Attacke. Macht sich Gedanken zu unserem Sexleben. Willst du lesen?

Vielleicht später, antwortete ich. *Könnte Stimmung killen.*

Wie ist die Stimmung?

Ich höre, wie eine Tür geöffnet und wieder geschlossen wird. Ein Mann kommt in den Wartebereich, in der Hand Becher und Formulare. Er wirkte verlegen. Ich hoffte, er hatte sich die Hände gewaschen.

Bin dran. Informiere dich später.

Der spezielle Raum lag hinter einer grauen Tür und einem zusätzlichen Vorhang. Ich war nicht sicher, ob der Stoff als Schallschutz gedacht war oder Strip-Club-Ambiente verbreiten sollte. Vermutlich diente er dazu, etwas mehr Privatsphäre zu schaffen, damit man nicht fürchten musste, jemand könnte beim zufälligen Öffnen der Tür direkt hereinplatzen. Wie auch immer: Es war eine weitere Oberfläche, die ich berühren musste.

Das prägnanteste Möbelstück im Raum war ein glänzend glatter Ledersessel. Mit dem hellen Halogenlicht, das sich darin spiegelte, wirkte das Ganze wie eine durchdacht eingerichtete Verhörzelle. *Wie viele Kerle hatten heute schon da drin gesessen?* Am besten, ich dachte nicht weiter darüber nach. In einer Schublade fand ich einen Stapel abgegriffener einschlägiger Magazine, deren Ränder auseinanderklafften und … nun ja, anderes Auseinanderklaffendes offenbarten.

Als hätten die eine Weile im Feuchten gelegen, dachte ich. Nein, danke. Schublade wieder zu.

Ich sah den an die Wand montierten Fernseher und nahm die Fernbedienung. Ein Menü aus bereits hochgeladenen Filmen ploppte auf, begleitet von jazziger Musik – der Art von Musik, bei der Michael Douglas gegen seinen Willen verführt wird. Von einem vielversprechenden Clip getriggert, klickte ich »Play« und ließ mich widerstrebend auf dem Sessel nieder.

Hm. Also das … sind deutlich die Neunziger.

Ich wollte schon nachsehen, was sonst noch im Angebot war, da fiel mein Blick auf die Fernbedienung in meiner Hand. Wie bei allen Fernbedienungen, die ich kenne, hatte sich zwischen den Tasten eine unsägliche, undefinierbare graue Masse abgesetzt.

Ich kann nicht fassen, dass ich die gerade berührt habe. Vielleicht sollte ich sie saubermachen. Aber wie? Unter dem Wasserhahn geht das ja schlecht …

Ich erkundete den ganzen Raum, sah unter den Sessel und in jede Schublade, auf der Suche nach etwas, womit ich das Ding reinigen könnte.

Im Ernst jetzt? Bei all den Desinfektionspumpen, die im ganzen Haus verteilt sind? All den sterilisierten Beuteln und Schläuchen? Nicht zu fassen, dass sie da nicht ein paar Boxen mit antibakteriellen Wischtüchern aufstellen.

Ich spürte mein Handy vibrieren, wusch mir schnell die Hände und holte es aus der Tasche.

Bist du drin? Wie ist es da? Muss komisch sein.

Total komisch. Erzähl ich später. Sollte jetzt mal loslegen.

Soll ich dir ein sexy Foto schicken? Hilft das?

Wie jetzt? Aus deinem Bett? Bist du nicht mehr auf Station? Mit acht anderen Frauen?

Ach ja. Hast recht. Da muss ich dich wohl allein deinem Schicksal überlassen.

Ich schloss die Augen und atmete tief durch.

Na komm, Steven. Bringen wir es hinter uns.

PIPPA

Ich muss weggedöst sein, denn ich werde schlagartig wach, als mein Handy klingelt. Benommen taste ich danach und hebe es ans Ohr.

»Das ging ja schnell, Baby. War der Porno gut?«

»Also hör mal …«

»Oh, verd… Hallo, Mum.«

»Hallo, Liebes. Bist du wach?«

Normalerweise würde ich jetzt darauf herumreiten, dass die Frage überflüssig ist, aber dafür habe ich im Moment keine Energie.

»So gut wie.«

»Und wie war es?«

»Na ja, war okay. Die Schwester hat mir gesagt, dass sie ein paar Reagenzgläser mit Flüssigkeit gefüllt haben.«

»Ein *paar*? Was heißt das genau?«

Anscheinend sind wir wohl doch verwandt.

»Ich meine, ›ein paar‹ kann alles Mögliche heißen, Pippa. Haben die das nicht genauer gesagt? Es könnte zwei Eizellen heißen oder fünf …«

»Nein, Mum. Wie ich dir schon gesagt habe: Da war nur ein Follikel, also nur eine Eizelle. Im besten Fall.«

Es herrscht Stille, während Mum ihre Gedanken ordnet.

»Verstehe. Nun ja, egal. Hast du meine Textnachricht zu Rote Bete bekommen?«

»Habe ich, Mum. Danke.«

»Gut für die Motilität.«

»Hast du geschrieben.«

»Für Steves Du-weißt-schon.«

»Ich weiß schon.«

Ich lehne den Kopf gegen das Kissen und schließe die Augen. Hinter meinen Lidern schmerzt es.

»Ich koche gerade polnische Rote-Bete-Suppe – oder war das ukrainische? Ich bin mir nicht sicher. Aber geht ja in dieselbe Richtung. Ich dachte, Steve könnte davon was essen, bevor er … das macht.«

»Tja, er ist gerade dabei, also …«

»Oh! Ich dachte, er macht das erst in ein, zwei Tagen?«

»Nein, er macht es, während wir jetzt gerade sprechen.«

Wie sind wir da nur hingeraten? In welchem Universum ist ein Platz, an dem meine Mutter sich Gedanken zu meinem masturbierenden Mann macht?

»Wie schade. Ich habe sie extra für ihn gekocht. Ich würde sie ihm ja hinbringen, aber sie ist noch nicht ganz fertig.«

»Mach dir keine Gedanken. Es war eine nette Idee.«

Wir schweigen. Ich kann hören, wie ihr Gehirn arbeitet und abwägt, ob sie das Nächste wirklich sagen soll oder nicht.

»Da wäre noch etwas.«

Na, bitte.

»Nachdem ihr zwei miteinander geschlafen habt …«

Hilfe!

»… bleibt Steve da lange genug drin?«

Ich bin sprachlos.

»Du weißt schon, nachdem er …«

»Mum!«

»Anscheinend spielt das eine große Rolle, Pippa, das habe ich gelesen. Es kann alles entscheiden. Ebenso, dass man zusammen kommt …«

Gütiger Gott!

»… weil das die Durchblutung der Gebärmutter fördert. So, jetzt habe ich es gesagt.«

Ich sehe mich im Zimmer um. Obwohl ich nur geflüstert habe, fühle ich mich entblößt – als hätte ich beim Duschen den Vorhang offen gelassen und würde mich nun nackt und tropfnass abmühen, meine Scham mit einem viel zu kleinen Handtuch vor den neugierigen Blicken der Nachbarn zu schützen.

»Hör zu, Mum. Selbst wenn ich mit dir darüber sprechen wollen *würde*, was ich nicht will, ist das heute nicht besonders hilfreich.«

»Ich will ja nur sagen … als dein Vater und ich dich zeugten, dass wir dabei einen grandiosen …«

»Mum! Bitte sei still. Ich liege im Krankenhaus. Man hat mir eine Nadel in den Eierstock eingeführt. Steve transportiert all unsere Hoffnung quer durch die Stadt, und du …«

»Ach, meine Liebe. Es tut mir ja so leid.«

Sie atmet tief ein und aus. Als sie wieder spricht, klingt ihre Stimme sanft, fast kindlich.

»Es nimmt mich einfach unwahrscheinlich mit. Ich wünsche mir das so sehr für euch. So sehr. Für uns alle. Und wenn es heute nicht klappt …«

»Mum.«

»Tut mir leid, tut mir leid. Du hast recht, wir können ein andermal reden. Ich hab dich lieb.«

»Ich weiß. Ich hab dich auch lieb.«

Wir legen auf. Ich lasse den Kopf wieder auf das flache Krankenhauskissen sinken und versuche, ruhig durchzuatmen.

Komischerweise sind Mums ständige Nachrichten trotz allem eine Erleichterung. Alles ist besser als ihre große schmerzliche Stille nach Dads Tod. Sie hat sich einfach zurückgezogen. Von der Familie, von Freunden, von sich selbst. Ich schrieb ihr täglich Nachrichten, ich rief an, ich fuhr vorbei, ich schickte ihr dann sogar jede Woche Postkarten, nur um sie aufzumuntern, doch es hatte keinen Sinn. Wie eine verschmähte Geliebte blockte sie alles ab. Dass Dad nicht mehr da war, konnte sie einfach nicht verkraften, und wie ein überhitzter Laptop schaltete sie einfach ab. Irgendwann beschlossen Steve und ich, sie zu überfallen – »Operation Dianas Rettung«. Ausgestattet mit einem ganzen Haufen ihrer Lieblingssachen – Marilyn-Monroe-Filme, italienischer Weißwein, Haushaltszeitschriften und Likörpralinen –, ließen wir uns mit meinem Schlüssel ins Haus. Es war kalt und dunkel, als hätte jemand bei Antritt einer längeren Urlaubsreise alles verriegelt und verrammelt, und da saß meine Mum im Sessel, schmal und abgemagert, ohne Make-up, eingewickelt in Dads Uni-Pulli, trank Whisky aus seinem Lieblingsglas und lauschte bei voller Lautstärke dem Cricket *Test Match*. Es brach mir das Herz. Sie nahm uns kaum wahr, während wir die Vorhänge aufzogen, Staub wischten, die verblühten Beerdigungsblumensträuße und abgelaufene Lebensmittel wegwarfen.

Der Weg war beschwerlich, doch im Verlauf der nächsten Monate lernten Mum und ich nach und nach, wieder zu lachen. Wir erkannten, dass wir uns lange nicht mehr gestattet hatten, Spaß miteinander zu haben. Zuletzt hatte sich alles nur um Dad, seine Krankheit und seine Bedürfnisse gedreht. Nun aber veranstalteten wir Frauenabende auf ihrer Couch mit schrecklich sexistischen Romcoms und bewarfen den Bildschirm mit Popcorn. Wenn der Prosecco ausging, spielte Steve den Butler. Ich richtete »Pippas Schönheitssalon« im Gästezimmer ein und malte Mum Gutscheine, die sie je nach

Laune einlösen konnte. Trotz der Tränen, der Trauer und der großen Lücke in unserem Leben kicherten und lachten wir wie nie zuvor. Ich spielte die mürrische polnische Kosmetikerin Magda, und Mum kriegte sich kaum mehr ein. »Noch mal! Noch mal!«, rief sie, wenn ich ihr ungelenk kalte Creme aufs Gesicht schmierte und verkündete: »Neue Harre gewachsen auf Oberrlippe! Ich muss ausrreißen. Stille halten.«

Es war eine seltsame Idylle. Wir drei. Eine kleine Kommune.

Und während die Monate vergingen, fing Mum allmählich wieder an zu leuchten. Ein Hauch Rouge. Gekämmte Haare. Ihre Augen begannen wieder zu strahlen, und sie fing an, die Gerichte zu essen, die ich vorgekocht hatte und die Steve liebevoll wieder aufwärmte. Nie habe ich mich ihr näher gefühlt als in dieser Zeit, und ich konnte dabei ständig meinen Dad spüren, der sich freute, dass seine zwei Lieblingsmenschen erkannten, wie sehr sie einander liebten. Ich spürte seine Arme um uns herum, die uns führten, lenkten und unterstützten.

Ich bekomme plötzlich ein enges Gefühl in der Brust und Schwierigkeiten beim Atmen, als würde mir jemand schwer auf den Rippen sitzen. Der dumpfe Schmerz in meinem Unterleib nimmt zu und erinnert permanent daran, was auf dem Spiel steht. Das rhythmische Klappern der Rollwagen in den Gängen erinnert mich an Fußketten, die über den Boden schleifen, und der aufdringliche Geruch von Desinfektionsmittel und Angst driftet in meine Nase.

Im Bett neben mir nehme ich Bewegung wahr. Ein Rascheln der Bettdecke, ein Räuspern. Das junge Mädchen wird wach. Ich gucke rüber. Sie schwingt einen langen, geflochtenen Zopf über die Schulter, der ihr fast bis zur Taille reicht. Sehr saubere Arbeit, keine einzige Strähne guckt raus. Es tut mir leid, wie sie so voller Angst und Hoffnung dasitzt und auf das Display ihres Handys starrt. Ich versuche, wegzusehen, um ihr ein bisschen Privatsphäre zu geben und mich auf mein eigenes Leben zu konzentrieren, aber irgendetwas zwingt mich, Kontakt aufzunehmen.

»Das ist wie der schlimmste Junggesellinnenabschied aller Zeiten, oder?«

Sie zuckt zusammen und sieht mich an. Sie wirkt so entsetzt, als hätte ich gerade in Zungen geredet und dabei als David Bowie verkleidet zehn Zentimeter über dem Bett geschwebt. Offensichtlich habe ich gerade das oberste Gesetz der Aufwachstationsetikette gebrochen: Keine Konversation, die über das Allernötigste hinausgeht. Die erste Regel des Aufwachraumclubs lautet: Verlier kein Wort im Aufwachraumclub.

»Wie bitte?«

Ich sollte still sein. Sie in Ruhe lassen. Mich mit meinen eigenen Gedanken beschäftigen und sie ihren überlassen.

Aber ich kann nicht. Irgendetwas sagt mir, dass Reden, Kommunizieren das Einzige ist, das uns beide vor dem Untergang bewahrt. Mir wird klar, wie wichtig es ist, Brücken zu bauen, in diesem Raum und überall; einen Weg durch die Wirrnis zu finden, auf unserer beängstigenden Reise Verbindungen zu anderen Reisenden zu schaffen.

»Das hier. Wir alle. Ein Raum voll Frauen, die mehr oder weniger unfreiwillig zusammen sind und etwas Blödes oder Unangenehmes tun, das keine wirklich will. Wie bei einem Junggesellinnenabschied.«

Das Mädchen guckt mich immer noch verständnislos an, und einen Moment lang fürchte ich, sie könnte den Sicherheitsdienst rufen. (Oder Haferkeks-Schwester, was auf das Gleiche hinausliefe.)

»Ich weiß wirklich nicht …«

»Stopp. Tut mir leid. Blöder Vergleich. Ich rede dummes Zeug.«

Das wäre meine Chance, aufzugeben. So zu tun, als hätte ich nie etwas gesagt. Mich in mein Handy verkriechen – die einfachste Ausflucht.

Und doch mache ich weiter.

»Ich heiße übrigens Pippa.«

»Reema.«

»Hallo, Reema. Ich würde dir ja die Hand geben, aber wenn ich mich nach rechts lehne, habe ich das Gefühl, mir könnte die Vagina rausflutschen.«

Verlegenes Lächeln. Sie taut ein wenig auf, stelle ich fest. Also rede ich weiter.

»Und? Ist das deine erste Runde?«

Schweigen. Sie macht wieder dicht. Mist. Das war zu persönlich.

»Tut mir leid, das geht mich gar nichts an. Du musst natürlich nicht …«

»Ja, ist es.«

Ihre Stimme ist kaum zu hören, als käme sie tief aus dem Boden, ein Keimling, der sich seinen Weg durch schwere Erde bahnt, um das warme Sonnenlicht zu erreichen.

»Und auch das letzte Mal. Und bei dir?«

»Auch das erste Mal.«

Reema hebt den Kopf und sieht mich endlich an. Ein zögerndes Lächeln. Da ertönt auf der anderen Seite des Raumes wieder die altbekannte Stimme:

»Hallo, meine Gute. Sie sind in der Aufwachstation, und

wenn Sie sich besser fühlen, wartet da ein Haferkeks mit Ihrem Namen drauf.«

Ich flüstere: »Glaubst du, sie hat unter ihrem Stuhl ein Paket voll Haferkekse mit allen möglichen Frauennamen drauf?«

Da passiert es. Plötzlich erscheinen neben Reemas Augen kleine Fältchen wie bei einem ungebügelten Bettlaken, aus ihrem Mund dringt ein warmer blubbernder Laut, ein erstes echtes Kichern. Ich erlebe ein Gefühl von Befriedigung, als hätte ich gerade die letzte Antwort bei einem Pub-Quiz gefunden. Eine Mischung aus Triumph, Erleichterung und Stolz. Dann …

»Ich kenne dich übrigens.«

Ich stutze.

»Na ja, ich habe das Gefühl, dich zu kennen. Mein Mann und ich haben diese Serie geguckt, in der du letztes Jahr gespielt hast. *Quantum?* Du warst eine Wissenschaftlerin. Wir haben das gern gesehen.«

Ich werde rot. Es fühlt sich immer seltsam an, wenn ich erkannt werde, und auf einer gynäkologischen Station umso seltsamer.

»Danke. Ja. Die Dreharbeiten haben richtig Spaß gemacht. Tolle Darsteller.«

»Du warst phantastisch. Ehrlich. Das sage ich nicht nur so.«

»Danke. Das bedeutet mir viel. Aber es ist komisch, oder? Auch wenn es mit der Karriere phantastisch läuft, kann man gerade den unglücklichsten Moment seines Lebens haben. Und umgekehrt. Ich scheine das mit der Work-Life-Balance nicht besonders gut hinzukriegen. Vielleicht später mal.«

Wir beobachten, wie Schwester Kierly ihre Stand-up-Tour durchs Zimmer fortsetzt. An jedem neuen Bett betritt sie eine neue Bühne und wiederholt ihre Sprüche und Witze. Es hat was. Es ist eigenartig. Und ständig dasselbe. Aber trotzdem beeindruckend.

»Wie geht es deinem Mann? Ist er schon drüben?«

»Steve? Ja. Er ist dort angekommen. Und deiner?«

Reema zögert und dreht das Ende ihres langen Zopfes um den Zeigefinger.

»Der war schon vor über einer Stunde da und hat sich seitdem nicht mehr gemeldet.«

»Das ist bestimmt in Ordnung. Keine Nachrichten sind gute Nachrichten. Ich bin sicher, das dauert einfach seine Zeit.«

»Hm, vielleicht.« Ihre Stimme klingt schwach und dünn, wie Seidenpapier. »Ich hasse diese Warterei.«

»Ich auch. Wie im Purgatorium, oder? Kommen wir in den Himmel oder in die Hölle?«

Reema sieht mich scharf an.

»Tut mir leid. Das war ein bisschen zu dramatisch.«

Wir schweigen, jede in ihre Gedanken versunken. Dann …

»Wenn das jetzt nicht klappt, haben wir keine nächste Chance mehr.«

»Sag das nicht, Reema. Im Grunde braucht es nur eine einzige Eizelle, denk dran.«

»Darum geht es nicht. Ich habe jede Menge Follikel. Sie glauben, es waren sieben oder acht Eizellen. Nein, es ist Vinay. Er …« Sie bricht ab. Entweder kann sie nicht weitersprechen, oder sie will es nicht.

Ich sehe sie an. Auf keinen Fall möchte ich, dass sie sich in den Zweifeln verliert, in denen wir alle hier ertrinken.

»Gibt's ein Problem mit seinem Sperma? Aber das ist doch gut. Ich meine, nicht *gut* gut. Aber besser, als wenn es ein Problem bei *dir* gäbe. Sperma kann man optimieren. Da gibt es alle möglichen Methoden. Und wenn du so viele Eizellen …«

Doch Reema schüttelt nur den Kopf.

»Sie haben gesagt, es sei sehr unwahrscheinlich, dass es funktioniert. Und das heißt, dass wir vielleicht nie ...«

Diese Worte.

Diese drei kleinen Worte, die man niemals aussprechen möchte.

Nie. Kinder. Bekommen.

Ich möchte sie in den Arm nehmen. Ihr Sicherheit geben. Ihr sagen, dass alles gut wird. Aber das kann ich nicht. Niemand kann das.

»Könntet ihr es privat noch mal versuchen? Wenn es jetzt über die Krankenkasse nicht ... du weißt schon.«

Sie starrt zu Boden.

»Könnten wir. Ich meine, es ist keine Frage des Geldes. Vinays Eltern haben genug.«

»Na, das ist doch schön für sie. Da könntet ihr sie fragen, ob sie für euch etwas locker machen würden.«

Diesmal kann ich sie nicht zum Lachen bringen. Ihre dunklen Augen füllen sich mit Tränen.

»Sie wissen nicht, dass wir hier sind. Sie wissen gar nichts von diesem Teil unseres Lebens. Und werden es auch nie erfahren.«

Ich höre, dass sich ihr die Kehle zusammenschnürt, weil ihre Worte gepresst und erstickt klingen.

»Wir haben das Gefühl, dass wir versagt haben, wenn es auf normalem Weg nicht funktioniert.«

»Aber das stimmt doch nicht! Ihr habt nicht versagt. Niemand kann etwas dafür!«

»Ja, vielleicht. Aber so ist es nun mal.«

Wir schweigen und lauschen dem ewigen Hin und Her von Hoffnungen und Enttäuschungen, die in uns herumwabern.

»Das tut mir leid.«

Sie lächelt und wischt sich eine Träne aus dem Augenwinkel. Sie will hier nicht weinen.

Ich bewundere sie.

»Danke. Aber genug von mir. Was ist eure Geschichte?«

»Ach je, die ist nicht besonders schön. Als Gutenachtgeschichte würde ich die keinem Kind vorlesen wollen. Da kriegt es Albträume.«

»Du musst auch nichts erzählen, Pippa.«

»Nein, ist schon okay. Ich bin auf unserer Hochzeitsreise schwanger geworden. Also, da habe ich es jedenfalls gemerkt. Es war verrückt, ganz unerwartet. Aber schön. Sie wissen bis heute nicht, was passiert ist. Alles lief gut. Es hat gelebt. Und dann nicht mehr.«

Atmen, Pippa. Einfach weiteratmen.

»Danach ... na ja, meine Blutung hat einfach ausgesetzt. Ich war jung, aber mein Hormonspiegel war völlig durcheinander. Da weiß man auch noch nicht, warum. Vielleicht sind meine Eierstöcke vor lauter Schock über die Fehlgeburt einfach ausgeflippt. Jedenfalls meinten sie, wir hätten keine Chance.«

»Das tut mir so leid.«

»Ja, das war ganz schön schlimm. Wie durch ein Wunder sind wir dann letztes Jahr doch wieder schwanger geworden. Das hat aber nur sieben Wochen gedauert. Und nun haben wir diesen einen Versuch über die Krankenkasse angeboten bekommen, also ...«

Erst jetzt merke ich, dass ich die ganze Zeit an der Nagelhaut meines Daumens herumgeknibbelt habe. Auf der Bettdecke ist ein Tropfen Blut zu sehen.

Reema lehnt sich zu mir. »Aber dann gehen sie ja immerhin davon aus, dass eine Chance besteht.«

Ich zucke mit den Achseln, ohne Reema anzusehen.

»Es war nur ein Follikel da. Wer weiß also, ob es überhaupt eine Eizelle gab – und wenn, ob sie gut genug ist ... und wenn sie gut genug ist, ob es so einen Blastoplast oder wie das heißt ...«

»Eine Blastozyste.«

»Und wenn es eine Blastozyste wird, ob es dann diesmal die ersten drei Monate überstehen wird. Und wenn es die drei Monate schafft ...«

»Dann gibt es keinen Grund, nicht davon auszugehen, dass ihr in neun Monaten ein wunderschönes Baby habt.«

Ich schlucke schwer. Tränen laufen mir über das Gesicht. Verdammt. Wo kommen die denn her? Ich wische sie weg, aber sie laufen einfach weiter. Immer mehr.

»Tut mir leid. Eigentlich ging es mit gut. Ich weiß auch nicht, warum ...«

Reema wirft mir die Schachtel mit den Papiertüchern zu, die ich mit einer Hand auffange, was beeindruckend ist, da ich überhaupt nichts sehe.

»Hey, super!«

Ich putze mir die Nase, was in dem stillen Aufwachraum unfassbar laut klingt.

»Hast du schon was von deinem Mann gehört?«

Reema schüttelt den Kopf. »Vielleicht sollte ich ihn einfach anrufen. Ich will nur keinen Druck machen. Er war sowieso schon so nervös in letzter Zeit.«

Nach einer Weile sagt sie: »Ich bin wirklich verzweifelt, weil er einfach dichtmacht. Und ich will mit ihm darüber reden. Will das alles teilen. Denn er ist ein guter Mann.«

Ach ja, diese lieben guten Männer!

»Ich denke dauernd an Steve und wie er diesen Inkubator herumträgt. Irgendwie tragisch, oder? Eine Farce.«

Ich will lachen, aber es klappt nicht so richtig. Reema sagt nichts.

»Und ich fühle mich so schuldig.«

»Nein, Pippa, nicht! So ist das Leben. Niemand hat Schuld.«

Meine Nase fängt wieder an zu laufen. Ich reibe sie ganz fest in der Hoffnung, dass meine Entschlossenheit die drohenden Tränen zurückhält.

»Das sagt Steve auch. Und es bricht mir das Herz. Ich meine, die meiste Zeit geht es uns gut. Mehr als gut. Es ist immer noch so schön wie zu Anfang. Wir haben ansonsten keine Sorgen. Und sind wirklich richtig glücklich. Aber dann kommt das Thema einfach hoch. Und zieht dich runter.«

»Ich weiß, aber ihr müsst es weiter versuchen und dürft die Hoffnung nicht aufgeben.«

»Aber gerade die Hoffnung macht alles so schwer. Sie geben einem diese ganzen Statistiken zur Wahrscheinlichkeit ... dass deine Werte so unsäglich niedrig sind, dass du andere Optionen in Erwägung ziehen sollst. Und dann sagen sie einem, dass man trotzdem optimistisch bleiben soll, weil Stress alles noch schlimmer macht. Im Prinzip ist es so, als würden sie sagen, dass unser Haus abfackelt – aber lasst euch davon bloß nicht stressen. Bleibt einfach sitzen. Entspannt euch. Macht euch einen Brombeerblättertee und seht in aller Ruhe zu, wie es brennt.«

Reema lacht. »Das Zeug trinke ich auch.«

»Und all diese Geschichten mit Happyend helfen kein bisschen. Frauen, die überraschend schwanger werden, nachdem man ihnen gesagt hat, ihre Eierstöcke seien kaputt. Heißt das, dass noch mal ein Wunder geschehen kann? Darf man überhaupt zwei Wunder haben?«

»Ich bin sicher, zwei sind erlaubt.«

Ein neues Bett wird in den Raum geschoben. Die Patientin ist blass, benommen, verwirrt. Wie wir alle.

»Weißt du was, Pippa? Ich glaube, jetzt ist die Zeit für einen Haferkeks gekommen. Magst du auch einen?«

Ich lächle meine neue Freundin an. Frauen sind etwas Wunderbares.

»Ja, los. Machen wir einen drauf.«

Reema schläft, ihre Hand hängt über den Bettrand. Die große Wanduhr ist schrecklich laut. Wie kann es sein, dass nur siebzehn Minuten vergangen sind, seit ich das letzte Mal geschaut habe? Unterdessen hält uns Schwester Kierly über ihr Kreuzworträtsel auf dem neuesten Stand.

»Hm, Leuchtmittel mit drei Buchstaben. Was kann das sein?«

Ich nehme mein Sandwich und löse die Folie. Hach, Steve hat sogar die Rinde abgeschnitten – warum muss ich darüber weinen? Ich versuche zu kauen, aber irgendwie funktioniert mein Mund nicht. Ich glaube, ich kann das nicht essen. Ich kann doch sonst immer essen. Das ist seltsam. Ich weiß nicht, was ich fühle. Ich weiß nicht, ob ich zu besorgt bin oder glücklich oder traurig oder verängstigt. Ich fühle mich in der Schwebe. Außerhalb meines Körpers. Als könnte ich von oben auf Pippa Gallagher hinuntersehen, die versucht, dieses wunderbare rindenlose Sandwich zu essen, das ihr wunderbarer liebevoller Ehemann für sie gemacht hat.

Ich probiere noch einen Bissen.

Ich will der Pippa Gallagher da unten sagen, dass alles gut wird, dass er anrufen und ihr sagen wird, dass alles geklappt hat. Dass es das alles wert war. Aber die Oben-Pippa kann das nicht sagen. Und die Unten-Pippa würde es nicht glauben. Da sind wir also. Irgendwo dazwischen. Im Niemandsland.

Mein Handy vibriert. Mum.

Denke an Dinge.

Und noch einmal.

Ding

Und wieder.

DICH

Ich versuche es noch einmal mit dem Sandwich. Steve macht die besten Sandwiches. *Könnten wir adoptieren?* Genau das richtige Verhältnis von Füllung zu Brot. *Ich weiß einfach nicht, wo ich bei alldem stehe.* Die Butter schmiert er nur auf eine Hälfte. *Aber ich will, dass er Vater wird. Mehr als alles auf der Welt.* Ein Schuss Mayonnaise verhindert, dass das Brot zu trocken wird. *Wie konnte uns das nur passieren?*

Das Handy klingelt wieder. Diesmal sehe ich es. *Steve Handy.* Ich greife danach.

»Sag's mir. Los, sag's mir einfach. Schnell.«

Ich höre seinen Atem, als wäre er direkt neben mir. Fast spüre ich ihn auf meinem Gesicht.

»Ich war gerade drin und … habe mit ihnen gesprochen und … es tut mir leid. Es tut mir so leid.«

»Was? Was ist passiert?«

»Sie konnten keine Eizelle finden. Es tut mir schrecklich leid, Liebste.«

Stille. Mein Herzschlag in meinen Schläfen. Ich höre die Schwester reden. Ein Auto röhrt über der Hauptstraße. Bohrgeräusche. Der Schrei einer Möwe. Lacht da jemand?

»Pip? Pip, bist du noch da?«

Ich sehe auf all die Frauen. Wie können sie es nicht sehen? Wie kann keine von ihnen es mitbekommen? Unter meinem

Bett ist gerade eine Bombe explodiert. Mein Blut klebt verspritzt an den Wänden wie frische Farbe. Da sind Stücke meines schlagenden Herzens auf euren Decken. Mein Fleisch, meine Knochen, mein Knorpel. Sagt, dass ihr die Bombe gehört habt!

»Pippa? Rede mit mir. Rede mit mir. Versuche es und atme.«

Ich tue, was er sagt. Die Geräusche werden dumpfer. Ich atme aus.

»Es ist okay. Alles in Ordnung, mein Liebster.«

Wir sitzen da und hören einander atmen. Irgendwann …

»Wie geht es dir, Steve?«

Schweigen. Ich muss ihn berühren.

»Ich habe wirklich gedacht, es würde funktionieren, Pip. Ich war mir so sicher.« Schniefen.

»Weinst du?«

»Ja. Ja, ich weine. Die Leute gucken schon.«

Wie schafft er es nur immer, mich zum Lächeln zu bringen?

»Ach, Liebling. Es ist doch noch nicht vorbei. Das ist nicht das Ende. Alles wird gut. Wie können es noch mal probieren. Irgendwie.«

»Ich weiß. Tut mir leid.«

»Das muss es nicht. Nichts muss dir leidtun. Wein ruhig. Du bist die letzten Jahre hindurch so stark gewesen. Jetzt müssen wir füreinander stark sein.

»Das werden wir. Das werden wir.«

Er schnieft und bemüht sich, die Gefühle zu unterdrücken, die raus wollen. Ich kann mich nicht erinnern, wann ich ihn das letzte Mal habe weinen hören. Es bricht mir das Herz.

Nach einer Weile sage ich: »Würdest du etwas für mich tun?«

»Alles.«

»Geh und hol dir ein Guinness – okay, vielleicht nur ein kleines, ich will nämlich nicht mehr allzu lange hier sein.«

»Nein, ich komme sofort und hole dich. Ich lasse dich nicht allein.«

»Das war ein Befehl.«

An seiner Stimme erkenne ich, dass er lächelt. »Okay. Ein kleines Guinness wäre gut. Ich liebe dich.«

Wir legen auf. Ich umklammere das Handy wie einen Rettungsanker, als würde ein bisschen von Steves Seele in meiner SIM-Karte stecken.

Unvermittelt höre ich Schwester Kierly auf der anderen Seite des Raumes ihr Kreuzworträtsel verkünden.

»Hält zu dir. Hmm. Sechs Buchstaben. ›Hund‹ ist es also nicht …«

Ich flüstere mir selbst die Lösung zu:

»Freund.«

2. März 2019
10:39 Uhr

Mr Bramin schaltet die Stiftleuchte aus und schiebt sie wieder in seine Brusttasche.

»Pupillenreflex wie gehabt«, sagt er zur Schwester, aber auch Steve und Diana hängen an seinen Lippen. »Was beim derzeitigen Stand der Dinge zu erwarten war.«

Der Stift der Schwester quietscht, als sie Pippas Krankengeschichte auf dem Whiteboard am Bett um eine weitere Zeile ergänzt. Steve hat schon mehrere Stunden damit verbracht, die Kritzeleien und Symbole entziffern zu wollen, aber sie sehen für ihn wie griechische Buchstaben aus.

Nun wendet sich Bramin an Steve und Diana. »Wir können das Sedativum jetzt langsam reduzieren und sehen, wie sie auf eine niedrigere Dosis reagiert. Wir werden das ganz langsam einleiten – wir wollen keine unerwünschten Nebenwirkungen riskieren –, aber bei dem momentanen Cocktail kann sie nicht ewig bleiben. Im besten Fall wird sie allmählich wahrnehmen, was um sie herum passiert, und darauf reagieren.«

»Okay«, sagt Steve. Er sieht zu Diana, weil er damit rechnet, dass sie den Arzt mit Fragen bombardiert, aber stattdessen kümmert sie sich um das Bettzeug – sie löst die fest untergesteckten Ecken und schiebt sie erneut unter die Matratze, als wollte sie ihre Tochter zur Nacht gut zudecken. Dass andere Leute im Raum sind, scheint sie ganz vergessen zu haben.

»Es ist wirklich witzig«, entfährt es ihr plötzlich. »Als sie klein war, hat sie ständig gespielt, sie sei ohnmächtig.«

Mr Bramin sieht sie an, sagt jedoch nichts, während Diana die Stille mit erzwungenem Geplauder füllt.

»Sie war dafür schon regelrecht berüchtigt.« Diana lacht ein bisschen zu laut. »Wie oft haben wir Nachrichten von der Schule auf dem Anrufbeantworter gehabt! *Mrs Lyons, wir dachten, sie wäre in Ohnmacht gefallen. Wir dachten, sie wäre ernsthaft krank. Wir dachten, sie wäre bewusstlos*, und so weiter. Sie konnte einfach nicht widerstehen. Wenn wir abends Gäste hatten, lag sie mit ausgebreiteten Armen und Beinen am Fuß der Treppe, wie in einem Fernsehkrimi. Christopher spielte natürlich mit. *Was ist denn hier passiert? Sie muss wohl schlafgewandelt sein, was meinst du, Diana? Ach, du meine Güte. Ich denke mal, wir müssen sie wieder nach oben tragen. Das ist die einzige Möglichkeit. Einen Schlafwandler darf man nicht wecken.* Dann hob er sie wie eine Puppe hoch und brachte sie in ihr Zimmer. Man konnte sehen, wie sie heimlich ein Auge aufblinzelte, um nach ihrem Publikum zu sehen. Sie liebte die Reaktion, die sie bekam. Es war nicht unbedingt komisch. Die Leute haben sich wirklich erschreckt. Aber ihr Vater fand es toll. Und ich glaube, ich auch, in gewisser Weise. Unsere kleine Lady Fauntleroy.«

Mr Bramin lächelt, was sie nicht mitbekommt. Sie hat sich ins Sicherheitsnetz der Vergangenheit fallenlassen.

»Manchmal lag sie ewig lang so da. Und spielte tot.«

Im Raum wird es plötzlich stickig.

»Wenn Sie eine Veränderung an ihr bemerken, rufen Sie mich bitte«, sagt Mr Bramin und klopft aus unerfindlichen Gründen seinen Kittel ab. »Die Schwestern werden aber auch regelmäßig zur Kontrolle kommen. Sie wissen ja, wo der Rufknopf ist, oder?« Steve nickt. »Gut. Ich bin nicht weit.«

Mit schnellen Schritten verlässt er das Zimmer. Diana fängt an zu zittern, als wäre mit seinem Weggang ein eisiger Wind hereingeweht. Ihre Stimme ist nur noch ein Flüstern.

»Aber am Ende bist du immer wieder aufgestanden, nicht wahr, Liebes?«

Auf Pippas geschwollene Wange fällt eine Träne.

»Und auch diesmal wirst du wieder aufstehen.«

Steve hält die Luft an, darauf gefasst, dass ihr bei all der unterdrückten Angst gleich alle Dämme brechen könnten.

»Die letzten Jahre hätte ich ohne sie nicht überstanden, Steve.«

»Ich weiß.«

»Sie hat mich nach Christophers Tod gerettet. Sie hat mich ins Leben zurückgeholt, mich wieder aufgebaut und mir das Laufen wieder beigebracht. Nur so konnte ich überhaupt weiterleben. Sie ist mein Ein und Alles. Und ich habe Angst, dass ich es ihr nicht oft genug gesagt habe.«

Diana sieht ihren Schwiegersohn an; in ihren Augen brennt der Schmerz.

Dies ist die Einladung, auf die Steve gewartet hat. Er geht mit ausgebreiteten Armen auf sie zu. Sie bricht in ihnen zusammen.

»Ist schon gut. Alles wird gut.«

»Ich weiß nicht.« Sie schüttelt den Kopf. »Ich habe solche Angst, Steven. Was, wenn sie nicht …«

»Sie wird.«

Sie schweigen eine ganze Weile, bis Diana sich wieder von ihm löst und ein Papiertuch aus dem Wandhalter zieht. Sie tupft sich die Tränen ab. Der plötzliche Anfall von Verletzlichkeit ist ihr peinlich.

»Also, Steven … Nun sag mir doch mal …«

Der Wechsel in ihrem Tonfall lässt ihn aufhorchen.

»… wo ich dich schon mal hier habe, als Gefangenen, sozusagen: Wie stehen die Dinge zwischen euch?«

»Äh …«

»Ich will nicht übermäßig neugierig sein, aber du weißt ja, wie sie bei mir ist. Sie sagt mir nie etwas.«

Diana zerknüllt das grüne Tuch und schaut sich um, wo sie es lassen soll. Steve nimmt es ihr aus der geballten Faust und trägt es zum Mülleimer, dankbar, dass er ihrem Blick entkommen kann.

»Na ja«, beginnt er zögernd, »eigentlich ganz gut. Glaube ich. Es war ein hartes Jahr für uns, wie du ja weißt. Diese Babysache war echt anstrengend, aber ja, es geht uns ganz okay.«

Diana neigt den Kopf zur Seite und sieht ihn freundlich fragend an. Eine Aufforderung, weiterzusprechen.

»Ich bin ziemlich beschäftigt mit arbeiten und allem, und vielleicht haben wir in letzter Zeit nicht so viel miteinander geredet wie sonst – also, nicht so *richtig*. Aber sie weiß, dass ich immer für sie da bin.«

Er sieht zu Pippa, und ein seltsames Kribbeln breitet sich von seinen Beinen bis in den Bauch aus.

»Zumindest hoffe ich, dass sie das weiß. Das weiß sie doch, oder?« Fragend blickt er zu Diana.

»Alle wissen, dass du sie liebst, Steve.«

Sirr, klick, piep, pfft.

»Aber ich finde es sehr schwierig«, fährt er fort und wundert sich, wie sehr er bereit ist, sich Diana zu öffnen. »Ich dachte, alles wird perfekt mit uns. Dass es einfach läuft, weißt du? Weil wir es verdient haben.«

»So funktioniert das Leben aber nicht.«

»Ich weiß, aber das sollte es.«

Ihm ist bewusst, wie kindisch das klingt, aber es ist ihm egal. Die Worte, die er vorher nicht einmal in Gedanken formuliert hat, fühlen sich an, als hätten sie dringend an die Luft gewollt.

»Wir sind das stärkste Paar, das ich kenne. Wir haben daran gearbeitet. Wir … passen einfach zueinander. Und trotzdem habe ich das Gefühl, als wollte das Leben uns ständig mit Scheiße bewerfen. Entschuldige bitte.«

»Fluch ruhig.«

»Es ist einfach nicht fair. Ich wollte ihr alles geben. Sie ist alles, was ich immer wollte. Aber ich glaube, im letzten Jahr habe ich mich innerlich zurückgezogen. Ich hatte Angst.« Er tippt mit dem Daumennagel gegen seine Schneidezähne, als würde seine Hand erwägen, den Rest seiner Worte lieber zurückzuhalten. »Angst davor, das Wichtigste in meinem Leben zu verlieren, weil ich ihr nicht klarmachen kann, dass sie genug für mich ist. Mehr als genug. Ich habe nie etwas anderes gebraucht als Pippa. Niemals.«

Diana lächelt. Ihre Augen füllen sich mit Tränen.

»Da sind wir schon zwei.«

Sirr, piep, klick, pfft.

»Sag es ihr, Steven. Falls sie uns überhaupt hören kann … Aber sag es ihr. Du bist der Einzige, auf den sie hört. Der Einzige, abgesehen von ihrem Vater, der zu ihr durchdringt. Versuch, sie zu erreichen, bitte. Versuch, zu meiner Tochter durchzudringen.«

Sie schlägt die Hände vors Gesicht und geht zum Fenster.

Sirr, piep, klick, pfft.

Sirr, piep, klick, pfft.

Steve dreht den Stuhl herum und starrt hinter Pippa auf die Wand. Er macht den Mund auf, um zu sprechen, aber er fühlt sich leer. Er hat schon so viel gesagt und trotzdem nicht einmal annähernd genug. Er neigt sich über seine hilflos daliegende Frau und atmet tief den vertrauten Geruch von Sicherheit ein. Er nimmt ihre linke Hand. Ihre Eheringe schlagen leise aufeinander, als wollten sie sich in einer geheimen Sprache miteinander austauschen.

»Sag mir, was du denkst«, flüstert er stockend. »Wo bist du, Pip? Sag es mir.«

31. Mai 2017

PIPPA

»Ich schwör bei Gott … es war das erste Mal, dass ich seinen Penis seit KKs Geburt auch nur *gesehen* habe, und zack! Zwillinge.«

Tania lehnt gegen den Tisch und inhaliert ihren vierten Cupcake, während sie als Ausgleich für die Aufnahme von Ballaststoffen immer wieder ein Handvoll Brezeln in den Mund wirft. Die Bürde ihrer unbarmherzigen Fruchtbarkeit liegt nicht nur auf ihren Schultern. Ihr Bauch ragt vor wie ein Wasserball, während die fünfzehn Monate alte Kay im Buggy sitzt und ein Ameisennest aus Rosinen baut.

»Ich will keinen Sex mehr. Nie wieder. Danny soll woanders hingehen. Ist vollkommen okay für mich. Nutten. Masseusen. Kein Problem. Aber wenn er denkt, er könnte sein Ding je wieder in mich reinstecken, kann er was erleben. *No, Siree!*«

Tania zuckt zusammen und legt eine Hand auf den Bauch.

»Uh, da drin geht's ab! Die treten mich ohne Rücksicht auf Verluste. Warum hab ich noch mal das Rauchen aufgegeben?«

Ich lache. Tania ist ein Segen. An Konventionen hat sie sich noch nie gehalten. Sie ist diejenige, die neben all den zuckersüßen zahnlosen Lächeln und niedlichen Stramplern immer wieder klarmacht, dass Mutterschaft grundsätzlich extrem anstrengend, sexlos und öde ist. »Und du musst ständig pupsen.«

Ich liebe sie dafür.

»Sieh mich an, Pip. Was mache ich falsch? Warum kann ich nicht so sein wie *sie*?«

Ich folge ihrem Blick. Und dort, wie eine Wonder Woman, die in Zeitlupe ihr Haar zurückwirft, steht Nisha. Wie immer, erledigt Nisha gerade zwei Dinge auf einmal und widmet sich abwechselnd einem kleinen Motorola in der einen und einem dünnen iPhone in der anderen Hand. Dass sie vor weniger als fünf Wochen entbunden hat, würde niemand vermuten. Ihr Haar ist wunderbar in Form geföhnt und glänzt, ihr Make-up ist makellos, ihr Kostüm gebügelt und ihre schlanke Figur hat sich wie ein Gummiband wieder in seine ursprüngliche Form gezogen.

»Ich meine, wo zum Teufel sind die Kotzflecken auf ihrem Rücken? Und sie trägt *Make-up*, Pippa! Ich kann mich nicht mal mehr erinnern, wann ich das letzte Mal meine Haare gebürstet habe. Weißt du, dass sie zwei Kindermädchen hat?«

Wusste ich nicht.

»Zwei! Und beide vom berühmt-berüchtigten Norland Nanny-College. Hast du eine Ahnung, was das kostet? Die eine ist für die Zeit, wenn sie arbeitet, und die andere übernimmt die Nachtschicht. Das war anscheinend unverhandelbar.«

Zwei Norland-Nannys. Zwei Handys. Schweigend beobachten wir, wie Nisha bei dieser Baby Shower ein virtuelles Business-Meeting abhält: Mit der einen Hand textet sie, während sie mit der anderen endlose Gespräche führt. Es hat etwas Hypnotisierendes. Ich versuche, sie nicht zu verurteilen, finde es aber durchaus sonderbar, dass jemand neun Monate damit verbringt, im eigenen Bauch einen perfekten kleinen Menschen zu erschaffen, und ihn dann, wenn er da ist, so leidenschaftslos links liegen lässt wie eine neue Handtasche.

»Ich denke mal, Freya kriegt morgens während Mummys Espresso eine Knuddeleinheit von zehn Minuten, danach heißt es: *Adieu, mein kleiner Gardeoffizier.*«

Ja, das kann man sich gut vorstellen. Im Moment würdigt

Nisha ihr Kind, das in den hochqualifizierten Armen seiner Nanny liegt, mit keinem Blick.

»Ich bin ja nur eifersüchtig. Nish lässt eben einfach nicht zu, dass eine so kleine Sache wie ein bedürftiges Baby ihrem eigenen Leben in die Quere kommt. Wohingegen dieser überdimensionierte Karamellpudding vor dir einfach kein Leben mehr hat, dem etwas in die Quere kommen könnte.«

Tania seufzt, tief und dramatisch. Wie aufs Stichwort wirft Baby Kay in diesem Moment eine Handvoll Rosinen auf den Bauch ihrer Mutter und gluckst vor Freude. Ich beiße mir von innen auf die Wange, um nicht zu grinsen. Tanias Melodramatik ist eine ihrer schönsten Eigenschaften.

»Seid gegrüßet, schönste aller Frauen!«

Und da ist er. Unverändert. Unverwüstlich. Unverstellt. Unser Gus. Einen Meter neunzig das Beste im Mann. Mit Beinen, länger als die von Naomi Campbell, dichtem langem Haar, um das ihn alle Männer beneiden, und einem kosmischen Blitzen in den Augen, das jeden Raum heller macht. Der kleine Sidney hängt ihm wie eine schlaffe Schlenkerpuppe vor der Brust.

»Ich habe den kleinen Hobbit endlich zum Schlafen gebracht. Jetzt hat Daddy Zeit, zu feiern.«

Ich streichle den leicht schief hängenden Kopf des kleinen Kerls; seine blonden Löckchen fühlen sich wie Federn an.

»Und wo ist dein Mann?«, fragt Tania mit Blick in die Runde.

»Wer weiß das schon? Der hat sich verkrümelt. Wir hatten auf der Bahnfahrt einen kleinen Disput, irgendetwas Unerhebliches …« Er senkt kurz den Kopf, dann … »Aber wer braucht einen Mann, wenn er gleich zwei so tolle Frauen hat?«

Er schlingt seine langen, braunen Arme um Tan und mich. Dabei weht mir sein Fahrenheit-Parfüm in die Nase. Ein schon etwas älterer Duft, aber er gefällt mir immer noch. Er benutzt ihn seit der Schauspielschule, und ich kriege angenehm nostalgische Gefühle.

Tania deutet auf ihr leeres Glas.

»Also ich und dieser Gymnastikball brauchen einen neuen Drink. Gustav?«

»Ich dachte schon, du fragst mich nie.«

Sie sieht mich an. »Pips? Du siehst auch aus, als ob du auf dem Trockenen sitzt. Wie wäre es, wenn Gus und ich zwei Flaschen und eine Schüssel Paprika-Sticks schnappen und es uns im unteren Badezimmer gemütlich machen?

Gus gibt ihr High-Five.

»Yie-ha! Auf geht's, Miezen!«

Die zwei sehen mich erwartungsvoll an.

»Nein. Macht ihr nur. Ich sollte mich noch ein bisschen mit unserer Lady Godiva da drüben unterhalten.«

Gus schiebt die Unterlippe vor wie ein schmollendes Kleinkind. »Ach komm schon, Pip. Biiitteeeee. Ein Saufgelage mit euch zweien war meine einzige Motivation, mich bis hierher zu schleppen. Ich meine, wer wohnt denn schon in *Hartcliffe*?«

Ich muss lachen. Gus hat sich schon immer verächtlich über jeden Ort geäußert, der nicht London ist. Dennoch bleibe ich standhaft, egal, wie verlockend das Angebot auch sein mag.

»Tja, du weißt ja, wo du uns findest.« Er pustet mir einen Kuss zu, und die beiden schieben ab.

Tania guckt noch mal über die Schulter zurück. »Pass bloß auf bei ihren tiefliegenden Titten. Nicht, dass sie dir ein Auge aussticht.«

Jen sitzt ohne Oberteil, aber mit seligem Lächeln rittlings auf einem kleinen handgeschnitzten Stillhilfe-Schemel und wiegt sich im Takt zur Musik. Die linke Seite ihres Still-BHs ist aufgeklappt und enthüllt eine hängende Brust. Ein großes nacktes Baby mit erstaunlich dichtem rotem Haarschopf hat an die entblößte riesige Brustwarze angedockt. »Lebenspartner« Jacob, mit Windeltüchern und einer Patchwork-Decke aus tibetischen Gebetsfahnen behängt, kniet summend daneben und zupft auf seiner Ukulele. Ein Meer aus Decken und Kerzen umgibt diese Szenerie unbändigen Glücks. Ich sehe, wie der pausbäckige Wren (so benannt nach dem ersten Vogel, den sie nach seiner Geburt sahen: einem Zaunkönig) sich schließlich von der Brust löst, die Augen schließt und sein Köpfchen in ihre Armbeuge sinken lässt. Ich kann es fast selbst spüren. Die kleinen knetenden Finger an meiner Brust. Der schlafende Körper wie eine Wärmflasche auf meinem Herzen.

Plötzlich kommt die vierjährige Scout, nur mit goldener Strumpfhose und Paillettenstiefeln bekleidet, wie ein wirbelnder Derwisch herbeigefegt und hinterlässt eine Hänsel-und-Gretel-Spur aus Kekskrümeln. Neben Jen bleibt sie abrupt stehen und fordert »Milchi«. Bereitwillig entblößt Jen ihre rechte Brust, die Scout sofort ergreift und fest daran saugt. Zufällig passt Steve genau diesen Moment ab, um von der Toilette zurückzukommen. Verzweifelt versucht er, an dem Milchgelage vorbeizusehen. Er wendet sich dem nächsten Bücherregal zu, streicht über sein Kinn – universelle Gebärde für »ich bin ganz in Gedanken vertieft« – und gibt ein lautes, wenig überzeugendes Brummen von sich, um lässige Munterkeit zu simulieren.

Jen atmet tief und Mutter-Erde-mäßig ein und sieht mich an.

»Und, Pip? Wie läuft's denn so?«

Okay, es geht los.

»Prima. Ja doch, es läuft super.«

Ich scheine so wenig überzeugend zu klingen, wie ich mich fühle, denn Jen zieht zweifelnd eine Augenbraue hoch. Sie klopft auf die Decke neben sich.

»Komm, setz dich zu mir.«

Ich sehe zu Steve, um ihm zu signalisieren, dass er gleich einen Herzinfarkt oder Ähnliches vortäuschen soll, aber er ist ganz in ein Buch mit dem Titel *Kristallheilung einer leidenden Generation* vertieft. Ich sitze also in der Falle und fühle mich wie bei einer Zwangsaudienz beim Dalai Lama.

»Ich weiß, das war ein hartes Jahr für euch. Es ist doch jetzt ein Jahr, richtig? Oder schon länger?«

»Hm, eher zwei.«

»*Zwei* Jahre! O mein Gott, ist das schrecklich! So lange Zeit. Und immer noch nichts?«

Wie aufs Stichwort tropft Milch aus ihrem unbesetzten Nippel auf ihren nackten Oberkörper, Körpersprache für: *Seht, hier ist echte Weiblichkeit, bei der alles richtig funktioniert.*

Ich versuche, nicht hinzusehen.

»O je. Könntest du mir eben eins von den Spucktüchern geben, Pips? Ich glaube, du sitzt auf einem.«

Ich rutsche zur Seite und ziehe ein milchdurchtränktes Musselintuch unter mir hervor.

»Danke. Im Moment bin ich eine einzige Milchmaschine. Es ist verrückt. Ich meine, sieh dir an, wie groß die sind!«

Sie drückt den Rücken durch und präsentiert mir mit beiden Händen ihre beiden Brüste. Das wäre nicht im mindesten nötig, denn ich sehe sowieso nichts anderes. Ihre Titten könnten eine Sonnenfinsternis hervorrufen.

»Manchmal mache ich mir Sorgen, dass der Kleine ertrinkt.« Sie lacht voller Stolz. Ich habe keine Ahnung, was ich darauf sagen soll.

Scout beschließt, dass sie jetzt genug Nachmittags-Zwischenmahlzeit hatte, spuckt Jens Nippel aus, wischt sich mit dem Handrücken über den Mund und galoppiert los, um ihren Nachtisch zu suchen: Smarties.

»Aber hör zu, Pip, du musst positiv bleiben. Ein Mal hat es ja richtig geklappt, oder? Dann kann es auch ein weiteres Mal klappen. Ihr dürft einfach nicht aufgeben.«

Es hat zweimal geklappt, aber wer führt da schon genau Buch?

Sie lächelt mich so schrecklich mitleidig an, dass mir fast übel wird.

»Jacob und ich haben oft an euch gedacht. Das haben wir doch, Liebling, oder?«

Jacob hat die Augen geschlossen und scheint ganz in seiner Musik aufzugehen.

»Und wir wollten euch sagen, dass ihr mal zu Michaela in die Kurkuma Heilklinik gehen solltet. Sie hat mit Freunden von uns gearbeitet, die …«

Sie ringt nach dem richtigen Wort.

»Die nicht …«

Ich lege den Kopf schief. Ja, bitte?

»Die unvorhergesehen …«

Ich lasse sie leiden. Es ist gemein, aber seltsam befriedigend.

»… die unerwartete Verzögerungen erlebt haben.«

Du meine Güte, das hört sie ja wie eine Durchsage im Bahnhof an.

»Im Prinzip geht es darum, Blockaden in den Chakren zu lösen und Hemmungen zu überwinden. Irgendwo im Inneren …« Sie streckt eine Hand aus und berührt mich am Oberkörper, »… wenn auch unterbewusst …«, sie berührt meinen Bauch, »… bist du diejenige, die es nicht zulassen kann.«

Wow. Hat sie das gerade wirklich gesagt?

»Du bist verspannt. In Ablehnung. Dein Körper sagt nein zu einer Befruchtung.«

Sie macht eine dramatische Pause, schiebt Wren dabei an die andere Brust und tupft ihre Brustwarze mit dem Tuch trocken.

»Michaela kann mit dir daran arbeiten, deine Fließfähigkeit und deine Säfte zu optimieren.«

Säfte! Sie will mit mir über Säfte reden? Rette mich, Steven. Ich sehe zu ihm hin und wünsche mir, ihm würde plötzlich einfallen, dass wir den Herd angelassen haben, doch er steht immer noch mit gesenktem Kopf in sein Buch vertieft.

»Lass die Eizelle schwingen, Pippa! Lass sie durch deine wundervollen Eileiter tanzen.«

Ich kralle mich an der Decke aus Sackleinen fest. Ich weiß, Jen meint es gut, aber ich habe Angst, dass ich etwas kaputtmachen werde, wenn das so weitergeht. Jen wiegt ihre Hüften auf dem Schemel hin und her, als wollte sie die Bewegung ihrer schwingenden Ovulation demonstrieren.

»Es ist alles in dir. Spürst du es?«

Ich merke, dass sie mich ansieht und wohl irgendeine Antwort auf ihren Fertilitätsmonolog erwartet.

»Vielleicht. Ich meine, ja. Ich spüre es. Danke.«

»Vertrau mir: Du solltest sie anrufen. Michaela ist grandios. Sie hilft so vielen Menschen, ihren Körper richtig zu verstehen und in Einklang zu bringen.«

»Da bin ich sicher. Wir werden uns darum kümmern.«

Ist sie jetzt fertig? Sie hat ein paar Sekunden nichts mehr gesagt, also können wir uns jetzt vielleicht verdrücken.

»Tja, also, ich glaube, Steve und ich sollten mal …«

Da greift sie plötzlich meine Hand, und ihre Augen füllen sich mit mütterlichen Tränen.

»Ich wünsche mir so sehr, dass du die Freiheit sexueller Beziehungen erleben kannst, Pippa. Wie Jacob und ich. Du hast es verdient. Es sollte ganz ohne Anstrengung passieren.«

Ach du meine Güte!

Sie sieht zu Steve, der immer wilder durch die Seiten blättert. Wie viel von unserem Gespräch bekommt er mit? Jen senkt die Stimme.

»Und ich kann sehen, dass auch er blockiert ist. Das ist klar zu erkennen. Er ist vollkommen vertrocknet. Wenn du willst, kann er mal mit Jacob reden. Es gibt ganz einfache Mittel, die Spermamenge zu vergrößern. Gelbe Maca kann …«

Das reicht. Plötzlich zieht roter Nebel vor meine Augen, und ich springe auf. Auf meinen Unzulänglichkeiten kann sie gern herumreiten, das halte ich aus. Sie kann gern meine Säfte, meine Eizellen, meine Eileiter, meine Weiblichkeit sezieren. Aber meinen Mann sollte sie besser aus dem Spiel lassen.

»Weißt du was, Jen? Ich höre mir deinen Mist nur an, weil du gerade ein Baby bekommen hast und ich davon ausgehe, dass du hormonell oder sonst wie unausgeglichen bist.«

Ich trete die blöde Decke weg, die sich nervigerweise um meine Füße gewickelt hat. Ich lasse meine Wut tanzen.

»Und auch wenn du gern so tust, als wäre es bereichernd und orgastisch, etwas von der Größe einer Wassermelone aus etwas von der Größe einer Zitrone herauszupressen, weiß ich, dass du gerissen bist und geschissen und geschrien hast, wie alle anderen auch.«

Ich werde immer lauter und der Raum immer kleiner. Ich sehe entsetzte Gesichter. Gläser, die zwischen Tisch und Mund in der Schwebe gehalten werden. Ah, jetzt habe ich auch Steves Aufmerksamkeit. Er starrt mich an, als wollte er, dass ich still bin. Aber es ist zu spät. Alle Schotten sind geöffnet. Meine randvolle Wutblase ist geplatzt.

»Du hilfst mir kein bisschen, Jen. Du versuchst es nicht einmal. Ich schwöre, unter anderen Umständen wäre ich schon vor einer Stunde gegangen. Du bist arrogant. Du weißt nichts über unser Leben. Und ich will auch nichts mehr von deinem wissen. Steve, hol bitte unsere Jacken. Wir hauen hier ab.«

Ich wende mich zum Gehen, aber da ist noch etwas, verdammt.

»Und pack deine Titten ein. Du musst sie nicht *beide* raushängen lassen, und das weißt du auch.«

Der Verkehr ist nervtötend. Stillstand. Stau. Blockade. Überall. Es schnürt einem fast die Luft ab.

Unser Bus rührt sich seit zwanzig Minuten nicht von der Stelle, was bedeutet, dass wir seit zwanzig Minuten am Ort des Verbrechens feststecken. So nah jedenfalls, dass ich meine, immer noch Jacobs Ukulele zu hören.

Steve wartet darauf, dass ich etwas sage. Ich warte auf eine spontane Explosion, die mich restlos beseitigt.

Es wäre das Beste.

Ich starre durch die verschmierte Fensterscheibe auf die vorbeigehenden Passanten.

Glückliche Leute. Normale Leute. Lachende Leute. Niemand, der auch nur annähernd der Irren ähnelt, deren Spiegelung ich im Glas erkennen kann. Geistig gesunde, rationale Menschen, die einer Freundin, der gerade das Wunder neuen Lebens geschenkt wurde, keine Obszönitäten ins Gesicht schreien. Was ist da passiert? Wann bin ich zu einer Frau geworden, die im Sturmschritt die Babyparty einer Freundin verlässt?

Ja, Jen kann ziemlich nervig sein; ja, wir machen gerade eine schwere Zeit durch; ja, wir sind müde und diesen endlosen unfairen Kampf unendlich leid, aber wir sind doch stark, oder nicht? Selbst diese erste qualvolle Runde der In-vitro-Fertilisation hat uns nicht zerbrochen. Wir sind das Paar, das jeden Sturm besteht. Oder nicht?

Ich sehe zu Steve, dem die Besorgnis das Gesicht zerfurcht, und blicke wieder aus dem Fenster.

»Es tut mir so leid, Pippa. Wir können keinen Herzschlag mehr finden.«

Das hübsche Gesicht der Schwester war blass geworden.

»Er hat ausgesetzt.«

Was?

»Nein, das kann nicht sein. Es ist doch gewachsen. Das kann ich sehen. Es ist … es ist größer.«

»Ich weiß. Es tut mir leid. Es muss vor ein oder zwei Tagen passiert sein.«

»Sehen Sie noch mal nach. Bitte! Es lebt, ich weiß, dass es noch lebt.«

Steve drückte meine Hand. Auch er war ganz bleich. In seinen Augen spiegelte sich Panik.

»Da ist definitiv kein Herzschlag mehr, Pippa. Es tut mir furchtbar leid.«

Stille. Dann ein Laut, der aus der Urzelle meines Seins zu kommen scheint. Animalisch. Urschreimäßig.

»Das stimmt nicht! Sie irren sich! Sie müssen sich irren. Sie ...«

Ich kann nicht mehr atmen. Mein Hals ist wie zugeschwollen. Als würde ein riesiger Felsbrocken auf mir liegen und mir alle Luft aus der Lunge drücken.

»Sie haben gesagt, es lebt. Wir haben es gesehen. Wir haben es doch gesehen.«

Ich sah, dass ich ihr Angst machte, so wie ich zappelte und um mich schlug, aber ich konnte es nicht ändern. Als wäre mir ein Blitzschlag durch das Rückenmark gefahren.

»Das muss ein Irrtum sein. Unser Baby lebt. Sehen Sie noch einmal nach. Los, schauen Sie. SCHAUEN SIE NOCH MAL NACH!«

Ich musste würgen, spürte noch immer die Übelkeit der letzten zwei Monate. Galle auf dem Laken.

Zeit war zerschelltes Glas, geborstene Splitter der Realität schlitterten über den Boden des Untersuchungsraumes, während ich meine Beine aus den Halterungen löste und das Gel mir feucht auf die Schenkel rann. Die Laute drangen noch immer aus meinem Mund, ein röhrendes Grollen aus tiefstem Grund – ungebeten, unschön, unvergleichlich.

Ich wurde aus dem Zimmer geführt. Ich glaube, von Steve. Vielleicht auch von einer Schwester. Oder jemand anderem. Weggebracht wie ein verwundetes Tier.

Männer und Frauen, Paare, jung und alt, wandten den Blick, vermieden es, in dieses von tiefstem Schmerz zerfressene Gesicht zu sehen, um sich nicht zu kontaminieren. Diese arme, gebrochene, zerstörte Frau, die jegliche Würde verloren zu haben schien.

Die nächsten Monate vergingen wie im Traum. Freunde, Familie, Kollegen – alle hatten etwas beizusteuern. Wollten Zuversicht verbreiten.

Es wird bestimmt wieder funktionieren, Pippa ... Das ist doch ein gutes Zeichen: Du bist schwanger geworden, also ... Gebt nicht auf, ihr zwei. Das ist nicht ungewöhnlich – statistisch gesehen endet eine von drei ... Ich wette mit euch, nächsten Monat um diese Zeit seid ihr ... Einer Freundin von mir wurde gesagt, sie würde nie mehr ... und jetzt ...

Doch die Trauer legte sich schwer auf unsere Seelen. Wir fühlten uns, als würden wir durch Sirup waten. Wir waren eine steile Klippe hinabgestürzt, und egal, wie laut wir schrien, wie hoch wir sprangen, wie verzweifelt wir unsere Fahnen schwenkten: Niemand kam, um uns zu retten.

Die Schwangerschaft war erst einmal ein Schock gewesen. Wir hatten uns ein paar Jahre frischverheiratete Sorglosigkeit vorgestellt, bevor das wahre Leben Einzug hielte, doch die zwei unleugbaren blauen Striche an der staubigen kambodschanischen Landstraße besiegelten, dass es anders kommen sollte. Und als unsere Flitterwochenrucksäcke wieder ausgepackt waren, hatten Staunen und Glücksgefühl die erste Panik abgelöst. Wir waren aufgeregt und voller Vorfreude, und alles fühlte sich auf einmal richtig an. Ein Zufall: ja. Überraschend: vielleicht. Unerwartet: ganz sicher.

Aber goldrichtig.

Wir waren bereit. Wir waren so was von bereit. Das Universum war auf unserer Seite. Wir waren dazu bestimmt, Eltern zu werden. Und Klein-Baby-Gallagher würde das am meisten geliebte Kind im ganzen Sonnensystem sein.

Vor der Empfängnis hatte ich nie einen Grund gehabt, mich mit meinen Hormonen zu befassen. Sie waren einfach da und funktionierten. Wie Bühnenhelfer bei einer großen Show, ungesehen, unbeachtet, ohne Dank, arbeiteten sie unermüdlich hinter den Kulissen und sorgten dafür, dass mein Alltag reibungslos funktionierte. Sie waren die Steuerungselemente in mir, über die ich nie nachgedacht hatte.

Aber die Schwangerschaft lehrte mich, nichts als selbstverständlich hinzunehmen.

Über Nacht taten diese unsichtbaren Hormone alles, um sich bemerkbar zu machen. Dies war ihr Auftritt. Ihre Chance zu glänzen. Tag und Nacht feierten sie in mir Party, sprangen wechselweise ins Scheinwerferlicht und griffen nach dem Mikrophon, um sich auf deutliche und auch schmerzhafte Weise bemerkbar zu machen.

Meine kleinen (laut Steve aber »verdammt perfekten«) Brüste schwollen mit jedem Tag mehr an. Meine Brustwarzen wurden größer und dunkler, wie Pflaumenkerne, und unsäglich empfindlich; Steve durfte sie nicht mehr berühren. Ich weinte bei Werbeclips und schlief an Bushaltestellen ein. Ich vergaß Sachen, verlor Sachen, zerbrach Sachen, ließ Sachen fallen. Als hätte ich jegliches Gefühl für die Dreidimensionalität an jener Straße in Kambodscha gelassen. Harmlose Dinge verursachten mir Übelkeit. Orangen durften nicht mehr in die Wohnung. Allein schon die Farbe brachte mich zum Würgen. Erdbeerjoghurt, den ich sonst verschlungen hatte, ließ mich erbrechen, sobald ich nur den Becher sah.

Ein früher Ultraschall zeigte, dass tatsächlich ein kleines Gallagherwesen in mir heranwuchs – was kaum überraschte, nachdem mein Körper sich benahm, als wäre er von einem Alien besetzt –, und als wir den sieben Wochen alten Fötus wie ein animiertes Notenzeichen über den Bildschirm tanzen sahen, hielten wir uns staunend an den Händen.

Der Bus fährt an.

»Alles okay, Pip? Kann ich irgendetwas tun?«

Steve beobachtet mich besorgt. Die Scheibe ist unter meiner Stirn beschlagen. Ich habe die ganze Fahrt über kein Wort gesprochen.

Ich schüttele den Kopf.

Behutsam, zögernd, fährt er fort: »Vielleicht ... Ich habe mir überlegt ... und will da überhaupt keinen Druck machen oder so, es ist nur eine Idee ... Aber vielleicht solltest du mal mit jemandem reden?«

Ich sehe ihn an.

»Ich meine, das war eine beschissene Zeit, und vielleicht würde professionelle Hilfe ... nun ja, helfen. Vielleicht uns beiden.«

Lieber, unschuldiger, wohlmeinender Steven. Wie er die Hand ausstreckt, mir helfen will, alles gutmachen will. Doch mein Leib brüllt noch vor Schmerz, mein Herz weint die Tränen der vergangenen Jahre. Ich bin ein wildes Tier, gefangen in Trauer und Qual, und muss ihn attackieren.

»Weißt du, was helfen würde, Steve? Wenn du aufhören würdest, alles wiedergutmachen zu wollen. Du kannst es nicht gutmachen. Das ist einfach Scheiße. Wir sitzen verdammt nochmal in der Scheiße.«

Alle in der oberen Etage scheinen kollektiv zusammenzufahren. Steve wird rot, sagt aber nichts.

Mir ist schlecht, als hätte ich gerade einen Welpen überfahren. Ich suche nach Worten, die meine Schuld tilgen können. Irgendetwas. Alles.

Doch mir fallen keine ein.

Ich habe das Gefühl, gerade etwas Wertvolles zerbrochen zu haben, das nie mehr repariert werden kann. Und dann, als es eigentlich nicht mehr schlimmer werden kann, passiert es. Steves Handy klingelt. Es liegt neben ihm auf dem Sitz, und ich sehe automatisch hin.

»Warum ruft Lola dich an?«

Schweigen.

»Steve. Bitte sag mir, warum deine Exfreundin dich anruft.«

Er sieht mich flehend an.

»Pippa, hör mir gut zu. Du weißt, wie sehr ich es hasse, dir irgendetwas zu verheimlichen.«

Die Welt um mich herum scheint zu verlangsamen. Ich kann den Puls in meinen Schläfen hören. Das sind nicht die Worte, die eine Ehefrau hören will.

»Sie hat mich nur gefragt, ob ich für sie arbeiten könnte. Vor ein paar Monaten.«

Schmerz in meinen Schläfen.

»Ich wollte es dir gleich sagen, aber du hattest … *wir* hatten gerade eine schlechte Zeit, und ich wollte … also, ich wollte dich einfach nicht beunruhigen.«

Ich starre ihn nur an.

»Nicht, dass da irgendetwas wäre, das dich beunruhigen könnte! Nichts. Himmel, Pip, ich schwöre! Sie hat mir angeboten, Fotos für ihr Magazin zu machen, und mit allem, was da gerade auf uns zukam – ich meine, die Behandlungen und all das –, konnte ich kaum ablehnen, rein aus finanzieller Sicht.«

Mein Atmen kommt nur noch stoßweise. Ich muss hier raus. Steve und Lola. Lola und Steve.

»Ich wollte es dir sagen, Pip. Wirklich. Ich dachte nur, ich warte, bis es dir wieder etwas besser geht. Du musst mir glauben.«

Ich habe das Gefühl zu ertrinken. Steve hat mich angelogen. Mein Steve. Mein bester Freund.

»Ich habe erst zwei Shootings gemacht. Und sie war noch nicht einmal dabei, ich schwöre. Sie brauchte jemanden, der eine Vernissage fotografiert, und hat an mich gedacht. Ich wollte es dir sagen, aber das war in der Woche, wo deine Blutung mit Verspätung kam und du dachtest ... also, wir dachten, dass du vielleicht ...«

Er bricht ab.

Ich weiß, was wir dachten.

Ich erinnere mich an den Abend, als wäre es gestern gewesen. Wie ich auf dem Klo saß, die Schlafanzughose um die Knöchel, und weinte und weinte. Nachdem ich die verhassten Flecken wie scharlachrote Tränen auf dem Klopapier entdeckt hatte.

Steve kam rein und nahm mich in die Arme, tröstete mich und sagte, wir seien doch erst am Anfang. Dass es nichts zu fürchten gebe. Dass unser Baby kommen werde, wenn die Zeit dafür reif sei. Er trug mich ins Bett, küsste mich zärtlich und streichelte mein Haar, bis ich schließlich mit dem Weinen aufhörte und einschlief.

Ja. Ich erinnere mich gut daran.

Ich nehme meine Tasche und drücke den Halteknopf. Einmal, zweimal, dreimal.

Er hasst es, wenn die Leute die Halteklingel häufiger als einmal drücken.

Ich klingele ein viertes Mal und starre ihn dabei herausfordernd an.

»Was tust du, Pip? Das ist nicht unsere Art. Komm, lass uns reden. Bitte.«

Ein fünftes Mal, um es ganz deutlich zu machen.

»Wir sehen uns zu Hause.«

Ich stehe auf und stürme so schnell die Treppe runter, dass ich fast die Balance verliere.

»Pip, warte. Ich komme mit …«

Die Türen gehen auf, ich springe aus dem Bus und laufe die Straße hinunter, weg von ihm.

Ich laufe niemals vor ihm weg. Immer nur zu ihm hin.

Aber jetzt, in diesem Moment, muss ich allein sein.

2. März 2019
11:39 Uhr

»Warte, Suz … die Verbindung …«

Diana telefoniert mit ihrer Schwester in Perth. Sie spricht dazu laut in ihr iPad, mit dem Mund fast am Bildschirm, als wäre das Mikrophon tief in seinem Inneren versteckt.

»Das WLAN hier ist ziemlich schlecht. Na ja, in so einem Krankenhaus sind andere Dinge wichtig. Bist du am Strand?«

Die blecherne Stimme vom anderen Ende dringt wie ein Bolzen in Steves Kopf.

»Moment mal, Suz. Ich geh nach draußen, aber der Akku könnte jeden Moment leer sein.« Diana verlässt das Zimmer, und ihre Stimme wird leiser. »So besser?«

Erleichtert atmet Steve aus, dankbar für den Augenblick der Ruhe.

Sirr, piep, klick, pfft.

Er sieht zu Pippas Handy, das auf dem Schränkchen liegt und lädt. Er steht auf und streckt sich. Seine Gelenke fühlen sich alt und eingerostet an. Ohne nachzudenken, nimmt er das Telefon vom Ladekabel und schaltet es ein. Der Startbildschirm leuchtet auf.

Da ist sie. In einem Moment puren Glücks. Es war bei der Einladung ins Haus eines Freundes seiner Eltern, um einen Wurf junger Hunde anzuschauen. Pippa auf dem Küchenboden, außer sich vor Freude, den Kopf so dicht wie möglich an dem kleinen Fellknäuel. Ein sich bewegender Haufen mit wedelnden Schwänzchen, feuchten Schnauzen und tollpatschigen übergroßen Pfoten. Während die Tiere an ihrem Pony knabberten, sah Pippa mit euphorischem Blick zu ihm hoch. Steve fing den Moment auf perfekte Weise ein. Jetzt drückt er sich das Handy gegen die Brust und möchte diese Version von Pippa direkt in sein Herz saugen. Dann, piepsend und vibrierend, erwacht es zum Leben.

Er kennt ihr Passwort, sie nimmt für alles dasselbe, und entsperrt den Bildschirm aus reiner Neugier.

3 verpasste Anrufe.

425 ungelesene E-Mails.

Benachrichtigungen über Gruppen-Chats schnellen in die Höhe wie ein kaputter Börsenticker.

Sein Herz macht einen Satz, als er eine unfertige Textnachricht sieht. An ihn.

Wie konntest du

Während er auf die drei Worte starrt, beginnt Panik wie mit Piranhazähnen in seinem Bauch zu nagen.

»Wie konnte ich *was*, Pip?«

Auf der Suche nach Hinweisen greift er nach dem großen Plastiksack, den die Polizei gebracht hat, leert den Inhalt auf den Boden und kauert sich daneben, um die Sachen durchzusehen. Bürste, Zeitschrift, Haustürschlüssel, Wasserflasche. So weit, so normal. Doch dann: Parfüm, High Heels, Spitzen-BH und ein Höschen, das er nicht kennt. Strümpfe und das Negligé ihrer Hochzeitsnacht? *Massageöl?* Wie betäubt blickt er von den Sachen zum Bett und wieder zum Boden.

»Oh, Pippa. Bitte sag, dass es nicht das ist, wonach es aussieht.«

Visionen seiner Frau blitzen vor seinem inneren Auge auf. Pippa in Dessous, ein verführerisches Lächeln auf den Lippen. Die Rundungen ihrer Hüften, ihrer Brüste zeichnen sich unter dem seidenen Negligé ab, sie legt einen Finger an die Lippen. Die Bilder kommen schneller, wie in einem altmodischen Daumenkino. Eine unbekannte Person tritt dazu. Ein Mann. Er geht zu ihr und nimmt sie in die Arme. Sie sieht ihn durch die schwarz getuschten Wimpern an, schließt die Augen, und …

Steve springt auf.

Sirr, klick, piep, pfft.

Er schluckt den aufsteigenden metallischen Geschmack hinunter.

»Das glaube ich nicht. Nein. *Wo wolltest du hin?*«

Hinter ihm schwingt die Tür auf, Tania streckt ihren Kopf ins Zimmer. Steve merkt, dass er geschrien hat.

»Ich … ich habe gesehen, dass Diana weggegangen ist«, sagt sie zaghaft. »Ich kann auch später wiederkommen.«

»Nein, ist schon in Ordnung.« Steve wendet sich ab, um sich wieder zu fassen. »Komm rein, komm rein.«

Zögernd betritt sie das Zimmer.

»Ich könnte sowieso etwas Luft gebrauchen, Tan. Könntest du mal ein paar Minuten bei ihr bleiben?«

Tania sieht ihn mit großen Augen an. Ausnahmsweise einmal fehlen ihr die Worte.

»Schon gut. Rede einfach mit ihr. Über irgendwas.«

Mit Pippas Handy in der Tasche stürmt er hinaus.

Langsam, zögernd, Schritt für Schritt geht Tania Richtung Bett. Dort angekommen, umklammert sie das Gitter; ihre Fingerknöchel werden weiß. Fast ohne zu blinzeln, nimmt sie den Anblick ihrer besten Freundin in sich auf. Pippa, deren Haar wie Herbstkastanie leuchtet. Pippa, deren Lächeln die dunkelste Nacht erhellt. Pippa, die jeden Herzschmerz, jede wilde Wut und jede ausgelassene Freude mit ihr geteilt hat. Pippa, die Patentante ihrer Kinder.

»O Gott, Pippa.«

Sie wendet abrupt den Kopf und kneift die Augen zusammen. Bevor sie erneut zum Bett blickt, muss sie sich erst innerlich wappnen.

»Tut mir leid. Hey. Jetzt sind wir den Süßen mal für eine Weile los. Nur du und ich, wie früher.«

Sie atmet tief durch und hebt die Hand zu ihrem BFFFE-Gruß.

»Komm schon, Pips. Lass mich nicht hängen.«

Sirr, piep, klick, pfft.

Sie senkt den Arm und sieht zum ersten Mal richtig hin. Es brennt ihr so sehr in der Kehle, dass sie kaum schlucken kann, als sie den Schaden begutachtet.

»Na, das ist ja mal ein neuer Look. Ich muss sagen, der lila Lidschatten funktioniert ganz gut. Ich hätte nie gedacht, dass das deine Farbe ist, aber die Sommersprossen kommen damit gut zur Geltung. Und diese Schläuche liebe ich geradezu. Sehr Cyberpunk.«

Sirr, piep, klick, pfft.

»KK liebt den Einhorn-Strampler, den du ihr geschenkt hast. Will ihn gar nicht mehr ausziehen. Was beim Baden richtig spannend ist. Danny hat neulich tatsächlich nachgegeben ... als ich reinkam, saß sie mit dem Ding in der Wanne. Tja, so geht dann die ganze Erziehung flöten.«

Sirr, piep, klick, pfft.

Vielleicht liegt es an Pippas eingefallenen Wangen, vielleicht an der Reglosigkeit ihrer sonst so lebhaften Hände, vielleicht an den Schläuchen zwischen ihren rissigen Lippen, aber auf einmal beginnt Tania zu zittern.

»Himmel, Herrgott, Pips, es ist meine Schuld. Das alles ist meine Schuld.«

Sie versucht, durch die Nase zu atmen, um sich zu beruhigen.

»Ich wusste gestern Abend, dass irgendwas nicht stimmte. Ich habe es gespürt. Und jetzt liegst du hier. Ich hätte etwas tun können. Ja, das hätte ich.«

Vorsichtig berührt sie die Finger ihrer Freundin.

»Ich habe dir gesagt, dass du hinfahren sollst. Es war meine Idee. Ohne mich wärst du nicht unterwegs gewesen. Ich habe deine Nachricht bekommen und wollte antworten – ich schwöre, das wollte ich –, aber die Kids waren einfach unmöglich. KK hat mich nicht aus den Augen gelassen, die Zwillinge haben nur Chaos veranstaltet, und Danny war arbeiten und …«

Sie bricht ab.

»Aber ich hätte für dich da sein sollen. Du bist immer für mich da. Immer. Und das eine Mal, wo du mich wirklich brauchst, lasse ich dich hängen.«

Es ist, als würde sie ein Stück trockenes Brot hinunterwürgen. Sie greift nach dem Plastikbecher mit Wasser, trinkt ihn zitternd leer.

»Ich weiß nicht, was ich tun soll«, sagt sie mit rauer Stimme. »Was ich dir sagen soll. Wie ich mich verhalten soll.«

Sie sieht zur Tür, aber Steve ist nicht zu sehen.

»Du musst wieder gesund werden, Pips. Ich habe keine Ahnung, was ich tun soll, wenn du nicht mehr da bist.«

Sie schluckt. Kaum hörbar fügt sie hinzu:

»Du bist unersetzlich.«

23. Februar 2019

PIPPA

Das Ganze ist durchaus recht heikel. Ich meine, natürlich will ich, dass es *naturgetreu* aussieht – schließlich heißt das hier ja »Aktzeichnen« –, aber ich will auch niemanden beleidigen. Also setze ich auf *so naturgetreu wie möglich*. Wenn das einen Sinn ergibt. Der blasse Patrick scheint ein recht scheuer Kerl zu sein: Blick gesenkt, Schultern hochgezogen, Haltung gekrümmt. Selbst die Art, wie er zu Anfang sein weißes Handtuch fallen ließ, sagte weniger »Seht mich an« als »Tut mir leid, das ist alles, was ich zu bieten habe«.

Seltsame Karriere für einen Schüchternen.

Dann wiederum vielleicht auch nicht.

Wenn man sich ganz und gar auszieht, die tägliche Rüstung abnimmt, die Null-Acht-Fünfzehn-Camouflage, legt man sich vollkommen bloß. Die Leute können nicht mehr bohren und graben und versuchen, dich aus der Reserve zu locken. Es ergibt für Fremde keinen Sinn, nach verborgenen Wahrheiten oder ungesagten Antworten zu forschen, weil man bereits alles offenbart.

Man steht da und zeigt ihnen alles, was man ist und je sein wird.

Wow.

Tatsächlich ist das sogar ziemlich clever.

Vielleicht ist es der perfekte Job für jemanden, der sich vor allen Augen verstecken will. Niemand stellt mehr irgendwelche Fragen.

Ich nehme also alles zurück. Hut ab, Patrick – und Hose aus.

Zurück zur vor uns liegenden Aufgabe. (Nun ja, sie liegt

nicht. Aber zum Glück steht sie auch nicht, das wäre dann doch zu verstörend. Sagen wir, sie hängt bequem herum.) Ich halte meinen Stift vor mich und kneife ein Auge zu, so wie ich das bei echten Malern im Fernsehen oder auf Fotos gesehen habe. Es muss irgendwas mit Perspektive zu tun haben. Wobei ich gerade keine Ahnung habe, welche Perspektive ich einnehmen soll, also verharre ich mit gespielt kennerhaftem Blick in dieser Position. Tania neben mir sitzt auf einem hohen Holzhocker, und ihr Auftreten ist ebenso glaubwürdig wie ihre Hingabe. Sie trägt einen wallenden bunten Kaftan und einen gelben Seidenturban, jeder Quadratzentimeter Künstlerin.

Wenn sie etwas macht, dann macht sie es richtig, unsere Tan. Stürzt sich voll in die Sache rein und kleidet sich dem Anlass entsprechend. Im Sommer-Sportcamp von Kopf bis Fuß in Lycra, im Spanischunterricht in Flamencorock mit Kastagnetten. Es gehört zu den vielen Dingen, die ich an ihr bewundere.

Sie hält ebenfalls ein Auge fest geschlossen, während sie mit fachkundiger Gleichgültigkeit ihren Stift beobachtet, den sie wie einen Dirigentenstab vor ihrem Gesicht hin und her schwenkt. Alle Aufmerksamkeit gilt Patricks blassem Penis. Nach meiner Berechnung bemisst er sich auf etwa ein Viertel meines Stiftes. Ich markiere den Punkt mit meinem Daumennagel und halte dann den schon angekauten Stift vor die Leinwand auf meiner Staffelei.

Ach herrje! Das kann nicht stimmen. Proportional gesehen müsste das ein Arm sein. Oder habe ich seine Arme so gezeichnet, dass sie eigentlich Penisgröße hätten?

Was die Größe von Penissen betrifft, habe ich keine Ahnung. Ich habe noch nie ernsthaft darüber nachgedacht. Es regt mich immer auf, wenn in Frauenzeitschriften der Eindruck erweckt wird, wir Frauen würden über kaum etwas anderes reden, aber nach meiner Erfahrung (die, zugegeben, alles andere als umfassend ist) ist die Größe ziemlich irrelevant. Geht es nicht eher um Teamwork? Darum, wie die Körper zweier Menschen in bestimmten Stellungen aufeinander reagieren, und nicht um Größe oder Beschaffenheit. Ich weiß jedenfalls, dass ich mit Steve richtiges Glück hatte. Wir passen einfach gut zusammen, von Anfang an. Nie gab es irgendwelche unangenehmen Momente, weder Beschwerden noch Schmerzen noch Peinlichkeiten. Es war, als wüssten unsere Körper, dass uns bestimmt ist, für lange Zeit zusammen zu sein, also beschlossen sie einfach, gute Freunde zu werden.

Du meine Güte, ist das hier heiß im Atelier! Ich krempele die Ärmel hoch und merke, wie sich auf meiner Stirn und in den Kniekehlen Schweiß sammelt. Der Mann mit dem Pferdeschwanz zu meiner Linken hat seine individuell gestalteten Turnschuhe samt den bunten Socken ausgezogen und pustet Luft aus den aufgeplusterten Wangen wie ein ungeduldiges Rennpferd. Ich versuche, nicht auf seine Füße zu starren, die rissig und schuppig sind und stinken. Ich will mich ja nicht beschweren, aber ich sitze *direkt* in der Schuss- beziehungsweise Geruchslinie. Die Heizlüfter, die für das Wohlbefinden unseres Aktmodells aufgestellt sind und dem Ganzen dadurch eher den Eindruck einer Hot-Yoga-Klasse verleihen als eines Aktzeichenkurses, wirbeln den Gestank nämlich genau in meine Richtung.

Kreative Exerzitien auf dem Hühnerhof. So hieß es auf dem unverfänglichen Flyer, den Tania mir wie beiläufig bei unserem traditionellen Glas Wein nach dem Joggen überreichte. Ich blätterte darin und wollte schon ablästern *(Was für Loser nehmen denn an solchen Kursen teil? Wow! Lass uns da mal* richtig *Party machen. Sieht ja nach ’nem Wahnsinnsspaß aus …)*, als ich plötzlich ihr Gesicht sah und merkte, dass sie es ernst meinte.

»Da fahren wir hin.«

»Wir machen was?«

»Letztes Februarwochenende. Keine Widerrede, dann gehörst du mir. Du brauchst mal eine Auszeit, Pips. Und tu jetzt nicht, als würdest du erst deinen Kalender durchforsten müssen, um zu sehen, ob du da beschäftigt bist, denn wir wissen beide, dass das Blödsinn wäre. Dein gesellschaftliches Leben ist gerade ebenso wenig existent wie dein Sexleben.«

Ich öffne den Mund, um zu protestieren, klappe ihn aber gleich wieder zu mit der Erkenntnis, dass ich das nicht kann.

Es ist tatsächlich kaum existent. Wir haben zweimal im Monat Sex, nämlich dann, wenn der Eisprung-Test es empfiehlt.

»Ich habe massenweise recherchiert, und Kunst und Kreativität sind anscheinend gut gegen Ängste und sonstige Störungen. Und du hast noch Glück – wir waren nur einen Klick von einer Woche im *Zentrum für Ganzheitlichkeit und Spiritualität* bei den Hare-Krishnas entfernt. Also.«

Und so sind wir in dieser erlesenen Horde dünnhaariger Frauen in den Wechseljahren und bärtiger Männer in Stoffturnschuhen gelandet, teilen uns in einer mit Glyzinien überwachsenen Bretterbude in Northamptonshire ein knarzendes Stockbett, vermessen mit stumpfen mittelharten Bleistiften Patricks bleichen Penis und zählen die Stunden, bis wir wieder nach Hause dürfen.

Ich meine, Tania hatte definitiv recht. Das waren ein paar Scheißmonate, und sie hat allen Grund, sich um mich Sorgen zu machen. Ich bin erschöpft. Ich schlafe nicht, jedenfalls nicht richtig. Nicht diesen guten erholsamen Schlaf, nach dem man aufwacht und das Gefühl hat, man könnte Bäume ausreißen. Jede Nacht fühlt sich an, als würden sich meine Decken und Laken verbünden, um mich einzuwickeln, mir die Luft abzuschnüren und mich an die Matratze zu fesseln. Mir ist zu heiß und zu kalt, ich bin zu verkrampft und zu wach. Wenn ich mich von einer Seite auf die andere wälze, schlingt sich die Bettwäsche nur noch fester um mich. Als würde ich wie wild im Treibsand strampeln, wo doch jeder weiß, dass es nur schlimmer wird, wenn man kämpft. Aber ich kann nicht anders. Ich kann nicht kampflos untergehen. Das ist reiner Instinkt.

»Psst, Pip!« Ich drehe mich zu Tania, die mit anzüglichem Grinsen auf ihr Zeichenblatt zeigt.

Patrick hat einen unmäßig langen Phallus verliehen bekommen. Ich schnaube los und halte mir die Nase zu, um den Anfall kindischer Hysterie abzuwehren, der mich zu überwältigen droht. Tania bekommt das mit und genießt es wie immer, mich weiter bis an den Punkt zu treiben, an dem ich nicht mehr an mich halten kann. Sie flüstert: »Arbeitstitel: *Patrick, das menschliche Dreibein.*«

Wir sind wieder in der Schule. Wo das Kichern zuerst unter unseren Füßen in den ungeputzten Schuhen kitzelte, dann die Beine hinaufkroch, die in Strumpfhosen voller Laufmaschen steckten, dann durch unsere ewig hungrigen Bäuche, vorbei an den eigentlich überflüssigen Sportbustiers und bis unter unsere Pferdeschwänze kribbelte. Es bestand jedes Mal akute Gefahr, dass wir vor Lachen auf dem Boden des Klassenzimmers zusammenbrechen. Je mehr wir uns darauf konzentrierten, den Anfall zu unterbinden, und uns immer schlimmere Bilder von enthaupteten Familienangehörigen oder von Lkws überfahrenen geliebten Haustieren vorstellten, desto mehr verstärkte sich das unterdrückte Lachen und brodelte in unserem Inneren.

Während die kindische Euphorie durch meinen Körper rast, wird mir bewusst, dass ich schon lange nicht mehr so etwas empfunden habe. Eine sprudelnde Unbekümmertheit, die Geist und Herz befreit. Das Gefühl, ein paar Zentimeter über dem Boden zu schweben, unantastbar zu sein. Als wäre man in einer Seifenblase, die ein Kind durch einen kleinen Plastikring gepustet hat. Frei wie der Wind. Tatsächlich kann ich mich nicht erinnern, wann ich das letzte Mal gelacht habe, bis mir die Wangen weh taten.

Ich hebe den Kopf und sehe die schöne Ghanaerin mir gegenüber, die unserer Lehrerin zuwinkt, um sie auf sich aufmerksam zu machen. Sie steht langsam auf, und ich sehe es erst, als sie hinter ihrer Staffelei hervortritt: Ein perfekt gerundeter Bauch drückt von innen gegen den Stoff ihres Baumwollkleides. Eine mystische Kuppel, die die unerzählte Geschichte eines neuen Lebens birgt. Sie wirkt ruhig, kraftvoll und weiblich.

Die Seifenblase platzt.

Die Euphorie versiegt.

Ich höre auf zu lachen.

Vielleicht liegt es an der Hitze im Atelier oder am Schlafmangel, aber ich kriege kaum noch Luft. Ich sehe goldene Punkte hinter meinen Lidern, jeder Atemzug wird noch flacher, als würde ich langsam in heißes Öl getaucht. Mir fällt der Stift aus der Hand, und ich fürchte, gleich vom Stuhl zu kippen. Hilfesuchend sehe ich zu Tania, doch die ist schon neben mir. Ohne ein Wort legt sie einen Arm um meine Taille, hakt mich mit dem anderen unter und führt mich zur Tür.

»Das wird gleich wieder, meine Liebe. Atme für mich, bitte. Ein und aus. Ein und aus.«

Ich spüre, dass die anderen Kursmitglieder sich bemühen, uns nicht anzusehen. Keiner will ein Gaffer sein, der sein Auto verlangsamt, um die grausigen Details eines Unfalls mitzubekommen.

»Komm mit. Komm, wir gehen nach draußen.«

Sie führt mich den Flur hinunter. Langsam. Behutsam. Als wäre ich eine Patientin in einem Pflegeheim.

»Viel zu heiß da drinnen, oder? Ein Wunder, dass nicht alle wie die Fliegen von den Hockern fallen. Ich hole dir eine Fanta.«

Es gibt bestimmte Momente, die eine Freundschaft definieren, und dieser fühlt sich wie so einer an. Sie wusste es. Sie hat genau gemerkt, was in dem Moment in mir passiert ist, und weiß, wie sehr ich mich gerade selbst verabscheue.

Ich fürchte mich vor der irrationalen Frau, die ich geworden bin. Einer Frau, die beim Anblick einer Schwangeren eine Panikattacke bekommt.

Aber Tania verurteilt mich nicht und kritisiert mich nicht. Sie kümmert sich einfach nur um mich.

Schweigend sitzen wir im Garten und nippen an unseren Getränkedosen. Es fühlt sich gut an, wie die kalten Bläschen blubbernd gegen den Gaumen sprudeln, so dass man nasse Augen kriegt. Der Frühling zeigt sich in knospenden Büschen und Bäumen. Ein Streifen Sonnenlicht dringt durch die Wolken. Ich merke, dass Tania mich besorgt beobachtet, doch sie schweigt. Das einzige Geräusch ist das Rauschen der Bäume und das Hämmern eines einzelnen Spechts auf der anderen Seite des Tals. Während ich die wundersam friedliche Stille der englischen Landschaft in mich aufnehme, lässt die Beklemmung in meiner Brust etwas nach.

Auf einmal taucht ein prächtiger Hirsch am Rand des Parkplatzes auf. Würdevoll schreitet er vorbei und neigt sein Geweih, als würde er vor uns seinen Hut ziehen. Er kommt so nah, dass wir nur die Hand auszustrecken brauchten, um ihn zu berühren. Wie verzaubert und mit ehrfürchtigem Schweigen beobachten wir, wie er im Wald verschwindet.

»Wow! Das ist jetzt der richtige Moment, um …«

Sie greift in ihre Handtasche und lässt ihren Fund zwischen Daumen und Zeigefinger herunterbaumeln.

»Bitte sehr.«

Schnüre. Süßsaure rosa Erdbeerschnüre.

Solange ich mich erinnern kann, ist das »unser Ding« gewesen. Ohne eine Tüte Erdbeerschnüre war kein Geburtstagsgeschenk vollständig, kein Kinobesuch zufriedenstellend, keine Entschuldigung angenommen. Ich grinse, als sie uns je sieben der klebrigen Bänder auf den Schoß zählt.

»*Fünf zu wenig, zehn zu gierig*. Ich dachte, die könnten eine feine Abwechslung sein bei all dem veganen Zeug, das sie uns hier servieren.«

Sie saugt das Ende einer Schnur in den Mund und wickelt sich das andere gekonnt um den Daumen.

»Hmm. Reine, unverfälschte E-Nummern. Was will ein Mädchen mehr?«

Ein feiner Windhauch weht eine frühe Blüte vom Zweig eines Kirschbaums. Sie schwebt zu Boden und landet wie ein kleines Geschenk neben meinem Schuh. Ich hebe sie auf und reibe die Blütenblätter über meine Handfläche wie Konfetti. Tania wartet. Sie weiß, dass ich reden werde, wenn ich bereit dazu bin.

Und irgendwann bin ich es.

»Es wird einfach nicht leichter, Tan. Ich habe das Gefühl, dass ich stärker werde, und dann – bumm! – stehe ich wieder am Anfang. Und es geht nicht nur um die Babysache. Auch wenn die natürlich heftig ist. Und manchmal alles andere überdeckt.«

Sie legt eine Hand auf meine, sagt aber nichts, und plötzlich, als würde ein Tor geöffnet, sprudeln die Worte aus mir heraus und überschlagen sich fast in dem Bedürfnis, ans Licht zu kommen.

»Manchmal fühlt sich die Trauer wie ein Tumor an, der jeden Zentimeter meines Seins durchdringt. Als hätte ich einen wütenden Obdachlosen in mein Haus gelassen, den ich nun nicht mehr loswerde. Der sich jetzt aufführt, als sei das Haus sein eigenes.«

Tania schluckt. Ich merke, wie sehr sie sich wünscht, mich zum Lachen bringen zu können, zum Vergessen. Doch sie hält sich zurück. Sie weiß, dass ich das hier brauche – dass ich es schon vor Monaten gebraucht hätte. Ich muss reden, ich muss gehört werden. Es ist fast, als wäre ich in Trance. Ich weiß, sie ist da. Ich weiß, wir sind zusammen hier, aber ausnahmsweise sind die Wörter größer als ich. Es ist ihr Auftritt, nicht meiner.

»Und ich bin selbst schuld, Tan. Ich habe ihn eingeladen. Aber er hat sich jetzt verbarrikadiert und hat keinerlei Ambitionen, in nächster Zeit wieder auszuchecken.«

Tania sieht mich mit großen Augen an. Ich glaube, ich mache ihr Angst. Ich mache mir selbst Angst. Ich versuche zu lächeln.

»Verdammt. Vergiss es. Tut mir leid. Lass uns wieder reingehen. Patricks Penis wartet sicher nicht auf uns.«

Ich bin schon halb aufgestanden.

»Setz dich wieder hin, Pippa.«

Oh, mein voller Name. Wir nennen uns nie beim vollen Namen. Volle Namen sind für Tod und Trennung.

»Rede weiter. Iss deine Schnüre«, sie hebt ein paar davon hoch, »und rede weiter.«

Ich tue, wie mir geheißen, und halte mich mit dem Blick an einem Zweig fest, der in der Brise auf und ab wippt.

»Ich habe immer geglaubt, ich wäre zur Schauspielerin bestimmt. Aber es ist alles schiefgelaufen.«

»Wie meinst du das?«

»Ich meine, sieh *dich* an. Du verdienst Geld. Du hast eine Familie. Du hast etwas erreicht. Du bist rechtzeitig ausgestiegen und hast einen neuen Weg gefunden.« (Als das Schauspielern sich für sie nicht mehr lohnte, hatte sie es mit Tania-mäßiger Entschlossenheit aufgegeben und war Innenarchitektin geworden, als wäre es die einfachste Umorientierung der Welt.) »Aber ich war stur, ich habe mich geweigert, etwas zu ändern, und alles ist zum Stillstand gekommen.«

»Das ist nicht wahr, Pip. Du hattest letztes Jahr doch diese Werbekampagne.«

Ich ziehe die Augenbrauen hoch.

»Was ist? Du warst toll darin! Du warst die Beste!«

Eine absurde Serie von Online-Werbeclips für ein Abführmittel. Selbst der uneingeschränkte Zuspruch meiner besten Freundin kann diesen mickrigen Job nicht zu einer »Kampagne« aufpolieren.

»Komm schon, Tan. Es gibt entspannt sein, und es gibt im Koma liegen.«

Sie lacht, erleichtert, dass ich noch nicht allen Humor verloren habe.

»Sicher, *Quantum* war toll, wird aber nicht weitergedreht.

Hin und wieder habe ich ein Vorsprechen, aber es passiert immer das Gleiche: ›Du warst *so* kurz davor, Pippa‹, ›die mochten dich wirklich gern‹, ›sie haben sich für einen anderen Ansatz entschieden‹, ›im Moment ist einfach sehr viel Konkurrenz unterwegs‹, ›da ergibt sich bestimmt bald was Neues‹. Ich komme mir vor wie im Windschatten des Abenteuers eines anderen … des Erfolgs eines anderen. Ergibt das Sinn?«

Tania überlegt, dann nickt sie langsam.

»Ich meine, haben wir wirklich jeden Morgen vor dem Frühstück Zungenbrecher geübt?«

Sie grinst, dann skandiert sie: »Zehn zahme Ziegen zogen zehn Zentner Zucker zum Zoo. Los, elender Lump, du listiger Lügner! Leugne nicht länger, wenn's Leben dir lieb. Specht, Spatz …«

Ich winke ab.

»Haben wir damals wirklich jede Casting-Zeitschrift nach Optionen durchgewühlt? Wer war dieses Mädchen, das in einem ruckeligen Bus meilenweit durch England gefahren ist, um einen unbezahlten Clip aufzunehmen, der nie irgendwo gezeigt wurde? Wo ist sie?«

»Sie ist immer noch da drin.« Tan legt eine Hand auf meine Brust. »Wir müssen sie nur wieder hervorlocken, das ist alles.«

Ich schüttele den Kopf. Hinter meinen Augen sammeln sich Tränen.

»Nein, ist sie nicht. Ich kann sie nicht mehr finden, Tan. Ich kann es nicht. Und glaub mir, ich habe sie gesucht.«

Sie nimmt mich in die Arme, und einen Moment lang gestatte ich mir, getröstet zu werden. Ich lege meinen Kopf an ihre Schulter. Ich spüre meine salzigen Tränen auf ihren

Kaftan tropfen und dass meine Nase läuft wie ein undichter Wasserhahn. Tania ist das egal.

Ich winde mich aus ihrem Arm und wische mir mit dem Ärmel über die Augen.

»Und Steve geht es gerade so gut. Der eine so, der andere so, hm? Und ich *will* ja auch, dass er erfolgreich ist. Mehr noch – ich will, dass er abhebt. Er hat es so sehr verdient. Ehrlich, er ist einer der besten Fotografen weit und breit. Am Anfang hatte er einfach ein gutes Auge, aber jetzt beherrscht er auch sämtliche Techniken. Bei manchen seiner Bilder stockt mir der Atem. Sie sind schlicht. Elegant. Perfekt.«

Ich halte inne und atme tief durch.

»Ich wünschte nur, er würde nicht ausgerechnet für *sie* arbeiten.«

»Für Lola, meinst du? Oh, Pip. Du denkst doch wohl nicht, er würde jemals …«

»Ich weiß, ich weiß, ich weiß. Ihre Beziehung ist Jahre her. Und ich weiß auch, dass es zwischen ihnen nie das Richtige war. Anscheinend sieht er sie bei der Arbeit auch kaum. Er war eben der einzige Fotograf, der ihr so kurzfristig einfiel. Und wenn er dabei alle so sehr überzeugt hat, dass sie ihn fest einstellen wollten, ist es ja nur gut.«

»Ja, das ist sehr gut. Er verdient gutes Geld und knüpft gute Kontakte. Ihr müsst euch keine Sorgen machen.«

Ich seufze.

»Sie ist einfach so lieb und freundlich und unkompliziert. Und ich bin ein nervöses, hormongebeuteltes, stures Wrack. Sie haben eine Vergangenheit, und seine Familie hat sie vergöttert. Was, wenn er das wiederhaben möchte, Tan? Was, wenn er erkennt, was er verpasst hat? Ich meine, warum sollte er bei einer miesepetrigen Vogelscheuche bleiben wollen, wenn er eine erfolgreiche, attraktive Sportmaus haben kann?«

Tania legt mir einen Finger auf den Mund.

»Das reicht.«

»Ich weiß, ich weiß. Ich drehe mich im Kreis. Ich vertraue ihm. Vollkommen. Wenn Steve sagt, dass ich mir keine Sorgen zu machen brauche, dann muss ich mir auch keine Sorgen machen. Er hat mich nie enttäuscht. Niemals.«

»Amen.«

Wir lutschen an den Schnüren, und mir fällt auf, dass der Specht nicht mehr hämmert. Für eine Weile herrscht absolute Stille, und die Stimmen in meinem Kopf sind ebenfalls verstummt. Ich kneife die Augen zusammen, sehe in die Sonne und spüre ihre Wärme auf meiner Haut.

»Und ich vermisse Dad, verdammt nochmal. Ich vermisse ihn mit jeder Faser meines Seins.«

»Das weiß ich, Pip. Das weiß ich.«

»Und es ist total bescheuert: Wenn ich mal einen kurzen Augenblick erlebe – eine Sekunde, in der ich irgendetwas anderes denke oder tue –, und ihn auf wundersame Weise *nicht* vermisse ... dann vermisse ich es, ihn zu vermissen. Das klingt blöd, aber es stimmt.«

»Das klingt überhaupt nicht blöd. Dein Dad war einfach grandios.«

»Denn wenn ich ihn vermisse, ist er immer noch bei mir. Dann habe ich ihn in der Tasche, in meinem Herzen. Er hat mal gesagt, Krebs sei nicht grausam. Er sei brutal, er sei hart, er sei unfair, aber nicht grausam. Er meinte, Grausamkeit sei etwas Absichtliches, mit Vorsatz. Das sei Krebs aber nicht. Daran versuche ich mich festzuhalten, wenn mich die Sehnsucht packt, sein Gesicht zu sehen oder sein Lachen zu hören. Denn der Schmerz geht nicht weg, oder? Nicht so richtig. Er hängt einfach immer herum, wie ein Groupie. Er fährt mir durch die Haare, wenn ich im Bus sitze. Er sitzt auf meinem Schoß, wenn ich im Kino bin. Er drückt sich in die hinterste Ecke meines Kleiderschranks, drängt sich in meinen Schlaf …«

Ich atme tief ein und schließe die Augen.

Tania seufzt und reicht mir feierlich eine weitere Erdbeerschnur, obwohl wir unsere tägliche Ration schon überschritten haben. Ich bekomme es kaum mit, weil mir plötzlich aufgeht, was ich die ganze Zeit versucht habe zu sagen.

»Denn als er noch lebte, hatte ich jemanden, der … meine Existenz bezeugen konnte. Der mein Dasein bestätigt hat. Und jetzt fühle ich mich einfach nur allein.«

»Aber du *bist* nicht allein!«

Tania springt auf, kniet sich vor mich hin und sieht mir fest in die Augen.

»Ich kann bestätigen, dass du da bist, Pippa! Ich werde immer da sein, um dich zu bestätigen. Sieh her. Sieh mich an. Ich sehe dich. Dich!«

Sie rückt so nah, bis ich vor lauter Gesicht keine Landschaft mehr sehe. Wir wissen beide nicht so genau, ob wir gerade lachen oder weinen.

»Ich weiß. Und ich sehe dich. Aber irgendwie hat Dad meinem Ich zu mehr Wirklichkeit verholfen. Alles, was ich gemacht habe, fühlte sich realer an, wenn er dabei war. Und jetzt ist er weg.«

Wie aufs Stichwort vibriert mein Handy.

Tania sieht mich vielsagend an.

»Könnte es sich hier um einen weiteren Zeugen deines Daseins handeln?«

Mein liebster Schatz, ich vermisse dich. Und ich erwarte den künstlerisch ausgefallensten umhäkelten Schlüsselring der Welt. Das wollte ich nur mal eben gesagt haben. Ich liebe dich.

Ich muss lächeln.

»Du hast *ihn*, Pip. Die meisten Menschen suchen ihr ganzes Leben nach einer Liebe, wie ihr sie habt.«

Ich starre auf die Nachricht. Tania hat recht. Er ist der Beste und das Beste, was man sich nur wünschen kann, aber gleichzeitig führt es dazu, dass ich mich wie das Schlimmste und Schrecklichste fühle. Und so lasse ich meinem Frust freien Lauf und verunglimpfe jemanden, der es nicht verdient hat.

»Wir streiten die ganze Zeit, Tan. Er macht einen Vorschlag, ich bin dagegen, wir streiten. So sieht es im Moment bei uns aus.«

»Klingt ja richtig lustig. Glücklicher Steve!«

Doch darüber kann ich nicht mal ansatzweise lachen.

»Man muss sich gut fühlen, um gute Ratschläge annehmen zu können. Man muss das Gefühl haben, es auch *wert* zu sein. Wenn man sich nutzlos vorkommt, empfindet man jeden Ratschlag als Hohn, als Verurteilung. Weißt du, was ich meine?«

Tania nickt.

»Er bittet mich nie um irgendetwas. Er sagt immer nur, er will, dass wir irgendwie da durchkommen, einen neuen Weg finden. Er sagt, er glaubt an uns und wird es immer tun. Aber Tatsache ist …«

Ich halte inne. Ich habe diese Worte noch nie laut ausgesprochen.

»Ein Teil von mir denkt, ich muss ihn gehen lassen. Dass er zu besonders ist. Dass er mehr verdient hat. Er sagt nein, ich sei ihm genug, aber das bin ich nicht. Ich will, dass er das

Beste und Tollste auf der Welt hat. Familie. Kinder. Alles. Und eine andere könnte ihm das geben.«

Es schnürt mir die Kehle zu. Meine Augen sind blind vor Tränen.

Tania sagt eine ganze Weile gar nichts. Sie kaut auf ihrer Unterlippe, und ich ahne, dass es sie Überwindung kostet.

»Liebst du ihn noch, Pippa?«

»Verdammt! Scheiße nochmal! Ich meine, ich habe nie an meiner Liebe zu ihm gezweifelt! Kein einziges Mal. Niemals. Das war nie die Frage und wird es auch nie sein.«

Sie wirkt erleichtert.

»Ich denke, das können wir als ›ja‹ werten.«

Ich starre auf meine linke Hand und drehe den Ehering.

»Es ist nur so, dass im Moment jedes Gespräch ein potenzieller Funken ist. Wird er ein Feuer entfachen? Wird es sich ausbreiten? Unsere Worte können in Nullkommanichts ein Inferno auslösen.«

»Alle streiten, Pip. Danny und ich zanken uns auch die ganze Zeit. Das ist normal.«

»Nicht bei mir und Steve. Jedenfalls bisher nicht. Es ist neu und verdammt anstrengend. Ich glaube, ich weiß gar nicht mehr, wie man in einem Gespräch vernünftig reagiert.«

Auf einmal reißt Tania die Augen auf und schreit mich an.

»DU BIST EINE BLÖDE KUH, UND ICH HASSE DICH UND WERDE NIE WIEDER MIT DIR REDEN!«

Ich fahre zurück.

»Himmel Herrgott, Tania!«

Sie hockt sich wieder auf ihre Fersen und grinst.

»Wenn es hilft: *Das* war eine ziemlich vernünftige Reaktion.«

Und endlich kann ich lächeln.

»Du bist ein verrücktes Huhn.«

»Danke, altes Haus.«

Sie trinkt den letzten Rest ihrer Fanta. Ich fühle mich leer, erschöpft, als wären alle Worte gesagt … doch dann:

»Und diese ganzen Hormone, die ich einwerfe! Ich komme mir wie ein hässliches fettes Nadelkissen vor. Ich meine, sieh mich nur an, Tan.«

Ich kneife mir in die Speckrolle am Bauch. Tania guckt irritiert.

»Was soll ich ansehen? Was meinst du? Du bist eine der heißesten Frauen, die ich kenne.«

»So fühle ich mich ganz und gar nicht. All das Herumstochern. Das Abtasten. Die Tabletten. Die Ultraschalle. Ich fühle mich … alt.«

Beschämt blicke ich zu Boden.

»Alt? Du bist siebenunddreißig! Ein Jungspund!«

»Ich weiß nicht. Es ist, als hätte ich … als wäre ich irgendwo kaputt. Mein Körper hat aufgegeben. Ich habe ihn gut ernährt, habe ihn trainiert. Ich habe versucht, ihm Liebe und Selbstvertrauen zu geben, und doch verweigert er sich und zeigt mir den Finger wie ein launischer Teenager, der sein Zimmer aufräumen soll. *Was? Ein Kind kriegen? Verpiss dich. Keine Chance. Das mache ich nicht.* Und ich bin so wütend darüber. Über mich selbst.«

»Okay.« Tania springt auf.

»Was machst du?«

»Hoch mit dir!« Sie steht vor mir, Hände in die Hüften gestemmt wie ein Offizier.

»Tan …«

»Steh auf!«

Langsam erhebe ich mich. Tania packt mich an den Schultern. »Die hier!« Sie schiebt sie wechselseitig vor und zurück wie bei einem Achtzigerjahre-Tanzschritt. »Wunderschön. Kräftig. Sexy.«

»Hör auf …«

Sie fasst meine beiden Brüste. »Die hier!«

»Lass das!«

»Perfekt. Nichts hängt. Beste Titten weit und breit.«

Zwei Frauen kommen aus dem Haus. Sie wundern sich bestimmt, was da am Rand des Parkplatzes vor sich geht, aber in typisch englischer Manier bemühen sie sich um größtmögliche Unsichtbarkeit.

Tania legt beide Hände an meine Hüften. »Und diese beiden …« Sie schüttelt mich und bringt meine Hüften zum Wackeln. »Heiß. Feminin. Einladend.«

Sie dreht mich um und greift von hinten meine Pobacken. »Und was dieses Meisterwerk betrifft: Der beste und knackigste Arsch im Umkreis von tausend Meilen, und alle wissen das. Entschuldigung …!«, ruft sie den Frauen zu, die sich umdrehen und so tun, als hätten sie uns gerade erst entdeckt. »Ein Wort, um diesen Hintern zu beschreiben!«

»Du meine Güte, Tan!«

»Kommt schon. Das erste Wort, das euch einfällt. Nicht diskutieren.«

Die erste Frau schmunzelt. »Beneidenswert.«

Gedankenverloren studiert die zweite mein Hinterteil. »Reif«, sagt sie schließlich.

Tania applaudiert. »Besser hätte ich es nicht ausdrücken können.«

Die Frauen geben ihr das Daumen-hoch-Zeichen und gehen in Richtung See.

»Siehst du?« Tania dreht sich wieder zu mir und nimmt

mein Gesicht zwischen ihre Hände. »Es ist alles da drin, Schätzchen. Du kannst alles besser machen, das verspreche ich. Du musst dich selbst daran erinnern, wie wunderbar du bist. Denn ich kann es sehen. *Er* kann es sehen. Selbst die zwei da konnten es sehen!«

Sie deutet auf die beiden Frauen, die gerade um die Wegbiegung verschwinden.

»Die Einzige, die es nicht sehen kann, bist du.«

Plötzlich hat sie Tränen in den Augen. Sie glaubt das wirklich. Das sehe ich ihr an.

»Weißt du, was du tun wirst, Pippa Lyons?«

Ich schüttele den Kopf in dem Wissen, dass sie es mir gleich erzählen wird.

»Du wirst ein bisschen Pfeffer in die Sache bringen. Du gehst da raus und erinnerst Stevie-Boy daran, was er an dir hat. Aber viel wichtiger: Du erinnerst dich selbst daran, was du zu bieten hast. Dr. Tania verschreibt dir jetzt eine Portion nicht verabredeten, nicht geplanten Sex. Überrasch ihn damit, dass du ihn einfach nur verführst – und ich habe dafür genau die richtigen Schuhe.«

2. März 2019
12:39 Uhr

Tania sitzt neben Pippa und umklammert ihre kalten Finger. Die Stille zwischen ihnen wirkt bedrohlich. Fremd.

»Ich habe in ihrem Handy gelesen«, kommt eine Stimme von der Tür.

Sie dreht sich um und sieht Steve, der Pippas Mobiltelefon in der Hand hält.

»Ich wollte nur sehen, ob es irgendeinen Hinweis gibt – irgendetwas, das ich übersehen habe«, gesteht er beschämt. »Ich weiß, ich hätte das nicht tun sollen, aber ich habe ihre Nachrichten gelesen.«

Tania erschrickt. Aus ihren Augen spricht Panik.

»Ich verstehe das nicht«, sagt er. »Hilf mir.«

»Sie hat das nicht so gemeint, Steve!« Tania springt auf.

Über ihre heftige Reaktion wundert er sich, schweigt aber.

»Sie stand emotional sehr unter Druck«, fährt Tania fort. »Das hast du doch sicher gemerkt. Sie hat uns alle weggeschoben. Aber sie liebt dich. Sie würde das nie, nie, niemals tun. Das würde ich nicht zulassen.«

Steve ist verwirrt, aber gerade darum will er sie weiterreden lassen.

»Sie hat mir diese Nachricht geschrieben, weil sie in letzter Zeit viel darüber nachgedacht hat. Wegen der Babygeschichte. Sie hatte sich in den Kopf gesetzt, dass du nie eine Familie haben wirst, wenn du bei ihr bleibst. Die Familie, die sie dir so sehr wünscht. Aber sie hätte dich nicht verlassen. Das konnte sie gar nicht. Du bist ihr Ein und Alles.«

Sie hält inne, um durchzuatmen, und sieht Steve zum ersten Mal direkt an.

»Mich verlassen? Moment mal ... darüber hat sie nachgedacht ...?«

»Oh, Mist ...«

»Sie wollte mich verlassen? Hat sie das wirklich gesagt?«

»Das hätte ich jetzt nicht ...« Tania macht ein unglückliches Gesicht. »Du hast gesagt, du hättest ihre Nachrichten gelesen ...«

»Ich muss es wissen, Tan.« Steve fasst sie an den Schultern. »Was genau hat sie gesagt?«

Schuldbewusst blickt Tania von Steve zu Pippa. Sie macht sich Vorwürfe, dass sie ihre Freundin unbeabsichtigt verraten hat.

»Wir haben an unserem gemeinsamen Wochenende viel geredet, und ich dachte, ich wäre zu ihr durchgedrungen ... hätte sie auf andere Gedanken gebracht. Aber dann hat sie mir gestern Abend geschrieben. *Ich hatte recht. Ich bin ihm nicht genug.* Oder etwas in der Art. Ich habe sofort zurückgeschrieben. *Ruf mich an! Wir reden darüber.* Aber KK konnte nicht einschlafen, weil sie erkältet ist, und dann ...« Sie beginnt zu weinen. »Dann ist *das hier* passiert. Ich dachte, ich kann sie bestimmt beruhigen, aber wahrscheinlich hat sie es gar nicht mehr gelesen.«

Steve merkt, dass ihm die Beine nachgeben. Erschöpft sinkt er neben Pippas ausgebreiteten Sachen zu Boden. Er hebt ein kleines Fläschchen hoch.

»Sie hatte Massageöl dabei. Reizwäsche ...« Seine Stimme ist kaum hörbar. »Ist da ein anderer?«

»Ein anderer?«, entfährt es Tania.

»Sag es mir einfach. Wo wollte sie hin?«

Tania kauert sich neben ihn und sieht ihm fest in die Augen.

»Sie wollte zu *dir*, du Blödmann. Sie hatte alles geplant. Das alles war für *dich*.«

1. März 2019

PIPPA

Wie eine Femme fatale strecke ich meine lackierten Zehen nach vorn und rolle den ersten Nylonstrumpf über meinen Fuß. *Der erste Strumpf!* Klingt wie der Titel eines Sherlock-Holmes-Romans. Nicht zu fassen, dass ich das reife Alter von siebenunddreißig erreichen musste, um mein erstes Paar halterlose Strümpfe zu kaufen. Zu *tragen*! Ich habe jede Menge praktische Strumpfhosen in den Schubladen, aber die sinnliche Ästhetik bloßer Strümpfe war mir bisher fremd. Sind die nicht furchtbar unbequem? Ich meine, die müssen doch ständig runterrutschen und auf den Knöcheln hängen, oder nicht? Halten sich »Halterlose« wirklich oben? Ich bin sehr skeptisch. Aber Strapse kommen definitiv nicht in Frage – allein bei dem Wort wird mir schon ganz anders. Allerdings sind solche Strümpfe mit £ 25 pro Paar (der reinste Wucher) dem Bankkonto einer Schauspielerin nicht gerade zuträglich.

Nein, ich werde so was nicht noch einmal überstürzt erwerben. Die sind einzig und allein für heute.

Ich merke, dass ich vor lauter Konzentration die Zunge aus dem Mund schiebe. Auf keinen Fall will ich Laufmaschen bekommen. Erst die Zehen, dann die Ferse – so, wie Tania es mir gezeigt hat. Wow. Das ist tatsächlich ein besonderes Gefühl, wie die seidige Nylonhaut meine Füße, Knöchel, Waden und Oberschenkel umspannt. Wann habe ich das letzte Mal etwas nur aus dem Grund angezogen, ihm zu gefallen? Nein, mehr als nur gefallen – um ihn zu *erregen*! Es kommt mir wie in einem anderen Leben vor. Damals, in den aufregenden, bettzerwühlenden, Kleider-vom-Leib-reißenden ersten Tagen unserer Beziehung.

Die immer näher rückende Aussicht darauf, ihn wie eine verführerische Sirene zu überraschen, fühlt sich fremd, gefährlich, nervenaufreibend und wahnsinnig sexy an. Ich sprühe Parfüm in die Luft und gehe zweimal durch den Nebel hindurch, wie Mum es mir vor etlichen Jahren beigebracht hat: *Gib Parfüm nie direkt auf die Haut, Pippa. In die Luft sprühen und hindurchgehen. Parfüm kündigt eine Frau an und verlängert ihre Abreise … Die richtige Menge ist also von entscheidender Bedeutung*. Steve liebt diesen Duft; er hat ihn immer verrückt gemacht. Wenn wir auf langen Fahrten bei Freunden im Auto saßen, vergrub er sein Gesicht an meinem Hals, und wir schlangen unsere Beine umeinander wie Seetang. Oder wir kuschelten uns in Bus oder U-Bahn zusammen, jeder mit einem Kopfhörerstöpsel, und nahmen nichts anderes wahr als einander.

Wenn wir uns dann ansahen, mussten wir immer grinsen. Wir kannten das Geheimnis. Wir wussten, was uns erwartete. Wir hielten die Schlüssel des Universums in den Händen. Er und ich. Ich und er.

Wenn er in mein Ohr flüsterte: »O Gott, ich kann es kaum erwarten, bis wir zu Hause sind«, spürte ich, wie mir zwischen den Beinen warm wurde. »Dein Duft, dein Haar … du!« Es muss für andere ganz schön eklig gewesen sein. Ich meine, wer will so etwa mitansehen? Aber das war uns egal. Wir merkten es gar nicht. Alles um uns herum spielte keine Rolle. Ich liebte es, wenn ich sah, wie seine hübschen Augen vor Begierde dunkler wurden, als würde sich ein Tropfen Tinte in Öl ausbreiten. Es sah aus, als würde sich der Himmel vor einem aufziehenden Sturm verdunkeln und gleichzeitig schärfer und intensiver werden.

Das Universum schrumpfte auf uns zusammen.

Ich weiß noch, dass wir immer mächtig an uns halten mussten, um nicht an Ort und Stelle übereinander herzufallen. Manchmal musste ich mich sogar ein Stück von ihm wegsetzen. Auf die andere Seite des Busses. Und versuchen, an etwas anderes zu denken. Etwas anderes als dieses Gefühl. Den Drang, uns gegenseitig auszuziehen und allen Sinn für Ort und Zeit zu verlieren.

Sich ablenken.

Durch einen herumliegenden Katalog blättern.

Ein Kreuzworträtsel ausfüllen.

Ein Gespräch mit dem einsam wirkenden alten Mann gegenüber beginnen.

Nach etwas *furchtbar* Wichtigem in meiner Handtasche suchen.

Alles, nur um sicher nach Hause und ins Bett zu kommen.

Ich schiebe den bestrumpften Fuß in einen der glänzenden schwarzen Stilettos, die Tania mir geborgt hat. Wer sonst? *Bei einem sexy Stelldichein geht nichts über Stilettos, halterlose Strümpfe und einen Regenmantel. Verführungsstufe eins.* Ihr sind solche Sachen immer geläufiger gewesen als mir, also gab ich die aufmerksame Schülerin. Die erste Idee dieses überraschenden Verführungsbesuchs, die ihr bei unserem Kreativwochenende kam, nahm schnell konkrete Formen an, und nun stehe ich da in halterlosen Strümpfen und mit High Heels. Steve hatte heute ein Shooting in einem mondänen Hotel knapp außerhalb der Stadt und wird dort auch übernachten, weil es lange dauern sollte. Tanias Idee war, dass ich ihn als »Zimmerservice« überrasche.

Ich glaube, Steve wird das gefallen. O Gott, ich hoffe es!

Die engen Schuhe zwängen mir jetzt schon die Zehen ein, und ich weiß, ich werde morgen furchtbare Blasen haben, aber im Moment erfüllen sie ihren Zweck. Für die Kunst muss man leiden, heißt es ja. Zumindest lohnt sich bei diesen Schuhen das Leiden. Selbst ich finde, dass meine Beine großartig aussehen. Wohlgeformt, geschmeidig, lang.

Ja, okay. Man könnte wohl sagen, ich sehe sexy aus.

Ich streiche über das Negligé unserer Hochzeitsnacht und erinnere mich an das kribbelige stolze Gefühl, als er mir irgendwann davor das in Krepppapier gewickelte Geschenk überreichte.

»Etwas für unsere erste Nacht als Ehepaar, meine geliebte Fast-Ehefrau.«

Die Verpackung war auf souveräne Weise nachlässig, das weinrote Samtband noch nicht einmal zur Schleife gebunden. So was konnte nur ein Geschäft machen, das absolut überzeugt war, dass man den Inhalt lieben würde. Und so war es auch. Ein derartiges Kleidungsstück hatte ich noch nie zuvor gesehen, gefühlt oder getragen. Einfach, aber elegant. Sexy, aber stilvoll. Es klingt vielleicht nach einem Klischee, aber ich glaube, ich habe mich damit zum ersten Mal als Frau gefühlt.

Ich schüttele mein Haar und ziehe den Gürtel des Regenmantels fest. Nun gut, man ahnt schon ein wenig, dass eine Exhibitionistin darin steckt, aber ich glaube (hoffe), das ist gut so.

Eine letzte Schicht Lipgloss, ein extra Duftnebel, und ich bin fertig.

So bereit, wie ich nur sein kann.

Trotzdem kann ich kaum glauben, dass ich das hier tue. Werde ich etwa verrückt? Was, wenn er lachen muss? Was, wenn er schon schläft? Was, wenn er mich nicht …

Nein. STOPP. Hör auf, Pippa. Denk ausnahmsweise einmal nicht so viel, sondern schreite zur Tat.

Heute Nacht werden wir die Uhren zurückdrehen.

Heute Nacht wird er mich ansehen und begehren.

Heute Nacht wird er mich in den Fahrstuhl schieben und über mich herfallen.

Heute Nacht ist der Beginn unserer neuen Zukunft.

Ich nehme meine Handtasche, schalte das Licht aus und schließe hinter mir die Wohnungstür.

2. März 2019
12:45 Uhr

»Stimmt das, Pip? War das alles für mich?«

Sirr, piep, klick, pfft.

»Warst du auf dem Weg zur mir, mein Schatz?«

Sirr, piep, klick, pfft.

»Pippa, rede mit mir. Bitte. Ich muss mit dir reden.«

Steven steht am Bett, ihr Telefon noch immer in der Hand. Tanias Worte hallen ihm durch den Kopf.

Sie wollte zu dir, du Blödmann. Sie hatte alles geplant. Das alles war für dich.

Wenn Tania recht hat, dann ist das alles seine Schuld. Wieder und wieder liest er Pippas unvollendete Nachricht und sucht zwischen den Worten nach einer Antwort.

Wie konntest du

Wie konntest du

Wie konntest …

Und plötzlich fällt es ihm wie Schuppen von den Augen. Warum hat er das nicht vorher schon erkannt? Die Antwort ist sonnenklar.

»Verdammte Scheiße, Pippa, du warst da! Du bist im Hotel gewesen. Du hast mich mit Lola gesehen, stimmt's? Du hast mich mit ihr gesehen und gedacht, ich würde … O Gott, mein Liebling, nein! Nein, nein, nein! Ich habe dir doch gesagt, es ist nur ein Job. Ich würde dich nie betrügen. Niemals! Mein Herz gehört dir. Ich könnte nie …«

Piiiiiiieeeeeeeeeeeeeep.

Ein schriller Ton dringt durch den Raum. Steve schrickt zusammen. Ein Rauchmelder?

Piiiiiiieeeeeeeeeeeeeep.

Hektisch sieht er sich nach Anzeichen für Feuer um. Nichts. Der Gang draußen ist leer.

Piiiiiiiieeeeeeeeeeeeeep.

Auf dem Monitor über Pippas Kopf blinkt es wie wild. Als wäre jede Pegelnadel zu neuem Leben erwacht, jeder Alarmknopf gedrückt worden. Er sieht, dass sich Pippas Rücken durchbiegt wie ein gespannter Bogen. Sie scheint zu krampfen, in ihren Mundwinkeln setzt sich Schaum ab, ihre Lider flattern auf und lassen das Weiß in ihren Augen erkennen. Er versucht, ihre Arme festzuhalten, aus Angst, sie könnte vom Bett fallen, aber er ist nicht sicher, wie viel Kraft er aufwenden darf oder kann.

»Pippa? Pippa?«

Er drückt auf den Alarmknopf, den Bramin ihm gezeigt hat, und schreit in Richtung Tür.

»Hallo? Ist da jemand? Hilfe! Wir brauchen hier dringend Hilfe!«

1. März 2019

PIPPA

Piiieeep. Unser leicht ramponierter Corsa piepst und blinkt zweimal als Zeichen, dass er jetzt abgeschlossen ist. So steht es jedenfalls in der Gebrauchsanweisung, aber ich bin ziemlich sicher, dass er mich heute nur auslachen will – »Jetzt gibt es kein Zurück mehr, Pippa! Du bist eine halbnackte Irre inmitten der Einöde. *Bonne chance, mon amie.*«

Es ist noch nicht zu spät, die Sache abzublasen. Ich könnte einfach wieder ins Auto steigen, die blöden Folterschuhe ausziehen, die Musik auf volle Lautstärke drehen und mit qualmender Abgaswolke davonbrausen. Niemand würde je davon erfahren. Im Kühlschrank sind noch ein paar Käsemakkaroni, und ich könnte die letzten Folgen der neuen Staffel von *Queer Eye* aufholen. Nein. Sei mutig, Pippa. Ich ignoriere das süffisante Grinsen unseres Vehikels und schiebe den Schlüssel in meine Jackentasche. Ich merke, dass ich zittere. Ich befinde mich zwar nur wenige Meter außerhalb des Autobahnrings um London, aber ich könnte schwören, dass es um zehn Grad kälter ist als innerhalb. Baltisch kalt. Mein Atem bildet kleine Wölkchen. Mein dünnes Seidennegligé, das in der kuschligen Wärme unserer zentralbeheizten Wohnung eine gute Wahl schien, wirkt hier so sinnvoll wie ein Bikini in der Arktis.

Vielleicht liegt es an Tanias zwickenden High Heels, aber als ich nach vorn sehe, scheint sich die Strecke bis zum Hoteleingang langzuziehen wie Kaugummi. Und warum ist dieser blöde Parkplatz so schlecht beleuchtet? Also, nicht falsch verstehen, im Moment bin ich dafür sogar dankbar. Je weniger Leute mich in meinem Soho-Nutten-Outfit sehen, desto besser. Aber auch für den durchschnittlichen Freier mittleren Alters, mittlerer Einkommensklasse und mit mittlerer Sehstärke wäre das hier eine gefährliche Strecke. Als würde man den Atlantik per Floß überqueren.

Ganz zu schweigen von den Schlaglöchern, die ich gerade entdecke, weil ich wie eine betrunkene Studentin nach ausgiebigem Tequila-Abend auf den Asphalt gestürzt bin. Scheiße. Vor Sorge, dass ich mir nun doch noch Laufmaschen in die sündteuren Strümpfe gerissen habe, zücke ich mein Handy und schalte die Taschenlampen-App ein. Gründlich observiere ich jedes Bein, von oben nach unten, von unten nach oben – es muss aussehen wie ein seltsames nächtliches MRT. Wundersamerweise sind die Strümpfe heil geblieben. Keine Löcher, keine Laufmaschen, nichts kaputt. Puh.

Das ist ein gutes Zeichen, oder? Dass ich hier das Richtige tue. Für mich. Für uns. Für unsere Ehe. Bestimmt wollen mir die Götter damit sagen: Wie haben deine teure Ausstattung gerettet, und zum Dank musst du nun hingehen und deinen lieben, treuen, sexuell ausgehungerten Ehemann vernaschen.

Genau. Auf geht's! Komm schon. Pip. Wer nichts wagt, und so weiter.

Ich stehe wieder auf, klopfe mich ab und halte das Handy vor mich, als würde ich einen Angreifer abwehren. Das Licht sammelt sich vor meinen Füßen und erhellt den Weg. So ist es besser. Die Chance, dass ich mein Ziel erreiche, ist ungleich höher, wenn ich sehe, wohin ich trete.

Also. Nur dieser Weg liegt zwischen mir und einem neuen Anfang.

Während ich weitergehe, wird mir klar, dass jeder Versuch von Grazie, Sinnlichkeit oder – seien wir ehrlich – Würde absolut sinnlos ist. Allein, den Hoteleingang in einem Stück zu erreichen, wird mein persönlicher Triumph werden. Jegliche

Überreste von Selbstachtung sind im Auto zurückgeblieben. Ich stakse vorwärts wie eine Mischung aus neugeborenem Füllen und betrunkener Stripperin, fest entschlossen, mit meinen Hochhausabsätzen nicht umzuknicken, und alles, woran ich denke, ist Steves Gesicht, wenn er mich das erste Mal sieht.

Das allein treibt mich an.

Ich hebe mein Gesicht zum nächtlichen Himmel empor und spüre, wie das Mondlicht meine Stirn küsst. Ich lächle und habe vor Aufregung Schmetterlinge im Bauch.

2. März 2019
12:47 Uhr

»Bitte, sie braucht Hilfe!« Steves Rufe hallen durch den langen Korridor.

Binnen Sekunden erscheinen drei Schwestern auf der Bildfläche. Sie eilen zu Pippas Bett, dicht gefolgt von Diana, die weiß wie die Wand geworden ist. Sie krallt sich in Steves Ärmel.

»Was ist passiert, Steven? Was ist passiert?« Ihre Stimme schraubt sich immer höher. »Sag es mir! Ich verstehe das nicht. Was passiert mit meiner Tochter?«

Aber Steve kann nicht mehr sprechen. Er sieht eine Szene aus einem Film: Eine junge Frau kämpft um ihr Leben, während die liebende Familie wie versteinert um sie herum steht.

»Entschuldigung, Sie müssten bitte zur Seite treten.«

Eine Schwester schiebt sie sanft zum Fenster.

»Pippa. Ich bin Schwester Parker.« In ihrer Stimme liegt ruhige Autorität, die sich ebenso an Diana und Steve richtet wie an Pippa. »Der Arzt ist auf dem Weg. Wir werden Sie jetzt umlagern.«

1. März 2019

PIPPA

»Guten Abend, Madam. Wie kann ich Ihnen helfen?«

Verdammt gute Frage. Auf die es, da bin ich ziemlich sicher, keine Antwort gibt. Wem will ich etwas vormachen? Ich bin keine Femme fatale. Ich bin eine Ehefrau. Eine arbeitslose Schauspielerin. Und im Moment habe ich keine Ahnung, was ich hier tue und wie es weitergehen soll. Warum höre ich auch immer auf die haarsträubenden Ideen meiner überaus spontanen besten Freundin? Ach, könnte ich doch unsichtbar werden oder in einer Rauchwolke verschwinden, die sich dann unbemerkt zwischen die Ritzen der perfekt glänzenden Bodendielen verzieht.

Jedoch …

»Ja. Hi. Ich bin hier, um … äh, also das ist tatsächlich kompliziert.«

Ich sollte erwähnen, dass dieser Ort vor Geld nur so stinkt. Teure Orchideen-Bouquets, Duftkerzen in Blumentopfgröße, das leise Plätschern exquisiter Luftbefeuchterbrunnen, das feine Klirren edler Kristallgläser von der Bar …

»Ich meine … äh … ich bin … also …«

Der Empfangsmensch blinzelt bedächtig und mit gleichbleibend freundlichem Lächeln. Jegliche Gedanken und Meinungen sind hinter geschulter Professionalität verborgen. Wenn er der auf der Seeoberfläche elegant dahingleitende Schwan ist, bin ich die strampelnden Beinchen darunter.

»Sind Sie hier mit jemandem *verabredet*, Madam?«

Kaum merklich hat sich seine eine Augenbraue ein wenig nach oben bewegt. Der Kopf sich minimal zur Seite geneigt. Diese Betonung auf »verabredet«. Du meine Güte! Er hält mich für eine Art Hostess, ganz sicher. Ich ändere meine Strategie.

»Nein, ich bin hier … für ein Bier.«

Mir fällt auf, dass ich fast schreie. Und in Reimen spreche. Nichts davon erhöht meine Vertrauenswürdigkeit, doch ich rede einfach weiter.

»Wo geht es zur Bar, bitte schön? Für mein *Bier*.«

»Wir haben zwei, Madam. Und ein Restaurant. Die *Hemingway Bar* befindet sich am Ende des Flurs, die zweite Tür rechts. Und die Savoy Cocktail Lounge ist direkt unterhalb der Wendeltreppe, hinter dem Samtvorhang. Dort spielt heute ein Konzertpianist. Welche soll es sein? Für Ihr … *Bier*?«

Ich spüre, wie mir die Röte in den Hals steigt. Ich weiß, dass sich dort gerade rote Flecken um meine Schlüsselbeine bilden, genau wie an meiner Kehle und unter meinen Wangenknochen. Denk nach, Pippa, denk nach.

»Die *Cocktail Lounge*, bitte.«

Mist. Ich hätte die Bar nehmen sollen. Cocktails kosten hier bestimmt ein Vermögen. Aber hey, ich kann jetzt auch etwas Starkes vertragen. Um mir Mut anzutrinken.

»Sehr wohl. Darf ich Ihnen den Mantel abnehmen, Madam?«

»Bloß nicht, NEIN!«

Nun hebt der Rezeptionist auch die andere Braue. Wir wissen beide, was ich unter diesem Regenmantel trage.

Ich lächle freundlich. »Ich meine: Nein, danke. Den behalte ich an. Ziemlich kalt da draußen, ich muss mich noch ein bisschen aufwärmen. Habe gerade eine Erkältung hinter mir.«

Wie immer, zu viele Details.

»Danke für Ihre Hilfe.«

»Gern geschehen, Madam. Genießen Sie Ihr … *Getränk* bei uns.« Er lächelt.

Moment mal. Hat er gerade …?

Vergiss es, Pippa.

Ich schlage den Weg Richtung *Cocktail Lounge* ein und bemühe mich, aufrecht und entschlossen wie eine Geschäftsfrau zu gehen. Ich versuche es mit einem meditativen Mantra, wie in Anti-Stress-Ratgebern empfohlen. *Diese Schuhe sind nur Verlängerungen meiner Füße. Sie sind wie Hausschuhe. Ich kann darin erhaben und anmutig stolzieren. Ich bin hier willkommen. Unter meinem Regenmantel bin ich vollständig bekleidet. Diese Schuhe sind nur Verlängerungen meiner Füße. Sie sind wie Hausschuhe. Ich kann darin erhaben und anmutig stolzieren. Ich bin hier willkommen. Unter meinem Regenmantel bin ich vollständig bekleidet …*

2. März 2019
12:49 Uhr

»Die Luftröhre schwillt zu, wir müssen den Sauerstoff aufdrehen.«

Bramin gibt den Schwestern Anweisungen mit einer Stimme, die zwischen Rufen und Schreien liegt, wie ein Sportkommentator. Es herrscht adrenalisierte Konzentration. Sein Blick geht ständig zwischen Pippas Gesicht und den wilden Anzeigen der Monitore hin und her.

»Ich werde ihr Epinephrin injizieren, bitten halten Sie sie fest.«

Steve muss sich ins Gedächtnis rufen, dass sie so etwas sicher häufiger erleben und sich damit auskennen, als er sieht, wie ruppig sie mit seiner Frau hantieren. Die Handlungsabläufe, um Pippa wieder zu stabilisieren, sind Routine. Und doch ist jeder Fall einzigartig. Der Arzt muss abwägen, welche Maßnahmen jetzt am besten wären. Es bleibt immer ein Risiko, bei dem Pippas Leben auf dem Spiel steht.

Bramin hat zwei Röhrchen klarer Flüssigkeiten in eine Spritze gezogen. Eine Schwester reißt Pippas dünnes Hemd auf. Als sich die Nadelspitze dem entblößten Körper ihrer Tochter nähert, stöhnt Diana auf und muss sich abwenden. Sie kann den Anblick nicht ertragen und drückt den Kopf fest gegen die Fensterscheibe.

1. März 2019

PIPPA

Ich höre die Cocktailbar, bevor ich sie sehe. Das gedämpfte Gemurmel von Stimmen und die sanften Töne jazziger Pianomusik dringen durch den Vorhang. Okay. Vielleicht bestelle ich einfach zwei Whisky Sour und nehme sie mit auf sein Zimmer. Steve liebt Whisky, und ich könnte etwas zum Warmwerden gebrauchen – im wörtlichen und im übertragenen Sinn. Ich trete ein. Das Licht ist gedimmt, romantisch. Kerzen auf den Tischen und ein knisterndes Kaminfeuer in der Ecke. Schwere Vorhänge und dekadent dicke Teppiche.

Wiederum bin ich dankbar für die schwache Beleuchtung. Damit sieht jeder etwa siebzig Prozent attraktiver aus als normal. Ich erhasche einen Blick von mir selbst in einem riesigen goldgerahmten Spiegel. Nicht übel. Glänzendes Haar. Beine länger, als ich sie in Erinnerung habe. Ich registriere die Schüsselchen mit Nüssen, Oliven und Paprikasticks auf den Tischen und nehme mir vor, beim Rausgehen von allem eine Handvoll mitzunehmen. Der Regenmantel hat tiefe Taschen, und ich war zu nervös, um vorher was zu essen, also knurrt mir mittlerweile der Magen.

An der Theke steht eine höfliche Warteschlange nicht Wartender – Stammgäste verharren ganz ungezwungen eine Weile dort, um den Kontakt mit ihren »Freunden« aus der Belegschaft zu pflegen.

»Noch einmal das Übliche, Mr Lloyd?«

»Wie schön, dass Ihnen unser neues Mezzanin gefällt, Mrs Treadaway.«

Ach, die Freundlichkeit der Reichen.

Ich nehme die ledergebundene Getränkekarte und blättere lässig zu den Whisky-Cocktails.

Wow! Was zum ...?! £ 24 für einen Whisky Sour? Das ist ja fast so viel wie für die Strümpfe. Vielleicht wird Steve sich im Nachhinein beteiligen?

Ich lächle den Barkeeper an. »Hallo. Könnte ich bitte ...«

Und dann höre ich es. Sein schluckaufhaftes Lachen. Ein Klang, bei dem mir das Herz aufgeht. Unüberhörbar. Unverkennbar. Unverwechselbar.

Steve.

Aber er darf mich noch nicht sehen. Es würde alles ruinieren. Verstohlen blicke ich über die Schulter und gehe hinter einer Gruppe großer Männer in Deckung.

Das ist aufregend. Wie im Film. Endlich bin ich die russische Spionin in meinem eigenen Erotikthriller. Ich suche den schummrigen Raum mit den Augen ab. Wo ist er nur?

Da höre ich es wieder. Sein Lachen. Es kommt von der anderen Seite. Ich drehe mich in Richtung der Fenster.

Nein. Das ist nicht Steve. Zu alt. Zu dick. Zu feminin.

Da plötzlich sehe ich ihn.

Zumindest halb. Er sitzt in einer Sofaecke beim Kamin. Das Haar aus dem Gesicht gestrichen. Was ihn irgendwie jünger aussehen lässt, leicht verwegen. Mein Herz macht vor Freude einen Satz. Am liebsten würde ich hinlaufen, ihm die Arme um den Hals schlingen und seinen Duft inhalieren. Scheiß auf die Überraschung. Er ist hier! Er sieht glücklich aus. Er sieht gut aus. Er sieht ... zu jemandem hin.

Moment mal ... Was ist das?

Als einige der Gäste zwischen uns zur Seite gehen, sehe ich mit einem Mal die ganze Szene. Neben Steve sitzt eine Frau. Sehr dicht. Sehr vertraut.

Meine Schultern beginnen zu zucken. Die Erde unter meinen Füßen scheint zu beben, aber ich kann mich nicht bewegen.

Die Frau sagt etwas zu ihm, und Steve legt den Kopf in den Nacken und lacht. Ein herzhaftes Lachen tief aus dem Bauch. Das flackernde Kaminfeuer wirft immer wieder Schatten über sein Gesicht, und doch ist seine unbeschwerte Freude deutlich zu erkennen. Er strahlt geradezu. Frei von der Bürde aus Schmerz und Enttäuschung. Die sonst ständig präsenten Falten auf seiner Stirn sind verschwunden, geglättet durch ihre Gesellschaft. Ich beobachte, wie er ihr vorsichtig etwas vom Kragen zupft. Kichernd senkt sie den Blick. Und erst dabei ist ihr Gesicht für mich zu erkennen.

Ich muss würgen, aber mein Magen ist leer.

»Geht es Ihnen gut, Madam? Möchten Sie ein Glas Wasser?«

Ich habe das Gefühl zu ersticken, als wäre sämtlicher Sauerstoff aus dem Raum gesaugt worden. Die Getränkekarte fällt mir wie in Zeitlupe aus den Händen und schlägt dumpf auf den Boden.

Raus hier. Raus hier, bloß raus.

Blindlings taumele ich aus der Bar und durch das Foyer und muss mich an der Marmorsäule vor dem Eingang abstützen. Ich ziehe mein Handy aus der Tasche und tippe.

Ich hatte recht, Tan. Ich bin ihm nicht genug.

2. März 2019
12:52 Uhr

Pippas Krämpfe lassen nach, ihr Körper liegt wieder ruhig da. Alle Energie, die gerade noch durch ihre Extremitäten gezuckt ist, scheint versiegt.

Ein weiterer Arzt ist dazugekommen. Sie sprechen zu leise, zu schnell, als dass Steve sie verstehen könnte. Diana rückt vom Fenster ab und fasst ihren Schwiegersohn an der Hand. Sie stehen Seite an Seite, wie ein Paar verängstigter Kinder, die sich im Wald verlaufen haben, ganz und gar abhängig von den Intensivärzten auf der anderen Seite des Bettes.

1. März 2019

PIPPA

Es gießt in Strömen. Die Wischblätter schaffen es kaum, ihn von der Windschutzscheibe zu schieben, bevor eine neue Schicht die Sicht behindert. Wie unglaubwürdiger Filmregen. Ein Regen, von dem man nicht glaubt, dass es ihn gibt, bevor man ihn nicht selbst erlebt.

Ich ringe nach Luft. Denk daran, was Mum dir vor Dads Beerdigung gesagt hat: »Einatmen auf vier. Halten auf acht. Ausatmen auf vier. Einatmen auf vier. Halten auf acht. Ausatmen auf vier.«

Oder war das andersherum? Zahlen ergeben gerade keinen Sinn.

Nichts ergibt mehr einen Sinn.

Was ist da gerade passiert?

Ist es vorbei? Ist es mit uns vorbei?

Er hat mich angelogen. Steve hat mich angelogen.

Blitzartig habe ich wieder ihr glückseliges Gesicht vor Augen, als sie im Schein des Kaminfeuers zu ihm aufsah. Ergeben. Vernarrt. Ein perfektes Match.

Sein galantes Lächeln, als er die Staubfluse auf ihrer Jacke entdeckte.

Die beiläufige Vertrautheit, als er sie abzupfte und Lola dadurch in ihren üblichen Status erhabener Perfektion zurückversetzte.

Was hatte ich mir nur gedacht? Ich bin eine dumme Gans.

Mein Outfit ist peinlich. Er hätte mich ausgelacht. Die Hormone haben mich aufgeschwemmt. Ich sollte mich nicht in Negligés zwängen.

Ist da schon immer was mit ihr gewesen?

Selbst wenn nicht richtig, dann vielleicht unterschwellig?

Ich kann ihm nicht geben, was sie ihm geben kann. Ich kann ihm überhaupt nichts mehr geben. Warum halte ich ihn an mich gebunden?

Durch die Tränen hindurch ist die Sicht noch schlechter. Sie tropfen mir vom Kinn aufs Lenkrad.

Und plötzlich sehe ich ein Baby. Ihr gemeinsames Baby. Oh, bitte, nein! Alles, nur nicht das.

Ein pausbäckiger Cherub mit dunklen Augen liegt gurrend auf einer leuchtend grünen Picknickdecke und reckt die Ärmchen in die Luft. Seinen Eltern entgegen. Lola kitzelt ihm die fleischigen Füßchen, während Steve liebevoll ein paar Blüten von Lolas Sommerkleid zupft.

Ich reiße die Augen auf und drehe sie weit nach oben.

Weg da, ihr Bilder. Raus aus meinem Kopf!

Ganz ruhig. Atme. Ein und aus. Ein und aus.

Vielleicht irre ich mich. Vielleicht war da nichts. Vielleicht habe ich das falsch gedeutet …

Aber ich kenne diesen Blick. Ich bin mir sicher.

Es war nicht nichts. Es war alles.

Vielleicht hätte ich es wissen müssen.

Unsere Lola.

Sie ist perfekt.

Unsere Lola.

Sie passt in ihr Familienleben.

Unsere Lola.

Sie hat ihn immer geliebt. Vielleicht musste das mit mir passieren, damit er merkt, dass das alles ein großer Fehler war. Dass er sie vor all den Jahren nicht hätte verlassen sollen.

Aber wann wollte er es mir sagen?

Was soll ich jetzt tun?

Mit einer Hand am Steuer greife ich in die Tasche meines Regenmantels. Sie ist sehr tief, und ich muss den Po vom Sitz heben, um ganz nach unten fassen zu können. Schließlich finde ich mein Handy und bugsiere es auf meinen Schoß. Ohne abzubremsen, klemme ich es zwischen das Lenkrad und meine linke Hand und beginne zu tippen.

HUUUUUUUUUUUUUUUUUUUUUUUUUUP!

Scheiße, scheiße, scheiße!

Ich reiße das Steuer nach links. Ein wütender Fahrer überholt mich rechts, gestikuliert wild, schimpft, flucht, blinkt auf.

Ich bin auf die Überholspur abgedriftet und habe ihn nur knapp verfehlt.

Augenblicklich lasse ich das Handy los, und es fällt in den Fußraum des Beifahrersitzes. Ich hebe zur Entschuldigung die Hand, aber er sieht nicht mehr herüber, sondern zieht zügig vorbei.

Was zum Teufel habe ich getan? Ich hätte sterben können. Ich hätte jemanden umbringen können. Nur Idioten schreiben beim Autofahren Textnachrichten.

Ich blicke in den Rückspiegel. Ach herrje, ich sehe erbärmlich aus. Wimperntuschestreifen überziehen meine Wangen, wie bei einer tragischen Heldin in einem französischen Stummfilm.

Der prasselnde Regen scheint nicht nachlassen zu wollen. Meine Scheibenwischer arbeiten mit voller Kraft, und doch bleibt alles verschwommen.

Auf einmal kommt ein Song im Radio. Mir war bis jetzt nicht aufgefallen, dass es überhaupt eingeschaltet ist.

Scheiße.

Nein. Bitte. Alles, nur nicht dieser Song.

Unser Song.

Barfuß. Stehe ich auf seinen Füßen, als wäre ich leicht wie eine Feder. Wir schwanken sanft von rechts nach links. Wie ein einziger Körper. Kein Millimeter Luft zwischen uns. Wir sind quasi miteinander verschmolzen. Unsere Lippen verbunden.

Wir lächeln, flüstern, lachen.

Erneut steigen Tränen in mir auf, undurchdringlich wie der unaufhörliche Regen. Ich kann nichts mehr sehen. Blind taste ich nach dem Radio, um es auszuschalten, drehe dabei die Lautstärke aber aus Versehen weiter auf.

It must be love, love, love …

Madness.

Nein!

Mir platzt gleich der Kopf. Ich muss das ausstellen. Ich sehe nach unten und finde mit zitternden Fingern den Schaltknopf. Ich drücke ihn.

Besser. Für den Bruchteil einer Sekunde kann ich wieder atmen.

Dann wird es plötzlich hell, so hell, dass ich geblendet bin.

Und dann … Stille.

2. März 2019
13:12 Uhr

Mr Bramin leuchtet mit seinem Stift in Pippas Augen, hebt erst das linke, dann das rechte Lid, um ihre Reaktion zu testen. Diana und Steve halten sich noch immer an den Händen. Alle Kraft, die ihnen noch geblieben ist, brauchen sie dafür, sich gegenseitig zu stützen.

Die anderen Ärzte und Schwestern sind gegangen, und das Zimmer ist wieder still, als gehörte die Kakophonie der eiligen Schritte, sirrenden Geräte und erregten Stimmen in ein anderes Leben.

»Wie wir leider fürchten mussten, hat Pippa einen Krampfanfall erlitten – eine Reaktion auf das Zurücknehmen der Sedierung, aber ihr Hirndruck ist jetzt stabil. Es ist schwer zu sagen, inwieweit der Vorfall ihre Hirnfunktion beeinträchtigt hat, und das werden wir ohne ein weiteres CT nicht bestimmen können, bevor – oder falls überhaupt – sie wieder zu Bewusstsein kommt. Ich fürchte, wir müssen einfach weiter abwarten.«

Diana schwankt leicht, doch diesmal ist es der Arzt, der sie rechtzeitig stützt. Steve beobachtet, wie Bramin sie aus dem Zimmer führt.

»Was ist passiert?« Dianas Stimme klingt fremd, aber irgendwie klingt mittlerweile alles fremd.

»Sie hatten einen Schwächeanfall«, sagt Mr Bramin. »Ich bringe Ihnen ein zuckerhaltiges Getränk.«

Steve und Pippa sind allein. Er setzt sich aufs Bett, legt sich dann aber ungeachtet der Kabel und Schläuche, der Hygiene und der Bestimmungen so dicht wie möglich an Pippa heran. Nichts zählt mehr, nur, dass er sie in seinen Armen halten kann.

»Komm zurück zu mir, Pippa. Wenn du mich hören kannst, mein Engel, komm zurück. Ohne dich kann ich nicht weitermachen. Wir sind doch eine Familie. Wir sind vollständig. Das waren wir immer. Du bist alles, was ich je gebraucht habe.«

30. Juni 2012

PIPPA

»Du bist alles, was ich brauche.«

Seine Stimme klingt gedämpft, entfernt, als würde er durch eine Wand flüstern. Ich lächle und schmiege meinen Kopf an seine Brust. Es gefällt mir, wie warm und weich sich seine Hausschuhe unter meinen nackten Füßen anfühlen. Wir schwanken von rechts nach links, wie ein Metronom.

Tick, tack. Tick, tack.

Ich bin vollkommen ruhig, schwebe in einem Traumland zwischen Wachen und Schlafen.

Tick, tack. Tick, tack. Sirr, piep, klick, pfft.

»Willst du meine Frau werden?«

Tick, tack. Tick – was?

Was hat er gerade gesagt?

Ganz behutsam hebt er mich von seinen Füßen. Mir wird kalt, jetzt wo sein Körper nicht mehr dicht an meinem ist. Auf einmal ist er unten, kniet mit einem Bein auf dem Boden. Er greift in seine Hosentasche. Eine Schatulle. Er klappt sie auf, und da ist ein Ring. Mein perfekter Ring. Das Zimmer schrumpft zusammen. Da sind nur er und ich. Er und ich für immer. Ich nicke, mir kommen die Tränen. Als er den Ring aus dem kleinen Polster zieht und mir an den Finger steckt, wissen wir beide, dass er dort für immer bleiben wird – bis zu meinem Tod.

Tick, sirr, tack, piep, tick, klick, tack, pfft.

2. März 2019
14:39 Uhr

Steve schläft tief und fest, die Arme um seine Frau geschlungen. Tiefer, traumloser Schlaf. Die Tränen, die Hoffnung, die Trauer, die Ansprache haben ihn erschöpft. Er hat keine Kraft mehr übrig.

Diana steht am Fenster und kaut an ihren Nägeln. Auf der Fensterbank steht ein unangetasteter Becher Kakao, auf dem sich langsam eine Haut bildet. Sie beobachtet eine Gruppe drahtiger Teenagerjungen mit vom Training verdreckten Fußballschuhen, die fettige Chicken Wings essen und die Knochen ungeniert auf den Gehweg werfen. Jung, sorglos, das ganze Leben vor sich.

Die Uhr tickt.

Pippa liegt reglos da, mit Ausnahme des wellenartigen Auf und Ab ihres Brustkorbs unter der künstlichen Beatmung.

Sirr, piep, klick, pfft.

Sirr, piep, klick, pfft.

Sirr, piep, klick …

Ihre Lippen scheinen sich kaum merklich zu öffnen.

Pfft.

Leise betritt eine junge Schwester auf ihrem Kontrollgang das Zimmer. Sie blickt von der Frau am Fenster zum Mann am Bett. Sie erkennt ihn noch aus ihrer letzten Schicht. Keiner von beiden nimmt sie wahr. Sie ist froh, dass der Mann jemanden bei sich hat. In einer Zeit wie dieser sollte niemand allein sein.

Sie tritt näher an die Patientin heran und stutzt. Ein lädiertes Augenlid flattert auf und schließt sich wieder. Ohne ein Wort zu sagen, verlässt die Schwester den Raum, um den Arzt zu holen.

PIPPA

2. März 2019
14:41 Uhr

Licht. Scherben.
Gewicht. Druck auf der Brust.
Atmen.
Finger. Verschränkt?
Augenlid. Klebt.
Atmen.
Unterwasser. Blasen platzen. Motorenlärm.
Ein Auto.
Dunkler Lockenkopf.
Ein Mann?
Kopf bewegt sich. Große Augen.
Siehst du mich?
Mundbewegungen. Verzerrte Worte.
Dann eine Frau.
Ihr Duft. Lavendel?
Die Lippen. Was will sie sa…
Knöpfe. Drücken. Raum explodiert.
Der Mann.
Tränenlächelnd.
Kenne ihn nicht.
Und doch …
Ist da etwas. Gefühl. Nicht greifbar.
Sein Lächeln. Warm. Wie Sonnenlicht auf meiner Wange.
Ich weiß nicht, wer er ist.
Und doch …
Fühlt er sich an, als wäre …
Als wäre ich zu Hause.
Seine Augen. Erkenne ich.

Die Stimme.
Eindringlich. Fest.
Und immer mehr …
Vertraut.
Jedes Wort.
Klang hüllt mich ein.
Wie eine Decke.
»Pippa. Mein Liebling. Pippa.«
Wieder und wieder.
Lavendelfrau weint, drückt meine Hand.
Ich mühe mich, Druck zu erwidern.
Ein Schrei.
Ärzte.
Schwestern. Pfleger.
Alle um das Bett.
Er streichelt meine Wange.
Wort will aus meiner Kehle.
Weiß nicht, ob ich es schaffe.
Bleibt es für immer stecken?
Doch plötzlich …
Endlich …
Bricht es hervor.

»St… Steve.«

DANKSAGUNG

Unser Dank geht an unsere Geschwister Fia und Jamie, für die wir jeden Berg erklimmen würden.

An unsere Schwägerin Cat und unseren Schwager John – ihr seid unersetzlich.

An unsere Superhelden-Neffen und -Nichte Max, William, Oskar, Amber und Harry.

An die wunderbare Stella, der wir das hier vorlesen werden.

An Jacqueline und Edward für ihre Liebe und Unterstützung.

An Charlotte Mills und Grant Gillespie fürs erste Lesen und allen Zuspruch.

An Katie Haines, die beste Literaturagentin, die einen dazu bringt, mehr tun zu wollen, als man sich anfangs zugetraut hat.

An Michael Wharley für fotografische Ratschläge.

An Joe Lansley, dass er uns seine Zeit und seine unschätzbare zweite Meinung geschenkt hat.

An Mel Harris und Susannah Tresilian, dass sie uns geholfen haben, Pippa und Steve zu finden.

An Jane Selley, dass sie das Buch so hervorragend gestrafft hat.

An Bea Grabowska für ihre großartige Lektoratsarbeit.

An Nathaniel Alcaraz-Stapleton für seine Weltreise.

An unsere geliebten Freunde, unsere täglichen Lebenserhaltungseinheiten. Ihr wisst, wer ihr im Einzelnen seid.

An Sally Cockburn, o Captain, mein Captain, weil sie die beste Englischlehrerin der Welt ist.

Ein besonderer Dank geht an dich, Sherise Hobbs, dafür,

dass du uns gehört und dich für uns eingesetzt und uns dann an die Hand genommen und behutsam in die wundersame Welt des Romanschreibens geführt hast, so dass wir es wagten zu springen.

Und natürlich an Stanley, für den das alles hier geschrieben wurde.